.IAN   2015

JUSTICIA CIEGA

JUSTICIA CIEGA

Anne Perry

Traducción de Borja Folch

GRUPO ZETA

Barcelona • Madrid • Bogotá • Buenos Aires • Caracas • México D.F. • Miami • Montevideo • Santiago de Chile

Título original: *Blind Justice*
Traducción: Borja Folch
1.ª edición: enero 2014
1.ª reimpresión: marzo 2014

© 2013 by Anne Perry
© Ediciones B, S. A., 2014
    Consell de Cent, 425-427 - 08009 Barcelona (España)
    www.edicionesb.com

Printed in Spain
ISBN: 978-84-666-5419-7
Depósito legal: B. 27.448-2013

Impreso por LIBERDÚPLEX, S.L.
Ctra. BV 2249, km 7,4
Polígono Torrentfondo
08791 Sant Llorenç d'Hortons

A Susanna Porter

1

Hester dejó que pasara el coche de punto, cruzó Portpool Lane y entró en la clínica para prostitutas enfermas y heridas.

Ruby la vio y se le iluminó el rostro.

—¿Está la señorita Raleigh? —preguntó Hester.

Ruby dejó caer los hombros.

—Sí, señora, pero no tiene buen aspecto. Creía que estaba hecha para este trabajo, ¿no?, pero esta mañana cualquiera hubiese dicho que la habían dejado plantada en el altar. Llora sin parar, es algo increíble.

Hester quedó atónita. Josephine le había dicho que no tenía novio ni intenciones de abandonar la enfermería.

—¿Dónde está? ¿Lo sabe? —preguntó.

—Ha venido una mujer que había recibido una buena paliza, cubierta de sangre. Imagino que estará atendiéndola —contestó Ruby—. Aunque de eso debe de hacer una media hora.

—Gracias.

Hester se adentró en el pasillo por la puerta del fondo, preguntando por Josephine cada vez que topaba con alguien. Finalmente la encontró en la antigua despensa donde ahora guardaban las medicinas y demás provisiones, moviéndose entre las estanterías, contando y clasificando. Era una muchacha bonita, aunque tal vez su rostro tuviera demasiado carácter para ser convencionalmente guapa. Tenía las mejillas surcadas de lágrimas, la mirada perdida y los labios tan apretados que se le veían los músculos de la mandíbula y el cuello. Ni siquiera oyó entrar a Hester.

Hester cerró la puerta para asegurarse la máxima privacidad antes de hablar. Como siempre, fue directa. La medicina no es un arte que permita andarse con demasiados rodeos.

—¿Qué sucede? —preguntó con amabilidad.

Josephine se dio un susto y se volvió hacia Hester, pestañeando deprisa mientras las lágrimas incontrolables le resbalaban por el rostro.

—Perdón. Enseguida estaré bien.

Era obvio que la avergonzaba haber sido sorprendida dando rienda suelta a su aflicción cuando su cometido era aliviar el sufrimiento de los demás.

Con suma ternura, Hester apoyó una mano en el brazo de Josephine.

—Algo debe de ir muy mal para que esté tan disgustada. Ha visto heridas espantosas y cuidado a agonizantes. Algo que le haga padecer tanto no se resolverá en unos minutos. Cuénteme de qué se trata.

Josephine negó con la cabeza.

—En esto no puede ayudarme —respondió, con un nudo en la garganta—. Tengo que trabajar, en serio...

Hester no le soltó el brazo.

—Nadie puede hacer nada —prosiguió Josephine, tratando de zafarse.

Hester titubeó. ¿Sería impertinente insistir? Aquella joven le gustó desde el principio, pues era como si volviera a verse a sí misma y además conocía a la perfección los pesares y la soledad de los comienzos en aquella profesión. Había sentido una impotencia abrumadora cuando las cosas dejaban de tener remedio, dando paso a la realidad física de la agonía y la muerte, cuando lo único que se puede hacer es mirar. Todo eso se sumaba a los sinsabores normales de la juventud y la vida.

—Cuéntemelo de todos modos —dijo amablemente.

Josephine vaciló pero enseguida se irguió, aunque no sin esfuerzo. Tragó saliva y sacó un pañuelo para sonarse la nariz.

Hester aguardó, manteniendo la puerta cerrada. Nadie más podría entrar sin disponer de una llave.

—Mi madre murió hace mucho tiempo —comenzó Josephine—. Mi padre y yo estamos muy unidos. —Respiró hondo y procuró adoptar un tono de voz sereno, casi impasible, como si estuviera contando cifras para hacer un cálculo, algo sin la menor carga personal—. Desde hace poco más de un año asiste a una iglesia Inconformista. Hizo varios amigos entre la congregación. Encontró un grado de calidez que lo atrajo mucho más que el ritual de la Iglesia de Inglaterra, que le resultaba... frío. —Volvió a tragar saliva.

Hester no la interrumpió. Hasta ahí no había nada raro, y mucho menos desastroso. Jamás se le había ocurrido pensar que a Josephine le importara la religión que abrazase su padre mientras fuese más o menos cristiana. Una buena enfermera, y Josephine lo era, debía mostrarse pragmática y no poner objeciones a esa clase de cosas.

—Me explicó que hacen un montón de buenas obras —prosiguió Josephine tras soltar un suspiro—, tanto aquí, en Inglaterra, como en el extranjero. Necesitan dinero para suministrar alimentos, medicinas, ropa y demás entre quienes se hallan en circunstancias desesperadas.

Escrutó el semblante de Hester en busca de aprobación.

—Se diría que es algo muy cristiano —dijo Hester para llenar el silencio—. ¿Acaso no lo usaban para eso?

Josephine se mostró sorprendida.

—¡Sí, claro! Seguro que sí. ¡Pero pedían mucho! No paraban de insistir para que les diera más. No es un hombre acaudalado, pero siempre hablaba bien, vestía bien... No sé si entiende lo que quiero decir. Tal vez creían que era más rico de lo que realmente es.

Hester comenzó a comprender adónde conduciría todo aquello.

Josephine la miraba de hito en hito, como si se aferrara a una esperanza a pesar de lo que había dicho. Prosiguió con voz temblorosa.

—Le pedían dinero una y otra vez y a él le daba vergüenza rehusar. No es fácil admitir que no puedes permitirte dar más, sobre todo cuando te dicen que hay gente que pasa hambre y tú eres consciente de que puedes comer cada vez que quieras, aunque sea una comida sencilla.

Hester veía el sufrimiento que traslucía el rostro de la joven, sus ojos, las manos apretando el pañuelo. Estaba asustada, avergonzada y atormentada por la compasión.

—¿Insistían en que les diera más de lo que podía permitirse? —preguntó Hester en voz baja.

Josephine asintió, apretando la mandíbula con fuerza para dominar la emoción que crecía en su fuero interno.

—¿Es muy abultada la deuda? —prosiguió Hester.

Josephine asintió de nuevo, volviendo a adoptar una expresión de impotencia. Bajó la vista, evitando la mirada condenatoria que esperaba ver en los ojos de Hester.

De repente, un recuerdo desgarrador asaltó a Hester: el de su propio padre tal como lo había visto antes de marcharse a Crimea, una docena de años antes, cuando aquella muchacha era una niña. Había estado muy orgulloso de ella, viéndola emprender tan noble empresa. Olió otra vez el salitre del viento, oyó las gaviotas chillando y el crujir de cuerdas cuando el peso del barco tensaba las amarras al subir y bajar con la marea.

Aquella fue la última vez que lo vio. El motivo de su endeudamiento era diferente del de John Raleigh aunque también estuviera vinculado a la compasión y el honor, pero el sufrimiento que su deuda infringió a su familia fue el mismo. A él también lo habían presionado, para luego engañarlo. La vergüenza que sintió le llevó a quitarse la vida. Hester estaba entonces en Crimea, cuidando a hombres a quienes no conocía, y su familia se había enfrentado a esa pesadumbre sin ella. Su madre había sido incapaz de soportarlo y murió poco tiempo después, tras recibir la noticia de la muerte de su segundo hijo en Crimea.

Hester había llegado a Inglaterra para enfrentarse al dolor del único hermano que le quedaba y a su ira por no haber estado allí cuando tanto la necesitaban, en lugar de dedicar su tiempo y su compasión a desconocidos.

Todavía se mantenían distantes, tan solo se mandaban tarjetas por Navidad y alguna que otra carta formal y poco espontánea.

Hester conocía el pesar, la culpabilidad, la impotencia y la carga letal de las deudas mucho más de cerca de lo que Josephine Raleigh podía imaginar.

Cayó en la cuenta de que no había escuchado la respuesta de Josephine a su última pregunta. Se sintió tonta.

—Perdón —dijo con amabilidad—. Estaba pensando en una persona a quien amaba... que también sufrió una situación parecida. No tuve ocasión de ayudarlo porque estaba en Crimea con el ejército. No regresé a casa hasta que fue demasiado tarde. ¿Asciende a mucho la deuda?

—Sí —contestó Josephine en voz baja—. Más de lo que él puede pagar. Le daría todo lo que tengo pero ya es demasiado tarde. No puedo ganar suficiente para...

Se calló. No tenía sentido explicar lo que era obvio. Y, además, la comprensión no cambiaría las cosas en absoluto.

Las ideas se agolpaban en la mente de Hester, buscando algo que decir que pudiera ser de ayuda, dando vueltas a sus dolorosos recuerdos, la impotencia de saber que es demasiado tarde, el ansia de hacer retroceder el tiempo y hacer las cosas de otra manera.

Cuando habló, lo hizo con voz ronca.

—Supongo que esas personas piden a todos los miembros de la congregación que piensan que están en condiciones de dar.

Josephine tragó saliva.

—Sí... Me figuro que sí.

Unos pasos se acercaron por el pasillo, titubearon y enseguida se alejaron.

—Quizás haya algo deshonesto en este asunto —prosiguió Hester—. Si no lo hay, tendría que haberlo. Tal vez haya una presión... un... No lo sé. Preguntaré a mi marido. Es policía. A lo mejor podemos hacer algo al respecto.

El rostro de Josephine mostró consternación.

—¡Oh, no! Por favor... ¡A mi padre le daría mucha vergüenza! Sería bochornoso. —Tragó saliva y se atragantó—. Lo haría parecer renuente a dar caridad a quienes están mucho más necesitados que nosotros. Sería...

—¡Josephine! —interrumpió Hester, notando que se ponía colorada—. No tengo intención de ser tan torpe. Por supuesto que se sentiría humillado.

Josephine negó con la cabeza.

—Usted no lo entiende...

—Sí que lo entiendo —contestó Hester antes de sopesar si eso era realmente lo que quería decir—. El hombre en quien estaba pensando hace un momento era mi padre. Creo que murió de vergüenza. Averiguaré qué podemos hacer sin tener que mencionar su nombre, se lo prometo.

Josephine seguía sin estar segura.

—¿Cómo lo hará? Pensaría que lo he traicionado.

—No se enterará de nada —prometió Hester otra vez—. ¿No cree que él querría que nadie más sufriera lo que está sufriendo él? Es más, me sorprendería que él fuese el único miembro de la congregación que se encuentra en esta situación. ¿A usted no?

—Supongo que sí. Pero ¿cómo lo hará?

—No lo sé. Quizá no lo tendré muy claro hasta que lo intente —admitió Hester—. Pero hay que poner fin a esto.

Josephine esbozó una sonrisa.

—Gracias.

Hester le sonrió.

—¿Dónde está esa iglesia y cómo se llama el hombre que la preside?

—Abel Taft. La iglesia está en la esquina de Wilmington Square y Tardley Street —contestó Josephine frunciendo el ceño—. Pero usted vive en la orilla sur del río, ¡a kilómetros de allí! ¿Cómo explicará su presencia en una iglesia tan lejana?

Hester sonrió más abiertamente.

—Por su fama de auténtico y activo cristianismo, claro —contestó, no sin cierto sarcasmo.

A Josephine se le escapó la risa y lágrimas de gratitud le arrasaron los ojos. Se sacudió bruscamente, irguió la espalda y se alisó la falda del vestido gris.

—Tengo trabajo que hacer —dijo, más serena—. Voy muy retrasada.

Había ocasiones, sobre todo en invierno, en que Monk encontraba que sus deberes como comandante de la Policía Fluvial del Támesis eran más arduos de lo normal. Las cuchillas de hielo provocadas por el viento que soplaba sobre al agua podían atravesarlo casi todo, excepto los chubasqueros. Azotaban la piel del rostro y la gruesa tela húmeda de las perneras de los pantalones se congelaba.

Aquel atardecer de finales de primavera, empero, era templado y sobre el agua brillante se extendía un cielo azul casi sin nubes. La brisa era agradable, la marea estaba alta y, por consiguiente, no se percibía el hedor del fango de las riberas. Pasaban embarcaciones de recreo con sus banderines al viento y sus risas, que flotaban en el aire hasta la orilla, donde un organillo tocaba una canción popular de un espectáculo que estaba en cartel. Se presentía la cálida promesa del verano. Era un momento perfecto para terminar una patrulla en el río y pensar en regresar a casa.

Monk siempre había tenido facilidad para manejar barcas. Era una de las habilidades de su pasado olvidado, aunque el recuerdo de cómo había aprendido lo había borrado una herida sufrida en un accidente de carruaje poco antes de conocer a Hester, nueve años atrás, en 1856. La mente es capaz de borrar toda suerte de cosas que al parecer el cuerpo recuerda.

Condujo la patrullera de la policía hasta los pies de la escalinata del muelle, levantó los remos y saltó a tierra con la soga para amarrarla en la mano. La ató con holgura para que al bajar la marea no quedara demasiado tensa y subió los peldaños a fin de llevar a cabo en la comisaría las últimas comprobaciones de la jornada.

Habló brevemente con Orme, su segundo al mando, revisó todo lo demás y media hora después estaba de nuevo en el agua, pero esta vez como pasajero del transbordador que se aproximaba a la escalinata de Princes Stairs, en la orilla sur, a la altura de Rotherhithe.

Pagó el pasaje y ascendió la colina en dirección a su casa en Paradise Place, con el panorama del Pool de Londres a su espalda, mástiles y vergas negros recortados contra el cielo desvaído y el agua lustrosa como la seda.

Encontró a Hester en la cocina, trasegando algo en los fogones. Scuff, el en otro tiempo ladronzuelo que habían adoptado o, para ser más precisos, los había adoptado, estaba sentado a la mesa con una expresión esperanzada, aguardando la cena. El chico llevaba unos dos años viviendo con ellos y comenzaba a tratarlos con familiaridad, como si por fin aceptase que aquel era su hogar, de donde no lo echarían de regreso a los muelles si de pronto cambiaran de parecer.

Había crecido bastante. Había mucha diferencia entre el niño hambriento de once años, edad que él mismo había estimado, y el muchacho de trece que comía cada vez que tenía ocasión, fuese o no la hora de comer. Era varios centímetros más alto, comenzaba a tener un aspecto menos anguloso y ya no daba la impresión de que bastaría un golpe bien dado para romperle todos los huesos.

También estaba comenzando a adquirir una cohibida dignidad. En lugar de la desenfadada alegría de antaño, ahora recibía a Monk con una sonrisa pero permanecía sentado donde estaba, demasiado adulto ya para demostrar sus sentimientos.

Sonriendo para sí, Monk lo saludó con la misma pretendida indiferencia y fue a dar un saludo mucho más cariñoso y espontáneo a Hester. Hablaron de los acontecimientos del día. Scuff refirió lo que había hecho en la escuela, una experiencia con la que se iba familiarizando muy lentamente. No había sido tarea fácil. Siempre había sabido contar y conocía muy bien el valor del dinero. No obstante, leer y escribir eran harina de otro costal. El aprendizaje de esas capacidades resultaba mucho más dificultoso. Su niñez en los muelles y las calles adyacentes lo había vuelto escéptico, valiente y perfectamente capaz de cuidar de sí mismo. Era imposible perderlo en el puerto. Aprender cosas sobre otros países le seguía pareciendo un ejercicio sin sentido pese a que conocía sus nombres y los productos que enviaban al puerto de Londres, pues los había visto descargados. Sabía qué aspecto tenían esos artículos, cómo olían, cuán grandes o cuán pesados eran. Ahora bien, escribir correctamente sus nombres era algo muy distinto.

Una vez que hubo anochecido, cuando Scuff se había ido a la cama y ellos estaban en la sala, Hester contó a Monk el problema al que se enfrentaba el padre de Josephine Raleigh.

—Lo siento —dijo Monk en voz baja. Miró su rostro turbado, comprendiendo su profunda compasión por aquel hombre y tal vez también por la joven Josephine. Resultaba todavía más penoso que las personas que tanto habían abusado de él pertenecieran al núcleo de su fe—. Ojalá fuese un delito —agregó—. Pero aunque lo fuera no tendría relación alguna con el río, y esa es toda mi jurisdicción. ¿Quieres que hable con Runcorn para ver si nos sugiere algo?

El comisario Runcorn había sido tiempo atrás colega de Monk, luego su superior y después su enemigo. Ahora por fin habían entendido y superado sus diferencias y eran aliados.

Hester se quedó abatida, como si en esos últimos momentos hubiese sufrido un nuevo revés.

Monk no lo comprendió. Sin duda ella no habría supuesto que él hubiese podido intervenir.

—Hester... Lo lamento de veras. Es una vileza pero la ley no tiene manera de abordar algo así.

Hester lo miró un momento y se puso de pie cansinamente.

—Ya lo sé.

Hubo desafío en su voz, y un sufrimiento abrumador. Se volvió para marcharse, vaciló un instante y luego salió de la sala de estar para regresar a la cocina, con la espalda erguida pero la cabeza un poco inclinada.

Monk estaba confundido. En cierto modo, Hester había cerrado una puerta entre ellos. ¿Qué había supuesto que podía hacer él? Hizo ademán de levantarse pero se dio cuenta de que no sabía qué decir y se dejó caer de nuevo en el asiento. Pensó en todos los años que hacía que la conocía y en las batallas que habían librado juntos contra el miedo, la injusticia, el peligro, la enfermedad, la pena... y entonces le sobrevino el recuerdo, no tanto como una marea sino como una ola que lo zarandeara y sumergiera. El padre de Hester se había suicidado a causa de una deuda que no había podido satisfacer. Hablaba tan poco de ello que Monk se había permitido olvidarlo.

Se levantó enseguida, sin saber todavía qué iba a decir, pero era imperativo que se le ocurriera algo. ¿Cómo podía haber sido tan estúpido, tan torpe para olvidarlo?

La encontró en la cocina, de pie junto a los fogones, con una cacerola en la mano y la mirada perdida. No se movía. Tenía los ojos arrasados en lágrimas.

No había excusa válida que dar, pero aunque la hubiera, solo habría empeorado las cosas.

—Perdón —dijo Monk en voz baja—. Lo olvidé.

Hester negó con la cabeza.

—No tiene importancia.

—Sí que la tiene.

Hester se volvió y por fin lo miró.

—No, no la tiene. Además preferiría que no pensaras en él de esa manera. Pero sé cómo se siente Josephine, exactamente como si fuese yo quien estuviera reviviéndolo todo otra vez. Solo que yo no estaba cuando tenía que haber estado. Si hubiese estado aquí, a lo mejor habría podido hacer algo.

No habría podido, pero a Monk le constaba que ella no le creería. Pensaría que le mentía por instinto, para consolarla, aunque eso era algo que ninguno de los dos había hecho jamás. Siempre se habían enfrentado a la verdad, por más amarga que fuera; con cuidado, quizá lentamente, pero nunca habían mentido. Como al cortar carne con un bisturí, curar era posible.

—Veré si puedo averiguar algo sobre las personas implicadas.

Lo dijo sabiendo que era una promesa precipitada y que probablemente sería inútil, salvo para demostrarle que le importaba lo que la preocupaba.

Hester le sonrió, y Monk al instante se dio cuenta de que ella sabía exactamente lo que estaba haciendo y por qué. Sin embargo, eso no impedía que le estuviera agradecida por entenderla y no haber eludido ayudarla con una educada invención.

—El domingo iré a la iglesia —contestó Hester, enderezándose un poco y devolviendo la cacerola a su estante—. Ya va siendo hora de que Scuff aprenda algo sobre la religión. Es parte de nuestra tarea como... como padres —eligió la palabra deliberadamente, como probándola— enseñárselo. Lo que luego decida creer es cosa suya. Me parece que no iré a la Iglesia de Inglaterra. Buscaré una Inconformista. Scuff debería conocer alternativas, además.

—¿Quieres que vaya contigo? —preguntó Monk con aire vacilante.

Aquella era una de sus lagunas de memoria que nunca había intentado llenar. Le constaba que creía en muchas cosas, buenas o malas, de cien maneras distintas. Y tal vez lo más importante, comprendía que una vida entera no bastaba para responder a todas las preguntas que cada nueva situación planteaba. La humildad no era solo una virtud, era una necesidad. Pero no se había tomado la molestia de tomar en consideración una religión formal. En realidad no quería saber más, aunque lo haría si alguna vez sintiera el deseo de hacerlo.

Un vistazo al rostro de Hester fue suficiente respuesta.

—¡No, gracias! —dijo ella con vehemencia, como si que la acompañara fuese lo último que deseara. Acto seguido sonrió—. Pero gracias de todos modos.

Scuff estaba sorprendido de lo fácil que le había resultado acostumbrarse a vivir en casa de Monk en Paradise Place. De vez en cuando soñaba que todavía seguía en el puerto, durmiendo donde encontrara un lugar resguardado de la lluvia y el frío, y donde no lo pisaran ni tropezaran con él. ¡Se había acostumbrado incluso a estar calentito y limpio la mayor parte del tiempo!

Todavía tenía hambre. Lo único que había cambiado allí era que ahora comía con regularidad además de entre horas cuando podía, y no tenía que procurarse la comida por sí mismo, fuere comprándola o robándola. También se había acostumbrado a que nadie se la robara.

No era que fuese huérfano, pero después de que su padre falleciera su madre no había podido mantener sola a sus varios hijos. El nuevo hombre que tomó no tuvo inconveniente en quedarse con las niñas pero no estuvo dispuesto a dar alojamiento al hijo de otro hombre, de modo que por la supervivencia de sus hermanas, que apenas eran poco más que bebés, Scuff se había marchado para cuidar de sí mismo.

Había conocido a Monk cuando este acababa de ser destinado a la zona portuaria, y lastimosamente ignorante de cómo desenvolverse allí. Por el precio de un ocasional bocadillo y una taza de té bien caliente, Scuff se había hecho cargo de él, enseñándole unas cuantas cosas.

Juntos habían arrostrado algunas aventuras muy desagradables. Durante una de ellas, en la que Scuff estuvo demasiado cerca de morir asesinado, había pasado unas pocas noches en el hogar de Monk. Después aquello se fue prolongando. Gradualmente, poco a poco, se había habituado incluso a Hester. Era demasiado mayor para necesitar una madre pero de vez en cuando no le importaba fingir lo contrario. En realidad, no estaba seguro de que Hester deseara ejercer de madre. Más bien parecía una muy buena amiga, aunque, por supuesto, con mucha autoridad. Él nunca se lo diría, pero lo intimidaba más que el propio Monk. Nunca se amilanaba ante nadie. Necesitaba que Scuff la vigilara en sus andanzas, incluso más que Monk.

Tendría que haber desconfiado más cuando Hester decidió de repente llevarlo a comprar un traje nuevo, un traje completo con la chaqueta y los pantalones a juego, y un par de camisas blancas. No dejaba de ser cierto que la ropa que tenía le quedaba bastante pequeña. Había crecido mucho últimamente. Sin duda se debía a toda esa comida y a tener que irse a la cama temprano. Pero aun así, todavía podría haberle durado unos meses más.

Tal vez debería haber sospechado cuando, el mismo día, Hester se compró un sombrero nuevo. Estaba decorado con flores y la hacía más guapa. Scuff así se lo dijo y acto seguido se sintió torpe. Quizás había sido un comentario demasiado personal. Pero pareció complacida. Quizá lo estuviera.

Lo comprendió todo de súbito el sábado por la noche.

—Mañana por la mañana iré a la iglesia —le dijo Hester mirándolo de frente y sin siquiera pestañear—. Me gustaría que me acompañaras, si no te importa.

Scuff se quedó paralizado, como si hubiese echado raíces en el suelo de la cocina. Luego se volvió hacia Monk, que estaba sentado a la mesa leyendo el periódico. Monk levantó la vista y sonrió.

—¿Tú irás? —preguntó Scuff un tanto nervioso. ¿Qué significaba aquello? ¿Se trataba de algún tipo de ceremonia? ¿Promesas y cosas por el estilo?

—No puedo —contestó Monk—. Tengo que ir a la comisaría de Wapping. Pero estaré de vuelta para la cena dominical. Todo irá bien. Quizá te parezca interesante. Haz lo que Hester te diga, y si no te dice nada, imítala.

Scuff sintió que el pánico se adueñaba de él.

—No tienes que hacer nada en absoluto —le aseguró Hester—. Tan solo acompañarme para que no tenga que ir sola.

Scuff soltó el aliento; un suspiro de alivio.

—Sí, claro —concedió.

La mañana del domingo se pusieron en marcha relativamente temprano. Primero cruzaron el río y luego tomaron un ómnibus para recorrer una distancia considerable. Scuff se preguntó por qué iban tan lejos cuando había otras iglesias mucho más cerca. Eran bastante evidentes. Aparte de tener torres que podías ver desde medio kilómetro como mínimo, muchas de ellas tocaban campanas para asegurarse de que no te pasaban por alto. En un par de ocasiones tomó aire para decírselo a Hester, que iba sentada a su lado muy erguida y con la mirada al frente. No parecía en absoluto la misma de siempre, de modo que cambió de parecer y se abstuvo de preguntar. Optó por elegir entre otras varias preguntas que le acudían a la mente.

—¿Dios solo vive en las iglesias? —dijo en voz muy baja. No quería que los demás pasajeros del ómnibus le oyeran. Seguramente sabían la respuesta y quedaría como un estúpido.

Hester pareció sorprenderse y al instante Scuff deseó no haber preguntado. Si prestaba atención, seguramente lo averiguaría, además.

—No —contestó Hester—. Está en todas partes. Creo que lo que ocurre es que prestamos más atención dentro de las iglesias. Es como aprender en el colegio. Puedes escuchar una lección en cualquier parte pero el colegio hace que resulte más fácil. Lo hacemos todos juntos.

—¿Tenemos un maestro?

Aquella parecía una pregunta razonable.

—Sí. Lo llamamos ministro.

—Ya veo. —Eso era un poco preocupante—. ¿Me hará preguntas al final?

—No. No, no permitiré que haga eso —respondió Hester. Parecía muy segura. Scuff se relajó un poco.

—¿Por qué tenemos que aprender?

—No tenemos que aprender, pero a mí me gustaría.

—Ah.

Scuff guardó silencio durante más de medio kilómetro.

—¿Nos hablará sobre el cielo? —preguntó finalmente.

—Así lo espero —contestó Hester. Ahora lo estaba mirando, sonriente. Scuff se animó.

—¿Dónde está el cielo?

—No lo sé —dijo Hester con franqueza—. Dudo que alguien lo sepa.

Esa no era una respuesta muy buena.

—¿Entonces cómo vamos a llegar hasta allí?

Hester se quedó perpleja.

—¿Sabes qué? Eso es algo que a todos nos gustaría saber, pero no tengo ni idea. Quizá nos lo dirán si vamos a la iglesia a menudo y prestamos más atención.

—¿Tú quieres ir al cielo?

—Sí. Igual que todo el mundo. Es solo que muchos de nosotros no deseamos de verdad hacer lo necesario para ir.

—¿Por qué no? Eso es una tontería —señaló Scuff.

—No reflexionamos sobre ello lo suficiente —contestó Hester—. A veces pensamos que es demasiado difícil para que merezca la pena tomárselo en serio ya que de todos modos no conseguiremos llegar.

Scuff se quedó meditando en silencio unos minutos mientras el ómnibus subía una cuesta y aminoraba la marcha. Los caballos sin duda tuvieron que esforzarse un poco.

—Si tú no vas, creo que yo tampoco quiero ir —dijo al cabo.

De pronto Hester pestañeó como si estuviera a punto de llorar, solo que Scuff sabía que no era así porque Hester nunca lloraba. Luego le apoyó una mano en el brazo un momento. Scuff notó su calor incluso a través de la manga de su chaqueta nueva.

—Creo que deberíamos ir los dos —le dijo Hester—. De hecho, deberíamos hacerlo los tres.

Scuff se quedó pensando, dando vueltas a otras preguntas que haría en otra ocasión, hasta que el ómnibus se detuvo en la parada donde se apearon. Caminaron unos cincuenta metros por la acera hasta un templo. En realidad no era una iglesia normal, como la que él hubiese esperado, pero Hester parecía bastante segura, de modo que entró con ella por las grandes puertas abiertas.

En el interior había filas de asientos, todos muy duros, con el tipo de respaldo que te obligaba a sentarte muy derecho aunque no quisieras. Ya había una multitud de personas. Todas las mujeres que veía llevaban sombreros: grandes, pequeños, con flores, con cintas, de colores pálidos, de colores oscuros, pero ninguno muy llamativo, sin rojos, rosas ni amarillos. Todos los hombres vestían trajes oscuros. Debía de ser un uniforme.

Solo llevaban un momento allí cuando un hombre muy apuesto se les acercó sonriendo. Tenía el pelo rubio y ondulado, un poco canoso en las sienes. Tendió la mano, mirando un instante más allá de Hester. Acto seguido, al darse cuenta de que no la acompañaba un hombre, retiró la mano e hizo una contenida reverencia.

—Mucho gusto, señora. Me llamo Abel Taft. Permítame darle la bienvenida a nuestra congregación.

—Gracias —respondió Hester calurosamente—. Soy la señora Monk.

Se volvió para presentar a Scuff y se produjo un momento de tenso silencio. El corazón de Scuff casi dejó de latir. ¿Quién iba a decir que era? ¿Un golfillo que ella y Monk habían recogido de la orilla del río y que solo atendía al nombre de Scuff?

Taft se volvió para mirar a Scuff a los ojos.

Scuff estaba paralizado, con la boca seca como el polvo.

Hester sonrió, con la cabeza un poco ladeada.

—Mi hijo William —dijo, tras un levísimo titubeo.

Scuff se encontró sonriendo tan abiertamente que le dolía la boca.

—Mucho gusto, William —dijo Taft con formalidad.

—Mucho gusto —respondió Scuff, con la voz rasposa—. Señor —agregó por si acaso.

Taft también seguía sonriendo, como si tuviera la sonrisa pegada en la cara. Scuff había visto expresiones parecidas otras veces, cuando la gente intentaba venderte algo.

—Espero que nuestro oficio le resulte inspirador, señora Monk —dijo Taft afectuosamente—. Y, por favor, no dude en preguntar lo que guste. Confío en verla a menudo y tal vez llegar a conocerla un poco mejor. Verá que el ambiente de nuestra congregación es agradable. Hay personas muy simpáticas.

—Seguro —contestó Hester—. Ya me lo han dicho.

—¿En serio? —Taft dejó de alejarse de ella, con su atención súbitamente renovada—. ¿Puedo preguntar quién?

Hester bajó los ojos.

—Me parece que los incomodaría que lo dijera —contestó con modestia—. Pero me fue dicho con suma sinceridad, se lo aseguro. Me consta, por lo menos, que llevan a cabo una obra verdaderamente cristiana a favor de quienes no son tan afortunados como nosotros.

—En efecto, así es —dijo Taft con entusiasmo—. Me encanta verla tan interesada. Será un placer informarla mejor después del oficio.

Hester lo miró sin reserva.

—Gracias.

Scuff se quedó turbado. Nunca la había visto comportarse así. Por descontado, muchas mujeres miraban a los hombres de aquella manera, ¡pero Hester no! ¿Qué le pasaba? No le gustó nada aquel cambio en ella. Estaba perfecta siendo tal como era.

Hester lo condujo hacia un par de sillas cerca del fondo de la sala y se sentaron bastante apretujados mientras las demás personas se movían un poco para hacerles sitio. Desde luego había más gente de la que se hubiese figurado que quisiera estar allí. ¿Qué iba a ocurrir que fuera merecedor de tantos empujones, por no mencionar el vestirse de punta en blanco y perder el tiempo una radiante mañana de domingo? ¡El sol brillaba en la calle y casi nadie tenía que ir a trabajar!

Comenzó a prestar atención en cuanto se inició el oficio religioso. El señor Taft llevaba la voz cantante, diciendo a todo el mundo cuándo debía levantarse, cantar o recitar oraciones por el bien de los demás. Lo único que ellos tenían que hacer era decir amén al final. Parecía rebosar de entusiasmo, como si aquello fuese la mar de emocionante. Gesticulaba con los brazos y tenía el rostro encendido. Podría haber sido su fiesta de cumpleaños y todos ellos sus invitados. Scuff había visto una, una vez, la de un niño rico cuyos padres habían alquilado una embarcación de recreo. Había cintas de colores por doquier y una banda que tocaba música. Cuando se detuvo en uno de los muelles, Scuff se acercó a mirar.

En aquella iglesia también había música, alguien tocaba el órgano y todo el mundo cantaba. Al parecer, se sabían la letra. Incluso a Hester le bastaba con echar un vistazo al libro de himnos que sostenía abierto para que él también lo viera, pero Scuff no había oído nunca aquellas melodías y se perdía con facilidad.

Hester le daba un discreto codazo de vez en cuando, o le apoyaba la mano en el brazo, para advertirle de que iban a levantarse o a sentarse de nuevo. Se fijó en que miraba mucho a su alrededor. Pensó que Hester miraba a los demás para saber qué había que hacer e imitarlos. Luego se dio cuenta de que en realidad ya lo sabía, que solo sentía interés, casi como si estuviera buscando a una persona en concreto.

Cuando el oficio terminó y Scuff supuso que ya podían irse a casa, Hester se puso a conversar con las personas que tenía en derredor. Eso fue un verdadero fastidio pero no le quedó más remedio que aguardar pacientemente. Camino de casa le preguntaría para qué se hacía todo aquello. ¿Por qué quería Dios algo que parecía tan inútil? ¿Acaso la verdadera razón era otra por completo, como quizás impedirles que salieran a emborracharse o para asegurarse de que no se quedaran en la cama todo el día? Conocía a personas que lo hacían.

Hester estaba conversando con la señora Taft, que era una dama muy bonita, de cabellos rubios y ojos azul claro. Scuff había visto una estatuilla de porcelana de una señora como ella y le habían dicho que no la tocara porque podría romperse.

—Hacen un trabajo maravilloso —estaba diciendo Hester con sumo entusiasmo.

Scuff se puso a escuchar. Si tanto le interesaba a ella, tal vez tenía su importancia. A lo mejor todo aquello se hacía por eso.

—Desde luego que sí —dijo la señora Taft con una dulce sonrisa—. Y recibimos tanto apoyo que resulta muy alentador. Se quedaría asombrada si supiera lo que llegan a dar incluso las personas más pobres. Seguro que Dios las bendice por ello. Conocerán la gloria en el cielo.

Daba la impresión de decirlo en serio. Los ojos le brillaban y tenía las mejillas levemente sonrosadas. Llevaba un sombrero precioso con un arreglo de flores multicolores. Scuff sabía que no eran de verdad, pero casi lo parecían. Hester estaría mucho más guapa que aquella mujer con un sombrero como aquel, pero probablemente costaba más que una semana de cenas para ellos tres.

—¿Y esas personas no le preocupan también? —preguntó Hester con inquietud.

La señora Taft se mostró desconcertada.

—Entre ahora y el cielo —agregó Hester a modo de explicación.

—Dios cuidará de ellas —contestó la señora Taft con amable reprobación.

Hester se mordió el labio. Scuff había visto esa expresión antes. Le constaba que Hester quería decir algo pero que había decidido no hacerlo.

Se les unieron dos muchachas, pocos más años mayores que Scuff pero ya con aspecto de mujeres adultas, el pelo en tirabuzones y sombreros de paja con cintas. Fueron presentadas como las hijas de la señora Taft, Jane y Amelia. La conversación continuó sobre las generosas donaciones a la maravillosa obra que la Iglesia estaba haciendo para los desdichados, sobre todo en una parte remota y no identificada del mundo.

Scuff se aburría soberanamente y dedicó su atención a los demás miembros de la congregación. Muchas de las mujeres eran mayores y más bien gordas. Las que tenía más cerca crujían un poco al moverse, como la madera de un barco con la marea. Parecían descontentas. Supuso que quizá llegaban tarde a almorzar y que les fastidiaba verse retenidas por conversaciones absurdas. Las compadeció. Él también tenía hambre y empezaba a estar harto. Una de ellas cruzó una mirada con él y Scuff le sonrió tímidamente. La mujer correspondió a su sonrisa pero su marido la fulminó con la mirada y enseguida apartó la vista.

¿Por qué seguía allí Hester? No conocía a aquella gente y desde luego no estaba hablando sobre Dios, como tampoco escuchándolo. Sin embargo, parecía estar muy interesada.

Aún mostró más interés cuando le presentaron a un hombre apuesto con una abundante mata de pelo moreno y una nariz bastante prominente. Al parecer se llamaba Robertson Drew, y se dirigía a Hester con condescendencia. Se fijó con detenimiento en el vestido y el sombrero nuevo de Hester y también en que las puntas de sus botines estaban un poco gastadas.

A Scuff le cayó mal de inmediato.

—Mucho gusto, señora Monk —dijo Drew, sonriendo sin apenas mostrar los dientes—. Bienvenida a nuestra congregación. Espero que se una a nosotros regularmente. ¿Este es su hijo? —Miró un momento a Scuff—. ¿Tal vez su marido tendrá ocasión de acompañarla en el futuro?

Scuff pensó que la probabilidad de que eso ocurriera era la misma que la de encontrar un soberano de oro en el desagüe. Algo no imposible del todo, ¡aunque mejor no molestarse en mirar más de una vez!

—Haré cuanto pueda por convencerlo —dijo Hester con mucha labia—. Por favor, cuénteme más cosas sobre su obra benéfica, señor Drew. Confieso que ha sido eso lo que me ha traído aquí. Vivo un poco lejos de aquí, pero tengo la impresión de que casi todos los pastores hablan mucho de hacer buenas obras pero en realidad lo practican muy poco.

—¡Vaya! Qué perspicaz, señora Monk —respondió Drew con fervor. De pronto fue todo interés. Alargó la mano como si fuera a tomar a Hester del brazo. Scuff se dispuso a darle una patada en la espinilla si realmente la tocaba, pero Drew retiró la mano y comenzó a hablar muy resuelto acerca de todo lo que la Iglesia había hecho por los necesitados.

Hester lo escuchaba como si estuviese embelesada. Incluso Scuff, que sabía que no podía ser cierto, tuvo la impresión de que le importaba sinceramente.

Entonces Scuff se dio cuenta de que Hester no estaba fingiendo. Hacía preguntas. Quería saber. Sintió un cosquilleo de excitación. ¡Le importaba de veras! No estaban allí para cantar himnos y repetir oraciones, ¡estaba investigando algo!

Scuff se puso a escuchar, aunque sin entender por qué podía tener importancia todo aquello.

Drew reparó con agrado en la atención que le prestaba Scuff y comenzó a dirigir su discurso a los dos.

Por fin escaparon al luminoso exterior y se alejaron a paso vivo hacia la calle principal más cercana para tomar un ómnibus hasta el río y luego el transbordador que los llevaría a casa. Scuff desafió a Hester.

—Estás investigando algo, ¿verdad?

Hester titubeó un instante pero cedió y sonrió.

—Lo intento. Gracias por ayudarme.

—No he hecho algo.

—Nada —lo corrigió Hester automáticamente.

—Aun así, no lo he hecho. ¿Qué hacían, aparte de ir más tiesos que un palo de escoba?

—¿Eso piensas? —preguntó ella con curiosidad—. ¿Qué te lleva a pensarlo?

—He visto esa mirada en la cara de los peristas opulentos que intentan venderte oro cuando saben que es similor —contestó Scuff.

—Eso que dices es muy poco amable, Scuff, aunque probablemente sea cierto —dijo Hester, intentando sin éxito disimular cuánto le divertía el comentario. Perista opulento era un término de germanía que designaba a los peristas de objetos robados especializados en objetos caros y difíciles de vender.

—¿Qué vamos a hacer? —preguntó Scuff, dando por sentado que estaba involucrado en sus planes.

Hester caminó varios metros sin contestar.

Scuff le seguía el paso. Ahora tenía piernas suficientemente largas. Tenía casi la misma estatura que ella y en uno o dos años sin duda sería más alto. Se preguntó qué sensación le produciría. Todavía andaba preguntándoselo cuando Hester le contestó.

—Sopesaré todo lo que sé, que admito que es bien poco, y luego iré a la clínica a ver a Squeaky Robinson.

—¿Por qué?

Scuff apenas conocía a Squeaky Robinson. Regentó un burdel hasta que sir Oliver Rathbone le tendió una trampa para arrebatarle los edificios que poseía y utilizaba y que ahora albergaban la clínica para mujeres de la calle que Hester dirigía. Squeaky no tenía adónde ir ni otros medios para ganarse la vida. Aunque protestó indignado sin cesar, había aceptado el ofrecimiento de ganarse el alojamiento llevando las cuentas del nuevo establecimiento, cosa que hacía notablemente bien. Desde luego sabía de dinero, y entendía que su supervivencia dependía de que fuera totalmente honesto.

—Porque si en verdad han sido deshonestos, Squeaky Robinson es la única persona que puede pillarlos —contestó Hester.

—¿Cómo lo sabrá?

—Eso también tengo que averiguarlo —dijo Hester—. Puesto que son una obra benéfica, tienen que rendir cuentas de su dinero. No será fácil pescarlos, pero hay que intentarlo.

—¿Por qué? —preguntó Scuff—. O sea, ¿por qué lo hacemos?

—Porque han arruinado al padre de alguien a quien aprecio —le dijo Hester—. Alguien que se parece bastante a mí cuando yo tenía su edad. Y supongo que también porque alguien le hizo lo mismo a mi padre y no lo pude ayudar.

Scuff la miró y vio la tristeza y la culpabilidad que traslucía su semblante. Entendió que no era momento de hacer más preguntas.

—De acuerdo —contestó—. Te ayudaré.

—Gracias. Ahora démonos prisa y tomemos el próximo ómnibus para ir a casa a almorzar.

Hester fue a la clínica de Portpool Lane el lunes por la mañana como de costumbre y, como de costumbre, primero se ocupó de los asuntos médicos urgentes y luego de los del establecimiento. Finalmente fue al despacho de Squeaky Robinson para informarse sobre el estado de las finanzas.

Squeaky era un hombre escuálido y cadavérico de edad indefinida, entre los cincuenta y los sesenta años. La saludó con su habitual expresión adusta.

—No nos vendría mal más dinero —contestó a la pregunta de Hester—, pero no estamos desesperados... al menos a fecha de hoy.

—Bien. —Hester dio el asunto por zanjado. Apartó la silla del otro lado del escritorio y se sentó—. Squeaky, necesito que me aconseje y, posiblemente, que me ayude.

Squeaky la miró entrecerrando los ojos con recelo.

—No sobra nada —dijo de inmediato.

—No quiero dinero —contestó Hester, conservando la paciencia con dificultad—. Creo que podría estarse dando un caso de estafa en una iglesia..., al menos espero que así sea.

Squeaky levantó las cejas de golpe.

—¿Que usted qué?

—Espero que sea una estafa —contestó Hester, dándose cuenta de que no se había expresado con demasiada claridad—. Así podremos hacer algo al respecto.

Explicó lo que sabía sobre la víctima, sin mencionar nombres, y lo poco que había descubierto durante su visita a la iglesia.

—Déjelo correr —dijo Squeaky, casi sin dejarla terminar.

Esa era siempre su primera reacción, de modo que, como de costumbre, Hester la pasó por alto. Pasó a describirle a Abel Taft y a Robertson Drew, viendo en todo momento que Squeaky cada vez arrugaba más el rostro con desagrado. Finalmente mencionó que la víctima, a quien conocía y la preocupaba, era el padre de Josephine Raleigh. Se había reservado aquella información hasta el final a propósito, sabiendo que causaría más efecto.

Squeaky la miró torvamente, siendo consciente de la manipulación de que había sido objeto. Y lo que más le irritaba era haber caído en la trampa.

—¡No sé qué pretende que haga! —dijo indignado—. No pienso ir a la iglesia. Va contra mis creencias.

—Me parece que esta también va contra las mías —contestó Hester—. ¿No puede encontrar una manera de echar un vistazo a su contabilidad?

—No va a poner «estafa» en sus libros —señaló Squeaky.

—Si lo pusiera no le necesitaría —replicó Hester—. Soy bastante buena leyendo palabras; son las cifras lo que me resulta más difícil, sobre todo cuando figuran en un libro de contabilidad y todo parece perfectamente honesto. Necesitaré a alguien más inteligente que ellos para pillarlos.

Squeaky gruñó. Jamás admitiría que lo halagaba su confianza, pero así era.

—Echaré un vistazo —dijo a regañadientes—. Suponiendo que pueda hacerme con los libros, claro está. No puedo prometerle que vaya a servir de algo.

Hester le sonrió afectuosamente.

—Gracias. No debería tener dificultades para ver los libros. Al fin y al cabo, es una obra benéfica. Ya se le ocurrirá la manera de hacerlo. Me encantaría que el señor Raleigh recuperara parte de su dinero. Y aunque no me guste admitirlo, también me gustaría mucho que alguien le cortara las alas a Abel Taft.

Squeaky la miró fijamente durante un par de prolongados segundos y, al cabo, correspondió a su sonrisa, mostrando sus dientes torcidos.

En ese instante Hester supo que, si era posible pillar a Abel Taft, Squeaky lo haría.

Hester estaba sentada en el despacho de Squeaky Robinson. Había una bandeja con té sobre una mesa en el otro lado de la habitación porque los papeles extendidos sobre el escritorio lo cubrían por completo. Squeaky llevaba una corbata limpia en el cuello, perfectamente anudada, y se veía notablemente satisfecho de sí mismo.

—Está hecho con mucha astucia —dijo, dando golpecitos a la primera hoja con las yemas de los dedos—. ¡Pero los he pillado! Está todo aquí, si uno sabe dónde mirar. ¡«Hermanos de los Pobres», qué desfachatez! —Adoptó una expresión de sumo desagrado—. Repugnante. Una cosa es robar a los ricos, pero embaucar a los pobres de esta manera, y encima en nombre de la religión, es una vileza.

—¿Hermanos de los Pobres? ¿Está seguro?

Hester sabía muy bien lo importante que era ser precisa ante los tribunales. Todavía sentía un escalofrío cuando recordaba tiempos pasados: uno en concreto, cuando estuvo tan convencida de la culpabilidad de un hombre que no fue suficientemente concienzuda con las pruebas y Oliver Rathbone la había pescado en el estrado. El resultado había sido humillante además de desastroso. Su falta de cuidado, incluso su orgullo desmedido, había hecho que se perdiera el pleito y el acusado salió en libertad. Al final lo atraparon, pero no antes de que se perdieran otras vidas. Faltó muy poco para que la de Scuff fuese una de ellas.

—¡Claro que estoy seguro! —contestó Squeaky, levantando tan alto sus desgreñadas cejas que casi se confundieron con su pelo—. ¿De pronto no se fía de mí?

Hester no perdió la calma.

—He cometido suficientes errores dando las cosas por sentadas y no permitiré que eso ocurra otra vez —respondió.

Squeaky supo de inmediato a qué se refería. Soltó el aliento en un suspiro.

—Sí, claro. Seguro. Pero de todos modos no importa ya que serán la policía y los abogados quienes lo hagan cuadrar todo. Usted solo tiene que darles esto. Si lo estudian con detenimiento, quedará demostrado que han estado robando.

—Así lo haré —dijo Hester, comenzando a juntar los papeles—. Gracias.

Squeaky se los cogió de las manos y los barajó para amontonarlos, con la misma soltura que si fuesen un mazo de naipes.

—No hay de qué. —La miró de hito en hito y de repente sonrió como un lobo—. Atrápelos. Cuélguelos en una horca tan alta como su campanario.

—No es un delito que se castigue con la pena capital —aclaró Hester.

—Bien, pues debería serlo —dijo Squeaky rotundamente—. Aunque pensándolo mejor, pasar diez años seguidos en Coldbath Field es bastante peor. Con eso me daré por satisfecho. ¡Lleve estos papeles a la policía!

2

Oliver Rathbone ocupaba el asiento del juez ligeramente por encima del resto de la sala en el principal juzgado de lo penal de Londres, conocido como el Old Bailey. Posiblemente fuera el punto culminante de su carrera estar presidiendo en semejante lugar. Podía decirse que había sido el abogado más brillante de Inglaterra y, recientemente, tras una serie de casos señalados, le habían ofrecido aquel importante puesto en el tribunal. Le había sorprendido lo mucho que significaba para él. Suponía el reconocimiento no solo de su intelecto sino de sus principios éticos y de su juicio personal y humano.

Había ocurrido en un momento en el que otros aspectos de su vida eran mucho menos felices. Su esposa, con quien solo llevaba casado dos años, lo había acusado de arrogancia, de egoísmo y de anteponer su ambición profesional a la lealtad y el honor, en concreto a la lealtad a su familia. Él había intentado explicarle sin éxito que no había tenido más alternativa que ceñirse a la ley. Ella no fue capaz de creerle. La pesadumbre todavía lo consumía lentamente en su fuero interno, inalcanzable para la razón o cualquier otro de los éxitos que se habían sucedido desde entonces.

Ahora observaba a los jurados que regresaban a sus asientos, listos para dar su veredicto. Solo habían estado fuera dos horas, mucho menos tiempo del que él hubiese esperado. Los cargos contra el acusado eran de estafa y las pruebas habían sido numerosas y complicadas, como solían serlo en todos los casos de estafa. El robo era sencillo: un solo acto. Incluso la violencia quedaba circunscrita en un tiempo y un lugar. La oculta duplicidad de la estafa requería muchos papeles que leer, cifras que sumar siguiendo su rastro en distintas fuentes, y que las inexactitudes halladas no fueran un error verdadero, compensado en otra parte.

Su dirección del juicio había sido un hábil ejercicio de equilibrio.

Rathbone miró al fiscal Bertrand Allan. Se le veía nervioso. Era un hombre alto, un poco encorvado, con una mata de pelo castaño que comenzaba a encanecerse. A primera vista parecía bastante relajado, pero mantenía las manos ocultas y tenía los hombros tan rígidos que se le notaba en las arrugas de la chaqueta. Su asistente hacía tamborilear los dedos en silencio sobre la mesa.

El abogado de la defensa estaba inquieto. Sus ojos iban de un lado a otro sin posarse nunca en Rathbone.

Arriba, en el banquillo, el acusado estaba pálido, por fin presa del verdadero miedo. En todo momento, hasta llegar a aquel día final, se había mostrado confiado. Se balanceaba un poco, como si la tensión de la espera fuese demasiado para él. Rathbone había presenciado esa reacción demasiadas veces para que le causara algo más que un instante de compasión, y en aquel caso también cierto grado de desprecio.

Cuando se lo pidieron, el portavoz del jurado se levantó para dar el veredicto.

—Culpable —dijo con claridad, sin mirar a nadie.

Un suspiro de alivio recorrió la sala de vistas. Rathbone notó que se le relajaban los músculos. Creía firmemente en que aquella era la conclusión correcta. Cualquier otra habría supuesto no haber captado el peso y la importancia de las pruebas. No sería apropiado sonreír. Sintiera lo que sintiese, debía parecer imparcial.

Dio las gracias al jurado y pronunció la sentencia que condenó al acusado a casi tantos años de prisión como permitía la ley. El delito había sido grave y cruel. Viendo las expresiones de asentimiento de los presentes en la sala y oyendo un murmullo de aprobación, constató que el público también estaba satisfecho con el fallo.

Una hora después, todavía a media tarde, Rathbone estaba en su despacho de juez, leyendo documentos sobre un caso que se vería al cabo de un par de días. Llamaron bruscamente a la puerta y en cuanto contestó, esta se abrió y un hombre bajo y fornido de abundante pelo prematuramente gris entró.

Rathbone lo reconoció de inmediato aunque solo había cruzado con él meras fórmulas de cortesía, pero su reputación era inmensa. Se trataba del señor Justice Ingram York, un hombre mucho más veterano que Rathbone, que había presidido los casos más famosos de las últimas dos décadas. Había ingresado en la judicatura al principio de su carrera y tan solo era diez o doce años mayor que Rathbone.

York inclinó levemente la cabeza, permaneciendo de pie justo delante de la puerta que había cerrado nada más entrar. Vestía ropa cara. Solo su corbata debía de costar más que el vestuario entero de muchas personas. Sus rasgos eran agradables, como sin duda él sabía muy bien, salvo por una boca severa, aunque ahora sonreía con cierto grado de satisfacción.

Rathbone se puso de pie por pura cortesía y por respeto a la antigüedad de York.

—Buen trabajo, Rathbone —dijo York en voz baja—. Un caso muy complicado. Me preocupaba que el peso de las pruebas confundiera al jurado, pero usted les esclareció el asunto con suma lucidez. Ha encerrado a ese diablo artero por un buen puñado de años, y probablemente haya dado un ejemplo que otros seguirán.

—Gracias —dijo Rathbone, tan complacido como sorprendido. Nunca habría esperado que una eminencia como York fuera a verle para manifestarle su satisfacción.

York sonrió.

—Me preguntaba si le apetecería cenar conmigo mañana. También he invitado a Allan y a su esposa. Su actuación ha sido brillante, a mi entender. Es un hombre competente.

—Gracias, será un placer —aceptó Rathbone. No fue hasta que York le hubo dado su dirección y se hubo marchado que Rathbone se preguntó si York era consciente de que Margaret, la esposa de Rathbone, ya no vivía con él. Aquella invitación era un honor y Rathbone tuvo que admitir que se sentía muy complacido. Era una especie de aceptación que no había esperado tan pronto. Ahora dudaba sobre si se sentiría incómodo al presentarse solo.

Solo precisó un momento de reflexión para dilucidar si había alguna alternativa. Hacía meses que no hablaba personalmente con Margaret. Toda comunicación entre ellos era por mediación de una tercera persona, generalmente su madre.

Mirándolo ahora, posiblemente les faltó algo, una comprensión más profunda que los intercambios de palabras de las conversaciones, incluso la ternura física al principio. ¿Realmente se habían comprendido mutuamente alguna vez? Él pensaba que sí. Había visto dulzura en ella, una poco frecuente y muy encantadora dignidad. Todavía recordaba cómo la había humillado su madre sin querer, cuando aún era soltera, tratando de persuadir a Rathbone, como buen partido que era, de las virtudes de Margaret. La había avergonzado profundamente y, sin embargo, había procurado que Rathbone no se violentara, permitiéndole escapar sin parecer grosero.

No obstante, Rathbone se vio realmente deseoso de bailar con ella, incluso de conocerla mejor. Su inteligencia y sentido del honor la situaban por encima y aparte de las demás jóvenes presentes en la fiesta. No recordaba cómo había sido esta, lo único que recordaba era a Margaret.

Pero aquello había terminado. Sin duda los cotilleos en el mundillo legal habían llegado a oídos de York. Sabría de sobras que hacía más de un año que Margaret no acompañaba a Rathbone a parte alguna. Era difícil no reparar en ello.

¿Qué ocurriría con lady York? ¿Encontraría que su mesa quedaba desequilibrada? ¿Tal vez había invitado a otra mujer? Qué embarazoso.

Por supuesto, había contado con todo esto aunque no fuera parte del verdadero sentimiento de pérdida. Con Margaret había creído ser feliz y hallarse en el comienzo de una nueva etapa de su vida. Se sentía completo como nunca antes en su vida. Ahora, a solas, la sensación de fracaso era aguda. No se parecía en nada a la ocasional y bastante agradable soledad que había conocido antes de casarse. Cuando estuvo enamorado de Hester había vacilado en dar algún paso decisivo, inseguro de desear realmente ver perturbada su comodidad.

Qué absurdo parecía al volver la vista atrás, incluso cobarde. Hester nunca había usado esa palabra para referirse a él, pero Rathbone no podía evitar preguntarse si le había pasado por la cabeza.

¿Tendría que haber dicho algo a York sobre su condición de soltero?, seguramente no. Habría resultado poco apropiado, incluso un poco ridículo.

Acudiría a la cena y a lo mejor lo pasaría bien. Había resuelto bien un juicio muy difícil. Se trataba de una celebración y se había ganado su lugar en ella.

Rathbone se vistió impecablemente, como siempre. La elegancia era innata en él. Llegó a la magnífica casa de los York con extrema puntualidad. Estaba acostumbrado a la precisión y supuso que York también. La puerta se abrió antes de que tuviera ocasión de tirar de la campanilla, como si el lacayo hubiese estado alerta a su llegada, cosa que, con toda seguridad, era cierta.

Rathbone le dio las gracias, le dio el sombrero y fue acompañado a través del suelo de mosaico de mármol del recibidor hasta la puerta de dos hojas de la sala de estar. El lacayo la abrió y lo anunció sin levantar la voz.

—Sir Oliver Rathbone, señor, señora.

Aguardó a que Rathbone entrara y cerró la puerta sin hacer ruido.

La sala de estar era muy espaciosa, más de seis metros de largo y otros tantos de ancho. Suntuosas alfombras cubrían el suelo; las cortinas de los cuatro altos ventanales eran de un intenso color vino, oscuro como el borgoña, y pese a la noche veraniega estaban corridas. Aquella parte de la sala debía de dar a la calle y, aun siendo esta muy tranquila, quizá quedaba demasiado expuesta a los transeúntes para gozar de intimidad.

Los muebles también eran de colores cálidos, y los candelabros se reflejaban en las superficies de madera pulida y en las vitrinas de la pared del fondo. La repisa de la chimenea era una espléndida pieza tallada de simple arquitectura pero elaborada decoración. Toda la estancia se ordenaba en torno a ella.

York estaba de pie junto a la chimenea. Saltaba a la vista que estaba a gusto, con un traje expertamente cortado para disimular su prominente cintura y un cigarro puro en la mano. Era el amo absoluto de la situación. Rathbone miró con interés a su esposa, y con una sorpresa que le produjo un escalofrío, se recordó a sí mismo que no era buen juez del carácter femenino.

Había esperado encontrarse con alguien corriente, dando por sentado que York se había casado por motivos económicos, sociales y dinásticos, probablemente con afecto pero sin ninguna pasión que anulara el raciocinio. Todo lo que sabía acerca de él, y su muy notable reputación, hablaba de un hombre que nunca actuaba precipitadamente. Como abogado había aceptado casos sensatos, nunca alguno que cupiera calificar de cruzada. Sus opiniones políticas eran discretas. Sus dos hijos parecían cortados por el mismo patrón: robustos e inteligentes pero sin ardor alguno.

Beata York no encajaba en absoluto con aquella idea. Era mayor que Margaret, tendría más de cuarenta y cinco años, pero su rostro era infinitamente más turbulento. Sus ojos grises eran grandes y brillaban con inteligencia. El pelo, de un rubio sorprendente, un dorado tan claro que casi parecía plateado. Al principio Rathbone pensó que era muy guapa pero enseguida se dio cuenta de que estaba siendo estúpido. Era una mera impresión porque iba vestida exquisitamente con un vestido de un color indefinido que no era gris ni crema. Entonces ella le sonrió y se acercó para saludarlo, y Rathbone vio que se había equivocado. Había estado en lo cierto desde el comienzo: era guapa.

—Buenas noches, sir Oliver. —Su voz era grave, incluso un poco ronca—. Me alegro de que haya venido. Esta celebración habría resultado incompleta sin su presencia.

Si había esperado a su esposa, no hubo el menor indicio de ello en su expresión.

—Gracias —contestó Rathbone, mirándola a los ojos—. Hubiese sido una pena celebrarlo a solas. Y considero que era necesario que ese hombre fuese apartado de la sociedad, impidiendo así que hiciera más daño.

—Tengo entendido que ha sido un caso muy complicado —prosiguió ella—. ¿Cómo se las arregla para recordar todos los pormenores? ¿Toma muchas notas? Cuando escribo deprisa, luego no soy capaz de leer lo que he escrito.

Hizo una mueca como burlándose de sí misma y rio un poco.

—Yo tampoco —confesó Rathbone—. Solo escribo una palabra o dos y confío en recordar el resto. No me corresponde tomar las decisiones, gracias a Dios, solo asegurarme de que el juego sea limpio.

—¿Limpio es lo mismo que correcto? —preguntó la señora York con repentino y grave interés.

Pilló a Rathbone desprevenido. Aquella pregunta era mucho más profunda de lo que había esperado. Exigía una respuesta sincera, no una trivial.

—Tal vez sea mi deber hacer que así sea —dijo a media voz.

Beata le sonrió, mirándolo a los ojos, y acto seguido se volvió para saludar a Bertrand Allan y su esposa. Acababan de llegar y estaban hablando con York en el vestíbulo, cerca de la puerta.

Se hicieron las presentaciones y Rathbone se encontró al lado de la señora Allan. Era una mujer de rasgos comunes, quizá demasiado delgada pero bastante agradable.

—Enhorabuena, sir Oliver —dijo cortésmente—. Mi marido dice que fue un caso inusualmente complicado y que no esperaba ganarlo de manera tan convincente. Debe requerir mucha habilidad desenmarañar todos los hilos de las pruebas y resumirlos para que el jurado entienda su significado y su peso.

—Gracias —aceptó Rathbone—. Su esposo presentó sus argumentos con suma claridad, y eso nos facilitó mucho las cosas a los demás.

La señora Allan sonrió agradecida.

—Me atrevería a decir que le complacería que su próximo juicio fuese algo menos complicado. ¿O acaso disfruta con los desafíos?

No parecía curiosa, solo ligeramente interesada.

Rathbone no supo qué contestar. Deseaba volver a hablar con Beata York, pero aquel momento ya había pasado.

—Sobre eso no ejerzo ningún control —contestó—. Y tal vez sea mejor así.

La cena fue anunciada y pasaron al comedor. Aquella estancia también era de un gusto exquisito. La mesa estaba puesta con cubertería de plata y una hermosa cristalería que centelleaba con las luces. Había un centro de mesa de flores pálidas de peral, narcisos tardíos y jacintos blancos, todas con los pétalos perfectos, emanaban una levísima fragancia muy delicada, mientras que las hojas verde oscuro se recortaban sobre el mantel blanco.

La alfombra era azul oscuro; las cortinas, azules y marfil. Las paredes también de color marfil con una primorosa moldura dorada en los bordes de los lienzos. Sobre la repisa de la chimenea había un cuadro enorme de un paisaje marino, al estilo de la escuela flamenca, cuyos sobrios colores combinaban de perlas con la clásica palidez de las paredes. En cada punta de la repisa unos candeleros de cristal sostenían velas blancas apagadas, a la espera de ser encendidas. La casa decía mucho sobre York. Era cara, de gran calidad pero sin ostentación, y del mejor gusto imaginable. ¿Sería obra de York o de Beata? La decoración tenía un carácter más intelectual que acogedor, y a Rathbone le costaba casar esa cualidad con el fugaz humor que había creído percibir en Beata. Aunque tal vez fueran imaginaciones suyas.

A cada uno le fue indicado su sitio, con York presidiendo la mesa y Beata en el otro extremo. La señora Allan se sentó al lado de Rathbone y el propio Allan delante de él. La mesa había sido dispuesta con el mayor equilibrio posible, de modo que la falta de compañera de Rathbone no fuera más obvia de lo necesario.

El primer plato fue un consomé ligero de verdura, seguido de un pescado blanco a la parrilla, y luego pato asado con una sustanciosa salsa de vino tinto. Los criados iban y venían sin que se oyeran más que breves murmullos, todos entrenados a la perfección.

York era un anfitrión refinado. Habló tanto con Rathbone como con Allan sobre el caso, haciéndoles cumplidos indirectamente al señalar lo importante que había sido.

—Creo que la estafa es un delito que demasiado a menudo se

trata a la ligera —dijo, mirando a uno y al otro—. Como no hay un acto visible de violencia, la gente lo considera menos grave. Y lo cierto es que entiendo que pueda ser así. —Tomó un bocado de pescado y prosiguió cuando lo hubo tragado. Nadie lo interrumpió—. Cuando no hay sangre ni una víctima magullada o desangrada, nos sentimos más seguros. Pueden escapar. ¿Cuán grave puede ser?

Rathbone tomó aire para responder pero lo soltó sin decir palabra. Se dio cuenta de que York deseaba contestar a la pregunta él mismo. Dirigió una mirada a Beata y vio la diversión que brillaba en sus ojos. Duró solo un instante, y Rathbone no estuvo seguro de si había sido imaginación suya, un reflejo de lo que sentía él.

Allan asentía y su esposa sonreía satisfecha ante los elogios de que estaba siendo objeto. Lo más apropiado era que ella tampoco hablara.

York estaba mirando a Rathbone, aguardando a que respondiera. Habiendo observado su semblante durante sus comentarios, Rathbone estuvo seguro de que esperaba algo más que mero reconocimiento. Quería que se comprometiera con la misma opinión. Buscaba aliados, aunque quizá sería más exacto decir partidarios.

—Esa es la percepción de quienes no son víctimas —dijo Rathbone rompiendo el silencio—. La estafa es un robo en la misma medida que cuando te asaltan en la calle, amenazándote con una navaja en las costillas. El miedo físico no es el mismo pero la gente tal vez olvide o pase por alto el mal trago y la sensación de traición. Esas también son heridas, y no estoy seguro de que el dolor que causen se cure tan deprisa. Puede haber sumas muy importantes de dinero en juego, tanto como lo que valga el hogar de una persona. Y además de eso, puede surgir una sensación de vergüenza, como si en cierto modo hubieras sido un tonto por no darte cuenta antes, crédulo por no haber sospechado. Te han dejado en ridículo.

York asintió con impostada satisfacción.

—Exactamente. Aun siendo algo privado es un pecado mortal. Que las heridas no sean visibles no significa que no puedas morir desangrado. Lo ha expresado usted muy bien. Con su permiso, me gustaría usar sus palabras la próxima vez que pronuncie un discurso en la Law Society.

Fue una pregunta con muchos circunloquios pero no cabía responder que no. Negarse equivaldría a tirar piedras contra su propio tejado con una considerable torpeza, y York era plenamente consciente de ello.

Rathbone se obligó a sonreír.

—Por supuesto —concedió—. Creo que usted tenía exactamente la misma idea, señor.

Bajó los ojos al plato pero no sin antes mirar de pasada a Beata, que fruncía ligeramente las cejas y apretaba un poco sus generosos labios. Sabía muy bien lo que acababa de hacer su marido y no lo aprobaba. O al menos eso fue lo que Rathbone quiso pensar. Debía mantener la mente despejada y prestar absoluta atención a la conversación, pues de lo contrario cometería más errores estúpidos y perdería la partida. Y se trataba de una partida reñida, una competición de ingenio; no debía equivocarse a ese respecto. El éxito era el premio: un éxito palpable en opinión de los demás.

De súbito fue consciente de que Margaret lo había acusado precisamente de eso: de anteponer el éxito y la fama profesional al amor, a la lealtad debida a la familia, que es más fuerte que la vergüenza, a las pérdidas económicas o al desdén de los demás. ¿Él era así? ¿Era ese el motivo por el que estaba sentado en aquella hermosa casa con Ingram York y Bertrand Allan, un ambicioso abogado en busca de la siguiente oportunidad para subir otro peldaño?

Allan volvía a estar hablando con entusiasmo con York. Rathbone lo observó, se fijó en el parpadeo de sus ojos y en los momentos de vacilación e intentó recordar cómo era él mismo diez años antes. ¿Había sido tan fácil leerle el pensamiento? ¿O era solo que se estaba viendo a sí mismo tal como Allan era ahora? Tal vez York hiciera lo mismo y leyera el pensamiento de ambos con idéntica facilidad.

Se volvió hacia Mary Allan para escrutar discretamente su semblante. Contemplaba con admiración a su marido. ¿Era algo emotivo o intelectual? ¿Entendía los matices mientras Allan comentaba otros casos y su opinión sobre determinadas sentencias, al tiempo que York se mostraba de acuerdo con él? Era muy posible que Allan estuviera exponiendo lo que creía, pero sin duda lo seleccionaba para agradar.

¿Qué sucedería si sus lealtades se vieran divididas, tal como le había ocurrido a Rathbone? ¿Estaría Mary Allan tan segura de su marido entonces? Tal vez ellos llevaban casados más tiempo. Nadie había mencionado hijos, pero bien era cierto que no solía hacerse en una cena de cariz profesional. ¿Qué habría hecho Margaret si ella y Rathbone hubiesen tenido hijos? Nunca lo sabría.

Seguían hablando sobre la cuestión de la estafa. Se citaban importantes casos recientes y se comentaba cómo habían actuado la defensa y la acusación. Allan no vacilaba en decir, con la ventaja de ver las cosas en retrospectiva, lo que él habría hecho.

Rathbone miró a Beata. Ella lo había estado mirando a él. Bajó los ojos enseguida, disimulando su interés. Por un instante Rathbone estuvo convencido de que, de haber sido apropiado, Beata le habría preguntado qué pensaba y si se percataba de la actitud de Allan con la misma facilidad que ella. Fue casi como si hubiesen hablado.

—Habrá más, por supuesto —dijo York con gravedad—. Y Dios sabe cuántos no descubriremos, que es lo peor de todo.

—A lo mejor este veredicto disuadirá a unos cuantos —respondió Allan, esperanzado.

—Y la severidad de la sentencia también —terció Mary Allan, mirando de reojo a Rathbone.

—Me temo que la severidad del castigo no es lo que da mejor resultado —repuso Rathbone—. Sí, en cambio, la certeza.

Mary Allan se sorprendió.

—Seguro que nadie estará dispuesto a enfrentarse a diez o quince años de prisión por más dinero que haya en juego —dijo con franca incredulidad—. ¡En algunas de las prisiones que tenemos quizá ni siquiera sobrevivirían! ¿De qué sirve el dinero entonces?

—Poco importa la sentencia si no los atrapan —explicó Rathbone—. Y todos piensan que ellos serán los que se saldrán con la suya. Ahora bien, si uno sabe que lo atraparán, incluso un año es demasiado.

—Para eso necesitaríamos una policía mejor —señaló York con una sonrisa amarga.

La reacción instintiva de Rathbone fue defender a la policía pero se mordió la lengua. En cambio, Beata habló.

—Carece de sentido detener a personas que cometen estafa si no se las puede enjuiciar con éxito —observó—. Tal como dice sir Oliver, es la certeza lo que frena a la gente, no la importancia del castigo. Sin duda nadie comete un delito si sabe que tendrá que pagarlo.

Mary Allan se volvió hacia ella.

—No entiendo lo que quiere decir —dijo, con la frente fruncida—. Si la policía encuentra suficientes pruebas, ¿no es cuanto necesitamos?

Beata miró a su marido con una expresión de ligera advertencia, y luego a Mary Allan.

—Con una buena acusación y un buen juez, sí, por supuesto que sí. —Alzó su copa de vino para que los demás se fijaran—. Brindemos por el éxito.

—Por el éxito —repitieron todos obedientemente.

La conversación derivó hacia otros asuntos. Beata preguntó si alguien había ido al teatro últimamente.

Bertrand Allan sorprendió a Rathbone al decir que hacía poco había acudido a una revista de variedades para ver la actuación del señor John *Jolly* Nash. Al ver las cejas arqueadas de York se apresuró a explicar que lo había hecho porque le habían dicho que Nash era un favorito del Príncipe de Gales, a quien, según se decía, le gustaba particularmente su interpretación de «Rackety Jack».

—¿En serio? —preguntó Beata con interés—. No lo sabía.

Mary Allan tenía la expresión perdida.

Rathbone lanzó una mirada a Beata, que de inmediato disimuló su sonrisa. Rathbone miró hacia otro lado.

—Creo que el señor Nash es un tanto... —Beata vaciló, buscando la palabra adecuada.

—Solo apto para caballeros —le aseguró Allan.

Mary Allan en aquel momento parecía confundida y no sabía cómo reaccionar.

—Entonces no estará censurado, me figuro que al gusto del Príncipe —observó Beata—. Qué entretenido.

Rathbone se contentaba con mirar y escuchar. Iba muy poco al teatro, últimamente. Se dio cuenta, como si de súbito se abriera un abismo de consternación delante de él, que con Margaret habían ido en varias ocasiones y que rara vez les interesaba la misma obra. ¿Cuán a menudo había fingido estar de acuerdo con ella cuando en realidad no lo estaba? Sus opiniones le parecían predecibles, sin suscitarle preguntas que no se hubiese planteado con anterioridad, sin despertar ningún sentimiento nuevo.

Hasta ahora no se le había ocurrido preguntarse con qué frecuencia Margaret había fingido interés por algo que había elegido él, probablemente disimulando su aburrimiento con más habilidad y tal vez con más comprensión que él.

Ahora los ocupaba otra obra más decorosa. Beata dirigía la conversación hacia terrenos menos polémicos.

—¿Le gustó? —le preguntó Rathbone un poco abruptamente, y acto seguido se avergonzó de su torpeza. Quería añadir algo que hiciera menos exigente la pregunta pero no se le ocurrió.

Beata parecía divertida, al menos mucho más que Allan, que había estado a punto de hablar y ahora no sabía qué decir.

York iba mirando a unos y a otros con una expresión indescifrable.

Beata encogió ligeramente los hombros con suma elegancia.

—Me ha pescado, sir Oliver. No estoy segura de que me gustara. La gente habla de ella pero me temo que se debe más a la actuación que al contenido del drama en sí. Me habría resultado más interesante si hubiese concluido de manera menos satisfactoria. Un final menos complaciente dejaría al espectador con algo en que pensar.

—A la gente no le gustan los finales confusos —señaló Mary Allan.

—Una obra debería ser bien una comedia, en cuyo caso el final es feliz, o bien una tragedia, en la que no lo es —dijo Allan, mostrándose de acuerdo con su esposa.

York se divertía. Los observaba con manifiesta satisfacción.

Beata hizo girar su copa de vino delicadamente, observando el resplandor de la luz a través del cristal. Rathbone se fijó en que tenía las manos muy bonitas.

—¿No les parece que la vida es ambas cosas, e incluso una farsa, a veces? —preguntó—. Un poco de ambigüedad, incluso de confusión, te permite sacar tus propias conclusiones. Me gusta bastante completar los pensamientos por mi cuenta. Si la respuesta es fácil, apenas merece la pena preguntar.

—Es una obra, un espectáculo —señaló Mary Allan frunciendo el ceño—. Queremos disfrutar, quizá reír un poco. A veces las tragedias me conmueven, pero admito que no muy a menudo. Y prefiero las que conozco, como por ejemplo *Hamlet*. Al menos estoy preparada para ver a todos muertos al final.

Lo dijo con un ligero gesto de tribulación que quitó hierro a su comentario.

Beata lo aceptó sin poner objeciones.

—Tiene tanta enjundia que uno puede verla un sinfín de veces sin que le canse. ¡Por descontado, eso debe hacerse a lo largo de varios años!

A Rathbone se le escapó la risa y Allan se le unió a regañadientes.

—¿A usted le hace pensar? —preguntó York, mirando a Rathbone de forma harto significativa.

—Hace que me pregunte cómo es posible que un actor recuerde todas esas líneas y aún le quede energía y atención para además imprimirles emoción, y todo ello sin tropezar con el mobiliario —contestó Rathbone.

—Ensayando mucho —dijo York secamente—. Solo recitan el texto, no tienen que inventarlo. Y un buen director de escena reduce el mobiliario al mínimo.

—Tal vez sea por eso que a los jueces se nos permite permanecer sentados —sugirió Rathbone, y acto seguido deseó no haberlo hecho.

Mary Allan lo miró como si fuese absolutamente excéntrico, York puso mala cara y Allan se quedó confundido. Solo Beata disimuló su sonrisa a medias.

—Me han dicho que la policía está investigando una posible estafa en una iglesia de Londres —comentó Allan, cambiando de tema—. Me pregunto si ese caso llegará a juicio.

Miró a York, dando ligeramente la espalda a Rathbone.

—Eso tengo entendido —coincidió York—. No es seguro que puedan reunir pruebas suficientes para presentar cargos. —Sonrió y tomó otro trozo de Stilton. Se lo comió con fruición antes de proseguir—. Es muy poco probable que me asignen el caso, cosa que me alivia sobremanera. Siempre resulta complicado y desagradable enjuiciar a un clérigo. Sobre todo con pruebas tan ambiguas como las que al parecer tienen. —Miró a Rathbone con una chispa de diversión—. Después de su éxito con este, tal vez se lo den a usted.

Rathbone se desconcertó, sin saber si se trataba de un cumplido o de una broma a sus expensas. ¿Acaso se había mostrado demasiado satisfecho de sí mismo? Un caso de estafa contra una iglesia no sería en absoluto tarea fácil. Casi ningún asunto de religión lo era.

Desvió la pulla deliberadamente.

—Lleva mucha razón, religión, dinero y una posible estafa serán noticia. La gente querrá seguir el caso por toda suerte de razones, buenas y malas. Será el tema de acalorados debates, y sea cual sea el veredicto, enfurecerá a tantas personas como complazca. —Esbozó una sonrisa—. Aunque solo sea por ese motivo, me figuro que serán muy cuidadosos al elegir a quién se lo asignan. Hasta ahora me ha sonreído la suerte, pero mi experiencia es escasa. —Se volvió hacia Allan—. Si tuviera que comparecer en este caso, ¿preferiría acusación o defensa?

—Dudo mucho que tenga opción de elegir —contestó Allan—, pero estoy de acuerdo con usted en que será un caso sonado, suponiendo que llegue a los tribunales, claro.

—¿A quién estafaría una iglesia? —preguntó Mary Allan sin dirigirse a nadie en concreto—. No se dedican a los negocios. ¿Tanto dinero manejan para que merezca la pena cometer una estafa? Seguro que no.

—Ya lo veremos, si llega a juicio —le contestó York.

Se mostró preocupada.

—¿Cree que ocurrirá?

York se lo pensó un momento, consciente de que todos lo miraban a la espera de su respuesta. Esbozó una sonrisa.

—No soy dado a las apuestas, pero si lo fuera, diría que las probabilidades son del cincuenta por ciento.

Miró primero a Rathbone y luego a Allan.

Rathbone enarcó las cejas.

—Si fuese apostador, ¿qué probabilidad le daría a una condena?

York pestañeó.

—Diez a uno, diría yo.

—Menos mal que no eres apostador —murmuró Beata—. La tentación sería enorme.

York abrió la boca para replicar con dureza, pero entonces se dio cuenta de que ni siquiera lo estaba mirando, de modo que volvió a cerrarla, irritado.

Rathbone reparó en la sonrisa del semblante de Beata, una sonrisa triste, sardónica y completamente para sí misma, no para comunicarse con los demás. Se preguntó cómo sería la conversación entre ellos cuando los invitados se marcharan y estuvieran a solas, o incluso si llegarían a conversar. ¿Cuántas personas vivían inmersas en esos silencios?

Mary Allan miró complacida la estancia.

—Este lugar es encantador —comentó, como si todos hubiesen estado hablando de decoración un momento antes—. Los colores son muy relajantes y, sin embargo, tienen mucha dignidad.

—Gracias —contestó York, agradeciendo el cumplido.

Rathbone supuso que los había escogido él mismo, más que Beata. Ni siquiera le dedicó una mirada.

—Me parece que si tuviera que hacerlo otra vez, elegiría tonos más cálidos —dijo Beata deliberadamente.

York enarcó las cejas.

—¿Más cálidos? ¿Cómo puede ser más cálido el azul, salvo que sea morado, cosa que me desagradaría sobremanera? No me imagino viviendo con cortinas moradas.

Beata no se batió en retirada.

—Estaba pensando en el amarillo —contestó—. Siempre he

pensado que algún día me gustaría probar un amarillo, como la luz del sol en las paredes.

Rathbone consideró que sería sumamente agradable. Se sorprendió sonriendo.

—¿Una habitación amarilla? —dijo Mary Allan sin dejarse impresionar.

—¿De qué color pondrían las cortinas? —preguntó York—. ¡Me niego a vivir en medio de una pecera como un pez de colores!

—¿Tal vez el color del whisky? —sugirió Rathbone.

Beata le dedicó una repentina sonrisa y bajó la vista en cuando York se volvió para mirarla.

—Me parece muy... —comenzó Mary Allan, y se dio por vencida.

—Como huevos revueltos en una tostada quemada —respondió York.

Allan se rio con nerviosismo.

—Sol de atardecer y una buena copa de malta —dijo Rathbone sonriendo, mirando a York a los ojos y desafiándolo a ser tan grosero como para discutir.

Rathbone estuvo dando vueltas a la conversación mientras regresaba a casa después de la velada en casa de los York. Tomó un coche de punto puesto que ya no conservaba un carruaje particular. Podía permitírselo de sobras pero sin Margaret para utilizarlo era un lujo innecesario.

¿Realmente iban a presentarse cargos de estafa contra una iglesia o acaso York tan solo había jugado con Allan y Rathbone para ver quién de ellos sacaba a relucir su ambición? Consideró que se trataba de una posibilidad muy probable. Había percibido cierta indiferencia en York, como si para él los sentimientos ajenos fueran motivo de diversión, no de preocupación. Le resultaba desconcertante. Era un hombre inteligente pero no conseguía que le cayera bien.

Beata York era completamente distinta. Poseía una gracia que a juicio de Rathbone ensalzaba su belleza. Incluso sentado en el coche de punto, traqueteando sobre los adoquines a la luz de las farolas, si cerraba los ojos volvía a ver su rostro con bastante claridad. Imaginaba la curva de sus mejillas, su mirada pronta al humor y también la soledad cuando estaba en desacuerdo con York pero no podía hacer más que insinuarlo por las restricciones que imponía el tener compañía. ¿Sería diferente cuando estaban a solas? ¿Quedaría entonces menos disimulada la distancia que mediaba entre ellos?

El caso contra una iglesia sin duda sería muy difícil de manejar. Los sentimientos religiosos de la gente eran muy profundos y a menudo completamente irracionales. Requeriría una considerable habilidad desenmarañar la ley terrenal de la ley divina. El problema residía en que cada cual tenía una imagen distinta de Dios. Las opiniones ajenas no se consideraban interesantes sino que con demasiada frecuencia se tachaban de blasfemas, y como tales debían ser castigadas. Algunas religiones consideraban incluso que era deber de sus feligreses imponer ese castigo.

¿Y quiénes serían las víctimas de semejante robo? Esa era otra fuente de problemas.

Si llegaba a los tribunales, ¿deseaba Rathbone aquel caso? ¿Sería un honor que se lo asignaran? ¿O acaso resultaría que, simplemente, al ser tan nuevo en la judicatura carecería de poder e influencias para pasárselo a otro?

Sería interesante, un desafío a su capacidad, y si tenía éxito quizás acrecentaría su reputación de saber tratar asuntos complejos y delicados. Tal vez peligrosos. El riesgo de fracasar siempre conllevaba un precio, pero la recompensa era elevada en la misma medida. No tenía que preocuparse por nadie más que por él. ¿Por qué no? Quizá lo que necesitaba era jugársela, arriesgarse a perder o ganar.

Se recostó en el asiento del coche y miró las casas oscuras que pasaban ante la ventanilla. De vez en cuando veía resquicios de luz e imaginaba familias reunidas en sus salones, quizá conversando sobre los acontecimientos de la jornada. En las que no había luces quizá ya se habían ido a dormir. Apenas había tráfico y los pocos carruajes que circulaban lo hacían con brío. Todo el mundo tenía algún lugar al que ir, quizá planes para el día siguiente, la semana siguiente, el próximo mes.

Sí, aceptaría con gusto el caso si llegaban a asignárselo. No buscaría excusas para endilgárselo a otro.

Pocas semanas después, cuando el calor del verano ya se hacía sentir, Rathbone se plantó en el umbral de la puerta de su sala de estar y contempló la inmaculada belleza de su jardín. Más allá de la sombra de los álamos, el sol calentaba. Las primeras rosas estaban en flor. La casa de al lado tenía un rosal trepador que se encaramaba a las ramas bajas de los árboles, y sus racimos de flores blancas resplandecían al sol.

Sus ojos asimilaban aquella belleza aunque curiosamente poco significaba para él. Su instinto de volverse y decir «¿no es precioso?» era tan fuerte que tuvo que recordarse a sí mismo que en la casa no había nadie a quien decírselo. Era algo demasiado personal para decírselo a un criado. Una doncella lo encontraría inapropiado y tal vez se alarmaría ante semejante familiaridad. Un mayordomo o un lacayo se violentarían. Para cualquiera de ellos equivaldría a delatar su soledad, y uno no hacía esas cosas. Los criados sabían perfectamente que los amos y amas tenían defectos y cometían errores. Nadie era más consciente de ello que la doncella de una dama o el ayuda de cámara de un caballero. Conocían las debilidades físicas y también muchas de las emocionales. Pero nunca se comentaban. En cuanto tales cosas se expresaban con palabras ya cabía seguir ignorándolas.

Antes de su matrimonio, había sido bastante feliz viviendo solo. De hecho, tiempo atrás, cuando estaba enamorado de Hester y se planteó pedirle que se casara con él, había sido la pérdida de su privacidad, la idea de que siempre hubiera alguien en la casa, lo que lo había detenido.

¿Podría haberla hecho feliz? Probablemente no tanto como Monk. Él no tenía la intensa, valiente y errática pasión de Monk, y eso era lo que Hester necesitaba para que encajara con la suya.

Ahora bien, ¿lo habría intentado Rathbone, si hubiese tenido el coraje de arriesgarse a sufrir o a conocer la felicidad? Ahora nunca lo sabría.

¿Tendría que haberse comportado de otra manera con Margaret? Al principio había estado tan seguro que ahora le parecía increíble que eso hubiese cambiado. ¿Se engañaba a sí mismo? Lo recordaba todo con suma claridad, como si tuviera el filo de un cuchillo en la piel. Margaret no era guapa pero poseía una elegancia que para él valía mucho más, por ser una cualidad interior. Demasiado a menudo la belleza ocultaba la ausencia de algo más profundo bajo las apariencias. ¿Cuánto tiempo podía permanecer fascinado uno si no percibía valentía o pasión, humor o imaginación, o, sobre todo, sin ternura?

Había visto esas cosas en Margaret, o al menos había creído verlas. ¿Era culpa suya que no hubiesen sobrevivido a la desgracia del padre de Margaret y al fracaso de Rathbone para salvarlo? No tenía muy claro qué más hubiese debido o podido hacer.

Fue Margaret quien insistió en que Rathbone defendiera a Arthur Ballinger. Entonces pareció lo más normal. Rathbone era el abogado más renombrado de Londres. No era un aspaviento sino simplemente la verdad. Y ambos estaban convencidos de que Ballinger era inocente.

Las pruebas habían mostrado a Rathbone su equivocación, pero Margaret nunca lo había aceptado. Incluso ahora, después de la muerte de Ballinger, se negaba a hacerlo. Seguía culpando a Rathbone, que aún veía el rostro ceniciento de Margaret crispado por la furia y un sufrimiento que no podía soportar. Lo había acusado de anteponer la ambición a la lealtad, su amor propio al amor a su familia. Creía que Rathbone había sacrificado a su padre en el altar de su propio orgullo.

Nada de lo que le dijo la convenció de que no había tenido otra alternativa. Ballinger era culpable y por más que Rathbone deseara lo contrario, no podía demostrarlo. ¡Dios sabía que lo había intentado! Para empezar, las pruebas habían sido endebles y podrían haberse utilizado para argumentar varias conclusiones distintas. Luego, uno tras otro, los acontecimientos habían desembocado en la tragedia final. Rathbone nunca olvidaría aquel horror, pero nada de lo que dijera o hiciera atenuaría su culpa a los ojos de Margaret. Ella había conocido a Ballinger en calidad de padre, para ella era el hombre que la había amado y protegido toda la vida.

Rathbone solo era el hombre con el que se había casado, y a quien había amado brevemente. Le había suplicado su ayuda, dando por sentada su lealtad, y no podía perdonarle que hubiese fracasado. La conclusión inevitable, la única respuesta que le quedaba era que o bien su padre no era como ella había creído, o bien que no lo era su marido. Se trataba de toda su vida, todos sus recuerdos, el tejido que la convertía en quien era contrapuesto a un breve matrimonio con un hombre que le había importado pero de quien tal vez nunca había estado apasionadamente enamorada. Mirándolo ahora, Rathbone pensó que Margaret nunca había tenido un verdadero conflicto. Había elegido a su padre desde el primer momento.

Después de la terrible muerte de su padre ya no había querido vivir bajo el mismo techo que Rathbone. Su dolor y su ira habían sido abrumadores. Había recogido sus escasas pertenencias y se marchó a consolar a su madre viuda y caída en desgracia.

Al principio Rathbone había creído que regresaría al cabo de pocas semanas, pero el tiempo se había ido prolongando y ahora hacía ya más de un año que se había marchado. En varias ocasiones había intentado salvar el abismo que los separaba. Había pensado que Margaret se daría cuenta de que estaba siendo injusta al culparlo de los crímenes de Ballinger. Aceptaría que en ningún momento Rathbone estuvo en situación de hacer nada por salvarlo.

Sin embargo, cada intento de reconciliación no había hecho más que aumentar la distancia que los separaba. Ahora Rathbone comenzaba a cuestionarse si alguna vez habían estado enamorados o si más bien los había unido un mismo deseo de amar, de no estar solos y, por consiguiente, de ver lo bueno, de construir sobre esos cimientos, de ir compartiendo poco a poco los pequeños placeres de su vida cotidiana.

Cuando sobrevino la tragedia, aquel castillo de naipes demostró ser demasiado endeble.

¿Tendría que haberla amado más? ¿O tendría que haber aguardado a encontrar una pasión abrasadora, un amor que gobernara toda su vida, antes de casarse?

Qué ridiculez. ¿Cuántas personas llegaban a sentir algo semejante? Tal vez no fuese más que una fiebre pasajera, a fin de cuentas. El encaprichamiento no es lo mismo que el amor. El amor necesita confianza y equilibrio. Necesita compartir y al mismo tiempo ser capaz de estar tranquilamente en silencio. Tal vez necesite una fe común en ciertos valores como el honor y la compasión, así como el coraje de seguir adelante pese al sufrimiento de la mente y el corazón. Tiene que abrazar la misericordia y agradecer la dicha de vivir.

No debe exigir perfección. ¿Qué puede saber o comprender la perfección sobre las flaquezas de una persona vulnerable, sobre los fracasos de alguien lo bastante valiente para arriesgarse en empresas difíciles?

Margaret había sido inmadura.

Rathbone también lo había sido. Tendría que haber sido más amable con ella. Sin duda tendría que haber tenido la prudencia de no asumir la defensa de Ballinger por su cuenta. Pero si hubiese buscado ayuda ella lo habría culpado de no haberse volcado en cuerpo y alma. Habría dicho que su manera de distanciarse habría llevado al tribunal a suponer que él consideraba culpable a Ballinger desde el principio.

Todavía no le había contado todo acerca del espantoso legado que su padre le había dejado deliberadamente a él, quizás a modo de venganza final. Seguiría culpando a Rathbone y aumentaría su odio hacia él. De nada serviría.

¿Se mordía la lengua por caballerosidad? La desilusión es una de las penas más amargas a las que alguien se puede enfrentar. Hay quien no la soporta; se rompe bajo su peso. Margaret era una de esas personas. Quizá Rathbone todavía sintiera un poco de ternura por ella, la necesidad de protegerla de la verdad mientras ella no tuviera por qué conocerla.

¿O acaso estaba simplemente demasiado magullado y cansado en su fuero interno para enfrentarse a otra serie de disputas y rechazos? Tampoco era que importara demasiado. No había necesidad de contárselo y punto.

Rathbone nunca había tenido que enfrentarse a la peor de las desilusiones, al menos no a alguna comparable con la de ella. Su propio padre era el mejor hombre que había conocido. Estando allí de pie, en el borde del jardín vacío, observando los pájaros y las mariposas que se posaban en las flores, sonrió al pensar en Henry Rathbone. Por supuesto, su padre no era infalible, y él mismo sería el primero en reconocerlo. Era matemático e inventor, un hombre de mente brillante, pero cuando los demás hablaban de él, lo primero que les acudía a la mente era su amabilidad.

Rathbone recordaba a su madre solo como una figura esbelta de su infancia, alguien afectuoso que le hacía reír, que lo consolaba en sus primeros dolores y temores y que le decía que podría conseguir lo que se propusiera si se esforzaba lo suficiente. Creía ciegamente en él.

Había fallecido cuando Rathbone tenía doce años y estaba en un internado. Le había dicho que podría hacer cualquier cosa; si hubiese estado en casa, seguro que habría podido salvarla. Recordaba el agudo dolor de la pérdida y la incredulidad de su mente infantil, a la que después siguió la culpabilidad. Tendría que haber estado con ella. ¿Por qué no se lo había dicho su madre, por qué no confió en él? ¿Cómo era posible que no se hubiese dado cuenta por sí mismo? Sin duda llevaba mucho tiempo enferma. No fue algo repentino.

¿O tal vez no había querido que él estuviera allí, de modo que no pudiera intentar salvarla y luego creer que había fracasado?

Aquellos habían sido sus pensamientos entonces. Solo más adelante, varios años después, se dio cuenta de que lo había hecho para protegerlo. Tenía doce años y se creía un hombre, pero ella sabía que todavía era un niño.

Ahora solo le quedaba un eco de aquellos recuerdos: un sentimiento de ternura cuando pensaba en ella y en las cosas que le gustaban, solo un placer adicional a su presencia imaginada. No había vivido para verle aprobar los exámenes para obtener el título de abogado, su creciente éxito profesional, los importantes casos en los que había ganado batallas para la justicia que habían parecido imposibles. ¿Alguna vez imaginó que la reina le concedería el título de sir? Y ahora era juez. ¡Qué orgullosa habría estado!

Margaret no tenía ninguno de aquellos sentimientos. Perder a alguien que amas porque muere es una pena llevadera. Perder todas las cosas buenas que creías del fallecido causa un sufrimiento que mancilla todo lo que deja atrás. Envenena el mismo aire del recuerdo.

Ballinger se había vengado de Rathbone desde la tumba. Le había legado las fotografías que constituían el meollo del caso. Ahora las tenía ocultas en una caja de seguridad tan bien escondida que dudaba que alguien llegara a encontrarlas alguna vez. Las había utilizado una vez. Le había repugnado hacerlo y juró que no lo volvería a hacer, salvo para salvar la vida de una persona. Quizá ni siquiera en tal supuesto.

Quizá tendría que haberlas destruido en cuanto se las entregaron después de la muerte de Ballinger. Conocía su procedencia, sabía por qué Ballinger las había hecho y cómo y por qué se había servido de ellas al principio. Fue lo que ocurrió después lo que estuvo terriblemente mal.

¿Siempre era así el poder? Lo usas para hacer el bien, luego menos bien y al final simplemente porque puedes. ¿Sería lo bastante fuerte para resistirse a esa clase de tentación? Él no era como Arthur Ballinger. Ni siquiera volvería a mirarlas y quizás un día no muy lejano haría añicos las placas fotográficas de cristal. Las copias en papel las podría quemar.

Oyó ruido de alas y levantó la vista hacia una bandada de pájaros que surcaba el azul del cielo. Debían de ser más de las seis. La brisa movía los álamos, haciendo titilar las hojas más altas. Sería un largo y delicado atardecer, demasiado bueno para desperdiciarlo con vanos recuerdos.

Tomó la decisión sin pensárselo dos veces. Iría a Primrose Hill y cenaría con su padre. Tenía un paté belga realmente bueno, el predilecto de Henry. Se lo llevaría, y también el pastel de ciruelas que su cocinera había preparado con masa de hojaldre. Quizá no estaría de más llevarse media pinta de nata por si Henry no tenía en casa.

Henry Rathbone había estado leyendo en el jardín a uno de los filósofos alemanes que tanto le gustaban. Finalmente se había dormido con el libro abierto en el regazo.

Oliver caminó por el césped sin hacer ruido y se detuvo delante de él, justo antes de que su sombra le cayera encima y pudiera despertarlo. Permaneció allí unos instantes antes de dar media vuelta para ir a buscar otra tumbona. Regresó con ella y la puso a un par de metros de distancia. Se sentó y dejó que la paz y la tranquilidad del jardín lo sosegaran. Estaba lo bastante cómodo para dormir pero no obstante prefirió deleitarse sin más.

No había más sonido que el de los pájaros y de vez en cuando el levísimo rumor de la brisa agitando las hojas de los olmos. Daban la impresión de calar en los huesos tal como lo hace el calor, calmando las heridas.

Cuando Henry despertara estaría encantado de encontrar a Oliver allí. Conversarían sobre toda suerte de cosas, divertidas y tristes, interesantes, novedosas o curiosas. Siempre lo hacían. Tal vez Henry le contaría algún chiste nuevo. Oliver sabía uno que seguro que le divertiría. Le gustaba el humor mordaz, cuanto más absurdo mejor. Oliver deseaba ante todo conversar sobre los complejos asuntos morales que más lo turbaban en aquellos momentos. Henry le quitaría hierro a la cuestión sin entrar en lo personal aunque adivinara sentimientos ocultos de culpa. Oliver hablaría sin tener que preocuparse de que cada palabra que dijera fuera juzgada o malinterpretada.

Miró a Henry, que seguía profundamente dormido. Le faltaba poco para cumplir los ochenta. Tenía el pelo muy blanco, el rostro un poco demacrado pero su mente era tan ágil como siempre, salvo que de vez en cuando se repetía.

Oliver nunca se lo había dicho. Escuchaba cualquier observación con interés, como si no lo hubiese oído antes. Y por regla general era así.

Sin embargo, mientras veía cómo las sombras se alargaban en el jardín y los colores se oscurecían con la luz menguante del ocaso, también sabía que no siempre podría ir allí y encontrar a Henry. Un día sería el último.

Aquella era la relación más importante de su vida. Quizá siempre lo sería. Si Margaret había amado a su padre de igual manera, ¿cómo podía culparla de que fuera incapaz de sobrellevar su pérdida? La ruina de todo lo que había creído tener, la difamación, el destrozar la belleza y la seguridad y dejarlas hechas añicos para que unos desconocidos las pisotearan tal vez era más de lo que una persona podía soportar. En cierto modo era peor que la destrucción de uno mismo.

¿Cómo iba a reaccionar él ante la muerte de Henry cuando llegara el momento? Se enfrentaría a una soledad nueva, algo que no había sentido en toda su vida.

Qué pueril que un hombre de su edad pensara en tales cosas. El gran don de un padre maravilloso le había sido concedido, y ahí estaba él preguntándose cómo asumiría su pérdida en algún momento del futuro. ¿Cuántas personas pasaban solas la vida entera en muchos sentidos?

¿Qué fe tenía que le infundiese esperanza? ¿En qué creía realmente? En la ley. En la Iglesia, más o menos, pero ¿qué podía decir de la pasión y la fe que esta conllevaba? No conocía la respuesta a esa pregunta. ¡Quizá debería! Desilusionada con su padre y cuanto había creído de él, Margaret estaba más sola de lo que Oliver llegaría a estarlo alguna vez, despojada del pasado además del presente. ¿Cómo no lo había visto así hasta entonces?

Monk no estaba solo. Mientras Hester viviera nunca lo estaría. Y si llegara un momento en que ella le faltara, el recuerdo le causaría un sufrimiento insoportable pero también lo sostendría y lo impulsaría a seguir siendo el hombre que ella había amado.

Henry se movió un poco y el libro se le escurrió de las manos. Su caída al suelo lo despertó. Alargó el brazo para recogerlo y vio a Oliver sentado cerca de él. Se quedó desconcertado un instante y acto seguido sonrió complacido.

—No te he oído llegar —se disculpó—. ¿Llevas mucho rato aquí? ¿Te apetece una taza de té? ¿Tienes tiempo suficiente?

Se puso de pie trabajosamente, aguardó un momento para recobrar el equilibrio y esperó.

Oliver también se levantó.

—Tenía intención de quedarme a pasar la velada —contestó—. He traído un poco de paté y una tarta de ciruelas, confiando en que tú pusieras lo demás.

—Estupendo. —Henry comenzó a caminar de regreso a la

casa, enfilando hacia la puerta del jardín—. Hay un montón de pan crujiente y mantequilla y un poco de queso francés. Lo que no sé es si habrá nata para la tarta...

—He traído un poco.

Oliver entró detrás de él y cerró la puerta a sus espaldas, haciendo girar la llave por si luego su padre se olvidaba.

—¿Té y pastel de frutas? —ofreció Henry—. O un poco de pastel al Madeira, si prefieres. —Cogió una carpeta de cartón grueso y desató los lazos. La puso plana sobre la mesa y la abrió—. Solo es *amateur*, pero muy agradable. Lo encontré en un anticuario el otro día.

El cuadro era pequeño pero los colores, bonitos. El artista había empleado el papel con auténtico estilo de acuarela, dejando que se entreviera y diera luz a la pintura. El mar embravecido parecía casi luminoso.

Oliver quería preguntar a Henry su opinión sobre las fotografías de Ballinger y si debía destruirlas. O si tal vez la información que contenían era demasiado valiosa para permitir que desapareciera. Una vez eliminadas, su poder no podría volver a usarse ni para bien ni para mal. ¿Había que destruir las pruebas de un delito? ¿Cuál sería entonces la complicidad de uno si los delincuentes actuaban de nuevo? Costaba encontrar palabras para expresarlo.

—Es precioso —dijo en cambio, mirando el cuadrito—. Creo que bien podría llegar a ser todo un profesional, ¿tú no?

Henry sonrió.

—En realidad es una mujer, de modo que lo dudo. Pero me encanta que te guste. Me parece que lo haré enmarcar. Bien, ¿qué clase de pastel te apetece con el té?

—De frutas, gracias —contestó Oliver, sabiendo que también era el favorito de Henry.

Henry levantó la vista.

—¿Qué ocurre?

—Las fotografías de Ballinger —contestó Oliver—. Todavía no sé si debería destruirlas o no.

Henry reflexionó un momento en silencio antes de hablar.

Oliver aguardó.

—Me figuro que habrás sopesado los argumentos a favor y en contra sin llegar a ninguna conclusión —dijo finalmente.

—No estoy seguro de que sea tan normal —contestó Oliver con franqueza—. Destruirlas sería irrevocable. Supongo que me resisto a hacer algo tan definitivo. ¿Y si se diera una situación en la que con ellas lograra reparar un gran daño, pero hubiese desperdiciado esa oportunidad por haber sido demasiado cobarde para actuar? Ya no tendría ocasión de hacerlo y sería a causa de mi propia elección, por consiguiente tendría que enfrentarme al hecho de que hubiese podido ayudar. El propio Ballinger las usó al principio para salvar un sinfín de vidas de la enfermedad y la muerte.

No había alegría en el rostro de Henry, ningún indicio de que estuviera de acuerdo.

—Al principio —repitió—. Pero recuerda cómo terminó.

—¿Estás diciendo que debería destruirlas? —preguntó Oliver.

Henry lo miró con un aire ligeramente desaprobador.

—No, en absoluto. Se trata de una decisión demasiado importante para que permitas que alguien la tome por ti. Estás manejando un poder inmenso. Dudo que alguien sea capaz de medirlo. Ten cuidado. —Exhaló un profundo suspiro—. Hagas lo que hagas corres un riesgo tremendo. No cabe duda de que esa fue la intención de Ballinger. —Sonrió apenado y acto seguido adoptó una expresión más amable—. Lo siento.

3

Hacía un tiempo de verano estupendo. En su bufete, Rathbone estaba junto a la ventana observando pasar el tráfico abajo en la calle. El sol destelló en los arreos y el pelaje brillante de los caballos de un cupé cuyo cochero iba sentado muy tieso en el pescante. En el carruaje dos damas sostenían parasoles de colores cuyos volantes agitaba la brisa.

Llamaron a la puerta. Mientras se volvía para contestar, se abrió y entró su pasante con el semblante sombrío.

—¿Y bien, Patmore? —dijo Rathbone con curiosidad. Por regla general, Patmore habría comenzado a hablar en cuanto hubiese cerrado la puerta. Obviamente aquel era un asunto de mayor gravedad.

—Hay un nuevo caso añadido a su lista, sir Oliver —dijo en voz baja, y carraspeó—. He pensado que quizá le gustaría estar advertido antes de que llegue al tribunal.

Rathbone ya estaba intrigado.

—¿Un escándalo? —preguntó—. ¿Algo que debamos manejar con delicadeza?

Estaba acostumbrado a tales cosas.

—Sí, señor, pero esto se sale de lo habitual —contestó Patmore—. La verdad es que es muy desagradable.

—Suele ser así cuando un caso llega hasta el Old Bailey —señaló Rathbone con cierta sequedad—. ¿Homicidio?

—No, señor. Que yo sepa, nadie ha sufrido daños corporales. De hecho se trata de un asunto de dinero.

Rathbone perdió el interés de inmediato. La codicia era uno de los motivos menos interesantes para infringir la ley.

—¿Por qué piensa que debo ser advertido antes de considerarlo más seriamente? —preguntó.

—Quizá desee encontrar la manera de pasárselo a otro magistrado, señor —contestó Patmore, explicándose con esmero, como si se estuviera dirigiendo a alguien lento de entendederas—. Creo que este caso se pondrá muy feo y que, sea cual sea el veredicto, ofenderá a personas a quienes preferiríamos no ofender.

—Me fascina usted, Patmore —admitió Rathbone, prestándole de nuevo toda su atención—. ¿Qué demonios es tan interesante en un caso de codicia? Los vemos a diario.

—Mas no con un acusado que es clérigo y con todos sus feligreses como presuntas víctimas, señor. La tergiversación, la irreverencia o incluso la blasfemia son más comunes. Y siempre se da algún que otro caso de bigamia.

Patmore tenía un sentido de la ironía que no le pasaba inadvertido a Rathbone aunque todavía distaba mucho de estar acostumbrado a él.

—Supongo que me está hablando de un caso auténtico y no ocupando una mañana poco atareada a mis expensas, ¿verdad?

Patmore se sobresaltó, pero había un brillo de reconocimiento en sus ojos.

—No, sir Oliver, lamentablemente, este caso es auténtico. Será desagradable y requerirá mucho tacto. Tengo la impresión de que se lo han asignado porque todos los demás preferirían seguirlo manteniéndose al margen, a ser posible lo bastante lejos para que no los salpique el barro.

—Si alguien le aconsejara que refrene sus opiniones, Patmore, quizá debería considerarlo seriamente por su propia supervivencia, pero, por favor, no lo haga por la mía. Le echaría de menos. ¡Y ahora dígame de qué demonios está hablando!

Patmore inclinó la cabeza a modo de aceptación de lo que tomó por un cumplido, cosa que en efecto era.

—El señor Abel Taft ha sido acusado de estafar varios miles de libras a su congregación, señor —contestó—. De hecho, la cifra mencionada bastaría para comprar una hilera de casas. Media calle en un vecindario respetable.

—¿Varios miles? —preguntó Rathbone, incrédulo—. ¿Dónde demonios tiene su iglesia para que la gente disponga de tanto dinero para donativos?

De repente recordó el caso que había sacado a colación Ingram York. ¿Sería aquel?

—Esa no es la cuestión, señor —contestó Patmore—. Al menos con arreglo a la ley, que al final bien puede significar menos que las ideas preconcebidas de la gente. El dinero ha sido donado, supuestamente, por feligreses normales y corrientes, echando mano de sus ahorros, por tener la creencia de que se destinaba a los hambrientos y los sin hogar.

—¿Y no era así? —preguntó Rathbone, notando que su ira comenzaba a despertar.

—Supuestamente, no, señor. Más bien se ha apuntado que iba a parar a una sustanciosa cuenta de ahorro, por no hablar del elevado nivel de vida del señor Taft y, por descontado, de su joven y muy atractiva familia.

—Comienzo a entender lo que quiere decir —concedió Rathbone—. Haremos bien en asegurarnos de que las pruebas sean buenas y que ambos abogados sepan lo que están haciendo. El señor Taft tendrá representante, ¿no?

—Oh, sí, señor. El señor Blair Gavinton. Que comparezca en su tribunal será toda una experiencia para usted.

—No me gusta el modo en que lo dice, Patmore.

—Podría decirlo de una manera mucho peor, señor, se lo prometo.

—¿Qué es exactamente lo que tiene de malo el señor Gavinton?

—Es un adulador, señor. Uno cree ver algo en él pero en cuanto le pone el dedo encima, se escurre.

—Caramba. ¿Y qué sabe usted sobre el señor Abel Taft? Nunca he oído hablar de él.

—Le van muy bien las cosas, señor —contestó Patmore, cuidando de que su voz no trasluciera ironía—. Me he tomado la libertad de investigarlo. Tiene una hermosa casa, una esposa muy guapa, dos hijas jóvenes que pronto tendrán la edad adecuada para buscar marido. Viste muy bien, el señor Taft, o al menos eso me han dicho. Cena todavía mejor. Es socio de unos cuantos clubes de categoría, además. No me gustaría tener que pagar las facturas de su sastre.

—Interesante —reconoció Rathbone—. ¿Sabe quién lleva la acusación de este caso?

—No, señor, todavía no. Pero he hecho averiguaciones con suma discreción. Tendrá que ser muy bueno para sorprender al señor Gavinton.

—Debemos suponer que la policía tiene pruebas, pues de lo contrario no nos estarían haciendo perder el tiempo, a riesgo de parecer incompetentes.

Patmore inclinó la cabeza muy levemente.

—Exacto, señor. Lo mantendré informado. Me parece que todavía nos quedan tres semanas antes de que comience la vista. Dependerá de cuánto se prolongue el caso Warburton.

—¡Santo cielo, tres semanas, no! —exclamó Rathbone.

—Por supuesto que no, señor.

Rathbone le dirigió una mirada sardónica y Patmore se retiró, con una expresión indescifrable.

Cuando la puerta se hubo cerrado Rathbone permaneció inmóvil un rato. Tenía que ser el caso al que había aludido Ingram York. Había dicho que requeriría habilidad legal y moral para mantenerlo bajo control y dejar las cosas lo bastante claras para que se hiciera justicia, significara lo que significase. ¿Deseaba que la Iglesia fuese exonerada? ¿O acaso consideraba que se trataba de una secta y que, posiblemente, tendría bien merecido un revés?

Rathbone se preguntó quién llevaría la acusación. Sin duda ya estaba decidido. Habría un montón de documentos que revisar, muchos testigos. Era de suponer que la víctima fuese la congregación en pleno o, como mínimo, el grupo de feligreses que había contribuido a la causa. Habría tenedores de libros y contables como testigos de archivos bancarios y de cualquier recibo de las donaciones que los distintos feligreses hubiesen conservado, si es que los había.

Cuanto más pensaba Rathbone en ello más de acuerdo estaba

con Patmore en que presidir semejante juicio era una tarea nada envidiable. Su responsabilidad era velar por que se hiciera justicia, pero para hacerlo tendría que asegurarse de que el jurado entendiera con toda exactitud lo ocurrido. Era muy fácil acabar agotado con tantos detalles, confundido por el puro peso de los hechos y las cifras.

¿Existía algún modo de que Rathbone controlara los testimonios sin negar el debido proceso legal a ninguna de las partes?

La defensa lucharía con ahínco. La libertad de un hombre y su reputación estaban en la balanza. No se trataba de su vida pero sí del estilo de vida que estaba acostumbrado a llevar.

¿Pondría el mismo empeño el fiscal? Tenía menos que ganar o perder.

¿Qué sucedía con las lealtades religiosas de ambos? ¿Tendrían importancia? ¿A alguno de ellos lo enojaría que el nombre de la religión en general fuera mancillado ante la opinión pública? Quizá mereciera la pena explorar esas lealtades, el temor a lo diferente, las preguntas que suscitaba. ¿También tomarían en consideración estos aspectos la defensa y la acusación?

Rathbone tendría que poner mucho cuidado en no rebasar los límites de su discreción si sus propios prejuicios fueran atacados.

Pensó en los casos que había defendido a lo largo de su carrera. Algunos de sus clientes habían sido acusados de crímenes atroces, otros, en cambio, de tragedias dolorosamente comprensibles. En determinados casos había llegado a pensar que de haberse visto en las mismas circunstancias quizás hubiese tomado las mismas decisiones y acabado en el mismo desastre.

Siempre había sido cuidadoso. No siempre había acertado en sus juicios. Uno de los peores villanos que había defendido fue Jericho Phillips, un hombre espantoso acusado de chantaje, pornografía infantil y asesinato. Se le crispó el rostro al recordarlo ahora, de pie en el viejo bufete revestido de paneles con sus hileras de libros encuadernados en cuero y sus suntuosas alfombras en el suelo.

Había conocido a Phillips en la prisión de Newgate, sano y salvo, con su rostro taimado rebosante de satisfacción, prácticamente seguro de que se libraría de la soga. La última vez que lo vio fue meses después de la absolución, y después de que Monk le hubiese vuelto a dar caza. Fue cuando la marea del Támesis bajó, dejando la horrible jaula del muelle de Execution Dock al descubierto. Dentro estaba el cadáver de Jericho Phillips con la boca abierta, como si las aguas lo hubieran ahogado mientras daba el grito final.

¿Tendría que haberlo defendido Rathbone? Su mente no abrigaba duda alguna a ese respecto. Había creído culpable a Phillips pero también había pensado lo mismo de otros hombres en el pasado, demostrándose luego que se había equivocado. En ocasiones no se trataba de la persona indicada y en otras sí, pero los hechos habían sido mucho más enrevesados de lo que parecían al principio, y la culpa tuvo un alcance mucho mayor. Es preciso que concurran muchas circunstancias, malentendidos y a veces muchos pecados grandes y pequeños para llevar a cabo el acto final.

Si alguien roba a un desconocido, por lo general es por culpa del ladrón y para desgracia de la víctima. Pero si una persona mata a otra a la que conoce bien, es necesario tomarlas a las dos en consideración a fin de hacer justicia. Los casos de chantaje a menudo pertenecen a esta segunda categoría. La extorsión, el acoso y la crueldad continuados se ejercían tan a menudo contra quienes no tenían más defensa que recurrir a la violencia, y que reaccionaban por desesperación porque estaban aterrorizados, agotados y sin saber qué otra cosa hacer. Eso no justificaba el homicidio pero planteaba complicadas cuestiones de defensa propia, asuntos en los que ninguna respuesta era justa para todos.

Muchos casos le habían llegado a través de William Monk y, por supuesto, a través de Hester. Algunos de estos últimos, surgidos durante la etapa en que se dedicaba de pleno a la enfermería con pacientes particulares, lo habían puesto a prueba en cuanto a lo que él creía que eran sus propios límites, mostrándole tragedias a las que no cabía dar una respuesta simple o justa. La naturaleza y la sociedad creaban nudos gordianos imposibles de deshacer.

El caso de Phillips, que al principio había parecido una mera cuestión de servir a la ley, se había enredado con tanta violencia y con sus propios sentimientos en conflicto, que incluso la muerte de Phillips había sido solo un breve respiro, antes de que se reanudaran los crímenes relacionados con su vida.

Había terminado con la ruina de Arthur Ballinger y del matrimonio de Rathbone. Ni siquiera eso era tan sencillo como parecía. Durante un tiempo Rathbone había considerado a Ballinger un hombre irredimible. Luego, en aquel encuentro final, le había contado a Rathbone no solo lo que había ocurrido sino por qué, describiendo su lenta caída desde el idealismo, descendiendo paso a paso hasta la brutalidad inconsciente en la que había acabado.

Había legado las fotografías a Rathbone en un último gesto de amarga ironía. Pero Rathbone había tomado la determinación de no volver a utilizarlas.

Todo eso hacía que el caso de un clérigo desfalcador pareciera claro y tal vez lleno de detalles que deberían ser explicados con suma claridad, pero esencialmente solo se trataba de simple codicia. Resolvió no pasar el caso a otro juez.

Hester también aguardaba con impaciencia el juicio contra Abel Taft. Había trabajado muy duro para conseguir llevarlo a los tribunales. Que Oliver Rathbone fuese el juez a quien habían asignado el caso era una buena noticia adicional.

—Menos mal que no le he dicho nada —dijo mientras paseaba con Monk bajo los árboles de Southwark Park, a un tiro de piedra de su casa—. Me figuro que podría haberlo comprometido, impidiéndole juzgar el caso, ¿verdad?

—Es posible —respondió Monk, sonriendo al sol del atardecer. Debajo de ellos, a lo lejos, la luz brillaba como un espejo en el agua del río, haciendo que los barcos se vieran casi negros—. ¿Por eso no se lo has contado? ¿Por si se lo asignaban?

—En realidad, no —reconoció Hester—. Más bien pensé que no lo aprobaría.

—¿Desde cuándo eso te ha detenido? —preguntó Monk, incrédulo, volviéndose divertido para mirarla con un súbito arrebato de afecto.

—Desde que tiene capacidad de detenerme —contestó Hester con franqueza.

Qué práctica. Qué propio de ella. Una mezcla de idealismo alocado y de pragmatismo absoluto. Monk la rodeó con el brazo y caminó más arrimado a ella.

—Claro —dijo Monk.

Al cabo de un par de semanas comenzó el juicio contra Abel Taft. Hacía un día caluroso y casi sin viento de mediados de julio y la sala del tribunal del Old Bailey estaba caldeada en exceso. Pese a que la tribuna para el público no estaba llena, se tenía la impresión de que faltaba el aire.

La vista comenzó como de costumbre. El tribunal fue llamado al orden, los miembros del jurado prestaron juramento. Como siempre, la gravedad del momento aguzó de súbito en Rathbone la conciencia de quién era él y cuáles eran su pasión, sus ideales y sus responsabilidades para con las personas presentes en aquella vieja y bonita sala que tantos temores suscitaba. Allí se habían segado vidas, se habían hecho añicos sueños, expuesto culpas y tragedias aunque, gracias a Dios, solía hacerse justicia.

En ningún momento debía olvidar que a veces sucedía lo contrario. Las mentiras habían ocultado verdades, la opresión había aplastado libertades, la violencia del exterior se había colado en el interior y silenciado protestas.

Miró a los participantes del día. Como ya sabía, Blair Gavinton representaba al acusado. Era esbelto y tenía el pelo entrecano. Emanaba desenvoltura y vestía impecablemente. Sonreía con facilidad, como si creyera que así ganaba en encanto personal. En opinión de Rathbone, parecía que tuviera demasiados dientes. Se le veía muy sereno. Su expresión sugería que sabía algo que los demás desconocían.

En el otro lado de la sala Dillon Warne representaba a la acusación. Tenía una buena estatura, quizá fuese unos cinco centímetros más alto que Gavinton, y el pelo moreno. Poseía una elegancia que no parecía haberle costado esfuerzo alguno alcanzarla. De hecho, daba la sensación de ni siquiera ser consciente de que tenía un cierto estilo. Rathbone siempre se sorprendía al reparar en que cuando Warne caminaba lo hacía con una leve cojera. Nunca había contado qué se la había causado ni tampoco si le hacía daño.

Estaba sentado con ademán pensativo aunque su rostro no daba indicio alguno sobre en qué podía estar pensando.

El banquillo donde el acusado se sentaba entre dos carceleros quedaba más alto que el resto de la sala y se entraba por separado, por una escalera aparte. Naturalmente el acusado podía ver y oír cuanto sucedía pero en cierta manera estaba físicamente separado.

Allí estaba sentado ahora Abel Taft, un hombre tranquilo y apuesto con una magnífica mata de pelo. Parecía más paciente que asustado. Casi podría haber estado aguardando a que se restableciera el orden en la sala para dar comienzo a su sermón. ¿Era un actor consumado o en verdad se sentía tan confiado?

Warne se puso de pie y comenzó a pronunciar su discurso ante el tribunal, explicando la naturaleza de su caso contra el acusado y lo que se proponía demostrar. Rathbone miró a la señora Taft, sentada en la galería detrás de Gavinton. La señora Taft era una mujer guapa pero daba la impresión de estar manteniendo la compostura con considerable esfuerzo. Su marido quizá no tuviera miedo, pero ella sin duda lo tenía. Otra mujer, bastante mayor, ocupaba el asiento de al lado, inclinada un poco hacia ella como para ofrecerle consuelo.

Blair Gavinton se volvió y le dedicó una mirada tranquilizadora. Rathbone no le vio la cara pero imaginó su expresión. La de ella se suavizó con una sonrisa vacilante, y Gavinton miró al frente otra vez para seguir escuchando a Warne, que había llamado a su primer testigo.

El señor Knight era un joven muy normal, aunque bastante gordo, y en ese momento estaba extremadamente nervioso.

Warne procuró que se relajara. Obviamente habría hecho todo lo posible para prepararlo porque si el propio Warne no conocía al testigo, difícilmente podría presentarlo ante el tribunal.

Rathbone nada podía hacer por ayudar.

—Tenga la bondad de referirnos los hechos y las cifras tan clara y brevemente como pueda, por favor —solicitó Warne.

Knight tragó saliva, se secó la frente con un pañuelo bastante pequeño y tragó saliva otra vez.

—Comience por el principio —le apuntó Warne.

Gavinton sonrió, bajando la vista a los papeles que tenía delante. Fue un gesto sencillo, pero, no obstante, para Rathbone transmitía cierta petulancia, como si Gavinton estuviera aguardando su oportunidad para destrozar al joven señor Knight.

Knight debió de sentir lo mismo porque cuando comenzó a hablar, lo hizo con un hilo de voz. Primero expuso sumas de dinero, leyéndolas de un libro de contabilidad que se había incluido como prueba y del que los miembros del jurado tenían copia.

Resultaba muy tedioso y a Rathbone le bastó con echar un vistazo al jurado para constatar su aburrimiento. Para ellos no significaban nada en absoluto.

El señor Knight debió de darse cuenta. Se apresuró hasta tal punto que hablaba atropelladamente.

Warne lo escuchaba como si tuviera mucho interés. Finalmente levantó la mano.

—Gracias, señor Knight. Creo que es suficiente para que nos formemos una idea de que esas cantidades sumadas arrojan un saldo considerable. Ha mencionado fechas pero es posible que con tantas cifras las hayamos pasado por alto u olvidado. ¿Nos daría la suma total correspondiente al ejercicio que se cerró el pasado treinta y uno de diciembre?

—Sí, señor. Dos mil cuatrocientas veintisiete libras, quince chelines y seis peniques.

—¿Es una cantidad normal en un año? ¿Pongamos, por ejemplo, el año anterior?

—Aumenta un poco cada año, señor, en unas cien o quizá ciento cincuenta libras.

—Así pues, ¿siempre es suficiente para comprar varias casas confortables?

—Sí, señor.

—¿Y este año está previsto alcanzar una cantidad similar?

—Si continúa como hasta ahora, mayor, señor.

—¿Y está formada por la suma de cantidades aleatorias similares?

—Sí, señor.

Gavinton se levantó cansinamente.

—Señoría, la defensa establecerá que las cantidades mencionadas son las sumas donadas por los feligreses a las obras benéficas de la iglesia del señor Taft. Creo que es algo de lo que estar orgulloso, no un motivo de vergüenza.

—Gracias, señor Gavinton —dijo Rathbone con sequedad—. Me imagino que el señor Warne está determinando la cantidad, y su origen, en aras de esclarecer adónde fue a parar exactamente, no a fin de cuestionar su capacidad para calcularla. —Se volvió hacia Warne—. Por favor, vaya al grano antes de que todas esas cifras nos aturdan y olvidemos que representan los ahorros de toda una vida de muchas personas.

Una chispa de fastidio asomó en el semblante de Gavinton, pero se volvió a sentar.

Warne inclinó la cabeza en señal de reconocimiento.

—Señoría. —Se volvió hacia Knight—. Esas sumas deben de haber sido los peniques y chelines recogidos una vez por semana a lo largo del año, para haber alcanzado semejante cantidad.

—Sí, señor —confirmó Knight.

Gavinton se levantó otra vez.

—Señoría, esto no conduce a nada. Estamos de acuerdo en que muchas personas dan generosamente. Es desperdicio del tiempo del tribunal y de la indulgencia de estos caballeros —dijo, haciendo un ademán para señalar al jurado, cuyos miembros se veían aburridos e impacientes.

—Señor Warne, ¿tiene intención de plantear una cuestión concreta? —preguntó Rathbone—. Hasta ahora no nos ha mostrado nada que un simple estado de cuentas no nos hubiese podido mostrar.

Warne sonrió sombríamente.

—Mi intención, señoría, es mostrar que estas cifras responden a una pauta. —Se volvió hacia Knight, que estaba cada vez más contrito, como si las objeciones de Gavinton fuesen culpa suya—. Señor Knight, ¿qué conclusiones sacó viendo estas cifras?

Knight tragó saliva una vez más.

—Que estas personas habían dado dinero al señor Taft cada

semana, señor. Las cantidades son aleatorias, y a menudo incluyen peniques, como si se hubiesen vaciado los bolsillos para dar cuanto tuvieran. Y puesto que quedaba bastante claro que el número de donaciones de cada semana se correspondía con el número de adultos que asistía al oficio, cabe deducir que todos daban... señor.

—Gracias —dijo Warne, con una reverencia—. Su testigo, señor Gavinton.

Gavinton se puso de pie. Su rostro seguía irradiando satisfacción.

—Señor Knight, ¿usted va a la iglesia?

—Sí.

—¿Y da limosna?

—Sí.

—¿Y sus donativos son semejantes a alguna de las cantidades que encontró en estos libros?

—Sí, señor. Doy lo que puedo.

Gavinton sonrió.

—Me figuro que en su congregación todo el mundo lo hace. Igual que en cualquier otra congregación de Londres o, mejor dicho, de Inglaterra. —Miró a Warne con un ademán de hastío—. No entiendo su argumento. Y perdóneme, señor Knight, ¡no tengo la menor idea de qué piensa que está testificando! ¡Aparte del hecho perfectamente obvio de que el señor Taft tiene una grey más generosa, y tal vez más numerosa, que la mayoría de las congregaciones que practican una fe más ortodoxa!

Knight se inclinó hacia delante en el estrado, agarrando la barandilla con sus manos rechonchas.

—La tendría si entendiera las cifras, señor —dijo con claridad—. Estas personas están dando lo que pueden, peniques y medios peniques, lo que sea que les quede al final de la semana. Todas ellas, cada semana.

—Lo único que está diciendo es que son nobles y generosas —señaló Gavinton con una sonrisita de suficiencia—. Y posiblemente que el señor Taft es mejor predicador que la mayoría. ¡Gracias, señor Knight! —concluyó, con la sonrisa más amplia.

—¡No! —dijo Knight en voz alta mientras Gavinton se alejaba de él—. Demuestra que creían con todo su corazón que con ese dinero el señor Taft iba a hacer algo que les importaba tanto que estaban dispuestos a pasar frío y hambre —dijo enojado.

—¿A pasar con menos, tal vez? —corrigió Gavinton—. Pero ¿acaso pidió a alguien que se endeudara? ¿A faltar a sus obligaciones?

Warne su puso de pie.

—Demostraremos que eso fue exactamente lo que hizo.

—Si lo hizo, no es un delito —contraatacó Gavinton—. Está haciendo perder tiempo al tribunal y mancillando el nombre de un ciudadano honrado con esas acusaciones tan absurdas.

—¡Caballeros! —Rathbone exigió su atención—. Son ustedes quienes nos hacen perder el tiempo. Estamos aquí para presentar pruebas y examinarlas para esclarecer este asunto. Les ruego que continúen haciéndolo, con datos, por más tedioso que resulte aclararlos. Señor Gavinton, ¿tiene algo más que preguntar al señor Knight?

—Dudo que el señor Knight pueda decirme algo —respondió Gavinton muy descortés.

Warne enarcó las cejas.

—Dudo que alguien pueda —apostilló.

Se oyeron risas disimuladas en la galería y un miembro del jurado se rio abiertamente.

Gavinton distaba mucho de estar divertido.

Rathbone mantuvo el rostro impasible con considerable esfuerzo.

—¿Tiene algo que preguntar o añadir, señor Warne?

—Gracias, señoría —dijo Warne—. Señor Knight, ante estas cifras usted deduce que un número de personas, casi el mismo cada semana, dieron cantidades aleatorias a la iglesia del señor Taft. Las cifras varían de unos pocos peniques a muchas libras; de hecho, reflejan las cantidades de lo que cada cual podía dar. ¿Correcto?

—Sí, señor.

—¿Y eso en qué sentido puede ser un delito? —preguntó casi a la ligera, como si solo sintiera mera curiosidad.

—No lo es, señor —contestó Knight—, siempre y cuando el

señor Taft utilizara el dinero exactamente para lo que le fue donado.

—Vaya... —susurró Warne lentamente—. Se trata de una condición de mucho peso, ¿no? Si fue utilizado para ese fin, y para ese fin solo.

Por primera vez el público de la galería prestaba atención. La gente se movía, cruzaba miradas. Los periodistas garabateaban en sus cuadernos.

En la tribuna del jurado también se tomaban notas. De repente los rostros estaban serios, mostrando un agudo interés. Varios de ellos levantaron la vista hacia Taft con un principio de sospecha e incluso aversión.

En su asiento de la galería, detrás de Gavinton, la señora Taft estaba a todas luces angustiada.

El juicio prosiguió en la misma tónica día tras día. Los datos y cifras aburrían incluso a los miembros del jurado, que prestaban tanta atención como podían. Muchos tomaban notas, pero había demasiados pormenores para que alguien fuera capaz de recogerlos todos, y aun así habrían significado bien poco. Lo que importaba eran las conclusiones. Al principio Rathbone había pensado que tanto detalle les afectaría. No había rocas contundentes, solo un sinfín de granos de arena y el puro volumen de su supuesto y monstruoso peso. A primera vista las cuentas cuadraban pero la interminable sucesión de pruebas demostraba una y otra vez que eso era fruto de un juego de manos, de la duplicidad, de modificar los límites y los términos de referencia.

Mientras los días se iban sucediendo, la primera reacción de aburrimiento y confusión del jurado dio paso a la sospecha de que los estaban embaucando deliberadamente. Les molestó ser tratados con condescendencia por parte de alguien que los consideraba demasiado tontos para entender un ardid o que se distraían con demasiada facilidad para seguir la pista de un robo lento y bien disimulado.

Tal como el señor Knight había dicho al principio, por más deplorable que fuera, tomar el último penique que un hombre estuviera dispuesto a dar o incluso más que eso, empujándolo a endeudarse, no era delito. Pero cuando se lo habían dado confiadamente para un propósito concreto y se había utilizado para otro fin, entonces sin duda lo era, y quedárselo para sí mismo constituía directamente una estafa.

El jueves, cuarto día del juicio, Warne presentó al señor Bicknor, el anciano padre de un joven llamado Cuthbert Bicknor, quien al parecer había dado a Taft mucho más dinero del que tenía derecho a disponer. Como consecuencia de esta mala administración había perdido su empleo y después su salud se había resentido; ahora estaba postrado en la cama con neumonía.

Warne lo trató con tanta delicadeza como pudo.

—Señor Bicknor, ¿me haría el favor de contar al tribunal el cambio que experimentó su hijo después de unirse a la iglesia del señor Taft?

Bicknor se veía desdichado. Saltaba a la vista que aquella situación lo violentaba en grado sumo. Detestaba estar allí, observado por tantas personas y obligado a relatar la vergüenza de su familia.

—Acabó totalmente absorto en ella —dijo en voz tan baja que Rathbone tuvo que pedirle que hablara un poco más alto.

—Perdón —se disculpó Bicknor, levantando la cabeza de golpe para mirar fijamente a Warne—. Parecía incapaz de pensar o de hablar sobre otra cosa. Dejó de ir al teatro, a las revistas de variedades y a cenar con sus amigos.

—¿La iglesia del señor Taft era contraria a tales cosas? —preguntó Warne con delicadeza.

Bicknor negó con la cabeza.

—No. Cuthbert decía que no debía gastar el dinero que costaban cuando había personas que pasaban frío y hambre en otras partes. Decía que es poco cristiano darse algún gusto de vez en cuando. Incluso dejó de comprarse zapatos nuevos.

Warne se mostró perplejo.

—¿Y usted no lo admiraba por ello, señor Bicknor? Se diría que es una actitud de lo más generosa y verdaderamente digna de un cristiano. Tal vez si más de nosotros pensáramos como él, el mundo sería un lugar mejor.

Hubo un murmullo de aprobación en la galería y cierta inquietud en la tribuna del jurado. Varios de sus miembros miraban fijamente la carpintería, evitando los ojos de los demás.

Rathbone se preguntó si Warne estaba pensando bien lo que decía. Parecía que jugara a favor de Gavinton.

—Si todo el mundo lo hiciera, sí —contestó Bicknor, claramente afligido. Dio la impresión de no haber esperado la pregunta de Warne—. Pero no es así, ¿verdad? Mi hijo lleva los zapatos agujereados y la camisa con un cuello raído al que ya le ha dado la vuelta una vez. Mire al señor Taft. Lleva botas recién estrenadas, tan relucientes que podría usted ver su cara en ellas. Y lo he visto calzar tres pares diferentes. Y apuesto a que no pide a su esposa que dé la vuelta a los cuellos de sus camisas para que no se vean los bordes raídos. Tiene un buen carruaje y un par de caballos de tiro mientras mi hijo va a pie a todas partes para ahorrarse el billete del ómnibus.

Warne asintió lentamente.

—Siendo así, el señor Taft es un hipócrita. No hace lo que espera que hagan los demás. Eso no es un delito, señor Bicknor. Sin duda es deleznable y repugnante para cualquier hombre decente, pero me temo que topamos con tales personas no solo en la iglesia sino en otras profesiones y condiciones sociales.

Lo dijo con tristeza y el rostro compungido.

—¡A esas no les damos nuestro dinero! —replicó el señor Bicknor enojado. La frustración por verse incapaz de transmitir la injusticia del asunto reverberaba en su voz—. ¡Es un estafador! Nos mintió... ¡en nombre de Dios! —Tenía las mejillas coloradas y se puso a temblar, agarrando la barandilla del estrado con tanta fuerza que los nudillos relucían blancos.

Warne sonrió con los labios apretados.

—Si el señor Taft ha pedido dinero para dárselo a los pobres y luego se lo ha quedado para su uso personal, eso sí que constituye delito, señor Bicknor, y es lo que vamos a demostrar. Para empezar, es una infamia que lo haya pedido a quienes tienen poco. Gracias por su testimonio. Le ruego que permanezca en el estrado por si mi distinguido colega tiene algo que preguntarle.

Mientras Warne regresaba a su asiento, con su cojera un poco más perceptible, Gavinton se levantó. Cruzó el espacio abierto del entarimado como si entrara en una palestra, cual gladiador saliendo a combatir pavoneándose. Levantó la vista hacia Bicknor, un hombre torpe comparado con él, y que ahora lo miraba con aprensión.

—Señor Bicknor, como es natural, se siente inclinado a proteger a su hijo. Da la impresión de ser un joven inusualmente vulnerable, desesperado por contar con la aprobación del señor Taft. ¿Sabe por qué?

—No, no lo sé —contestó Bicknor con cierta aspereza—. Ese hombre es un charlatán. Verá, mi hijo no se dio cuenta. Piensa que un hombre que predica la palabra de Dios desde un púlpito, por fuerza tiene que ser honrado. Lo educamos en el respeto a la Iglesia y a los clérigos. Quizá nos equivocamos.

—No. —Gavinton negó con la cabeza—. Está bien respetar a la Iglesia y a quienes la representan. Ahora bien, se diría que el sentimiento de su hijo era más radical que el simple respeto. ¿Le enseñó usted a dar todo lo que poseía, más de lo que podía permitirse, a cualquiera que se lo pidiera?

—¡Por supuesto que no!

Bicknor estaba enojado. Rathbone reparó en que su dominio de sí mismo, que Warne había preservado con sumo tacto, estaba comenzando a írsele de las manos. No había que subestimar a Gavinton.

Gavinton sonrió, mostrando los dientes de nuevo.

—Seguro que no, señor Bicknor. Me figuro que usted es mucho más cuidadoso con su dinero. ¿Da usted lo que es prudente teniendo en cuenta los medios de que dispone?

Hizo que pareciera un tanto mezquino.

—Sí —contestó Bicknor, que no podía dar otra respuesta.

—Es una lástima que no enseñara a su hijo a hacer lo mismo. —Gavinton negó con la cabeza—. Sin ánimo de ofender, ¿puedo sugerir que era su deber haberlo hecho, no el del señor Taft? —Hizo caso omiso del rostro colorado de Bicknor y de la manera en que le temblaba todo el cuerpo—. ¿Cómo iba a saber el señor Taft que su hijo tenía problemas económicos? Tiene cientos de feligreses. Es imposible que esté al corriente de los asuntos de todos ellos. ¿Por qué espera usted que lo esté? ¿Cuántos hijos varones tiene, señor Bicknor? Corríjame si me equivoco, pero ¿no es el único?

—Sí... ¡Pero yo no le pido dinero para que me mantenga! —dijo Bicknor con una creciente desesperación—. No le chupo la sangre y luego le hago pasar vergüenza si no me puede dar más. No uso el nombre de Dios para obligarle a hacer cosas que quiero que haga.

—¿Le enseñó todo esto, señor Bicknor? ¿O se lo dijo su hijo? ¿O acaso es solo lo que usted supone, sabiendo que el señor Taft es un ministro de Dios? —Enarcó las cejas—. Me figuro que no estaba presente cuando ocurría pues de lo contrario habría intervenido, ¿verdad?

—Claro que no estaba allí —contestó Bicknor, a punto de perder los estribos.

Rathbone vio en el semblante de Warne que ansiaba ayudarlo, pero no había argumento alguno que le permitiera objetar. Rathbone tampoco podía hacer nada, sintiera lo que sintiese a título personal. Era muy posible que Gavinton estuviera comprobando el valor emocional del testimonio, pero eso formaba parte de su trabajo. Y siempre cabía la posibilidad, por más remota que pareciera, de que estuviera en lo cierto. El joven Bicknor podría ser un hombre ingenuo y no muy equilibrado que hubiese malinterpretado lo que le habían dicho. Su padre podría estar culpando a Taft de defectos de su hijo que él mismo tendría que haber conocido.

—Señor Bicknor —prosiguió Gavinton—, ¿no es posible que su hijo buscara al señor Taft y deviniera tan dependiente de su buena opinión porque deseaba superar alguna duda o temor de su fuero interno? ¿Quizás incluso el perdón de Dios por algún pecado que pesara sobre su conciencia?

—¿Cómo se atreve? —saltó Bicknor, con la voz ronca de ira y humillación. Golpeó la barandilla con el puño cerrado—. ¡Primero lo despluman, lo engañan con sus mentiras y su falsedad, y ahora usted lo acusa de haber cometido un pecado! Jamás ha hecho algo peor que hacer novillos en el colegio alguna vez y llevarse pasteles de la despensa. Esto es... ¡vergonzoso!

Rathbone se inclinó un poco hacia delante.

—Señor Bicknor, el señor Gavinton solo le plantea una razón posible para explicar que su hijo haya sido coaccionado tan fácilmente para dar un dinero que no se podía permitir. No tiene nada de deshonroso intentar pagar tus deudas con Dios dando generosamente a quienes son menos afortunados que tú. —Tomó aire—. Y todos tenemos deudas con Dios, cualquier hombre honesto lo admitirá.

Bicknor miró a Rathbone guardando un amargo silencio. Tenía ganas de discutir pero no se atrevía. Rathbone representaba la majestad de la ley que Bicknor había respetado toda su vida. Las respuestas estaban en su cabeza pero no se atrevió a darlas.

—Gracias, señoría —dijo Gavinton, volviendo en el acto los comentarios de Rathbone a su favor.

Rathbone sintió una súbita empatía con Bicknor. El resultado no había sido el deseado. Tenía que ir con más cuidado.

—No me dé las gracias todavía —espetó—. Una de las artimañas de quienes estafan a la gente es hacerles sentir culpables de espantosos pecados que no han cometido. Como sin duda el señor Warne señalará cuando repregunte al testigo.

Warne no se molestó en disimular su sonrisa.

Gavinton se mordió el labio para contener la objeción que le habría gustado hacer. Rathbone lo había pillado desprevenido. Creía que era menos valiente, quizás incluso menos comprometido.

Bicknor relajó los hombros y volvió a agarrar la barandilla, pero esta vez no lo hizo como si quisiera romperla.

—Piense lo que quiera —dijo a Gavinton—. Su trabajo es estar de su parte. —Levantó la vista hacia el banquillo y luego volvió a mirar a Gavinton—. Dios le asista. Tendrá que vivir con ello. Mi hijo tiene un corazón bondadoso, no culpable. Quizá fuese un poco ingenuo para creer a ese... ¡ese mentiroso!

Esta vez solo señaló hacia el banquillo con el mentón.

Gavinton abrió la boca para protestar, miró al jurado y cambió de parecer. Se sentó en su sitio y cedió la palabra a Warne.

Warne caminó hacia el jurado; su cojera apenas se notaba. Estaba sonriendo, en apariencia mucho más seguro ahora.

—Señor Bicknor —dijo Warne—, ¿le consta que su hijo haya

tenido un cargo de conciencia grave en algún momento de su vida, del tipo que el señor Gavinton ha sugerido?

—No, señor —dijo Bicknor en voz alta y clara.

Warne todavía no había terminado.

—Por otra parte, ¿le ha visto ser generoso con personas desafortunadas? —insistió—. ¿Compartir lo que tiene, por ejemplo? ¿estar dispuesto, siendo niño, a dejar que otros jugaran con sus juguetes?

—Sí —contestó Bicknor enseguida—. Le enseñamos a comportarse así. Tiene hermanas, y siempre ha sido bueno con ellas. Son más jóvenes. Solía cuidarlas.

—¿Y ellas se aprovechaban de él? —prosiguió Warne.

Bicknor sonrió.

—¡Eran niñas pequeñas! ¡Claro que se aprovechaban de él! Y de mí también. Hay gente que piensa que las niñas son débiles y blandengues. Pues bien, le aseguro que no es así. Dulces y delicadas, de acuerdo, pero listas como chimpancés. El hombre que no ha tenido hijas se ha perdido una de las mejores cosas de la vida. Pero quien crea que son tontas se va a llevar una gran sorpresa.

La sonrisa de Warne era franca y sorprendentemente afable.

—Gracias, señor Bicknor. La verdad es que no tengo más que preguntarle. A mí me parece claro que su hijo es un hombre decente de quien se aprovechan las personas en las que se le ha enseñado a confiar.

Gavinton se puso de pie.

—Señoría, el señor Warne está haciendo discursos; prácticamente dirige al jurado en lo que atañe a sus conclusiones.

—Usted ha sugerido que el señor Bicknor era un hombre culpable que buscaba sobornar a su conciencia con dinero —señaló Rathbone—. Me parece que esto es una justa refutación. Es una explicación alternativa de una forma de conducta que es crucial para el caso. —Se volvió de nuevo hacia Warne—. Por favor, llame a su testigo siguiente, señor Warne.

La acusación se prolongó el resto de la semana. Warne tuvo el atino de no ahogar al jurado con una sucesión de testigos que refirieran prácticamente lo mismo. Hizo una selección de personas diferentes, mayores y jóvenes, hombres y mujeres, algunas que disponían de medios y otras que habían dado casi todo lo que tenían. En todos los casos lo habían hecho creyendo que sus donativos servirían para socorrer a los más necesitados. Quedó bien claro que Cuthbert Bicknor era uno entre muchos.

John Raleigh también se contaba entre ellos. Presentaba un aspecto demacrado y preocupado, prematuramente viejo para su edad mientras subía al estrado. No sería mayor que Rathbone pero se le veía pálido y vencido. Saltaba a la vista que a Warne le resultaba difícil interrogarlo, pues era muy sensible a la profunda desdicha y la infelicidad de aquel hombre.

Sin embargo, Raleigh era perfecto para exponer los argumentos de la acusación. A todas luces era un hombre honrado, atormentado por las deudas que había contraído. Gavinton cometería una estupidez si lo atacaba. No solo era sincero, también era elocuente.

Warne lo trató con respeto. Caminó lentamente hasta el centro del entarimado y levantó la vista. Cuando habló, lo hizo con la voz serena y clara.

—Señor Raleigh, ¿tendría la bondad de explicar al tribunal por qué siguió haciendo donativos a las causas del señor Taft cuando hacerlo conllevaba disponer de sus recursos más allá de lo prudente? Algunas personas quizá no entiendan por qué no le dijo simplemente que no podía.

Raleigh estaba profundamente avergonzado. Resultaba obvio que incluso Rathbone, acostumbrado desde hacía mucho tiempo a la angustia de los testigos, se sentía incómodo, como si se estuviera entrometiendo en un asunto privado que debería haber tenido el atino y el buen gusto de no observar.

—El señor Taft nos contó la terrible situación económica de quienes intentaba ayudar —dijo Raleigh tan bajito que Rathbone tuvo que pedirle que levantara la voz. Se disculpó y así lo hizo—. Me conmovió mucho —prosiguió, levantando el mentón para mirar a Warne y al tribunal como si fuera al campo de batalla—. Di más de lo que debía haber dado y luego me encontré enfrentado al dilema de pagar una factura u otra. Hay ciertos gastos que uno tiene que de tan regulares devienen invisibles. Y, después, como siempre, surge lo inesperado. Yo...

Respiró profundamente. Rathbone lo miró con preocupación.

—¿Está en condiciones de continuar, señor Raleigh? —preguntó amablemente—. Si necesita un momento para serenarse, puede tomárselo.

—No, gracias, señoría —contestó Raleigh—. Soy lo bastante hombre para hacerlo, debo tener la honestidad de explicarme. Disto mucho de ser el único tan... avergonzado por sus recursos económicos. El señor Taft me preguntó cuánto tenía en el banco, y si yo no confiaría en que Dios me proveyera si daba todo lo que podía a otros seres humanos que estaban pereciendo por falta de comida y albergue. ¿Qué respuesta podía darle un hombre honrado, salvo que por supuesto lo haría?

—¿Y qué sucedió, señor Raleigh? —preguntó Warne, con el semblante apenado.

—Una pizarra se cayó del tejado, y luego unas cuantas más —contestó Raleigh—. Pedí al techador que las cambiara porque de lo contrario las primeras lluvias entrarían y, antes de que me diera cuenta, las vigas comenzarían a pudrirse. En poco tiempo el tejado sufriría daños irreparables.

—¿Y no tenía medios suficientes para pagarle? —preguntó Warne.

—Tenía suficiente para los daños que yo pude ver. Pero cuando subió al tejado, se encontró con que había otras pizarras rotas y con que el plomo estaba mal puesto en torno a la chimenea. Costó el doble de lo que había previsto, y ya no tenía unos ahorros guardados para hacer frente a tales contingencias. —Tenía lágrimas en los ojos pero enseguida pestañeó para contenerlas—. Tal vez el Señor espera que seamos más prudentes de lo que yo fui.

—¿Se planteó la posibilidad de pedir al señor Taft que le devolviera parte de su dinero? —preguntó Warne—. Conozco la respuesta, pero al tribunal quizá le gustaría oírla.

—Lo hice. —Se puso colorado por la humillación y se atrancó al hablar—. Me acusó de pedirle que robara a Dios. Me dijo que perdería la gracia que había obtenido y que debería reforzar mi fe si deseaba contarme entre los que complacían a Dios.

Warne estaba muy pálido, con la voz repentinamente ronca.

—¿Creyó que el señor Taft tenía la autoridad moral o el derecho de decirle a quién favorecería Dios y a quién no?

Raleigh bajó la vista al suelo, evitando la mirada de Warne.

—Es ministro de la Iglesia, señor. Era muy convincente. ¿Y acaso necesito dos abrigos cuando mi vecino no tiene siquiera una camisa? «Ama al prójimo como a ti mismo.»

—Señor Raleigh, ¿cuántos abrigos cree que tiene el señor Taft? —dijo Warne a media voz.

Raleigh suspiró.

—Lo he visto llevar al menos una docena en distintas ocasiones. No reparé en ello en su momento. Lo admito, fui crédulo, un auténtico idiota. Creía de verdad que lo que le daba iba directamente a socorrer a un pobre hombre que no tenía ni para cenar, mientras que a mí me alcanzaba de sobras para comer caliente a diario.

—¿Y sigue siendo así, señor Raleigh?

—No, señor, en absoluto. Me avergüenza decirlo, pero dependo de la bondad de mi hija; y bien sabe Dios que dispone de poco que pueda compartir.

—¿El señor Taft supo de su necesidad y le ofreció ayuda? —preguntó Warne, con la voz tan afilada como una cuchilla de afeitar.

—No, señor —susurró Raleigh.

Warne puso fin a sus preguntas y dio las gracias a Raleigh por su testimonio.

Gavinton tuvo el buen sentido de no empeorar la situación. Veía en los rostros del jurado, y también en la galería cuando echó un vistazo atrás, que si atacaba a Raleigh perdería la poca esperanza que le quedaba.

El día siguiente, viernes, Warne llamó a su último testigo. Gethen Sawley era un joven tranquilo y estudioso. Llevaba unas gafas con montura de asta que no paraban de deslizársele por la nariz. Era huesudo, como si al esculpirlo, el escultor hubiese sido interrumpido antes de terminar. Sawley prestó juramento un tanto nervioso y se puso de cara a Warne, dando la impresión de que tuviera que hacer un esfuerzo para oírle.

—Señor Sawley —comenzó Warne amablemente—, ¿cuál es su ocupación?

—Soy empleado administrativo en Wiggins & Martin, pero sobre todo llevo los libros de contabilidad desde que el señor Baker se marchó.

Sawley se empujó las gafas a lo alto de la nariz.

—¿Es usted miembro de la congregación del seño Taft?

—Lo fui. Ya no voy a su iglesia. Estoy harto de que me fastidien pidiendo más dinero cada vez.

Lo dijo excusándose. Estaba claro que sentía que semejante cuestión no debería haberle molestado tan profundamente.

—¿Es el único motivo, señor Sawley? —presionó Warne.

—Pues... no. —Sawley se sonrojó a su pesar—. Verá, yo... —Se interrumpió de nuevo. Se tocó las gafas, tragó saliva y continuó—. Estaba avergonzado porque había hecho indagaciones sobre sus finanzas a sus espaldas, y... Con lo que pensaba de ellos, no podía mirarlos a la cara.

El jurado pareció interesarse ligeramente.

—No queremos saber lo que piensa, señor Sawley —dijo Warne con gravedad—. Solo lo que hizo y lo que descubrió para que usted se formara una opinión. Los caballeros del jurado sacarán sus propias conclusiones. ¿Cómo logró tener acceso a esas cuentas?

—Sé cuánto di a la iglesia —dijo Sawley, midiendo sus palabras y sin apartar la vista de Warne en ningún momento—. Tenía una idea bastante aproximada de cuánto habían dado los demás miembros de la congregación. Algunos no siempre eran discretos, si se trataba de grandes sumas. Aunque tampoco es que me crea todo lo que se me dice.

—Eso es un testimonio de oídas, señor Sawley. ¿Qué puede decirnos que sea un dato fidedigno?

—El nombre de la principal organización benéfica, señor. Hermanos de los Pobres. Atienden a personas en grandes apuros, sobre todo en África. Allí es donde el señor Taft dijo que iba nuestro dinero. Al ser una obra benéfica, cualquiera puede consultar sus cuentas, si sabe dónde dirigirse.

Varios jurados se enderezaron un poco en su asiento, aguzando el oído con más atención. Un hombre bastante corpulento se inclinó hacia delante.

—¿Y usted fisgó en sus asuntos? —presionó Warne a Sawley—. ¿Hasta qué punto? ¿Está cualificado para hacerlo?

Sawley pestañeó.

—No tengo titulación, señor, pero sé de aritmética. Los Hermanos de los Pobres han enviado menos dinero a África del que nuestra congregación les da en un mes.

—¿Tal vez tuvieron que incurrir en ciertos gastos para manejar el dinero? —sugirió Warne.

—¡No me ha escuchado, señor! —Sawley se estaba poniendo nervioso, las gafas le temblaban en la punta de la nariz—. En los diez años de su existencia, los Hermanos de los Pobres solo han enviado unos pocos cientos de libras a África o adonde sea. La pobreza a la que aluden en su título es la suya propia. Son hombres normales y corrientes que trabajan y rezan.

—¿Está seguro de haber dado con las personas correctas? —Warne no se desalentaría fácilmente—. Parece un nombre bastante simple. ¿Tal vez no sea el único grupo que lo utiliza?

Sawley volvió a subirse bruscamente las gafas al puente de la nariz.

—Sí, estoy seguro. Reciben dinero del señor Taft y están en contacto con él regularmente.

Warne mantuvo la voz serena.

—Siendo así, ¿cómo es posible que nadie haya reparado en esto hasta ahora, señor Sawley? Debería aparecer como un agujero enorme en las cuentas del señor Taft.

Sawley cambió el peso de una pierna a la otra.

—No aparece en los libros así, sin más, para que cualquiera lo vea. Es todo muy complicado —explicó.

—¿Y cómo es posible que usted lo viera cuando otros no lo han hecho? —insistió Warne.

Rathbone se preguntó por qué Warne dirigía la atención del jurado hacia aquella cuestión. Enseguida se dio cuenta de que sin duda era porque Warne necesitaba sonsacar la respuesta antes de que lo hiciera Gavinton, con mucha menos amabilidad, cuando Sawley no tendría oportunidad de dirigirse al tribunal con sus propias palabras o, tal vez, con las de Warne.

—No fue así —reconoció Sawley con tirantez—. Alguien me

pidió que los mirase porque había algo sospechoso. También me dijeron lo que tenía que buscar.

—¿Quién o quiénes fueron ese alguien? —preguntó Warne. En la tribuna del estrado nadie se movía.

Sawley evitó la mirada de Warne.

—No lo sé. Lo hizo anónimamente. Pero yo estaba tan enojado y consternado que confié en su palabra... Al menos...

—¿Al menos, qué, señor Sawley? —Warne permanecía inmóvil, mostrándose tan amable como se atrevía—. Aunque yo le creyera, y las pruebas económicas son irrefutables, mi distinguido colega, el señor Gavinton, querrá saber cómo dio con ellas exactamente. ¿Quién le dio copia de los libros? ¿Quién hizo que usted emprendiera su investigación?

Sawley estaba atrapado. Todos los presentes en la sala escuchaban con atención. Los jurados lo miraban fijamente. Incluso Rathbone se encontró un poco inclinado hacia delante como si temiera perderse una palabra.

Sawley inspiró profundamente y las gafas le cayeron al suelo del estrado. No se atrevió a agacharse para recogerlas y se quedó de pie, pestañeando.

—En realidad no le vi. Llamó a mi puerta a última hora de la tarde, cuando ya hacía rato que había anochecido, y se mantuvo alejado de la luz. Solo pude calcular que tenía unos cincuenta años, a juzgar por lo que pude ver de su rostro, y el pelo gris, casi blanco. Pude vérselo aunque no se hubiese quitado el sombrero porque lo llevaba largo. Iba bien afeitado y tenía las mejillas hundidas. Era más o menos de mi estatura y delgado.

—¿Qué le dijo, señor Sawley? —preguntó Warne.

Sawley negó con la cabeza.

—No me preguntó nada sobre mí. En cuanto estuvo seguro de quién era yo, me alargó un paquete de papeles y dijo que la información que contenía era lo que yo andaba buscando. No supe a qué se refería. —Se encogió de hombros—. Le dije que no estaba buscando nada. Me contestó que sí. Que tenía que sacar a la luz lo que el señor Taft estaba haciendo, antes de que nos arruinara a mí y a mis amigos. Me dejó el paquete en las manos, dio media vuelta y se marchó.

—¿A pie? —preguntó Warne—. ¿Vio algún carruaje? ¿Algún coche de punto?

Sawley se encogió de hombros otra vez, mostrándose perplejo.

—No. Pero vivo en una calle corta y giró en la primera esquina. Pudo tomar un coche de punto a menos de cien metros. Es inútil que me pregunte quién era o cómo sabía lo que yo quería porque no tengo ni idea.

—¿Y los papeles que le entregó? —preguntó Warne.

Nadie se movía en la sala, no se oía el frufrú de una tela o el crujido de una ballena de corsé, ni siquiera el suspiro de un aliento.

Rathbone se sorprendió con las manos apretadas y los muslos tensos, sentado en el borde del asiento, expectante.

Sawley se llevó la mano a la nariz para toquetear las gafas y recordó que estaban en el suelo, junto a sus pies. Se le veía curiosamente impotente sin ellas.

—Copias de la contabilidad y ciertas obras benéficas públicas de la iglesia del señor Taft —contestó—. Muchas cifras y cálculos. Al principio no tenían ningún sentido para mí, pero luego las miré con más detenimiento, verifiqué las que estaban marcadas en rojo y poco a poco lo entendí. Estaba muy claro. Tenías que saber de fraudes para darte cuenta de cómo el dinero se movía de un sitio a otro. Todos los pagos parecían correctos y legales hasta que seguías la pista hasta el final y veías que el dinero regresaba al punto de partida. En realidad, casi nada llegaba a las personas a las que supuestamente debía ayudar en África.

—Vaya. ¿Y por qué ese misterioso desconocido iba a llevarle todo eso a usted, señor Sawley?

Sawley parecía estar absolutamente confundido.

—No tengo ni idea, señor. Lo único que sé es que lo hizo.

Warne se retiró en ese punto, y Gavinton se levantó para intentar enmendar parte del daño. Caminó hasta el centro del entarimado sin su petulancia habitual. Entonces se vio obligado a aguardar mientras Sawley se agachaba para recoger las gafas del suelo del estrado. Cuando se levantó, Gavinton por fin pudo hablar.

—Extremadamente oportuno para usted, señor Sawley —observó con un evidente tono de sarcasmo—. ¿Alguien más vio a este... esta aparición?

Warne se puso de pie de inmediato.

—Sí —dijo Rathbone antes de que Warne pudiera expresar su objeción—. Señor Gavinton, si puede demostrar que se trataba de una aparición y no de una persona real, le ruego que lo haga. De lo contrario, no haga suposiciones como si fueran hechos.

La irritación crispó el rostro de Gavinton, que obedeció porque no tenía otro remedio.

—Mis disculpas, señoría. Señor Sawley, ¿alguien que no fuese usted vio a esa extraordinaria persona?

Sawley volvió a ponerse las gafas en la nariz.

—No, señor. Al menos que yo sepa. Pero los papeles son reales, y no los escribí yo. Se me dan bastante bien los números pero disto mucho de ser lo bastante bueno para haber ideado un fraude como este, o para descubrirlo sin ayuda.

—A ese respecto, solo tenemos su palabra, señor —señaló Gavinton.

Sawley negó con la cabeza.

—Si fuese tan bueno sería tenedor de libros en una gran compañía, no un mero administrativo que suple al contable de vez en cuando.

—¿Cómo sabemos que no lo es? —preguntó Gavinton, pero su voz traslucía una desesperación nada propia de su habitual confianza, y el jurado se percató. En la galería hubo incluso un eco de risa sardónica.

—Porque si pudiera ganar tanto dinero, lo estaría haciendo —dijo Sawley simplemente.

—De modo que usted es un simple contable provisional más bien del montón —respondió Gavinton—. ¿Pues por qué demonios este brillante desconocido que es capaz de entender y sacar a la luz un fraude tan complejo e inteligentemente planeado, como usted dice que es, fue a buscarle a usted y no a la policía o a otra figura con autoridad y reputación? ¿Cómo explica tan extraordinaria y excéntrica elección, señor Sawley?

—Quizá porque yo era miembro de la congregación y conozco a las personas que están siendo estafadas, algunas incluso arruinadas, y me importan —contestó Sawley—. Me enoja que dejen en ridículo a mis amigos, cuando creían que se estaban sacrificando para ayudar a los pobres en el nombre de Cristo, y no pienso dejarlo correr por más tiempo que me lleve, o por más que usted quiera dejarme en ridículo también a mí. No tiene nada de malvado ser un pardillo; sí que lo tiene, en cambio, hacer pasar por tontos a los demás.

El propio Rathbone, pese a todos sus años de experiencia en los tribunales, sintió una repentina punzada de emoción. Le costó un esfuerzo de voluntad no manifestar que estaba absolutamente de acuerdo. Optó por tomar aire y soltarlo en silencio. La acusación ya había ganado.

4

La semana siguiente comenzó con Blair Gavinton poniéndose en pie para presentar el caso para la defensa. Parecía más confiado de lo que Rathbone esperaba. Rathbone sintió una ligera inquietud al pensar que durante el fin de semana Gavinton quizás había descubierto algo que arrojaría nueva luz sobre los acontecimientos, pero no se le ocurría qué podía ser.

El jurado contemplaba a Gavinton con una mirada glacial. Para ellos representaba a un hombre que había abusado para luego burlarse de personas corrientes y de buen corazón que habían actuado con generosidad, y que ahora recogían la amarga cosecha de la desilusión. Querrían que Taft pagara un precio apropiadamente alto.

Sin duda, mientras llamaba a su primer testigo, Gavinton tuvo que ser consciente de ello.

El testigo se llamaba Robertson Drew. Cruzó el entarimado y subió los peldaños del estrado con seguridad en sí mismo. Tenía el pelo moreno, iba bien vestido, era un hombre guapo y lo sabía. Su rostro de nariz aguileña tenía carácter y prestó juramento con voz confiada.

Gavinton comenzó tranquilamente, sin dramatismo, como si fueran dos hombres conversando y se diera la casualidad de que eran oídos por toda la sala de un tribunal.

—Señor Drew, ¿es usted miembro de la congregación del señor Taft?

—En efecto —contestó Drew—. Desde hace muchos años.

Unos diez u once, diría. Me gustaría creer que le he sido de cierta ayuda en su ministerio.

—¿Cobra usted por hacerlo, señor?

Drew se mostró sorprendido, incluso una pizca indignado, aunque tenía que estar preparado para las preguntas de Gavinton.

—Por supuesto que no. Tener ese privilegio es su propia recompensa.

—¿Ha tenido algo que ver con el aspecto económico de su ministerio? —preguntó Gavinton, manteniendo el tono distendido—. ¿En concreto con la recolecta de donativos para ser ofrecidos a diversas obras benéficas?

—Pues sí, y mucho.

Rathbone reparó en que los jurados estaban muy atentos pero que sus semblantes eran hostiles, dispuestos a no creer una palabra.

—¿Y encontró algo incorrecto en la contabilidad? Inquirió Gavinton.

Drew esbozó una sonrisa.

—Algún que otro error aritmético, normalmente por sumas de unos pocos peniques. Diría que por un total de unos chelines, entre una cosa y otra, a lo largo de un año. Tales errores siempre se corrigen al hacer el balance de las cuentas.

—¿Una vez al año? —inquirió Gavinton.

—Una vez al trimestre, señor —lo corrigió Drew.

Gavinton asintió.

—Entiendo. ¿Y qué le parece la acusación de que hay una estafa en marcha por importes que suman decenas de miles de libras, todo muy bien disimulado en páginas y más páginas de cálculos complejos?

Drew pestañeó y luego bajó la vista hacia sus fuertes manos, apoyadas en la barandilla.

—Francamente, señor Gavinton, cuando uno intenta atender a sus feligreses, sabe que se encontrará con toda clase de personas. Las puertas de una iglesia cristiana no pueden cerrársele a nadie. Quienes entren lo harán por muchas razones y para satisfacer muy diversas necesidades. —Su sonora voz transmitía pesadumbre—. Atraemos a ricos y a pobres, a fuertes y a débiles, a personas combativas y calladas. —Levantó la vista—. A decir verdad, también atraemos a culpables, a afligidos, a veces a maliciosos y también a quienes tienen un equilibrio mental cuestionable, que buscan llamar la atención y deben conseguirlo a toda costa. De vez en cuando tenemos incluso personas que ven y oyen cosas que no existen, que imaginan voces y se engañan pensando que hablan en nombre de Dios.

Rathbone vio una chispa de diversión en los ojos de Warne y tuvo claro que esas palabras se volverían contra Drew.

Gavinton asintió.

—Por supuesto. No le niegan la entrada a nadie. Y me figuro que quien está más aquejado de problemas no siempre lo parece a primera vista.

—No —contestó Drew—. Hay personas que llevan sus heridas en lo más hondo de su ser. Diría que esta acusación, que carece por completo de fundamento, ha salido de una persona con graves problemas que se engaña pensando que ella, y solo ella, ha sido habilitada por Dios para conducir a la gente. Posiblemente vea demonios donde no los hay.

Warne se puso de pie.

—Señoría, por ahora, que yo sepa, la única persona de este caso que hace algún intento por guiar a la gente, y que afirma tener conocimiento de lo que piensa Dios, es el acusado.

En la galería se oyeron gritos sordos de horror y un arranque de risas nerviosas.

Gavinton estaba colorado, con los puños cerrados en alto. Desde el estrado, Drew lo fulminó con la mirada.

Warne puso cara de inocente. Fue una proeza interpretativa que se ganó la admiración de Rathbone.

—Señoría —comenzó Warne de nuevo—, ningún testigo de los que he llamado ha sostenido ver algo que no podamos ver los demás, como tampoco ha sugerido siquiera la existencia de demonios. Es el señor Drew quien se está permitiendo fantasear. A no ser, por supuesto, que haya aquí algún monstruo que el señor Gavinton pueda ver y yo no. —Miró a los miembros del jurado y luego se volvió hacia la galería—. Solo veo seres humanos, buenos y malos, todos falibles, pero solo humanos. ¿Acaso soy el único?

El rostro de Gavinton se congestionó, pero fue por enojo, en absoluto por vergüenza.

—Mi distinguido colega no distingue una alusión cuando la oye —dijo entre dientes.

—Por supuesto que distingo una alusión —le espetó Warne.

Varios miembros del jurado rieron pero se tragaron la risa de inmediato, echando vistazos en derredor como si quisieran asegurarse de que nadie hubiese reparado en su falta de decoro.

Rathbone sonrió.

—Me parece que lo más sensato sería, señor Gavinton, que pidiera a su testigo que se circunscriba a lo literal. Los ángeles y demonios quedan fuera de mi jurisdicción.

Un miembro del jurado se secó los ojos con un pañuelo muy grande. En la galería hubo una evidente oleada de diversión.

Gavinton miró a Drew con una expresión de clara advertencia.

—¿Estaba al corriente de esta investigación sobre los asuntos financieros del señor Taft antes de ser llamado como testigo? —preguntó.

—Sí, lo estaba —contestó Drew.

—¿Tiene idea de dónde surgió el interés que provocó la investigación?

Drew cuadró los hombros.

—Llevó tiempo y quebraderos de cabeza averiguarlo, señor. Estamos acostumbrados a tener enemigos, personas cuyas creencias son distintas de las nuestras o que se sienten amenazadas cuando pedimos caridad para los pobres. Es un aspecto trágico de la naturaleza humana que a muchas personas que gozan de una posición más que holgada les siente mal que otras den ejemplo de cristianismo compartiendo sus bienes y que pidan a las demás que hagan lo mismo. —Dirigió la mirada al jurado y luego de nuevo a Gavinton—. Las hace sentir incómodas, incluso culpables. Llevo un tiempo pensando que no hay nada tan doloroso para la mente como la culpa.

Una respuesta acudió a la mente de Rathbone, que se tuvo que morder la lengua.

Warne hizo ademán de ponerse de pie pero volvió a sentarse sin decir palabra.

—¿Deseaba objetar, señor? —preguntó Gavinton con fingida preocupación.

—En absoluto —contestó Warne—. Comprendo que el señor Drew quizás esté excepcionalmente cualificado para hablar sobre este tema.

Gavinton tardó un momento en darse cuenta de lo que había dado a entender Warne, pero la risa que se oyó en la galería se lo hizo ver. Dio media vuelta para ponerse de cara a Drew.

—¿Averiguó de dónde procedía esta información engañosa, señor Drew? —preguntó, levantando la voz considerablemente.

—Sí, en efecto. —La respuesta de Drew chirrió entre sus dientes—. Lamento mucho decir que algunos de nuestros feligreses en una ocasión u otra dieron más de lo que tenían previsto y que cuando sus gastos aumentaron no los pudieron cubrir. Por descontado, no estábamos enterados en su momento, pues de lo contrario habríamos hecho lo posible por ayudarlos, llevados por la caridad cristiana. No hubiésemos podido devolverles sus donativos, suponiendo que eso fuese lo que querían que hiciéramos, porque ya habían sido transferidos a las personas a quienes estaban destinados.

—Naturalmente —dijo Gavinton asintiendo—. Prosiga, por favor.

—Algunas de esas personas consiguieron la ayuda, o al menos la compasión, de fuentes ajenas que no nos entienden a nosotros ni a nuestro propósito.

—¿Tiene constancia de lo que dice, señor Drew? —interrumpió Gavinton.

Drew había recobrado la compostura por completo.

—Cuando tuve conocimiento de las acusaciones contra el señor Taft me preocupé de averiguarlo —dijo, frunciendo los labios—. Sobre una de ellas no me cabe la menor duda, ya que la vi cuando vino a uno de nuestros oficios. Y si se me permite decirlo, hizo un montón de preguntas que entonces atribuí a la mera curiosidad, pero viéndolo en retrospectiva me doy cuenta de que intentaba averiguar cuanto pudiera sobre nuestros asuntos, en concreto sobre nuestras finanzas.

Gavinton adoptó un aire escéptico.

—¿Está seguro, señor Drew? ¿No es posible que su propia inquietud le volviera suspicaz?

—Eso fue lo que pensé al principio —admitió Drew. En ningún momento apartaba los ojos de Gavinton. Esta vez ni siquiera intentó atraer la atención del jurado—. Pero hice unas cuantas averiguaciones por mi cuenta y me informé mucho mejor acerca de su reputación. Se trata de una mujer sin hijos que al parecer es propensa a ocuparse de causas que cree justas y a hacer campaña a favor de ellas, no siempre con resultados afortunados.

Ahora contaba con la atención del jurado, si bien a regañadientes.

Warne comenzó a mostrar preocupación. Rathbone se preguntó por qué no había desafiado a Gavinton, que estaba permitiendo que Drew fuera muy poco concreto en sus acusaciones. ¿Por qué no lo había señalado Warne, exigiendo que diera el nombre de esa mujer, si es que lo sabía?

—¿De modo que descubrió muchas cosas sobre esa mujer?

Gavinton echó un vistazo a Rathbone y volvió a fijar la mirada en Drew.

—Sí —contestó Drew—. Ha hecho mucho bien dirigiendo una clínica para mujeres de cierta clase, heridas o enfermas. Pero su compasión se ha vuelto indisciplinada y la ha empujado a emprender varias iniciativas temerarias...

Rathbone se quedó de una pieza. Drew tenía que estar refiriéndose a Hester. ¿Warne lo sabía y por eso no lo había presionado para que fuera más concreto?

—Está titubeando —señaló Gavinton a Drew.

—No quiero mancillar la reputación de esta mujer innecesariamente —contestó Drew, en absoluto sincero—. Dudo que tuviera intención de hacer daño, pero a veces ha malinterpretado totalmente algunas situaciones y, como un caballo mal domesticado, ha echado a correr con el bocado entre los dientes.

Gavinton sonrió al oír aquella expresión y lanzó una mirada afilada como un dardo a Rathbone. Fue un movimiento muy breve, tan subrepticio que Rathbone se preguntó si lo había visto realmente o si tan solo lo había imaginado.

Warne se levantó.

—Señor, todo esto es fruto de su imaginación.

Una mujer iba a la iglesia del señor Taft y mostraba curiosidad por su labor. Sin duda solo una conciencia culpable juzgaría perjudicial o irresponsable semejante conducta. Ninguna persona prudente da dinero a una organización, ni siquiera a una que sostenga estar haciendo la obra de Dios, sin hacer averiguaciones previas.

—Vigile su lengua, señor Drew —advirtió Rathbone—. ¡O tal vez debería sugerirle que le ponga la brida!

La tensión nerviosa se rompió y una oleada de risas contenidas barrió la galería.

Esta vez Gavinton no se desconcertó. Sonrió a Rathbone, mostrando unos dientes bastante grandes, y acto seguido inclinó la cabeza haciendo una ligera reverencia.

—Haré que mi testigo sea muy concreto, señoría. —Levantó la vista hacia Drew—. Señor, tal vez complacería a su señoría diciendo al tribunal qué sabe concretamente acerca de esta mujer, justificando que su información es exacta, demostrable y relevante. El jurado tiene derecho como mínimo a saberlo, si van a tomarlo en cuenta en su veredicto.

—Por supuesto —concedió Drew.

Rathbone por fin captó por qué Gavinton se había mostrado tan discreto en su petulancia al iniciarse la vista de aquel día, así como por qué lo había mirado con una taimada media sonrisa en el semblante. Sintió un escalofrío como si alguien hubiese abierto una puerta dejando entrar un viento glacial. Mas no podía hacer nada. Era una táctica perfectamente legítima. De hecho, probablemente fuese lo que él mismo habría hecho si hubiese estado en el lugar de Gavinton, y ambos lo sabían. Cualquier superioridad moral que Rathbone intentara arrogarse sería barrida en el acto por el hecho de haber sido quien defendiera a Jericho Phillips. De todos modos, si Gavinton tenía agallas, se lo recordaría al jurado. Iban a ser unos días duros. Tendría que poner mucho cuidado en no cometer errores ni en seguir el dictado de sus sentimientos, no podía permitirse siquiera una palabra o una mirada fuera de lugar. Si lo hiciera, el perjuicio duraría mucho tiempo.

No era de extrañar que Ingram York se alegrara de no tener que llevar el caso. ¿También se alegraba de que tuviera que llevarlo Rathbone? No, eso era absurdo. Apenas se conocían. ¿Qué significaba una cena formal?

La respuesta era que bastaba para recordar a la esposa de York como una de las mujeres más encantadoras que hubiera visto alguna vez. La belleza de su rostro trascendía los rasgos y el color, reflejaba amabilidad, inteligencia, sentido del humor y capacidad de amar, y también de sufrir. Pensó en una habitación de paredes amarillas, como si estuviera llena de luz del sol, un sueño de calidez. No habría tensión alguna en un lugar así, ningún deseo de criticar. Sería un lugar donde los sueños estarían a salvo.

Se oyó un crujido de madera.

No estaba prestando atención. Dejó de fantasear de golpe. Drew estaba hablando.

—La clínica en cuestión está en Portpool Lane —dijo Drew—. La dirige una tal señora Monk. Su marido, William Monk, es comandante de la Policía Fluvial del Támesis y se conoce que ella ha participado activamente en algunos de sus casos más graves, casos violentos y... obscenos.

El público de la galería hizo patente su interés y uno de los miembros del jurado asintió para sí mismo al tiempo que se estremecía.

—Cosa bastante natural, supongo —prosiguió Drew—, puesto que a diario está en contacto con muchos de los delincuentes de poca monta de la ciudad que pueden tener información útil para las investigaciones de su marido.

Otros dos miembros del jurado asintieron.

Gavinton estaba sonriente. El semblante de Warne era casi inexpresivo. ¿Tenía idea de lo que se avecinaba?

Drew reanudó su explicación.

—El establecimiento que dirige la señora Monk está, necesariamente, al borde de los bajos fondos. Esas son las personas a las que intenta ayudar, y siendo como es una mujer compasiva, les tiende la mano. El problema es que los sentimientos muy a menudo influyen en su juicio.

Gavinton levantó la mano para interrumpir a Drew y luego dio un paso hacia el estrado. Habló con voz serena, apaciguadora.

—Está generalizando demasiado, señor Drew. Me temo que

debe ser más concreto —explicó—. No puede contar con que el tribunal acepte lo que dice como cierto o relevante salvo si nos puede poner un ejemplo cuya veracidad mi distinguido colega pueda verificar.

Volvió a mirar a Rathbone, y esta vez había un claro brillo victorioso en sus ojos.

Rathbone hubiese pagado cualquier precio por tener ocasión de contraatacar, pero carecía de armas y ambos lo sabían.

Gavinton había preparado bien a Drew.

—Faltaría más. —Hizo una ligera reverencia, apretando los labios con una expresión de desagrado, como si en realidad fuera renuente a contestar—. Hace un par de años hubo un caso en el que estaba implicado un hombre muy desagradable llamado Jericho Phillips. —Pronunció cada palabra con sumo cuidado—. Lo acusaron de abusar de niños huérfanos en un barco de su propiedad. Les hacía fotos obscenas. —La voz le temblaba de ira—. A algunos los utilizaba en un negocio de prostitución infantil, para luego chantajear a sus repulsivos clientes. El peor de sus crímenes fue el asesinato de un número desconocido de esos pobres críos cuando se rebelaban o alcanzaban la edad en que dejaban de ser del gusto de sus clientes.

Aguardó unos instantes para que el horror de lo que estaba describiendo calara en las mentes de los oyentes y tomara forma; luego prosiguió, bajando la voz, como si ese horror lo anonadara.

—El testimonio de la señora Monk era crucial en su juicio. —Adoptó una expresión atribulada—. Por desgracia, estaba tan abrumada, tan indignada por la brutalidad del crimen y tan segura de que Phillips era culpable que pecó de negligencia a la hora de ratificar sus pruebas. Su sentimiento fue comprensible para todos, pero los tribunales se ciñen a la ley, y así es como debe ser para que protejan tanto a los inocentes como a las víctimas, y también a aquellos pocos que suponemos culpables pero en realidad no lo son.

Fue un discurso inteligente. Una apasionada defensa de Taft que en cambio parecía tratar sobre Hester y un caso completamente distinto. Rathbone estaba furioso. Tenía los músculos de todo el cuerpo en tensión y apretaba la mandíbula, pero no podía hacer absolutamente nada al respecto.

A juzgar por la mirada inquieta de sus ojos, Warne también sabía lo que venía a continuación. Mucha gente recordaría aquel caso. Había sido noticia en su momento, y lo que vino después fue peor todavía.

Drew encogió ligeramente los hombros. Pareció un gesto de arrepentimiento, casi una disculpa por consternar de semejante manera al tribunal.

—A causa de su ineptitud, de anteponer el corazón a la cabeza —prosiguió en voz baja—, Phillips fue hallado no culpable y puesto en libertad. Y tal como era de esperar, retomó su camino de crímenes nefandos. Naturalmente, más adelante fue detenido y murió, pero no volvió a enfrentarse a la justicia, como sin duda debería haberlo hecho. Una vez exonerado, nunca podría ser juzgado por el crimen anterior.

Hubo un murmullo de indignación en la galería. Varios jurados negaron con la cabeza tristemente. Uno de ellos se frotó el rostro con las manos en un gesto de consternación.

—La defensa de Phillips la llevó un abogado brillante —continuó Drew, con la voz cargada de ironía—. La ató con la soga que ella misma tejió.

No había mirado a Rathbone, pero Gavinton lo hizo y sonrió. Hizo una levísima reverencia, casi imperceptible. El público de la galería quizá no captó su implicación, pero la mayoría de los miembros del jurado probablemente sí que lo hizo. Si eran curiosos, bastaría con una o dos preguntas más para que obtuvieran la respuesta.

—Cosa que, por descontado, era su deber —agregó Gavinton por si acaso. No pudo resistir la tentación de dar un sermón—. Si la ley no es justa para todos, no lo es para nadie y todos corremos peligro. Sería libertinaje acusar a cualquiera y crucificarlo por crímenes que no hubiese cometido. Gracias, señor Drew.

Hizo ademán de regresar a su sitio, pero de pronto se volvió hacia el estrado otra vez.

—Perdón. Con mi entusiasmo por la ley me he olvidado de sacar a colación el nombre de la señora Monk. ¿Dice que fue a su iglesia? ¿Asistió a un oficio?

—Sí —contestó Drew—. Y que yo sepa fue la única vez.

—Siendo así, ¿qué relación guarda ella con esta acusación contra el señor Taft? No es ella sino la policía quien presenta los cargos.

Drew sonrió.

—En la clínica de la señora Monk para mujeres de la calle trabaja un contable que, según dicen, es un mago de las cuentas. En el pasado se permitió llevar una contabilidad bastante... creativa cuando dirigía los mismos edificios como uno de los burdeles más lucrativos de Londres. Dudo que exista alguna clase de fraude que no haya conocido, aunque solo sea por encima. Su descripción física coincide con la del hombre que efectuó la misteriosa visita al señor Sawley y le entregó los papeles de los que sacó sus conclusiones acerca de los fondos de la iglesia. Creo que el jurado se preguntará el motivo de la visita de la señora Monk a nuestra iglesia y de dónde exactamente obtuvo el señor Sawley la información.

—Desde luego —dijo Gavinton, rebosando de satisfacción—. Cabe preguntarse qué le interesaba sobre el señor Taft, pero salvo si desea decírnoslo ella misma, me parece que nunca lo sabremos.

—No hay ique ndagar mucho. —Ahora la sonrisa de Drew fue inequívocamente desdeñosa—. Hace poco ha contratado a una joven para que la ayude; se llama Josephine Raleigh. Es la única hija del mismo señor Raleigh que testificó contra el señor Taft la semana pasada. Por desgracia sobreestimó sus recursos económicos y ahora le echa la culpa al señor Taft. Podríamos haberle devuelto parte de su dinero, pero lo enviamos a la obra benéfica para la que estaba destinado tan pronto como pudimos. Ya no obraba en nuestro poder. Es muy triste, pero no estamos en condiciones de socorrerlo.

Reinaba un silencio absoluto en la sala. Hacía un calor casi sofocante. Rathbone se sentía como si le faltara el aire y tenía el cuerpo bañado en sudor.

—¿Cree usted que ese es el motivo por el que la señora Monk pidió a su peculiar contable que se metiera en los asuntos del señor Taft? —preguntó Gavinton como si le apenara constatar que así era.

—En efecto —contestó Drew—. Me parece indiscutible que

lo hizo, y no se me ocurre otra razón. Nunca había puesto un pie en nuestra iglesia antes, ni tampoco lo ha hecho después.

—¿La ocasión a la que se refiere fue hace ocho o nueve semanas? —preguntó Gavinton.

—Así es —corroboró Drew.

Rathbone aguardó en balde a que Warne protestara. Daba la impresión de que lo hubieran atacado por un flanco desprotegido y que no supiera cómo ni con qué poner en entredicho las declaraciones de Drew. Quisiera el cielo que cuando le tocara repreguntar a Drew ya hubiese encontrado armas con las que contraatacar. Gavinton se las había arreglado para plantear serias dudas sobre la veracidad de las pruebas presentadas contra Taft. En realidad, había conseguido que parecieran la invención de una mujer bastante desequilibrada, con la ayuda del antiguo propietario de un burdel.

Había en ello una amarga ironía que hirió a Rathbone en lo más vivo. Era exactamente lo que había hecho en defensa de Jericho Phillips, que había sido culpable de una depravación mucho mayor que Abel Taft. Un vistazo al rostro de Gavinton le hizo ver que lo sabía de sobras y lo saboreaba con delectación.

Gavinton dedicó el resto de la jornada a revisar los hechos y cifras de las cuentas que condenaban a Taft. Drew dio respuesta a todos ellos. Gavinton eligió con cuidado lo que le preguntó, pero había tanta información que el jurado comenzó a tener los ojos vidriosos y estaba claro que apenas lo entendía. Seguramente esa era la intención de Gavinton. No puedes declarar culpable a un hombre si no entiendes la naturaleza de lo que supuestamente ha hecho.

Rathbone se fue a casa muy afectado por su incapacidad para hacer algo que no fuera observar y escuchar mientras Gavinton daba un giro de ciento ochenta grados a la atmósfera y el sabor del caso. Había comenzado la jornada acorralado en un rincón, dando la impresión de no tener escapatoria. La había terminado pintando a Hester como una mujer histérica y un tanto estúpida, que tenía la costumbre de meterse, a veces con trágicas consecuencias, en asuntos que en realidad no eran de su incumbencia. Haciéndolo, había acusado a un buen hombre de una estafa criminal de la que era absolutamente inocente.

Gavinton llamaría a Taft al día siguiente, en cuanto Warne hubiese tenido ocasión de interrogar a Robertson Drew. Drew se mostraba sumamente confiado; rezumaba satisfacción como sudor un día caluroso. Rathbone imaginó que podía oler en el aire su sudor grasiento y empalagoso.

¿Cómo atacaría Warne? Rathbone no dudaba de que la explicación que Drew había dado sobre la implicación de Hester era exacta en sus principales supuestos. Conocía suficientemente bien a Hester para creer que sería precisamente lo que habría hecho. Por un instante se preguntó por qué no se lo había mencionado ni una sola vez en las que se habían visto. Por descontado, el contable lo bastante listo y muy versado en estafas que había descubierto las trampas de Taft era Squeaky Robinson. Rathbone había coincidido con Squeaky con la frecuencia suficiente para reconocer su descripción. Fue Rathbone quien engañó a Squeaky para arrebatarle la propiedad de los edificios del burdel de Portpool Lane que Hester había reconvertido en clínica. Desde entonces Squeaky había mostrado un retorcido y renuente respeto hacia Rathbone. Y si era sincero consigo mismo, Rathbone también sentía cierto respeto por Squeaky. Eso solo bastaba para explicar por qué Hester no lo había agobiado hablándole del asunto.

¡Qué propio de ella!

Tal vez sería imprudente verla. Era harto probable que la llamaran a testificar.

Lo estuvo pensando mientras su coche de punto zigzagueaba entre los demás carruajes de la calle. Todavía le estaba dando vueltas en la cabeza cuando entró en su casa.

¿Qué había que Warne pudiera refutar? Gavinton se había encargado hábilmente de traspasar el límite de tolerancia del jurado para los detalles.

Rathbone dio el sombrero y el bastón a su mayordomo y le pidió que le sirviera whisky con soda.

¿Lo que Rathbone estaba presenciando en el tribunal, sin injerencia alguna por su parte, era una brillante habilidad legal o se trataba de una prestidigitación que debería haber sido capaz de impedir? ¿Acaso importaba, en lo que a él atañía, que Taft fuera culpable o inocente? Su título era el de juez, pero en realidad no tenía derecho legal ni moral para juzgar el asunto más importante sobre el que tenían que decidir. La razón de su presencia era velar por que se cumpliera la ley al pie de la letra y en espíritu. El veredicto correspondía únicamente al jurado.

¿Seguro que no podía hacer algo?

Decidió sentarse en su estudio en lugar de hacerlo en la sala de estar. La sala de estar era bonita, pero había sido tan suya como de Margaret y los recuerdos de cuando vivían juntos la habían embrujado. Aquel día no había pensamientos felices que lo importunaran en su soledad, solo el triste reconocimiento de cosas que debería haber entendido en su momento. Además eran fútiles porque no había vuelta atrás.

Tomó un sorbo de whisky y dejó que el sabor y el ardor le inundaran la boca.

Finalmente dejó el vaso y salió a pasear por el jardín en penumbra y a escuchar los sonidos del anochecer.

El día siguiente Gavinton volvió a llamar a Drew al estrado. No volvieron a hacer referencia a Hester sino que dirigieron el ataque contra Gethen Sawley, el testigo que había sacado a la luz los documentos cruciales, la única prueba física del fraude.

Rathbone se preguntó si Gavinton tenía intención de llamar a alguien de la obra benéfica que supuestamente había estado recibiendo el dinero. Warne no lo había hecho. Sin duda alguna, si tal persona existiera, pondría fin al asunto. ¿Tal vez no existía y Warne se lo diría al jurado en su alegato final? Sería un buen momento para hacerlo. ¡Sería imposible que lo olvidaran!

Devolvió su atención al presente.

Gavinton estaba interrogando a Drew acerca de Cuthbert Bicknor.

Drew estaba muy sosegado. Se encogió de hombros con indiferencia.

—Un joven muy agradable, pero, para serle sincero, muy fácil de influenciar. Siempre anhelante de gustar, de contar con la aprobación de los demás. —Suspiró—. No es un defecto. Estoy convencido de que todos podemos comprender que alguien necesite la estima de sus semejantes. Y si quieres tener amigos, ¿qué lugar hay mejor que una iglesia para buscarlos? —Levantó las manos haciendo un gesto de inclusión y dirigió una sonrisa al jurado—. Conoces a buenas personas, bienhabladas, serias, generosas y que aspiran a ser mejores. Pero... —soltó el aire en un suspiro—... es posible confundir una actitud amistosa por algo más de lo que esta pretende ser. Cuthbert dio un significado a las palabras de la gente que quizá no era el que le transmitían. Daba su dinero con demasiada facilidad y luego se dio cuenta de que se había extralimitado y no supo qué hacer al respecto.

—Pero estuvo dispuesto a que su padre testificara por él contra el señor Taft —señaló Gavinton—. Y de manera bastante convincente, en realidad. Eso no parece obra de un joven devoto de la iglesia.

Drew hizo un ademán que insinuaba un impaciente rechazo.

—Yo no he dicho que fuera devoto de la iglesia, señor. He dicho que buscaba amistad y que la aprobación le importaba de un modo tan desproporcionado que sugería... No quisiera parecer cruel, pero sugería cierto desequilibrio afectivo. Estoy convencido de que si un abogado tan experto y encantador como el señor Warne le prestara atención y cortejara su... su deseo de ser importante, encontraría alguna manera de hacerle un favor.

Esta vez Warne se puso de pie.

—Señoría, el señor Drew me está acusando de sobornar para obtener un falso testimonio, y al señor Bicknor de no estar en pleno uso de sus facultades mentales. El señor Bicknor no está presente para refutarlo, pero desde luego yo sí que estoy aquí. Si el señor Drew cree que coaccioné al señor Bicknor cuando vino a testificar, exijo que nos dé pruebas de ello. Y si tengo que llamarlo mentiroso, cosa que me gustaría mucho hacer, sigo exigiendo pruebas de ello, pues de lo contrario estaré condenado.

—Protesta aceptada, señor Warne —dijo Rathbone con cierto alivio—. Bien, señor Drew, no es libre de decir lo que quiera porque está en el estrado. ¿Está dando a entender que el señor Bicknor padre también es emocionalmente inestable? Le aconsejo que vaya con cuidado, señor Drew. Veo a varios periodistas en la galería y me parece que sus feligreses le serán menos leales si comprenden plenamente la medida, o la ausencia, de su lealtad para con ellos.

Gavinton se puso furioso. Perdió el dominio de sí mismo.

—¡Señoría! Las palabras del señor Drew quizás hayan sido un poco... mal escogidas... pero solo intenta decir la verdad al tribunal. Cuthbert Bicknor, a través de su padre, ha intentado difamar al señor Taft y acusarlo de una estafa de lo más despreciable. El señor Taft tiene derecho a defenderse de estos cargos, no es solo su manera de ganarse la vida lo que está en juego; para él, como para muchos de nosotros, es más importante su buen nombre.

—Por supuesto —concedió Rathbone—. Igual que el del señor Warne. Tal vez este problema pueda resolverse permitiendo cierta libertad al señor Warne al preguntar a este testigo, a fin de establecer qué motivos tiene para hacer tal acusación.

Gavinton se sosegó a regañadientes. Se volvió de nuevo hacia Drew.

—Dejemos el tema del señor Bicknor. La principal prueba material, algo más que suposiciones y datos de oídas, es este enorme paquete de documentos contables que el señor Sawley dice que obtuvo del hombre de pelo largo y gris que al parecer no tiene nombre. El señor Sawley sostuvo no conocerlo, pero usted nos ha dicho que es el antiguo propietario de un burdel y que se llama Robinson. El señor Sawley sostiene no haber visto al señor Robinson antes, y que este simplemente llamó a la puerta de su casa y le entregó estos papeles.

El jurado volvía a estar muy atento. Un caballero bastante corpulento sacó un pañuelo y se secó la frente. Las miradas iban de Drew a Gavinton y viceversa.

Warne seguía mostrándose preocupado; no estaba autorizado a hacer lo que deseaba.

Gavinton fue deliberada y exageradamente cuidadoso.

—No insinúo que no nos esté diciendo toda la verdad. La historia es sumamente extraordinaria. ¿Cómo se la iba a imaginar?

—Miró a Rathbone con una inequívoca actitud de desafío—. Presupongo que mi cliente es inocente, como sin duda también hace el tribunal, mientras no se demuestre lo contrario. Es un derecho que todos tenemos, ¿me equivoco?

Se volvió lentamente hacia el jurado.

—Caballeros, ese es el fundamento de la ley. Quizás ustedes no sepan que su señoría fue el abogado que defendió a Jericho Phillips con tanta brillantez; no porque lo admirase o deseara que escapara de la justicia, sino porque, por encima de todo, sirve a la ley. Considera sagrado que todo el mundo, sin que importe quién sea ni de qué crimen se le acuse, tiene derecho a defenderse.

Warne cerró los ojos, con el rostro crispado y los labios fruncidos en una mueca. En ese instante Rathbone pensó que hasta entonces Warne no había sabido que él hubiese defendido a Phillips. ¿Acaso uno estudia el pasado de un juez cuando va a los tribunales? ¿No eran solo sus decisiones hasta ese punto lo que revestía importancia?

¿O todo importaba?

Rathbone estaba furioso. Se sentía tan acorralado que por un momento perdió los estribos.

—¿Qué está buscando, señor Gavinton? ¿Una salva de aplausos? Le ruego que se ciña a su argumento, el cual creo que tenía algo que ver con el señor Sawley y con la manera en que obtuvo las pruebas del fraude, aparte de abriendo la puerta al señor Robinson.

—Así lo haré, señoría —dijo Gavinton en voz baja, habiendo recobrado la compostura. Había zaherido a Rathbone y lo sabía.

En ese momento Rathbone sintió miedo, no de Gavinton sino de faltar a su propia responsabilidad. No debía permitir que Gavinton lo volviera a provocar.

Fue difícil. Gavinton condujo a Robertson Drew con cuidado, pregunta tras pregunta, hasta la destrucción de Gethen Sawley. En todo momento lo hizo en relación con los papeles, por más que lo hiciera indirectamente. Warne protestó diciendo que era irrelevante pero Rathbone se vio obligado a no admitir la objeción. A veces el hilo de conexión era muy fino, pero existía.

Gavinton preguntó acerca de la relación de Sawley con otros

miembros de la congregación, hallando siempre el punto flaco, la conversación que cabía malinterpretar. Se regodeó con las ocasiones en que Sawley se había ofendido sin motivo para luego deshacerse en disculpas, pareciendo emocionalmente errático, demasiado ansioso por complacer. Drew lo ridiculizó sutilmente, cuestionando su juicio, incluso su honradez en cuestiones de poca importancia.

Warne volvió a protestar.

Rathbone admitió la objeción pero el daño ya estaba hecho.

—Pero ¿sus ideas religiosas eran las mismas que las suyas y las del señor Taft? —insistió Gavinton.

Warne se puso de pie otra vez.

—Señoría, los pecados del señor Sawley no incumben más que a él. No tiene por qué explicárnoslos, a nosotros ni a nadie.

—Son relevantes en su persecución del señor Taft, señoría —contestó Gavinton con tono paciente—. Si hubiesen sido las mismas se habría regocijado con la oportunidad de dar a los más pobres. Podría haberlo visto como la obra de Cristo en la Tierra.

Warne estaba furioso.

—¡Señoría, todo hombre tiene derecho a interpretar la obra de Cristo en la Tierra como le plazca! ¡Y debería tener la libertad de brindar ayuda o no hacerlo según su criterio! Y en la medida de lo que le permitan sus medios. ¡Sugerir lo contrario es absurdo!

—Por supuesto —dijo Gavinton encogiendo los hombros y luciendo una sonrisa con demasiados dientes—. Y el señor Bicknor era libre de dar o no dar. Decidió dar, y cuando resultó que había calculado mal sus recursos y contrajo deudas, no culpó a sus errores sino al señor Taft y se puso a intentar incitar una oleada de acusaciones contra él. Solo pretendo demostrar que el señor Bicknor no es un hombre digno de confianza, y que lo motivan su vergüenza e ineptitud, no el amor a la verdad ni la compasión por los desdichados. Todo este fárrago de mentiras que ha hecho que ese tal Robinson sacara a la luz no es más que una patética venganza, ni más ni menos. En defensa del señor Taft, debe permitírseme demostrar que este es el caso.

Rathbone estaba que ardía pero no podía detenerlo. Moral y legalmente llevaba razón.

Gavinton continuó, poniendo mucho cuidado en no salirse de las reglas, aludiendo siempre a las pruebas contables que le había dado Squeaky Robinson. Pero pieza a pieza desmanteló la reputación de Bicknor, dejando que pareciera débil, indeciso, al principio tan solo estúpido pero rencoroso una vez pillado.

Fue un espectáculo angustioso y Rathbone anhelaba intervenir, pero Gavinton era demasiado cuidadoso para darle motivos.

El caso contra Taft se estaba desvirtuando y Rathbone notaba que se le escurría entre las manos. Lo veía en los rostros de los miembros del jurado. Miró a Warne, esperando que contraatacara, pero nada ocurrió. Miró a Robertson Drew y constató la satisfacción que brillaba en sus ojos, su sonrisa, la victoria que emanaba su mera presencia. Y mientras lo miraba, Rathbone se fue convenciendo de que en efecto era una victoria. No era solo la defensa de un hombre estrechamente relacionado con él, muy probablemente un amigo de hacía tiempo, sino algo más.

Un recuerdo fugaz cruzó su mente mientras miraba a Drew. Lo había visto en algún otro lugar. Intentó recordar dónde. Para Drew aquello era un asunto personal, Rathbone estaba seguro de ello aunque no podría haber dicho qué le llevaba a pensarlo.

Ahora bien, ¿por qué? Rathbone se devanó los sesos pero no conseguía recordar haber visto a Drew en otras circunstancias. ¿Dónde pudo haber sido? Que Drew lo detestara tanto no podía deberse a su trato social. Tenía que estar relacionado con otro caso.

Miraba a Drew en el estrado mientras continuaba haciendo pedazos y denigrando uno tras otro a los testigos de la acusación. Rathbone no recordaba haberlo visto allí antes. Intentó imaginarlo vestido de otra manera pero no lo consiguió.

Estaba apartando su atención de los autos, pero estos seguían con la misma perorata. En la sala hacía un calor agobiante. La gente de la galería no paraba quieta. Los miembros del jurado estaban incómodos y con la mirada vidriosa. Aquella era la segunda jornada con Drew en el estrado. No estaba diciendo nada nuevo; Gavinton se limitaba a ir de un testigo al siguiente. El jurado le creía. Rathbone lo veía en sus rostros. También se daba cuenta de que Warne no tenía nada en la manga. Su expresión era una máscara para disimular cuidadosamente su fracaso. El propio Rathbone se la había puesto suficientes veces para reconocerla en otro.

¿Dónde había visto a Drew antes? No podía ser tan solo que su nombre guardara relación con un caso en el que Rathbone hubiese llevado la acusación o la defensa. Tenía que haber estado presente en el tribunal porque Rathbone recordaba su rostro. Se habían mirado a la cara. En algún momento los habían presentado.

De pronto se acordó. Había visto a Robertson Drew en una de las fotografías de Ballinger, fornicando con un niño en el barco de Jericho Phillips. Era de ahí de donde provenía el odio. Fue Rathbone, con ayuda de Monk y Hester quien finalmente había ocasionado la muerte de Phillips, poniendo fin a su particular trata de niños. Por eso Drew se complacía tanto en mancillar el nombre de Hester, en dejarla en ridículo, presentándola como una mujer entrometida y en exceso emotiva con más compasión que sentido común.

Por descontado, Drew había posado para la fotografía. Ese riesgo disparatado e innecesario era el precio para ser admitido en el club. Si Drew era uno de aquellos a quien Ballinger había chantajeado, sin duda sabía que este poseía la fotografía. Lo que no sabía era que Ballinger se las había legado a Rathbone o, de hecho, que Rathbone las hubiese visto alguna vez.

Rathbone volvió a mirar a Drew y estuvo seguro; casi.

Todavía no eran las tres y media de la tarde. Demasiado temprano para levantar la sesión. No se le ocurría una excusa para interrumpir los autos hasta el día siguiente. Sin embargo, en cuanto Drew hubo terminado su larga y divagatoria respuesta a la última pregunta de Gavinton, sin dar una excusa ni un motivo, Rathbone levantó la sesión hasta la mañana siguiente.

Entre susurros, preguntas y miradas de confusión, la asamblea se levantó y abandonó la sala. En los pasillos se formaron corrillos de hombres que hablaban muy serios. Rathbone pasó lo bastante cerca de uno de ellos para oír cómo se preguntaban qué había sucedido. ¿Qué había cambiado tan súbitamente?

No tenía claro que hubiese sucedido algo. Estaba totalmente desconcertado. Necesitaba estar a solas para pensar. ¿Aquello iba a afectarle? ¿Era posible?

En el coche de punto que lo llevaba a casa estaba tan tenso que le dolía todo el cuerpo y clavaba las uñas en la palma de las manos.

Lo primero era asegurarse. Creía saberlo con certeza pero en ocasiones había confundido a personas por la calle, pensando que las conocía para luego darse cuenta, azorado, de que no era así. Una vez llegó incluso a dirigirse a un caballero que, cuando se volvió hacia él, resultó ser un perfecto desconocido.

Una vez en casa rehusó el consabido ofrecimiento de té o whisky, fue a su estudio y cerró con llave. ¡Nadie debía verle con aquel horror! Sacó las fotografías de su escondite.

Le temblaban las manos y con dedos torpes abrió la caja que contenía las placas fotográficas. Levantó la tapa y faltó poco para que se le cayera. La agarró con la otra mano y dejó que cayera hacia atrás.

Las gruesas placas de cristal estaban cuidadosamente apiladas una al lado de la otra, tan juntas como era posible para sacarlas de una en una. Las copias en papel estaban aparte, dentro de un grueso sobre marrón. Las había mirado una vez. Contenían imágenes de las que hubiese preferido no tener conocimiento.

Sacó el papel del sobre para dejarlo en la mesa, echando otro vistazo a la puerta como si necesitara asegurarse de que estaba cerrada. No quería que ni siquiera el criado más leal las viera. ¿Qué explicación podría dar? ¿Pruebas? Sí, lo habían sido, pero no en un caso que siguiera abierto. Así pues, ¿por qué las había guardado? ¿Por qué no las había destruido en cuanto fueron suyas y tuvo el derecho de hacerlo?

En realidad, ¿por qué aguardar siguiera el derecho legal? Eran obscenas y peligrosas, permitían hacer chantaje a algunos de los hombres más importantes del país.

Era eso, claro. El poder. Un inimaginable poder. Podía destruir personas con aquellas fotografías, arruinar carreras y familias.

No era así como él las veía. Eran repugnantes, pero también eran la prueba indeleble de repulsivos crímenes contra niños tan compulsivamente imbricados en la naturaleza de quienes los cometían que casi con toda seguridad volverían a ocurrir una y otra vez.

Pero lo que ahora veía era el poder de utilizar a los hombres que habían tenido la bravuconería, la arrogancia de ser fotografiados y hacerles devolver parte de lo que debían, no ya a los propios niños, ya que demasiados estaban desaparecidos o muertos, sino a otras causas.

Ballinger había comenzado aquel espantoso comportamiento usando la fotografía de un juez veterano para que ordenara a un industrial poner fin a la contaminación que había causado enfermedades y muerte a toda una comunidad. Los usureros se habían visto obligados a condonar deudas provocadas por intereses desorbitados. Se habían reparado otros males. Hasta que finalmente el poder se había convertido en su propio fin y se tragó toda la pasión original por la justicia o la compasión, y lo único que importó fue la supervivencia.

Tampoco era que Ballinger hubiese sobrevivido. Sus actos terminaron por destruirlo.

Pero había un dicho que Rathbone nunca lograba olvidar: «Lo único necesario para que ocurra el mal es que las buenas personas no hagan nada.»

¿Iba a quedarse cruzado de brazos mientras Robertson Drew destruía a Bicknor y a Sawley? Quizá fuesen débiles en ciertos aspectos, pero ¿acaso no lo somos todos? Squeaky Robinson había dicho que Taft era un estafador y Rathbone le creía.

Ahora bien, se había jurado sí mismo que nunca volvería a utilizar aquellas fotografías salvo en el caso de que la vida de alguien corriera peligro. Y aquello solo era un asunto de dinero.

¿Era así realmente? También tenía que ver con la fe y el honor, con el creer en una Iglesia y un Dios que era a un tiempo justo y misericordioso... un Dios que amaba a su grey. Taft no solo les estaba robando un atributo vital sino también la fe, sin duda eso era un pecado casi tan terrible como robarles la vida.

¿Qué sufre una buena persona normal y corriente si lo traicionan los siervos de Dios en quienes confiaba? ¿A quién recurre entonces?

A la ley. Y si la ley no solo permite que la injusticia prevalezca sino también que se burlen de él sus semejantes y que le tomen el pelo quienes le han robado, ¿a quien puede recurrir?

Una tras otra Rathbone fue mirando las fotografías. Tal vez la memoria lo había engañado y Drew no estaba allí, solo alguien que se le parecía. Entonces no habría dilema.

Iba por la mitad y las imágenes que tenía delante eran lo bastante nauseabundas para que se le revolviera el estómago. No se imaginaba sometiendo a un animal al sufrimiento y la humillación que habían soportado aquellos niños. Había cierto consuelo en saber que Jericho Phillips había tenido una muerte espantosa, preso del terror. Pero eso era solo venganza, no deshacía lo que había hecho.

Si Drew estuviera entre aquellas fotografías, ¿qué justificación tendría Rathbone para castigarlo? No, por supuesto que no habría ninguna.

¿Tendría que haber entregado las fotografías en cuanto las recibió del patrimonio de Ballinger? No. Una parte demasiado grande de la sociedad se habría desmoronado bajo su peso y su horror. Había imágenes de hombres de elevada posición en aquella pequeña y pesada caja: jueces, miembros del Parlamento, de la Iglesia, de la buena sociedad, del Ejército y de la Armada. Hombres débiles, tal vez solo culpables de una o dos excursiones bajo los efectos del alcohol a aquel pozo negro de complacencia.

De pronto la tuvo en sus manos, una fotografía clara y absolutamente inconfundible de Robertson Drew. Rathbone la había recordado en ocasiones. Drew miraba a la cámara, desafiándola a poner freno a su placer.

Rathbone fue incapaz de mirar el rostro del niño. Se le hizo un nudo en el estómago solo de pensarlo.

Separó la fotografía de las demás, la puso encima del montón y las guardó todas. Cerró con llave la tapa de la caja. Volvió a meterla en la caja fuerte, donde estaría a buen recaudo. Escondió la llave, también en un sitio que creía que a nadie se le ocurriría buscar, a plena vista y sin embargo irreconocible.

Estaba sudando pese a que hacía frío.

Cogió la licorera de coñac y se sirvió un buen vaso, luego se plantó junto a la ventana con las cortinas descorridas y contempló las ramas de los árboles mecidas por la brisa del anochecer. A la luz del ocaso las hojas se agitaban y volvían, ora pálidas, ora oscuras.

Nunca se había sentido más solo.

Se terminó el coñac y dejó el vaso. No lo había saboreado; bien podría haber sido té helado.

¿Cuál era el proceder más correcto?

No actuar equivale a perdonar tácitamente lo que sucede, llegándose incluso a la complicidad. Solo él tenía el poder de actuar: tenía la fotografía.

Más tarde, se quedó despierto en la cama batallando consigo mismo. ¿Debía intervenir o no? ¿Qué era lo más valiente? ¿Qué era lo más honorable?

Hiciera lo que hiciese sería una decisión con la que tanto él como los demás tendrían que vivir el resto de su vida.

Por la mañana, cansado y con dolor de cabeza, todavía no había llegado a una conclusión irrevocable.

5

Cuando a la mañana siguiente se reanudó el juicio de Abel Taft, Blair Gavinton se puso de pie y volvió a llamar a Robertson Drew.

Rathbone estaba sentado en el labrado asiento del juez un poco más alto que el cuerpo del tribunal, y se sentía como si tuviera arenilla en los ojos y la boca seca como la lana. Tenía el recuerdo de la fotografía grabado a fuego en la mente. Debía de haberle dejado una quemadura en la retina.

Los miembros del jurado, a su derecha, ocupaban los dos bancos de la tribuna. Parecían descansados. Tal vez ya no se debatían en sus decisiones. El testimonio de Drew quizás hubiese decidido por ellos. Taft era un hombre inocente, víctima del infortunio y de la angustia y la malicia de personas de menos valía, seguidores que no podían mantener el ritmo de su obra de caridad cristiana. Era una respuesta cómoda. Todos estarían más contentos con ella. Lo sentirían por Bicknor y por Sawley, sobre todo por John Raleigh, pero en lo esencial se identificaban con Drew tal como Gavinton había planeado.

Rathbone observó a Drew mientras subía los peldaños del estrado y prestaba juramento otra vez. ¿Seguía siendo en su fuero interno el mismo hombre que violó a aquel niño delante de la cámara? ¿O se había arrepentido, tal vez amargamente y con lágrimas de horror y remordimiento, llegando incluso a pagar con alguna clase de penitencia? Unirse a la iglesia de Abel Taft, ¿había sido un acto de contrición, la búsqueda de la clemencia de Dios por su pasado?

Tanto si lo era como si no, ¿tenía Rathbone derecho a juzgarlo por ello e infligirle el terrible castigo que traería consigo el sacar a la luz aquella fotografía? No, por supuesto que no. Era una pregunta ociosa.

—¿Cuánto hace que conoce al señor Taft, señor Drew? —comenzó Gavinton.

Drew lo consideró unos instantes antes de responder.

—Siete u ocho años, si lo recuerdo bien.

Interesante, pensó Rathbone. La fotografía estaba fechada. Había conocido a Taft mientras era miembro del club de Phillips. ¿Significaba que no fue un acto de penitencia el que se uniera a la iglesia de Taft? Debía asegurarse.

Se inclinó hacia delante e interrumpió.

—¿Y ha sido miembro de su congregación todo este tiempo, señor Drew? —preguntó.

Drew se mostró ligeramente sorprendido.

—Sí, señoría. Lo conocí cuando me uní a ella. Le oí predicar y reconocí de inmediato una voz convencida y no la de un hombre que simplemente se gana la vida como clérigo. —Inclinó un poco la cabeza—. Me disculpo si parezco crítico con el clero. No es mi intención. Estoy convencido de que hay muchos clérigos que han dado su vida al servicio al prójimo y que lo han hecho de corazón. Simplemente creo que el señor Taft ha dado más.

—¿A la beneficencia? —preguntó Rathbone amablemente. Mantenía las manos debajo ocultas tras su ornamentado banco de modo que no se viera que apretaba el puño y le temblaba.

—Exacto —corroboró Drew.

Rathbone soltó el aire y se recostó de nuevo, indicando a Gavinton que continuara.

Había poco que añadir, tan solo la reafirmación de las sumas entregadas a la caridad y la negación de que los papeles que el contable de Hester Monk había dado al señor Sawley tuvieran alguna validez.

Gavinton dio permiso a Drew para que abandonara el estrado, dándole las gracias, y llamó a Abel Taft para que testificara en su propia defensa.

Hubo un momento de tenso silencio mientras traían a Taft desde el banquillo, bajando por la escalera trasera hasta reaparecer en la sala. Hasta entonces Rathbone solo había podido verle la cara y los hombros, y ni siquiera eso si no levantaba la vista ex profeso. Ahora Taft resultaba claramente visible. Era un hombre de aspecto atractivo, apuesto y de rasgos imperiosos. Su abundante pelo rubio tenía algunas canas en las sienes. No era difícil ver por qué llamaba la atención, incluso antes de que hablara.

Subió confiado al estrado de los testigos, con aire muy distinto al que había presentado la semana anterior. Nadie podría culpar a los miembros del jurado si creían que era un hombre inocente que confiaba en que el tribunal, con su honestidad, así lo hallara. Incluso podría salir de allí vindicado, más famoso que antes y con la compasión que merecía quien había sido acusado en falso y tenido que soportar la tensión de un juicio público.

Prestó juramento dando su nombre y dirección, añadiendo que era predicador del evangelio de Cristo. Gavinton le preguntó todo esto con un tono muy respetuoso. Rathbone no sabía qué religión profesaba Gavinton, si es que era alguna, pero el tribunal creería que la misma que Taft, y preguntarlo se consideraría indiscreto e irrelevante.

Gavinton estaba de pie en medio del entarimado como un gladiador en la palestra. Rathbone había estado en aquel mismo lugar más veces de las que podía contar. Conocía la sensación, el cosquilleo de la excitación, el corazón palpitante... y sabía el efecto que causaba sobre el jurado.

Nadie tosía ni se movía cuando Gavinton comenzó.

—Señor Taft, ha sido acusado de un delito mezquino, taimado y engañoso. Muchos de sus antiguos feligreses han presentado pruebas contra usted. Amigos y colegas leales, como Robertson Drew, le han defendido con pasión y con todo detalle. Su leal esposa está sentada aquí día tras día, con usted en su alma durante esta dura experiencia.

Hizo un leve gesto para indicar al jurado dónde estaba sentada Felicia Taft, pálida y sumamente abatida. Al oír que mencionaban su nombre intentó sonreír, pero el esfuerzo solo hizo más evidente su aflicción.

Rathbone pensó en ella seriamente por primera vez. Una mujer guapa, pero cuyo rostro carecía de vitalidad. La felicidad la habría hecho atractiva. Lo único que podía sentir por ella era una creciente compasión puesto que cada vez estaba más convencido de que, antes de que se presentaran cargos, no había estado al corriente de ninguna clase de fraude en el ministerio de su marido. Todavía estaba aturdida por la impresión. Quizá por primera vez en su vida de casada estaba contemplando la posibilidad de que no fuese el hombre ideal que había supuesto. ¿Qué conexión había tenido con la realidad en el día a día?

Lo que es más, ¿cuán fácil es embaucar a alguien que ama y quiere creer? ¿Cuánto de lo que había visto él mismo en Margaret estaba arraigado en su propia mente, no en la de ella? Si verdaderamente amas a una persona, ¿no deberías sacar lo mejor de ella en lugar de lo peor? ¿Y no te esforzarías por ser mejor? ¿Acaso eso no era mejor medida del amor que la necesidad o la posesión?

Gavinton ya estaba haciendo preguntas.

—Señor Taft, ¿cuál era, sucintamente, el propósito de su ministerio? —inquirió—. Lo pregunto para que el tribunal pueda entender sus intenciones, así como la necesidad y el uso de dinero.

Taft esbozó una sonrisa.

—Predico el evangelio de Cristo a los pobres de espíritu —contestó—. Y con esto me refiero a quienes son lo bastante humildes para escuchar y ayudar a los pobres en sus necesidades terrenales, a los que pasan frío y hambre, a los sin hogar y, en ocasiones, a los enfermos. Obviamente, para hacerlo necesitamos dinero. —Hablaba con calma, se notaba que tenía práctica—. Pedimos a quienes son auténticos creyentes, generosos de espíritu, que den lo que puedan. Haciéndolo, son bendecidos. No es complicado. Sirve a Dios amando a tu vecino. Es el mensaje que el propio Cristo enseñaba cuando estaba aquí, en la tierra.

—Parece muy simple —dijo Gavinton, bajando la voz en señal de respeto—. Cabría preguntarse cómo es posible que alguien discrepe de ello, salvo tal vez porque exige esfuerzo y sacrificio.

Warne se puso de pie.

—Señoría, si deseamos oír un sermón ya iremos a la iglesia del señor Taft. El tribunal exige que se defienda a sí mismo de los cargos de fraude, no que nos cuente lo que Cristo enseñaba en relación a la caridad. Si mi distinguido colega no tiene más preguntas para el señor Taft, yo sin duda las tengo.

Rathbone miró a Gavinton.

—Señor Gavinton, le ruego que exprese lo que tenga que decir en forma de preguntas. También requerimos que sean relevantes al caso. Sea concreto. La acusación ha hablado de sumas de dinero exactas, dadas por personas concretas. Eso es a lo que debe responder, si quiere demostrar la inocencia del señor Taft.

Gavinton, molesto, se puso tenso, pero solo un momento. Creía que tenía una mano ganadora pero no aceptaba con agrado que le dijeran cómo debía jugarla.

—Por supuesto, señoría —dijo con cierta brusquedad. Luego miró otra vez al estrado. Su actitud cambió por completo, siendo de nuevo de lo más respetuosa—. Señor Taft, ¿tiene constancia de las sumas entregadas por cada uno de sus feligreses?

—No, señor —contestó Taft cortésmente—. Predico y pido a la gente en general. Mi preocupación son los principios. Doy las gracias a una persona cuando tengo noticia de su donativo, pero dejo los pormenores a otros.

—¿Concretamente al señor Drew? —preguntó Gavinton, enarcando las cejas.

—Sí.

—¿Hace mucho que lo conoce?

—Sí. —Taft mostró una sonrisa compungida—. Más años de los que quisiera recordar.

—¿Confía en él?

—Por supuesto. No dejaría algo tan importante en manos de un hombre en el que no confiara. No solo sería estúpido sino bastante equivocado desde el punto de vista moral.

Gavinton reflexionó un momento. Todos los miembros del jurado lo estaban mirando. Levantó la vista hacia Taft.

—Hemos oído el testimonio de varios hombres que sostienen que se vieron presionados para que dieran más dinero del que podían permitirse y que por consiguiente han tenido dificultades económicas. Aseguran que recurrieron a usted en busca de ayuda y que usted no se la brindó. ¿Es verdad?

Taft se mordió el labio y negó muy levemente con la cabeza, transmitiendo una sensación de confusión y remordimiento.

—Tal como explicó el señor Drew, esas sumas ya no estaban en nuestras manos —dijo con pesadumbre—. Entregamos el dinero casi inmediatamente después de haberlo recaudado. Las personas a las que se lo damos tienen necesidades acuciantes. De haber sabido en su momento que era más de lo que los donantes podían permitirse habría rehusado aceptarlo.

—¿Y no les preguntó si se lo podían permitir? —preguntó Gavinton.

Taft se mostró horrorizado.

—¡Por supuesto que no! Si un hombre te ofrece dinero para que se lo des a los pobres no le preguntas si se lo puede permitir. En el mejor de los casos sería condescendiente, como si le creyeras incapaz de llevar sus propios asuntos. —Se estremeció—. En el peor, sería del todo ofensivo.

—Por supuesto. Yo tampoco lo haría —dijo Gavinton—. Me figuro que ninguno de los presentes en esta sala lo haría. Voy a hacerle otra pregunta que no le haría si esto no fuese un juicio en el que hay reputaciones en juego. ¿Confía absolutamente en el señor Drew en lo que atañe a asuntos de dinero?

—En todos los asuntos —dijo Taft de inmediato—. De no ser así, no ocuparía el puesto que ocupa.

—¿Es el responsable de las finanzas de su iglesia?

—En efecto. —Taft se irguió un poco—. Pero si está dando a entender que parte de este infortunio es culpa suya, se equivoca. Yo le di el cargo. La culpa, si la hay, es toda mía.

—Esas palabras le honran —dijo Gavinton afectuosamente.

Rathbone sentía crecer la repulsa en su fuero interno pero veía el respeto que traslucían los rostros de los miembros del jurado y sabía que Gavinton, pese a su afectación, estaba dando en el clavo. La indignación de Rathbone, si llegara a traslucirse en su expresión, tendría repercusiones nefastas. Por más que le costara, no debía dar a la defensa argumentos para apelar, mostrándose parcial. Sería casi tan malo como un error legal. Ambas partes tenían los sentimientos a flor de piel. Tratándose de religión y dinero, era inevitable.

La frustración de Warne era patente no solo en su rostro sino también en su porte, pero legalmente nada podía protestar.

Gavinton prosiguió con Taft, sacando detalles de su relación con los hombres que habían testificado contra él; primero Bicknor, luego Raleigh y finalmente Gethen Sawley. Su interrogatorio se prolongó hasta la pausa del almuerzo y se reanudó después. Delicadamente, como si lo hiciera con gran renuencia, Taft expuso las debilidades de cada uno, exactamente como lo había hecho Drew.

Cuando el curso del interrogatorio lo incomodaba, Taft reivindicaba el privilegio del consejo religioso y se las arreglaba para insinuar un problema espiritual como inquietante defecto del carácter de la persona en cuestión. Paso a paso hizo que Bicknor pareciera petulante, emocionalmente vulnerable, un joven que reclamaba atención con tanto afán que le alteraba el juicio. Aparentemente, era incapaz de asumir el rechazo y lo convertía en culpa.

Warne ardía en deseos de refutarlo. Resultaba obvio en su semblante y en la incomodidad con la que cambiaba de postura, pero no podía poner objeciones a defecto legal alguno.

Taft fue mucho más cauto con John Raleigh. Habló de él con respeto; en realidad, con tanto respeto que rayó en el sarcasmo. Una vez más, se hizo eco del testimonio de Robertson Drew.

Rathbone observaba y escuchaba atentamente. De haber habido la más mínima cuestión que le hubiese permitido pillar a Gavinton, lo habría hecho, pero era un hombre listo, meticuloso y bien preparado. No cometía equivocaciones. Se movía al borde de la irrelevancia, incluso de la difamación, pero nunca perdía el equilibrio. El único peligro tal vez fuere que ahogase al jurado en tanta información que este terminara aburriéndose. Probablemente eso lo compensaba el encanto de Taft. Diez años de práctica en el púlpito le habían enseñado a encandilar a una audiencia.

Gavinton estaba ganando y lo sabía.

Rathbone procuraba acallar sus sentimientos y prestar atención en los aspectos legales, pero su enojo era tan grande que le costaba trabajo concentrarse en los pormenores con los que podría aventajar a Gavinton. Estaba escogiendo a personas inocentes, confiadas, esperanzadas para hacerlas pedazos delante de sus propios ojos, y nada podía hacer al respecto. Taft saldría no solo vindicado sino más poderoso que antes.

No fue hasta que dejó vagar la vista por los rostros de la galería, no porque esperase encontrar algo valioso sino simplemente para serenarse, apartando un momento el pensamiento de las melifluas negaciones de Taft, que vio a Hester. Por un instante dudó de que realmente fuese ella. Entonces se movió, levantó la cabeza y lo miró de hito en hito. Incluso a través del espacio que ocupaban el entarimado y tres o cuatro filas de asientos, percibió la angustia de sus ojos. Con la misma claridad que si hubiese hablado, supo cuánto deseaba que Rathbone hiciera algo para detener aquella asfixiante marea de pretendida superioridad moral, aquella farsa de medias mentiras.

No sabía que Hester estuviera allí, aunque, por otra parte, habría sido incorrecto que le hubiese hablado. No era una testigo pero indudablemente estaba implicada en el caso por haber hecho partícipe a Squeaky Robinson. Solo Dios sabía cómo había encontrado todas las pruebas que tenía. Rathbone estaba encantado de ignorarlo. Bien podría ser que lo hubiese hecho apartándose de la ley. Tal vez esa fuese una de las razones por las que Hester no había hablado con Rathbone. Estaba protegiendo el caso y quizá también a él.

Ahora Hester no le dirigiría la palabra aunque toparan en un pasillo. La petición estaba en sus ojos. Le constaba que con eso bastaría. Tal vez también percibiera la impotencia en los de Rathbone.

No venía al caso, fue incluso inapropiado, pero de pronto su rostro fue sustituido en su mente por el de Beata York. Recordó su sonrisa, la manera en que apartaba la mirada cuando le dolía y no quería que los demás lo vieran, quizás ante todo su marido.

¿Qué pensaría sobre aquello? ¿Se resignaría a acatar la ley, viéndola como un objetivo en sí misma? ¿O sería como Hester y consideraría que la ley estaba al servicio de la justicia, y que en aquel caso fallaba? ¿Le decepcionaría que no fuese lo bastante inteligente para hallar una manera de servirse de la ley para que se hiciera justicia? ¿Qué exigiría que hiciera Rathbone su moralidad?

¿Por qué estaba pensando en Beata York? Era ridículo. Solo la había visto una vez. No era un veinteañero, para permitir que su rostro lo obsesionara de aquel modo.

La moralidad de Hester se reflejaba en su semblante. Quería a John Raleigh salvado, a Squeaky vindicado y que se impidiera a Abel Taft volver a hacer lo mismo a otras personas. Le gustaría ver a Robertson Drew expuesto como el mojigato mentiroso que era. Y probablemente también le gustaría verse vindicada. Drew había dado una visión retorcida y muy parcial del asunto de Jericho Phillips. Aunque Hester se pondría la última.

Gavinton estaba recordando el testimonio de Drew con vistas a preguntar a Taft su propia opinión sobre las diversas contribuciones económicas efectuadas por distintas personas.

—¿Y transfirió todo el dinero a la obras benéficas con las que trabaja? —concluyó Gavinton.

—Por supuesto —contestó Taft.

—Supongo que mi distinguido colega le recordará que el señor Sawley no pudo encontrar pruebas de que estas obras benéficas recibieran la clase de cantidades que le fueron donadas por su congregación. ¿Qué explicación puede darnos, señor Taft?

—Ninguna —dijo Taft francamente, con una expresión de perplejidad—. Tengo todos los recibos debidamente ordenados y contrafirmados. Es del todo necesario que lo haga así, por motivos económicos así como morales. Si el señor Sawley hubiese acudido a mí, dándome alguna razón válida para verlos, se los habría mostrado. Me temo que no está siendo... estrictamente honesto en esta cuestión.

—Él sostuvo que esas obras benéficas no habían recibido prácticamente nada de usted —insistió Gavinton.

Taft sonrió.

—Tal vez lo malinterpretaron. A lo mejor pensaron que les preguntaba cuánto tenían en ese momento, no cuánto habían recibido a lo largo de los años. —Encogió un poco los hombros—.

Quienes trabajan en las obras benéficas no siempre hablan inglés con soltura, y algunos son ancianos o están mal de salud. Incluso me atrevería a decir que el señor Sawley oyó lo que deseaba oír. Las personas demasiado sentimentales, en un estado de angustia, son propensas a hacerlo.

—Desde luego —respondió Gavinton, asintiendo.

Rathbone miró a Warne y vio que escribía algo apresuradamente en un trozo de papel. Tal vez fuese una nota para sí mismo, para cuando tuviera ocasión de preguntar a Taft.

Gavinton hizo una reverencia.

—Gracias, señor Taft. No se me ocurre qué más preguntarle. Quizá mi distinguido colega quiera interrogarlo.

Warne no estaba contento. Solo podía seguir el hilo de los temas que ya se habían abierto, de un modo u otro, salvo si pillaba a Taft en una mentira. Todo era tan vago, tan dependiente de indirectas y entendimiento, de insinuaciones y creencias, que se había quedado sin saber qué decir. Saltaba a la vista en su semblante, incluso en la inseguridad de sus gestos.

Rathbone tomó una decisión, aun sabiendo que tal vez la lamentaría el resto de su vida. Pero si dejaba que aquello prosiguiera, presidiendo una farsa y sin hacer nada, su razón de ser quedaría anulada.

—Me parece que levantaremos la sesión un poco temprano —dijo claramente—. Señor Warne, prepárese para preguntar al señor Taft por la mañana.

No prestó la menor atención a las calles mientras regresaba a su casa. El verano estaba en su apogeo. Todos los que podían estaban fuera. Como de costumbre, el tráfico era denso. Posiblemente alguien había perdido un cargamento más adelante, pensó Rathbone mientras el carruaje lo sacudía. Movía el cuerpo acoplándose al ritmo del vehículo de forma automática, procurando ignorar los golpes del asiento sin tapizar contra sus huesos.

La decisión no era irrevocable. Todavía no había actuado. Deseó poder preguntar a alguien, pero no tenía derecho a hacerlo. Su interlocutor quedaría contaminado por el resultado. Si hubiese podido escoger a alguien, habría sido Monk, pero sería abusar de la amistad. Se imaginaba la conversación.

—Tengo esta foto de Drew. ¿Crees que debo utilizarla?

—¿Qué harías con ella?

—¡Mostrársela a Warne, por supuesto! Dejarle decidir si quiere desenmascararlo. O, alternativamente, chantajear a Drew para que cambie su testimonio.

—¿Cambiarlo, cómo?

—Por la verdad.

Podía ver la expresión del rostro de Monk.

—Que es... ¿Estás seguro de saberlo? ¿Estás seguro de que no coincide con lo que ha declarado?

—Creo a Squeaky Robinson. ¿Tú no? —le replicaría.

—No importa lo que yo crea. ¿Seguro que importa lo que creas tú? Tu cometido es velar para que se juegue limpio, para imponer las reglas de la ley, no para decidir por tu cuenta lo que es verdad y lo que no.

—Ya lo sé.

Y, en efecto, lo sabía. Pero eso no era respuesta suficiente, tal como Monk le diría. Estaba tratando con seres humanos, emotivos, imprevisibles, sumamente vulnerables. La ley existía para castigar a los delincuentes, pero, por encima de eso, para proteger a los débiles, a quienes eran incapaces de defenderse por sí mismos.

Eso era lo que las fotografías podían conseguir: dar a los débiles, a los impotentes en este caso, un arma que pudieran utilizar. ¿Qué lamentaría más, romper la promesa que se hizo a sí mismo de no volver a usar las fotografías o la prudente cobardía de no hacer nada, limitándose a ver cómo hundían y humillaban a aquellas personas, que perderían una vez más?

Se acercó a la ventana de la sala de estar y contempló cómo caía la noche. Las sombras se arrastraban por la hierba. Las margaritas moradas no tardarían en florecer. Al cabo de un mes, a lo sumo. Tempranas, este año. Las hojas todavía no se curvaban, pero no tardarían en hacerlo. Después de eso las ciruelas estarían maduras...

Pero aquella noche debía responder a su propia pregunta: ¿una promesa rota o la cobardía de no intervenir cuando el poder de hacerlo estaba en sus manos? ¿Se perdonaría si Taft y Drew fueran hallados «no culpables», libres de marcharse, sonriendo con suficiencia, para empezar otra vez?

Había elegido ex profeso la sala en lugar del estudio. Ya no encontraba placer alguno en aquella estancia pese a toda su belleza, y sin embargo le parecía el lugar más indicado para estar a solas, habida cuenta de su confusión.

Si nunca se hubiese descubierto la violencia y la obscenidad de Ballinger, ¿la relación matrimonial de Rathbone y Margaret habría sido más rica y profunda? ¿Habrían llegado incluso a amarse con la pasión y la ternura, la profunda amistad que creía que Hester y Monk compartían? ¿Qué vale el amor si el primer invierno frío lo marchita?

¿Quién era él ahora, sin ataduras ni consideraciones que lo limitaran o lo amargaran? Tenía que decidir si utilizar la fotografía de Drew para condenarlo, de modo que no pudiera desacreditar a los testigos que habían declarado contra Taft; si arruinar a Taft para que no siguiera delante con sus actividades, más fuerte y poderoso, más confiado para engañar y estafar al prójimo. Defender el mal ya era bastante malo de por sí. En aquel momento en que la luz se desvanecía en el cielo del atardecer, era el robo de la fe lo que Rathbone consideraba el pecado mayor.

Sí, utilizaría la fotografía. Se la enviaría a Warne, para bien o para mal. Warne tal vez la utilizaría, tal vez no. Pero si Rathbone no le daba la oportunidad, tomaría la decisión por él. Taft ganaría, e hiciera lo que hiciese a partir de entonces, Rathbone siempre sabría que pudo haberlo evitado.

Debía entregársela a Warne en mano aquella misma noche.

Fue a su estudio y cerró la puerta con llave. Acto seguido abrió la caja fuerte. La caja de las fotografías le pesaba en las manos temblorosas mientras la puso en el suelo y la toqueteaba para levantar la tapa. Le costó meter la llave en la cerradura pero al tercer intento lo consiguió.

No tardó en encontrar la fotografía y meterla en un sobre sin marcar. Era extraordinario que algo que iba a tener tan enormes consecuencias pudiera reducirse a un acto tan sencillo.

Cerró la caja y volvió a meterla en la caja fuerte. Aparte del sobre que llevaba en el bolsillo interior de la chaqueta, era exactamente como si nada hubiese ocurrido.

Fue un viaje extraño. Se sentó en el coche de punto que circuló sin tropiezos por las calles silenciosas como si se dirigiera a visitar a un amigo. Los árboles estaban cuajados de hojas. Las flores llenaban los jardines y se imaginaba su perfume. Vio a una pareja de ancianos que paseaban juntos, el hombre se volvió hacia la mujer y rio. Le rodeó los hombros con el brazo. Rathbone se fijó en que llevaba un vestido rosa.

Se apeó y pagó al conductor cuando llegó a la esquina de la calle donde vivía Warne. Despidió al coche. Caminaría de regreso a la calle principal cuando hubiese terminado.

Era tarde y le constaba que molestaría a Warne, pero una vez tomada la decisión, la llevaría a cabo. Cualquier molestia era trivial comparada con lo que había en juego.

Por descontado, contrataría los servicios profesionales de Warne de modo que la información fuera como mínimo confidencial, y que Warne no estuviera obligado a contar dónde ni cómo había obtenido la fotografía. Llevaba dinero consigo con este propósito.

El asombrado lacayo que le abrió la puerta le impidió seguir sopesando el miedo.

Rathbone ya tenía su tarjeta de visita en la mano.

—Me llamo Oliver Rathbone. Soy el juez que preside la causa que el señor Warne está presentando ante el tribunal. Lamento importunar a estas horas, pero me temo que tengo que hablar con el señor Warne esta noche sin falta. Mañana será demasiado tarde.

El lacayo tomó la tarjeta y se retiró un poco, abriendo más la puerta.

—Si tiene la bondad de acompañarme, señor, informaré al señor Warne de que está usted aquí.

Rathbone le dio las gracias y aguardó en la sala de día tal como le habían pedido que hiciera. Era muy agradable, llena de librerías y con un par de aparadores con varios objetos decorativos, aunque estaba demasiado inquieto para reparar en ellos. Iba de un lado a otro de la estancia, sabedor de que todavía estaba a tiempo de cambiar de parecer. Podría disculparse ante Warne por haberlo molestado y decirle que había reconsiderado sus actos. Regresaría a casa pareciendo un idiota, pero no habría hecho algo irrevocable.

Salvo que no era verdad. La decisión era irrevocable optara por lo que optase. Tenía un veredicto de culpable o no culpable en sus manos. Decir que le endilgaba el juicio final a Warne era la mentira de un cobarde.

Oyó pasos en el vestíbulo y la puerta se abrió. Entró Warne. Presentaba un aspecto cansado y confundido. Tenía el pelo alborotado, como si se lo hubiese estado tocando con las manos, y el semblante, demacrado. Miró a Rathbone con preocupación.

—¿Ha ocurrido algo? —preguntó, cerrando la puerta a sus espaldas. Escrutó los ojos de Rathbone y no encontró el menor consuelo en ellos.

Rathbone había intentado decidir cómo abordar el tema, buscar la manera de que resultara menos repulsivo, pero había sido en balde. De pronto notó que tenía la boca seca y tuvo que tragar saliva y carraspear.

—Me he estado debatiendo con una decisión —dijo, consciente de la poca naturalidad de su voz—. Tenía la insidiosa sensación de que ya había visto a Robertson Drew en alguna parte. Ahora he recordado dónde y en qué circunstancias. No es que lo viera en persona sino en una fotografía. —Hablaba demasiado deprisa pero no podía evitarlo—. Preferiría no decirle cómo llegó a mis manos esa fotografía, aunque lo haré si usted lo considera necesario. Guarda relación con un caso especialmente repugnante, un caso que preferiría con mucho olvidar, cosa que, por distintos motivos, no consigo.

Warne se veía descontento y completamente perdido.

Permanecieron cara a cara en la silenciosa habitación, sin más ruido que el leve rumor de las hojas fuera y el tictac del reloj que había sobre la repisa de la chimenea.

Rathbone se sintió ridículo. Estaba haciendo que aquello resultara más desagradable de lo que sería necesario si fuese más sincero.

—Lo siento —dijo Rathbone—. La fotografía es para que usted haga con ella lo que le parezca oportuno. Quizá quiera tomarse su tiempo para decidirlo, por eso me ha parecido necesario importunarlo esta noche sin más tardanza. Ruego que me perdone. Me he debatido sobre si venir o si no debía cargarlo con esta responsabilidad no mostrándosela, pero tiene mucho peso sobre el valor de las pruebas en el caso contra Taft y creo que la decisión debe ser suya.

—No lo entiendo. —Warne estaba abatido—. ¿Qué decisión? ¿Qué es esa fotografía? ¿Es de Taft? ¿Quién la tomó?

Rathbone fue amargamente consciente de que estaba a punto de centuplicar la tristeza de Warne.

—Antes de entregársela me gustaría contratar sus servicios como mi consejero legal —dijo Rathbone. Qué ridículo sonaba en aquellas circunstancias, y sin embargo era crucial que lo hiciera—. Para protegerlo a usted además de a mí —agregó.

Warne lo miraba fijamente, desconcertado.

Rathbone sacó cinco monedas de una guinea del bolsillo.

—Por favor.

Warne asintió, sin apartar los ojos del semblante de Rathbone, pero tomó las monedas y las dejó encima de la mesa.

—Ahora soy su representante legal.

Rathbone le alargó el sobre marrón.

Warne lo tomó y, tras un momento de vacilación, abrió la solapa y sacó el papel rígido de la fotografía. La miró, pestañeó y acto seguido su rostro reflejó vívidamente la oleada de repugnancia que anidaba en su fuero interno. Su emoción primordial pareció ser una profunda aflicción.

Rathbone deseó no haber tomado aquella decisión. Se había equivocado pero ya era demasiado tarde para retractarse. Ahora sentía tanto frío como si el corazón le hubiese dejado de latir y la sangre ya no le circulara por el cuerpo.

Warne levantó la vista hacia él, con una mirada indescifrable.

—¿De dónde demonios ha sacado esto? ¿Se lo ha enviado alguien?

No había escapatoria. Tenía que meterse de cabeza, diciendo la verdad.

—Mi suegro estaba en posesión de estas fotografías; tendría

unas cincuenta. Lo condenaron por homicidio y fue sentenciado a la horca. Yo lo defendí, en parte por obligación familiar, en parte porque cualquiera tiene derecho a una defensa, tal como Gavinton se ha esforzado en recordarme. Y al principio creía que era inocente. Fue demasiado tarde cuando descubrí que no lo era. —Inspiró profundamente y soltó el aire despacio—. Siempre me culpó de no haberlo defendido adecuadamente. Como amarga ironía, me legó estas malditas fotografías.

Warne lo miraba, pestañeando.

Rathbone sabía que no debía abundar, haciendo que lo malo fuese peor, pero oyó su propia voz como si perteneciera a otro y no tuviera control sobre ella.

—Me contó que al principio utilizó una para obligar a un juez corrupto a hacer que un industrial limpiara los residuos de su fábrica porque estaban extendiendo el cólera en una zona pobre de la ciudad. Salvó cientos de vidas. Y el cólera es una forma atroz de morir.

Warne hizo una mueca de sufrimiento.

—Continuó utilizándolas —prosiguió Rathbone—. Durante un tiempo siempre fue para forzar que se hiciera justicia cuando de lo contrario sería denegada. Luego comenzó a hacerlo por motivos menos claros. Al final él mismo estaba sumido en la corrupción. He dudado entre entregarle esto o no hacerlo. Fíjese en que está fechada después de que Drew se uniera a la iglesia de Taft. A juzgar por la fotografía, verá que Robertson Drew dista mucho de ser el ministro de Cristo que dice ser. Ha calumniado al menos a tres buenos hombres y probablemente a la mejor mujer que vaya a conocer alguna vez. Ahora usted lo sabe sin el menor asomo de duda. Si el jurado conociera su verdadera naturaleza, creo que otorgaría un peso muy distinto a su testimonio.

—Desde luego —respondió Warne, apenas en un susurro.

—Haga lo que considere justo —le dijo Rathbone—. Si cree que ese hombre está diciendo la verdad, la imagen es irrelevante. Conozco a la señora Monk y también a Squeaky Robinson. Squeaky es taimado y estuvo la mayor parte de su vida fuera de la ley, pero confío en él para llevar los libros de contabilidad de la clínica de Portpool Lane, y creo que reconoce un fraude cuando lo ve, tal vez incluso donde un hombre que siempre haya sido honesto nunca se le ocurriría buscarlo. Si dice que Taft es un sinvergüenza, me lo creo. Y si usted consigue disponer de un poco de tiempo para investigar con más detenimiento a Hester Monk, encontrará que tiene más coraje y sentido del honor que muchos oficiales condecorados del ejército, y que ha hecho más por ayudar a los pobres y a los marginados de la sociedad de lo que Taft pueda haber imaginado alguna vez.

Warne sonrió, aunque con un sesgo de mofa de sí mismo.

—Me figuro que buena parte de lo que Gavinton ha dicho iba dirigido contra usted. Parece haber estudiado sus casos anteriores y sus amistades personales con bastante detenimiento.

Rathbone fue consciente de que torcía los labios con aire despectivo.

—Con mucho más detenimiento que a algunas de las amistades de Robertson Drew, según parece. —Entonces miró de hito en hito a Warne—. Pero nada de esto guarda relación con el hecho de que a pesar de las pruebas económicas usted haya fallado en convencer al jurado de que Abel Taft es un impostor y un manipulador de personas inocentes y vulnerables que confían en él porque dice que actúa en nombre de Cristo. Creen en él porque no se mentirían sobre algo semejante, y les resulta imposible creer que alguien lo hiciera. Tal vez no quieran. Nadie quiere reconocer que es un idiota, y quizás un hombre decente todavía quiera menos reconocer que la fe que había puesto en su iglesia era espantosamente falsa.

—Menos aún delante de sus vecinos y en voz alta, de modo que lo puedan recordar una y otra vez —terció Warne. Sostenía la fotografía con las puntas de los dedos de una mano, como si tocarla pudiera ensuciarlo—. ¿Usted la usaría?

Rathbone meditó unos instantes antes de contestar.

—No lo sé —admitió al fin—. Si lo hiciera me atormentaría para siempre, y si no lo hiciera, todo aquello de lo que se libre Taft estará a partir de ahora en mi puerta, tanto si lo quiero como si no. Todo hombre inocente al que estafe su dinero o su confianza será una víctima más que podría haber salvado si no hubiese antepuesto mi paz de espíritu.

—Maldito sea —dijo Warne en voz muy baja. No había animosidad en su voz, solo miedo, agotamiento y el atisbo de un horror que no había visto hasta entonces.

No había más que decir. Sin mediar palabra, Rathbone se marchó y salió a la noche. Caminó hacia la calle principal. Había dejado la fotografía atrás, pero contra todo pronóstico, sentía que le pesaba más que antes.

6

Al día siguiente se reanudó el juicio. Rathbone había dormido mal, con sueños caóticos. Ahora estaba sentado en el asiento de respaldo alto, en su posición elevada sobre el resto de la sala del tribunal y observaba los autos con la sensación de que el aire de la estancia era tan denso como antes de una tormenta eléctrica. Tenia el pecho oprimido y el cuello tan agarrotado que apenas podía volver la cabeza.

La galería no estaba llena ni hasta la mitad pero la atmósfera era pesada. No habría un final dramático. En lo que a la ley atañía el juicio había ido bien, pero como drama había fallado. Estaba claro que Taft iba a ser hallado «no culpable», lo cual significaba que todo seguiría como hasta entonces. No merecía la pena presenciarlo. Los únicos espectadores que quedaban eran quienes tenían algún interés personal en el resultado.

Felicia Taft se veía más compuesta que en los días precedentes. Tal vez sabía que lo peor ya había pasado. Sin embargo, no parecía contenta. Si estaba agotada, nadie podría culparla. La palidez de su semblante y el desfallecimiento de su expresión quizá no fueran más que eso. Había resistido cuanto había podido. Con el final a la vista, se había permitido relajarse.

Gavinton estaba exultante. Faltó poco para que saliera al entarimado a pavonearse. Abel Taft volvía a estar en el estrado. No sonreía, exactamente, pero daba la impresión de sentir que ya no tenía nada que temer, nada de lo que disculparse.

Rathbone estaba tan tenso que le dolía todo el cuerpo. Por

más que cambiara de postura en su asiento, el dolor no se le aliviaba. Temía haber actuado demasiado tarde. Incluso con la fotografía, Warne nada podía hacer. ¿Qué había supuesto Rathbone que iba a conseguir, además? ¿Mostrársela al jurado y decirles que aquel era el hombre a quien estaban creyendo en lugar de dar crédito a los testigos a los que con tanto encono había denigrado?

Vio a Gethen Sawley sentado en la galería, testarudo, pálido, encorvado mientras aguardaba la derrota final. ¿Por qué estaba allí? ¿Por qué se castigaba viendo cómo Drew y luego Taft lo hacían pedazos, humillándolo con delicadeza, como si lo hicieran con renuencia y les estuvieran teniendo que arrancar las palabras una a una?

John Raleigh también estaba allí, digno y silencioso, aguardando a que su ruina fuese completa.

Rathbone no veía a Bicknor aunque seguro que estaría en alguna parte.

¿Qué esperaban? ¿Acaso llevados por la desesperación tenían fe en que se produjera algún milagro que al final volviera justo el juicio? Rathbone deseó tener el poder de hacer que así fuera.

Qué terrible ironía. Gavinton estaba volviendo a preguntar a Taft si creía a Robertson Drew, de modo que lo último que dejara en la mente de los jurados fuese la imagen de un nombre inocente y confiado. Nada era culpa suya. Puesto que Drew no estaba acusado, en cierto sentido era invulnerable.

¿Iba a utilizar la fotografía Warne? ¿Cómo iba a presentarla? ¿La había traído siquiera?

Gavinton estaba cediendo su testigo a Warne.

Warne se puso de pie. Estaba demacrado. Tenía el rostro con sombras oscuras como si no se hubiese afeitado, pero cuando le dio la luz se vio claramente que solo tenía las mejillas hundidas. Probablemente había pasado la noche en vela, preguntándose qué hacer con aquella espantosa fotografía.

Warne miró a Tatf con cautela, pero la cortesía de sus palabras no lograba mitigar el intenso desagrado de su semblante.

—Señor Taft, según parece su congregación le ha prestado un flaco servicio; en realidad diríase que todos lo han hecho con la excepción del señor Drew —observó. Hablaba con voz grave a causa de la tensión—. ¿Sería justo decir que se debe a que su congregación se elige a sí misma? ¿Acuden a usted porque han probado otras iglesias y posiblemente las han encontrado deficientes? ¿Su mensaje es el único que desean oír, por el motivo que sea o por dedeo propio?

—Sí, podría decirse que sí —confirmó Taft. No se percibía ningún indicio de tensión en su postura ni en su voz. Si sentía algo de miedo, era un maestro del disimulo.

—¿Alguna vez rechaza a alguien? —inquirió Warne.

—Por supuesto que no. Las puertas de cualquier iglesia están siempre abiertas. —Taft hizo que la pregunta pareciera absurda—. Solo podríamos pedir a alguien que se marchara si causara angustia o confusión entre los demás miembros de la congregación. —Encogió un poco los hombros, adoptando un aire atribulado—. En un par de ocasiones, alguien que había bebido demasiado. Una vez sobrios, fueron bienvenidos de nuevo.

—Muy encomiable —dijo Warne con sequedad—. Es fácil comprender que, en estas circunstancias, a menudo admite a personas con desequilibrios emocionales o en las que no se puede confiar. Tales personas cometerán errores de juicio, caerán en malentendidos e incluso en ocasiones harán cosas que legal y moralmente estarán mal.

La expresión de Taft se tensó tan ligeramente que su gesto fue casi imperceptible.

—Es inevitable —concedió.

Warne siguió mirándolo a los ojos.

—Pero a sus amigos, a sus asociados y sobre todo a quienes se ocupan del dinero y de las obras benéficas a las que ayuda, a estos me figuro que los elige con gran cuidado y diligencia, ¿verdad? ¿Con la mayor discreción, por supuesto, habrá averiguado lo que necesite saber sobre su honestidad y su competencia así como sobre su carácter moral?

El interés pareció renovarse en la galería y los miembros del jurado agudizaron su atención. Taft frunció el ceño.

—Por supuesto —contestó.

Warne asintió.

—Naturalmente. No hacerlo sería irresponsable.

—En efecto —respondió Taft con cierta aspereza.

—¿Debo suponer que pone el mismo cuidado con las obras benéficas a las que da esas generosas cantidades de dinero? —prosiguió Warne.

Taft tragó saliva, vaciló un momento y luego contestó.

—Lo hago tan bien como puedo, señor Warne. No hay modo alguno en que pueda hacer indagaciones sobre su personal. No siempre los conozco y, además, cambian, pero son personas buenas y honorables que dedican parte de su tiempo sin cobrar.

Warne asintió.

—Entiendo. ¿Y nunca ha tenido motivos para dudar de su honestidad o su competencia?

—No, nunca. —La voz de Taft estaba perdiendo parte de su afabilidad. Warne esbozó un gesto de negación.

—No tienen la misma naturaleza emocionalmente incierta de sus bienintencionados feligreses...

No le permitieron terminar. Gavinton se puso de pie de un salto.

—Señoría, el señor Taft no es responsable de los pequeños errores contables de las obras benéficas a las que ha dado dinero. Y permítaseme señalar que la inestabilidad emocional de sus feligreses ha llegado a extremos como la falsa acusación, pero, en ninguno de los casos, en ninguna circunstancia, la malversación.

Rathbone quedó atrapado. Notó que se le había formado un nudo en el estómago y que le costaba respirar. ¿Warne se disponía a introducir la fotografía por fin? Había logrado que Taft respaldara a Drew una vez más, jurando que lo conocía a él, así como sus motivos y actividades.

Rathbone notó el picor del sudor en todo el cuerpo y, con el calor que hacía en la sala, volvió a ponerse colorado.

—Señor Warne... —comenzó, pero tuvo que parar, respirar profundamente y toser—. Señor Warne, da la impresión de estar señalando lo obvio, ¿encierra una pregunta o un propósito lo que está diciendo? El señor Taft ya ha declarado repetidas veces y con todo detalle sobre la honestidad, la diligencia y las virtudes generales del señor Drew. También ha jurado que lo sabe de primera mano, no de oídas ni por comentarios de una obra benéfica. ¿Qué intención tiene al sacar esta cuestión una vez más?

—Quiero dar al señor Taft todas las oportunidades para que lo absuelvan de estas acusaciones —dijo Warne recatadamente—. Si de un modo u otro el fraude fuese...

—¡No se ha demostrado la existencia de fraude alguno, señoría! —interrumpió Gavinton—. Mi distinguido colega está...

—Sí, señor Gavinton —interrumpió Rathbone a su vez—. Está perdiendo el tiempo. —Se volvió hacia Warne—. Me parece que hemos establecido a satisfacción del jurado que el señor Taft confiaba en el señor Drew tanto en el ámbito moral como en el económico, y que lleva haciéndolo después de un prolongado trato personal, y con todo el debido cuidado y la previsión de asegurarse de que su opinión se fundamente en hechos, no en la conveniencia ni en la amistad. —Miró a Taft—. ¿Considera que esta sería una evaluación justa y verdadera, señor Taft?

—Sí, señoría —contestó Taft, que no tenía más alternativa que mostrarse de acuerdo.

Rathbone le estudió el semblante buscando una sombra de renuencia, pero no vio nada. Si tenía idea del peligro, era un maestro ocultándolo. ¿O era tan sumamente arrogante que la posibilidad de fracasar no le cabía en la cabeza?

Rathbone miró a Warne y tampoco supo descifrar su expresión. Warne parecía un hombre que lo tuviera todo en contra preparándose para el amargo sabor de la derrota y, no obstante, todavía en busca de una salida de última hora. Tal vez se tratara exactamente de eso. Tal vez despreciaba a Rathbone por haber guardado la fotografía y, peor aún, haberse rebajado a utilizarla. Tal vez, pensó Rathbone, se había ganado el desprecio de Warne para toda la vida sin ningún propósito, puesto que Warne preferiría perder el caso que mancharse las manos con semejante estratagema.

—Señoría —dijo Warne con gravedad—, buena parte de las pruebas presentadas en este caso parecen ser creídas o descartadas en función de la reputación de honestidad y buen juicio de la persona que las presenta. Se tiene la impresión, lamentablemente, de que algunos de los testigos de la Corona contra el señor Taft son hombres menos fiables de lo que yo había supuesto. Mi distinguido colega ha sido capaz de ponerlos en evidencia en este sentido.

Gavinton sonrió y agradeció el cumplido pese a su doblez.

—Si su señoría lo permite, una testigo que parece crucial para la resolución del caso, que por consiguiente ha visto cuestionados su juicio e incluso su estabilidad emocional, en realidad no ha sido llamada al estrado. Con la venia del tribunal, quisiera llamar a Hester Monk como testigo para refutar el testimonio que ha dado el señor Taft.

—¿No tiene más preguntas para el señor Taft? —preguntó Rathbone sorprendido. ¿Qué esperaba Warne conseguir con Hester? Si la llamaba, Gavinton también tendría derecho a repreguntar. El desdichado episodio de su juicio erróneo en el caso Phillips saldría a la luz con todo detalle. Parecería una mujer sumamente voluble cuya compasión le había enturbiado el juicio permitiendo que un chantajista, pornógrafo infantil y asesino escapara de la justicia.

Puesto que Rathbone había sido el defensor de Phillips y había crucificado a Hester en el estrado, tampoco él saldría bien parado; sí legalmente, pero no ante el jurado.

Gavinton estaba de pie, sonriente.

—No tengo objeción alguna, señoría. Creo que servirá a la causa de la justicia. Vacilé en someter a la señora Monk a semejante prueba de nuevo. Difícilmente habrá olvidado la humillación de la última vez, pero confieso que me parecería justo.

Volvió su sonrisa satisfecha hacia Warne.

Rathbone tuvo la sensación de que la situación se le escapaba de las manos, como las riendas de un carruaje cuando los caballos se desbocan.

Estaban aguardando su respuesta. No podía proteger a Hester. Si no autorizaba que testificara se pondría en evidencia sin que a ella le sirviera de nada. De hecho, podría incluso parecer que tenía algo más que ocultar.

—Muy bien —concedió—. Pero céntrese en el asunto que nos ocupa, señor Warne.

—Gracias, señoría.

Warne dio instrucciones al ujier para que llamara a Hester Monk.

Reinó el silencio mientras Hester entraba en la sala, salvo por el frufrú de telas y el crujido de corsés cuando la gente de la galería se volvió para mirarla, fascinada por aquella mujer que tanto Drew como Taft habían descrito tan vívidamente, ensalzándola de tal manera que pasaron de la condescendencia a la culpa.

Esbelta, casi un poco demasiado delgada para el gusto que dictaba la moda, caminó muy erguida por el entarimado y subió los peldaños del estrado. No miró a Rathbone ni al jurado ni al banquillo.

Rathbone la observaba con una extraña y perturbadora mezcla de sentimientos mucho más intensos de lo que hubiera esperado. Hacía más de una década que la conocía y a lo largo de esos años se había enamorado de ella, lo había enojado, exasperado y confundido. Al mismo tiempo la había admirado más que a cualquier otra persona que conocía. Le había hecho reír incluso cuando él no quería, y le había hecho cambiar sus creencias en un puñado de cosas.

Ahora quería protegerla de Gavinton, y Warne la había puesto en medio de la diana; ¡maldito fuera!

Hester prestó juramento sin titubear y se puso de cara a Warne, lista para empezar.

Warne, con su aire sombrío, demacrado y a todas luces nervioso, avanzó hasta situarse en medio del entarimado. Carraspeó para aclararse la garganta.

—Señora Monk, el señor Drew nos ha dicho que usted asistió a un servicio religioso en la iglesia del señor Taft. ¿Es correcto?

—Sí.

—¿Solo una vez?

—Sí.

Warne volvió a carraspear.

—¿Por qué fue? ¿Y por qué no regresó una segunda o una tercera vez? ¿Acaso el oficio no era como usted esperaba? ¿O sucedió algo mientras usted estaba allí que la ofendió hasta el punto de no tener ganas de regresar otra vez?

Hester parecía desconcertada. Era evidente que Warne no le había dicho qué le iba a preguntar. Tal vez no había tenido tiempo.

Rathbone estaba tan tenso que tuvo que cambiar un poco de postura, al tiempo que cerraba y abría los puños ex profeso. ¿Iba Warne a servirse de la vulnerabilidad de Hester para salvar su caso contra Taft?

¿Por qué no? ¡Rathbone lo había hecho para salvar ni más ni menos que a Jericho Phillips! ¿Cómo se atrevía a criticar farisaicamente a Warne?

Los miembros del jurado estaban tensos, mirando fijamente a Hester con una mezcla de compasión y aprensión en sus semblantes.

Hester contestó en un tono desapasionado, demasiado sereno para ser natural.

—Fui porque Josephine Raleigh es amiga mía y me habló de la angustia de su padre —dijo—. Entendí muy bien su desesperación porque a mi padre también lo estafaron y contrajo enormes deudas. Se quitó la vida. Quise ver si había algo que yo pudiera hacer para impedir que sucediera lo mismo con el señor Raleigh.

Hubo movimiento en el tribunal. Un jurado levantó la mano para aflojar el cuello de la camisa. El rostro de otro estaba crispado de dolor, o tal vez fuese piedad. Endeudarse no era algo tan raro.

En la galería varias personas alargaban el cuello hacia delante, cruzaban miradas, suspiraban o hablaban en voz baja.

—¿Cómo se proponía hacerlo, señora Monk? —preguntó Warne con curiosidad.

Hester encogió una pizca los hombros.

—No tenía un plan claro. Quería conocer al señor Taft y oírle predicar.

—¿Con qué propósito?

—Para ver si había alguna posibilidad de que liberase al señor Raleigh de su compromiso —contestó Hester, eligiendo las palabras con cuidado, como si no tuviera la menor idea de qué le preguntaría Warne a continuación—. También para ver si el señor Taft me pedía dinero, y cómo lo hacía, si me sentiría presionada o no, si lo haría delante de otras personas para avergonzarme si me negaba.

Warne mostraba curiosidad, pero la tensión seguía siendo patente en su cuerpo, sus manos, su postura rígida.

—¿E hizo alguna de estas cosas? —preguntó.

Hester sonrió tristemente.

—Me sentí presionada, sí, y todo estaba muy envuelto en deber cristiano: quienes vivían con seguridad y confort debían dar a quienes pasaban frío y hambre o no tenían hogar. Contra eso no cabe discutir, solo arrodillarse y rezar.

—¿Dio usted dinero, señora Monk?

—Cuando pasaron el cepillo, sí. Solo eso.

Una sonrisa amarga asomó a sus labios.

—¿Y alguien la hizo sentirse culpable? —insistió Warne.

En la galería no se oía el vuelo de una mosca.

—El señor Drew lo intentó —contestó Hester—, pero le dije que todo el dinero del que podía disponer ya lo dedicaba a la clínica de Portpool Lane. Las mujeres no solo pasan frío y hambre y carecen de hogar, además están enfermas.

—¿Por qué no regresó a esa iglesia, señora Monk?

—Porque ya había comprendido la presión que el señor Raleigh, entre otros, debía de haber sentido —contestó Hester—. Es todo un arte hacer que otras personas sientan que deberían dar cuanto puedan a quienes son menos afortunados. A mí no se me da demasiado bien. Soy demasiado directa. Pero recurro a la ayuda de quienes son buenos haciéndolo para mantener abierta la clínica. Sé muy bien cómo se hace. Sabe el cielo que no coaccionamos a nadie para que nos dé más de lo que puede, corriendo el peligro de endeudarse. Pedimos pequeñas cantidades, y solo a quienes, según nos consta, tienen más que suficiente.

Gavinton, perplejo, se levantó.

—Señoría, me temo que la señora Monk es muy recta en su trabajo, así como recogiendo fondos para él. Cada persona tiene su propia manera de... de hacer el bien. —Lo dijo de tal manera que pareció una especie de vicio secreto—. Pero ¿qué relación guarda eso con que el señor Taft sea culpable o inocente de estafa?

Rathbone se volvió hacia Warne.

—Está siguiendo un camino un tanto tortuoso. Sea más directo, por favor, señor Warne.

Warne hizo una reverencia, con el rostro cuidadosamente inexpresivo, y luego se volvió hacia Hester.

—Señora Monk, ¿qué hizo como consecuencia de su visita a la iglesia del señor Taft?

—Fui a ver al señor Robinson, que me lleva la contabilidad en la clínica —contestó Hester, con la voz grave y un poco ronca—. Le pregunté si sabía alguna manera de determinar si todo el dinero que el señor Taft recaudaba realmente se destinaba a las causas que él sostenía. El señor Robinson me dijo que haría lo posible por averiguarlo y, más adelante, me contó el resultado de sus averiguaciones.

Gavinton volvía a estar de pie.

—Señoría, el tribunal ya está al corriente de todo eso. El señor Warne nos está haciendo perder el tiempo. Sabemos quién es la señora Monk y también algo sobre su interferencia en casos que a su juicio lo merecían. Lamento hacerle pasar vergüenza; sin duda es una mujer bien intencionada, pero esos casos anteriores han hecho trágicamente evidente que también es indisciplinada. —Abrió las manos en un gesto de impotencia—. Viene con pruebas incompletas, interpretadas por sus sentimientos, sin duda de compasión, pero aun así sentimientos, no pruebas. Usted mismo lo sabe de sobras. Por falto de tacto que pueda ser que se lo recuerde, cuando usted ejercía de fiscal, señoría, la hizo pedazos en el estrado. Su amistad con ella no le impidió cumplir con su deber, por más que le resultara repugnante.

Rathbone aguardó a que Warne contraatacara, pero se encontró con un muro de silencio. Notó que se le encendía el rostro. ¿Qué demonios estaba haciendo Warne? Había dejado a Rathbone sin alternativas.

—El señor Gavinton lleva razón, señor Warne —dijo entre dientes—. Esto parece a un mismo tiempo repetitivo e irrelevante. Si tiene algo útil que preguntar a la señora Monk, le ruego que lo haga sin más dilación. Si no, deje que se vaya y prepare su alegato final.

El caso estaba perdido. Warne no iba a utilizar la fotografía, tal vez en cierto modo fuese un alivio. Aquel intento de humillar a Rathbone era una manera de manifestar su repulsa ante el hecho de que le hubiese mostrado la fotografía.

—Sí, señoría —dijo Warne diligentemente—. Iré al grano de inmediato. Pido disculpas si ha parecido que divagaba. —Miró a Hester—. Señora Monk, mi distinguido colega se ha referido en más de una ocasión al desdichado caso de Jericho Phillips, en el que usted presentó pruebas que fueron insuficientes para que el jurado pudiera hallarlo culpable. El señor Gavinton parece opinar que eso resta valor a su testimonio. El señor Drew ha hablado extensamente sobre la... —titubeó, buscando la palabra apropiada— ...fragilidad moral y emocional de los testigos que han declarado contra el señor Taft. Incluso ha llegado a decir que son ligeramente desequilibrados, propensos a malinterpretar y exagerar las cosas y que, por consiguiente, no son de fiar. A usted la ha incluido en esa categoría. Considero que es justo y necesario que usted tenga ocasión de dar un testimonio que refute esa opinión y le restituya el buen nombre, así como, por supuesto, la veracidad de su testimonio.

Rathbone se puso tenso. ¿Qué diablos intentaba hacer Warne? Era demasiado tarde para aquello.

Hester permaneció callada. A juzgar por su expresión no se le ocurría qué decir que pudiera servir de algo. Solo había acudido a la sala un par de veces pero seguramente sabía por Josephine Raleigh, que había estado presente cada día, que el caso ya estaba perdido. Una reputación arruinada no se reconstruía fácilmente.

Warne le sonrió, pero lo hizo con tristeza, como disculpándose.

—Señora Monk, lamento tener que recordarle algo que solo puede ser doloroso para usted, pero se ha abundado mucho en su fracaso al testificar contra Jericho Phillips con suficiente claridad para garantizar su condena. Sir Oliver Rathbone representó a Phillips en aquella ocasión, y la destrozó a conciencia en el estrado.

—Lo recuerdo —dijo Hester con la voz un poco ronca. Estaba muy pálida.

Rathbone rebuscaba en su mente algo que pudiera detener aquello.

Gavinton estaba sentado con una sonrisa que se iba ensanchando en su semblante empalagoso y satisfecho.

—¿Por qué fue tan... descuidada al prepararse para testificar? Seguro que quería que Phillips fuese hallado culpable.

—Por supuesto —contestó Hester. Ahora su voz estaba cargada de sentimiento y tenía los hombros erguidos.

Rathbone nada podía hacer por ayudarla. Seguía devanándose los sesos en vano.

—Fui descuidada —prosiguió Hester de repente—. Estaba tan segura de que era culpable que...

—¿Culpable de qué, señora Monk? —la interrumpió Warne.

—Culpable de abusar de niños —respondió Hester con brusquedad—. Niños no deseados por sus familias, huérfanos o cuyos padres no podían cuidar de ellos, de edades entre los cinco y los once o doce años. Los encerraba en su barcaza para usarlos en fotografías pornográficas con las que luego hacía chantaje a los hombres que...

Warne levantó la mano para hacerla callar.

—¿Cómo podía hacer chantaje a esos hombres si habían posado por voluntad propia para las fotografías? ¿NO se está contradiciendo, señora Monk?

—Phillips dirigía un club para hombres ricos e influyentes —explicó Hester, con la voz aguda por la aflicción—. Hombres cuya vida corriente ya no les proporcionaba la excitación del peligro que tanto ansiaban. El precio para ser miembro del club consistía en dejarse fotografiar. Para algunos también era una garantía de que ninguno de los otros miembros los traicionaría. Todos se encontraban en la misma situación.

—Muy inteligente —dijo Warne con amargura—. Entiendo que semejante asunto la enojara hasta el punto de perder su buen juicio. No obstante, para conseguir una condena tenía que demostrar que se había cometido un crimen y que el acusado era el responsable. ¿En qué se equivocó?

Gavinton volvió a levantarse.

—Señoría, esto es irrelevante. —Parecía cansado, como si ya se le hubiera agotado la paciencia—. Todos sabemos que la señora Monk fracasó en ese empeño. No lo refuto, pero nada ganaremos repitiendo ese desdichado asunto, que, además, a la señora Monk solo puede avergonzarla. El señor Warne nos está haciendo perder el tiempo.

Rathbone notaba el sudor que le corría por el cuerpo. Mirando a Gavinton resultaba obvio que no tenía ni idea de que Drew aparecía en una de aquellas fotografías. Evidentemente, Hester tampoco. ¿Iba a presentarla Warne? Legalmente no podía hacerlo sin mostrársela antes a la defensa.

Cuando Rathbone comenzó a hablar, tenía la boca seca y tuvo que carraspear para aclararse la garganta.

—¿Señor Warne? La defensa estipula que la aflicción de la señora Monk en el caso anterior, y el hecho de que el asunto le resultara tan repugnante la llevaron a presentar pruebas inadecuadas sobre la culpabilidad de Phillips ante la ley. ¿Cuál es su intención al sacar a colación otra vez este tema? Jericho Phillips está muerto, y sus crímenes no guardan relación alguna con el caso que nos ocupa.

—Yo no he sacado el tema, señoría —dijo Warne con mucha labia, clavando sus ojos negros en los de Rathbone—. Fue mi distinguido colega quien lo sacó para desacreditar a la señora Monk. Dio a entender que era demasiado sentimental, que en aquel momento tenía el juicio obnubilado por el horror, llegando incluso a decir que su testimonio sigue no siendo fiable a fecha de hoy. Quiero mostrar al tribunal que no es así. Creo que estoy en mi derecho.

—Señoría —comenzó Gavinton.

Rathbone ni siquiera le miró.

—Señor Warne —dijo a media voz—, está poniendo a prueba nuestra paciencia. Si puede demostrar que la señora Monk es un testigo digno de confianza y que deberíamos tomar más en serio lo que dice, hágalo. Pero sea breve, por favor.

—Sí, señoría. —Warne miró de nuevo a Hester—. Señora Monk, ha mencionado unas fotografías que el señor Phillips usaba para hacer chantaje a caballeros, por lo demás respetables, que eran miembros de ese club donde se consentían la pornografía y el abuso sexual de niños de corta edad. Me parece que todos lo encontramos no solo obsceno sino casi increíble.

Rathbone apenas podía respirar. Warne iba a hacerlo. ¿Le había mostrado la fotografía a Gavinton, según exigía el reglamento? Si no lo había hecho, Gavinton podría solicitar que se declarase nulo el proceso, y Rathbone tendría que avenirse a ello. ¿Era eso lo que se proponía hacer Warne? ¿Por qué? Eso no garantizaría una condena.

—Sí... —dijo Hester vacilante—, pero el caso es que existen.

—Desde luego —respondió Warne, con la voz casi inexpresiva y el rostro muy pálido—. Me parece que yo podría tener una de esas fotografías. ¿Alguna vez ha estado en el barco de Jericho Phillips?

Hester agarraba la barandilla del estrado con tanta fuerza que se le veían los nudillos blancos.

—Sí...

Su voz fue un susurro pero fue perfectamente audible en el silencio de la sala, donde parecía que nadie más estuviera respirando.

Gavinton estaba de pie, pero con un aire cansino, sin aparente tensión o sensación de ofensa, ni siquiera de aprensión.

—Señoría, la acusación no ha mostrado esta prueba a la defensa. Pido que se desestime, aunque solo sea por ser irrelevante. Retiro mis comentarios sobre la improbabilidad de su existencia.

Warne estaba tenso y sostenía la mirada de Rathbone sin pestañear.

—Señoría, esos comentarios los ha oído el jurado, no pueden retirarse sin más. Tengo derecho a demostrar la honradez de mi testigo.

—Y lo tiene, señor Warne —confirmó Rathbone, detestando tener que mirarlo a los ojos—. Pero la defensa también tiene derecho a ver la prueba.

Esbozando una turbia sonrisa, Warne le pasó la fotografía a Gavinton.

Gavinton la cogió despreocupadamente, le echó un vistazo con expresión aburrida y acto seguido su cuerpo dio una sacudida casi convulsiva y su rostro se puso tan blanco que Rathbone temió que se fuera a desmayar.

En la sala reinaba un silencio absoluto. En la galería nadie se movía. Los miembros del jurado estaban paralizados en sus asientos, mirando fijamente a Gavinton.

Gavinton tragó saliva y le costó hablar.

—Señoría... esta prueba es...

Se interrumpió y se llevó la mano a la garganta como si la camisa lo estuviera estrangulando.

Las ideas se agolpaban en la mente de Rathbone. Tenía que evitar la nulidad. Warne quizá no podría volver a actuar como fiscal. Sin aquella prueba Gavinton ganaría.

Rathbone se inclinó hacia delante.

—Señor Gavinton, ¿le gustaría un breve aplazamiento para considerar esta prueba que al parecer lo ha turbado tanto?

Gavinton tragó saliva y se atragantó.

—Si me puedo entrometer, señoría —dijo Warne educadamente—, ¿quizá deberíamos hablar en el despacho de su señoría?

Rathbone aplazó la vista en medio de un murmullo de excitación y confusión, y cinco minutos más tarde Warne y Gavinton estaban en su despacho con la puerta cerrada tras haber dado instrucciones al ujier de que no se los molestara bajo ninguna circunstancia.

—¿Señor Gavinton? —preguntó Rathbone con el rostro tan inexpresivo como pudo.

Gavinton seguía sosteniendo la fotografía.

—Es obscena, señoría —dijo, todavía hablando con dificultad.

—Me lo figuraba —contestó Rathbone. Procurando no traslucir emoción alguna, se volvió hacia Warne—. Está claro que su intención era mostrársela a la señora Monk, ¿también tiene intención de que la vea el jurado?

Warne titubeó. La interrupción de Gavinton lo salvó de tener que responder de inmediato.

—¡No puede! La señora Monk quizá sea crédula y tenga más buena voluntad que sentido común, pero es una mujer decente. Esta imagen es inmunda, es repulsiva.

—¡No sea ridículo! —le espetó Warne—. ¡Es enfermera del ejército, estúpido! ¡Ha visto hombres descuartizados en el campo de batalla! Estuvo en el barco y vio el cargamento de niños prisioneros y torturados; los de verdad, vivos, aterrorizados, medio muertos de hambre y sangrando. ¿Qué supone usted que verá en esta fotografía? ¿Salvo quizás el rostro de alguien a quien identificará?

—¿Identificar? —dijo Rathbone a media voz—. ¿Quién aparece en esa fotografía, señor Gavinton?

Gavinton cerró los ojos. Cuando contestó, su voz era ronca y poco más que un susurro.

—El señor Drew, señoría.

Rathbone alargó la mano, Gavinton le dio la fotografía. Rathbone la miró aunque no necesitaba hacerlo; tenía todos los detalles grabados en su mente.

Carraspeó.

—Desde luego —dijo Rathbone—. Es obscena, como usted dice, y queda claro que se trata del señor Robertson Drew. Me figuro, señor Gavinton, que se opone a que esto se use como prueba para demostrar que el carácter del señor Drew dista mucho del que afirma tener. No obstante, usted lo ha presentado repetidas veces como un hombre honorable. El señor Warne tiene derecho a ponerlo en entredicho y a rebatirlo si puede; cosa que ahora está perfectamente clara. ¿Con qué fundamento protesta, aparte de que usted al parecer no sabía que su testigo estrella, que afirma enérgicamente la virtud de su cliente, carece precisamente de ella?

El aire de la habitación estaba cargado de electricidad, como el del medio segundo entre el relámpago y el trueno.

—¡No fui advertido! —protestó Gavinton.

—No la recibí hasta ayer por la noche —le dijo Warne—. Estoy de acuerdo en que debería habérselo dicho esta mañana antes de entrar en la sala. Acepto cualquier censura a ese respecto. —Miró a Rathbone y luego de nuevo a Gavinton—. Pero no aceptaré que se desestime. Usted puso en entredicho el carácter de la señora Monk en nombre de Taft. Yo llamo a la señora Monk para que se defienda a sí misma a expensas del señor Taft. ¿Hay algo de injusto en ello?

—¿De dónde diablos sacó esa... esta inmundicia? —inquirió Gavinton, recuperando el color.

—Eso es información privilegiada —contestó Warne con mucha labia—. Pero si desea que sea autentificada, sin duda tiene que hacerlo.

—¡Podría ser... un engaño!

Gavinton todavía no se dejaba convencer.

—No lo creo —contestó Warne—. Pero quizá pueda obtener la placa original, si lo considera necesario.

—¡Es un farol! —replicó Gavinton, casi a gritos.

—No, en absoluto —le espetó Warne, bajando la voz con esfuerzo—. Pero si quiere correr ese riesgo, córralo. No obstante, creo que lo mejor sería que lo consultara con el señor Drew, preguntándole qué quiere hacer a este respecto. Sin duda sabrá que la fotografía es genuina y quizá desee, voluntariamente, ser más fiel a la verdad en su testimonio en relación con la credibilidad de la señora Monk como testigo y con la honestidad de su carácter en general. Quizá también prefiera ser más moderado en algunas de las observaciones más bien condenatorias que hizo sobre la credulidad de varios de los demás testigos.

Gavinton miraba fijamente a Warne como si fuese una serpiente venenosa.

—Si acepta esa opción —prosiguió Warne—, la fotografía dejará de ser relevante. A usted le bastaría con estipular su autenticidad y el carácter de la señora Monk, y luego, una vez concluido el juicio, se la entregaría para que la destruyese.

—¿Y la placa de donde se sacó la copia? —dijo Gavinton con voz ronca.

Warne abrió las manos.

—Eso no lo tengo... pero sé dónde está. Veré lo que puedo hacer. Es cuanto puedo ofrecerle.

—¿Señor Gavinton? —preguntó Rathbone.

—Tengo... tengo que consultarlo con mi cliente...

—Por supuesto. Dispone de treinta minutos.

Media hora después le fue comunicado a Hester que finalmente no la iban a necesitar, y Warne volvió a llamar a Robertson Drew al estrado.

—Señoría, a la luz de este giro espectacular de los acontecimientos, me gustaría preguntar al señor Drew si desea reconsiderar su testimonio. Tal vez ahora prefiera otorgar más credibilidad a los testigos que previamente condenó. ¿La señora Monk, en concreto...?

Su expresión cambió de manera casi imperceptible y se volvió hacia Gavinton.

Gavinton buscó algún fundamento para protestar, pero no lo encontró. Se dejó caer contra el respaldo de su asiento y pareció envejecer una década durante la última hora.

Hubo unos momentos turbulentos mientras Robertson Drew regresaba al estrado y subía los peldaños, palpándolo como si estuviera parcialmente ciego. Un tenso silencio llenó la sala, hostil, enojado, molesto.

Rathbone llamó al orden al tribunal y Warne se aproximó a Drew, que agarraba la barandilla, no tanto para sujetarse sino más bien como si quisiera usar toda su fuerza para doblarlo a voluntad. Saltaba a la vista que estaba preso de una violenta emoción.

Rathbone miró a los miembros del jurado. Sus rostros reflejaban una absoluta confusión. Se notaba que los habían pillado totalmente por sorpresa.

Recordaron a Drew que seguía bajo juramento.

Warne fue breve. Después de lo que había ocurrido antes, ahora cualquier cosa sería un anticlímax.

—Señor Drew, usted se presentó ante este tribunal como un hombre de la mayor decencia, honorabilidad, diligencia y dedicación a la obra de Cristo. A la luz del cambio de circunstancias del que le ha informado el señor Gavinton, quizá quiera reconsiderar parte de su condena de otros testigos en cuanto a su honor y credibilidad.

En el banquillo, el rostro de Taft era invisible, pues se había agachado hasta casi esconderlo entre las rodillas.

—Señor Drew —prosiguió Warne—, ¿el señor Taft estaba al corriente de sus gustos... particulares? Y, por cierto, ¿es posible que parte del dinero que donaron los feligreses que usted parece despreciar llegara a sus propios bolsillos? Eso explicaría por qué nos resulta tan difícil seguirle el rastro hasta las obras benéficas cuyos libros parecen tan, caóticos, por decirlo suavemente.

—¡No! —contestó Drew furiosamente—. ¡Si alguien se lo apropió, fue Taft!

Warne enarcó sus cejas oscuras.

—Y esa pequeña digresión sobre el testimonio de la señora Monk en el caso Phillips, que, por cierto, luego esclareció a satisfacción de la ley, y sobre la necesidad de justicia de la sociedad... ¿Era eso irrelevante excepto como un medio para invalidar su testimonio en el caso presente?

Drew lo fulminó con la mirada.

—Sí —contestó Drew con un hilo de voz. El jurado aguzó el oído para oírlo.

—¿Podría decirse lo mismo de su opinión sobre el señor Gethen, el señor Bicknor y el señor Raleigh? —prosiguió Warne.

—Sí —gruñó Drew con la desesperación propia de un hombre acorralado.

Warne se encogió de hombros y se volvió hacia Gavinton.

—Dudo que quiera interrogarlo, pero el testigo es todo suyo, señor.

Gavinton rehusó. Parecía derrotado, anonadado por la impresión, tambaleándose al recibir un golpe tras otro.

Solo faltaba que cada uno de ellos presentara su alegato final. En aras de la imparcialidad, y a fin de que Gavinton tuviera ocasión de poner en orden sus ideas e intentar recuperar algo que decir a favor de su cliente, Rathbone levantó la sesión hasta el día siguiente. Warne no puso objeciones. Tal vez también deseara poner en orden sus ideas y asegurarse de no haber dejado a Gavinton algún motivo para apelar.

Rathbone salió a la tarde soleada un tanto aturdido, ajeno a la muchedumbre que lo rodeaba en la acera.

Después de todo, Warne había utilizado la fotografía con inteligencia, aunque no sin riesgo para su reputación. Cabía censurar que no hubiese dado la imagen a Gavinton antes de comenzar la sesión del día. Había llamado a Hester, cosa que Rathbone no había previsto, para luego servirse de su coraje y su dignidad, su sinceridad al admitir el error que había cometido con Phillips. Fue como si Gavinton se hubiese tirado encima todo el edificio de su caso.

Detrás y en torno a él, la multitud seguía saliendo del Old Bailey al calor de la tarde veraniega, chocando unos con otros, empujándose para hacerse sitio en las aceras. Dos hombres bien vestidos discutían acaloradamente a voz en grito. Una mujer gorda vestida de negro forcejeaba con un parasol, murmurando su frustración para sí misma. El sombrero de otra mujer salió despedido y varias personas se agacharon para recogerlo. Al día siguiente todos regresarían para oír los alegatos y el veredicto. No era que alguien dudara de cuál iba a ser pero querrían ver cómo se hacía justicia. No se contentarían con leer lo que publicaran los periódicos, querrían oír las palabras, ver los rostros y saborear la emoción del momento.

Rathbone caminó a paso vivo por Ludgate Hill hacia St Paul's, pasando por la sombra de la gran catedral y adentrándose en Cannon Street antes de parar un coche de punto y dar al conductor la dirección de su casa.

Sentado en el interior del carruaje, quedó sumido en sus pensamientos incluso antes de que el cochero enfilase hacia el oeste.

¿Se había hecho justicia? Y suponiendo que sí, ¿cuál había sido el precio?

7

Rathbone no durmió bien pero al menos descansaba sin soñar cuando su ayuda de cámara lo despertó. Se sorprendió al ver la cálida luz del sol que se colaba por la rendija de las cortinas. Se incorporó despacio, con la cabeza pesada.

—¡Caray! —dijo con abatimiento—. ¿Qué hora es, Dover? ¿Voy con retraso?

—No, señor. —El semblante de Dover estaba muy serio—. Todavía es bastante temprano.

Rathbone reparó en la gravedad de su voz.

—¿Qué ocurre? —preguntó con cierta aspereza—. Habla como si hubiese muerto alguien —agregó con sarcasmo.

—En efecto, señor, mucho me temo que ha sido así —contestó Dover.

Rathbone pestañeó, enderezándose. De pronto sintió un frío glacial. ¡Su padre! El pecho le oprimía y apenas podía respirar. La habitación pareció desaparecer y lo único que veía era el rostro pálido de Dover. Intentó hablar pero no logró emitir sonido alguno.

—El caso que usted presidía, señor. —La voz de Dover llegaba desde muy lejos—. El acusado... un tal señor Abel Taft, creo...

Siguió hablando pero Rathbone no le oyó.

La habitación dejó de dar vueltas, el calor regresó a su cuerpo, devolviéndolo a la vida. Dover todavía hablaba y Rathbone no había oído ni una palabra.

—¿Cómo dice? —preguntó.

Dover tragó saliva y comenzó de nuevo.

—El señor Taft, señor. La policía ha dejado un mensaje para usted. Me temo que se ha quitado la vida. De un disparo. Pero, según parece, antes de hacerlo, asfixió a su esposa y a sus dos hijas. Lo lamento mucho, señor. Es muy penoso. En cuanto me he enterado he pensado que usted debería saberlo. Seguro que aparecerá en alguno de los periódicos matutinos. No sé cuál es el procedimiento correcto en el tribunal, pero sin duda tendrá que haber algún cambio de planes.

Rathbone bajó las piernas de la cama y se puso de pie lentamente, balanceándose un momento antes de recuperar el equilibrio.

—Voy a afeitarme y vestirme —dijo—. Debo pensar qué es mejor hacer. La única parte del juicio que faltaba eran los alegatos. Su suicidio hará que parezcan redundantes... como también lo sería un veredicto. La sociedad será quien lo juzgue ahora. —Respiró entrecortadamente—. Pero en nombre de Dios, ¿por qué matar a su pobre familia?

—No tengo ni idea, señor —dijo Dover en voz baja—. Es espantoso. ¿Supongo que el veredicto habría sido en su contra?

—Sí, pero era solo por estafa, no asesinato. Quizás hubiese tenido que enfrentarse a la cárcel, pero eso es superable. Difícil, desagradable, pero nada que ver con una sentencia de muerte.

—Sí, señor. ¿Le apetecen arenques ahumados para desayunar, señor, o prefiere huevos?

Rathbone notó que se le encogía el estómago.

—Solo tostadas, gracias —contestó.

—El de hoy puede ser un día difícil, señor. Mejor no afrontarlo con el estómago vacío.

Rathbone lo miró un tanto molesto pero enseguida vio su semblante preocupado. Estaba haciendo su trabajo.

—Tiene razón, Dover. Huevos revueltos, por favor.

—Sí, señor.

Media hora después Rathbone estaba sentado a la mesa del comedor. Los huevos revueltos habían sido excelentes, el té recién hecho estaba caliente y la tostada, crujiente, y la mermelada tenía el punto exacto de acidez. Pero solo podía pensar en Abel Taft pegándose un tiro. ¿Por qué? ¿La deshonra era realmente más de lo que podía soportar? ¿No podía enfrentarse a la decepción de su esposa y sus hijas?

¿O se trataba de su propia decepción con Robertson Drew? ¿Realmente había confiado en él sin estar al corriente de sus vicios secretos? ¿Era posible que los conociera pero que creyera que Drew se había arrepentido y cambiado? ¿Acaso su valía personal dependía en parte de su capacidad para conducir al prójimo a la redención?

No, eso era una idea peregrina. Taft estaba acusado de estafa, de apropiarse de un dinero donado con un propósito concreto y desviarlo para su uso personal. Squeaky Robinson había encontrado abundantes pruebas de su culpabilidad.

Quizá su muerte había sido un acto de desesperación momentánea, tal vez tras una noche de beber en exceso, indulgencia a la que bien podría no estar acostumbrado. ¡Pero matar también a sus esposa y sus hijas!

¿Lo había empujado Rathbone a hacerlo? ¿Era culpa suya?

¡No! Él mismo se lo había buscado, primero por estafar y luego por creer en un hombre como Robertson Drew y, o bien haberlo utilizado, o bien haber confiado en él sin el menor cuidado o responsabilidad.

Ahora habría que declarar nulo el proceso. La policía se encargaría de esclarecer la trágica muerte de su familia.

Dover apareció en el umbral del comedor, con el rostro todavía tan serio e impresionado como antes.

—¿Y bien? —preguntó Rathbone. ¿Tan rápido había pasado el tiempo que ya eran las ocho y media y tenía que marcharse?

—La policía está aquí, señor. Desean hablar con usted —dijo Dover.

Cuánta celeridad. Por supuesto, se habrían personado para informarlo oficialmente de la muerte de Taft. No iban a confiar ese recado a sus criados. Rathbone dobló la servilleta y se levantó.

La policía aguardaba en el vestíbulo. Eran dos, el más joven iba de uniforme. Aquello le pareció un tanto exagerado para transmitir un simple mensaje, por trágico que fuera.

—¿Oliver Rathbone? —preguntó con gravedad el mayor de los dos.

Rathbone reparó en la omisión de su título, cosa que le pareció una pizca grosera, pero sería mezquino y petulante señalar el error.

—Sí. ¿Qué se les ofrece?

—Inspector Haverstock. Sintiéndolo mucho, vengo a detenerlo, señor, por corromper el curso de la justicia en el caso contra Abel Taft. No quiero esposarlo pero si ofrece resistencia me veré obligado a hacerlo. Lo mejor para todos sería que no se resistiera. Seguro que no querrá que el personal de su casa lo vea forcejear con la policía.

Su tono era cortés pero no cabía pasar por alto la inequívoca amenaza que encerraban sus palabras.

Rathbone se quedó helado. Aquello era absurdo. Carecía por completo de sentido. ¿Detenerlo? No podían. Era...

—¡Señor! —dijo Haverstock a modo de advertencia.

El policía joven, un agente, dio un paso hacia él con el rostro sonrojado de vergüenza.

Rathbone inspiró profundamente y soltó el aire despacio, esforzándose en no perder la compostura.

—No tengo intención de montar un escándalo —dijo con más aspereza de la que pretendía—. No he corrompido el curso de la justicia. Al contrario, he hecho cuanto ha estado en mi mano para que la justicia prevaleciera.

Haverstock no cedió ni un centímetro.

—De todas maneras, señor, lo detengo bajo ese cargo tal como me han ordenado, y usted nos acompañará a comisaría. Más tarde se presentarán los cargos formalmente. ¿Hay alguien a quien quisiera informar? Tal vez quiera dar instrucciones a su abogado.

—No, gracias —le espetó Rathbone—. Creo que esto se habrá aclarado y se me pedirán disculpas muy pronto. Esta mañana tengo que presidir en el Old Bailey el desafortunado final de lo que inevitablemente será un proceso nulo.

—Sí, señor —respondió Haverstock sin el más mínimo cambio de expresión—. Me figuro que llamarán a otro para que se encargue de eso. Ahora, si tiene la bondad de acompañarnos, señor...

Era una orden, y Rathbone no tuvo más remedio que obedecer, con un policía a cada lado, como cualquier prisionero.

Atónito y todavía aturdido, Rathbone recorrió las calles, gracias a Dios en un taxi normal y corriente, aunque sentado con esposas en las muñecas y Haverstock a un lado de él y el joven agente al otro, incómodamente apretujados. Era como una pesadilla llena de confusión. ¿Qué había ocurrido exactamente? Solo podían estar refiriéndose a la fotografía. No había otra cosa. Pero ¿cómo sabían que Rathbone tenía algo que ver con ella? Al menos en teoría, podía haber salido de cualquier parte.

Warne no podía haberle dicho a nadie cómo la había conseguido. La había recibido al amparo del secreto profesional. Rathbone lo había hecho así tanto por proteger a Warne como a sí mismo.

¿Quién más sabía que las fotografías obraban en su poder? Solo Monk, Hester y Henry Rathbone. Ninguno de ellos lo habría contado a terceros. ¿Qué había sucedido? Oía el traqueteo de las ruedas en los adoquines y el chacoloteo de los cascos de los caballos, gritos de otros cocheros, el bullicio general de las calles, y nada de ello le parecía real. En el interior del carruaje nadie decía palabra. Las sacudidas le hacían dar bandazos de un lado al otro pero al mismo tiempo no tenía libertad de mover siquiera las manos.

Cuando llegaron al tribunal de instrucción lo ayudaron a apearse. Resultaba sorprendentemente difícil mantener el equilibrio con las manos juntas, aunque las llevara delante. Sin duda sería todavía más difícil con las manos a la espalda. Hasta entonces, nunca se le había ocurrido pensarlo.

Lo condujeron a una puerta trasera. Había unas cuantas personas aguardando, pese a lo temprano de la hora. Había un hombre andrajoso apoyado contra una pared, obviamente en un lamentable estado de embriaguez. Cuando Rathbone pasó junto a él olió la peste a alcohol pasado y excrementos.

Dentro, en el vestíbulo, había una mujer sentada en uno de los bancos bajos, inclinada hacia delante. Su escote era tan generoso que se le veía la mitad del pecho. No era difícil adivinar su profesión. Un joven enjuto la miraba fijamente, pero ella no daba muestras de reparar en él. Tal vez estaba acostumbrada a que los hombres la miraran embobados.

Haverstock guio a Rathbone hacia un agente que estaba de servicio junto a la puerta del tribunal y habló un momento con él. El agente asintió, evitando los ojos de Rathbone. Saltaba a la vista que estaba cohibido. Escuchó, asintió de nuevo y entró en la sala. Estuvo fuera varios minutos y lo aguardaron en silencio.

Rathbone notó que el pánico anidaba en su interior. Aquello era real. No iba a despertar en su propia cama, bañado en sudor y jadeando de alivio. No sabía siquiera si volvería a ver su casa alguna vez. Ahora, todos los objetos que le hacían pensar en Margaret, en la soledad y el fracaso, parecían infinitamente placenteros comparados con aquel opresivo pasillo de paredes desnudas que apestaba a mugre y sudor.

¡Pero aquello era ridículo! Lo que había hecho se ceñía a la ley. Había tenido información pertinente a un caso y se la había ofrecido a la acusación para que la utilizara como creyera oportuno. Había obtenido dicha información de manera perfectamente legal. Se la habían legado. Se lo explicaría al magistrado. Probablemente lo conocería y desestimaría los cargos; quizás incluso se disculparía.

De todos modos, ¿quién se lo había contado a la policía? ¿Warne? Difícilmente. Había obtenido la fotografía bajo el privilegio del secreto profesional y la había utilizado. ¿También lo habrían detenido? ¿Qué se suponía que tendría que haber hecho? ¿Ignorarlo? ¿Permitir que Robertson Drew arruinara la reputación de todos los demás, aunque fuese implícitamente, y conservar la suya? Los hombres y mujeres a quienes había atacado con tanta fiereza no habían hecho nada ilegal, pero él sí. La sodomía era un delito que cabía castigar con pena de cárcel, por no mencionar la atrocidad moral de abusar de un niño.

Así pues, ¿quién?

Se acabó el tiempo para pensarlo. La puerta se abrió delante de él otra vez y le hicieron pasar a la sala del tribunal de instrucción. Hacía años que no ponía un pie en una de aquellas salas. Era muy pequeña y fea comparada con el Old Bailey. No había un entarimado que separase al juez de la gente, ningún estrado con una escalera curva para subir a él. El magistrado se sentaba detrás de un banco de madera muy corriente.

—Oliver Rathbone —dijo el secretario del juzgado, leyendo de un trozo de papel que llevaba en la mano—. Acusado de corromper el curso de la justicia.

El magistrado miró a Rathbone, luego pestañeó y miró con mucha más dureza. Abrió la boca para decir algo pero cambió de parecer.

Rathbone rebuscaba en su memoria para ver si podía ubicar a aquel hombre. ¿Lo conocía? Si no como magistrado, ¿tal vez le conociera como abogado? No halló respuesta alguna. De todos modos, tenía la cabeza hecha un lío y seguía aturdido por la incredulidad.

—¿Cómo se declara, señor... sir... sir Oliver?

El magistrado estaba a todas luces sumamente incómodo. Era un hombre menudo, quizá de cuarenta y tantos, con una calvicie prematura.

—Inocente —contestó Rathbone. Su voz sonó mucho más firme de lo que había esperado.

Haverstock cambió el peso de un pie al otro.

—Solicitamos prisión preventiva.

Rathbone dio media vuelta y lo miró con incredulidad. ¿Detenido? ¡Prisión!

El magistrado tragó saliva y miró de hito en hito al inspector.

—¿Está seguro? Este...

—Sí, señor.

Dio la impresión de ir a agregar algo pero se lo pensó mejor.

Ya estaba. En dos o tres minutos todo había terminado. Era embarazoso, incluso humillante, pero si aquella pesadilla iba a continuar, lo peor todavía estaría por venir. De nada serviría que Rathbone protestara su inocencia. Corromper el curso de la justicia era una acusación muy amplia. Comprendía toda suerte de cosas. ¡Aquello era absurdo! Solo era un uso temporal y bastante ridículo del miedo al escándalo público. Era una venganza. Pero no de Taft. Él estaba muerto.

¿Por qué demonios se había suicidado? Un veredicto de culpabilidad habría supuesto el fin de su ministerio pero no el de su vida. Y aunque así hubiese sido, ¿por qué hacer daño a su esposa y sus hijas, por Dios? ¿Estaba completamente loco?

Obviamente la respuesta era que sí, que trágicamente lo estaba. Pero ¿era su suicidio una admisión de culpabilidad? ¿O solo era derrota, desesperación, el convencimiento de que no había justicia? ¿O la decepción de que Drew lo hubiese traicionado, abandonándolo a su suerte? ¿Alguien se suicidaba por eso? ¿Matando primero a su esposa y sus hijas?

Tal vez, si realmente creía que era tan vital para ellas que no sobrevivirían sin él.

¿Era en cierta medida responsabilidad de Rathbone? Caso de que sí, tendría que dejar libre a todos los criminales por si alguna persona inocente dependía de ellos. ¿Y qué pasaba con los que dependían de la víctima?

El asunto estaba zanjado, decidido. Acompañaron a Rathbone a la calle y recorrió entre los dos policías la corta distancia que los separaba del coche que aguardaba.

La prisión donde estaría detenido hasta el juicio fue una continuación de la pesadilla, que se volvía cada vez más tremenda a medida que se le iba pasando el efecto paralizante de la primera impresión. Una vez traspasadas las puertas le quitaron las esposas y aguardó aturdido, frotándose las muñecas mientras lo informaban brevemente de lo que iba a sucederle. Oyó apenas la mitad: eran poco más que sonidos indistinguibles que resonaban a su alrededor. Era mucho más consciente del olor denso y rancio que le llenaba la nariz. Llegó a ser tan fuerte que se le revolvió el estómago. Parecía que lo cercara incluso más que las paredes.

Lo registraron y se llevaron sus efectos personales excepto un pañuelo. Un agente tomó nota de todo cuidadosamente con primorosa caligrafía: pluma, tarjetero, cuaderno, un peine pequeño, cartera con dinero que contó escrupulosamente; había mucho: cuatro libras, ocho chelines y siete peniques y medio, tanto como lo que algunas personas ganaban en un mes. Volvieron a registrarlo más a conciencia para asegurarse de que no llevaba nada más. La mayor parte de la gente llevaba más cosas en los bolsillos. Se le ocurrió decirles que los caballeros no lo hacían porque afeaba la línea de una chaqueta bien cortada.

Entonces lo metieron en una celda con barrotes. Tal vez debía considerarse afortunado por estar solo aunque fuera claramente visible para los reclusos de las celdas de enfrente. No había intimidad. Tal vez ni siquiera aquella seguridad duraría si aumentaba la actividad en la prisión y tenían que encerrar a alguien con él.

Los demás hombres lo estaban mirando con curiosidad e interés. Era distinto a ellos, todo en él lo hacía patente, desde su corte de pelo hasta sus elegantes y lustrosos botines de cabritilla, pasando por la camisa blanca con el cuello almidonado y su traje de Saville Row. Incluso las manos lo delataban: limpias y suaves comparadas con las de un obrero, sin suciedad incrustada en torno a las uñas.

Incluso sin estos rasgos, en cuanto hablara, su pronunciación y elección de palabras lo traicionarían. Se preguntó cuánto tiempo tardarían en reconocerlo como juez, uno de sus enemigos naturales; de hecho, el peor de todos: el hombre que dictaba a los convictos la sentencia de prisión o, peor aún, de muerte.

En realidad nunca había condenado a muerte a un hombre. Hacía poco tiempo que era juez, menos de un año. Había sido abogado toda su vida, tanto de la acusación como de la defensa. Había ganado muchos más casos de los que había perdido. Tal vez se encontraría llevando su propia defensa delante de otros prisioneros ansiosos por la única venganza que eran capaces de ver contra la implacable maquinaria de la ley que siempre estaría fuera de su alcance.

Por descontado, no era la primera vez que estaba dentro de una prisión. Había visitado a montones de hombres y mujeres acusados de toda clase de crímenes. Últimamente habían sido crímenes bastante graves: violación, traición, asesinato. Nadie contrataba a Oliver Rathbone por un mero robo. Había un sinfín de abogados menos importantes para ocuparse de eso.

¿Cuánto tiempo pasaría hasta que alguien lo desenmascarara y de pronto todos lo supieran? Por primera vez fue consciente de que además de sentirse humillado tenía verdadero miedo a estar solo entre los demás reclusos. Sin duda no tardaría demasiado en conseguir ayuda para poner fin a aquella ridícula situación.

¿Y si la situación no terminaba nunca y lo retenían allí durante años? ¿Había algo que pese a su conocimiento de la ley hubiese pasado por alto? Las fotografías eran suyas. Maldito fuese Ballinger por habérselas dejado a Rathbone en su testamento. No eran artículos robados, y Rathbone no tenía motivos para pensar que lo fueran. Creía que Ballinger las tenía guardadas con la intención de hacer chantaje, ¡pero él las había utilizado para que se hiciera justicia, no para corromperla!

Por supuesto cabía considerarlas pornográficas si se vendían o mostraban públicamente. Pero no lo habían acusado de tenencia de pornografía. ¿Acaso eso todavía estaba por venir? La idea le hizo tener una sensación súbita de calor en todo el cuerpo, seguida de otra de frío que le dejó el sudor helado. Eso le daría más vergüenza que un delito como el robo o la violencia física. Era obsceno, insoportablemente vergonzoso.

¡Quizá si hubiese sido Drew quien se había quitado la vida podría haberlo entendido! ¿O era posible que Taft también apareciera en una de las fotografías y que Rathbone simplemente no se hubiese acordado? Solo las había mirado una vez, cuando le fueron entregadas. Su visión le provocaba náuseas. ¿Y si ese era el motivo por el que Taft se había suicidado? Si Warne tenía las imágenes de Drew, ¿por qué no también las de Taft?

Aun así, ¿por qué matar a su esposa y sus hijas? Si el moría no había razón alguna para hacer pública la fotografía. No tenía sentido que Taft hubiese iniciado una carrera en la Iglesia con aquel punto débil permanente.

No había habido coacción. Rathbone podría demostrarlo. Había dado la fotografía a Warne sin decirle qué hacer concretamente. Había dejado que lo decidiera él mismo. ¿O acaso Warne sintió una presión implícita? Rathbone era juez y, como tal, un hombre que gozaba de un poder y una confianza sin igual. ¿Sería así como lo vería la policía? ¿Podía ser Warne quien hubiese hablado con ellos?

Difícilmente. Warne había recibido la fotografía bajo el privilegio del secreto profesional y la había utilizado. Eso lo volvía tan culpable como a Rathbone, moral si no legalmente.

Pero era la ley lo que los atañía.

¿Gavinton? Tenía todo el sentido, salvo que no podía saber que era Rathbone quien le había dado la fotografía a Warne. ¡Deducción! Partiendo de la historia que Hester había relatado, no era precisa una capacidad de razonamiento extraordinaria. No era un secreto que Rathbone no solo había sido el abogado que representó a Ballinger cuando fue llevado a juicio, además era su yerno. Sí, eso tenía sentido.

Pero ¿cómo podría haber evitado caer en aquella trampa, una vez que recordó haber visto a Robertson Drew en la fotografía? El silencio era inaceptable. ¿Tendría que haberse inhibido?

Por supuesto. En cuanto reconoció a Drew. Sin embargo, eso le habría hurtado el poder de... ¿de qué? De asegurarse de que se hiciera justicia.

¡Qué monstruosa arrogancia! Como si nadie más fuese lo bastante capaz u honorable para hacerlo. ¡Cientos de personas lo eran! Era terrible y ridículo dar a entender lo contrario.

Salvo que bastaba con otra víctima de Ballinger en la cadena de acontecimientos, directamente o a través de alguien a quien amara, alguien con quien estuviera en deuda o a quien temiera, y el caso se vería corrompido, tergiversado hasta ser cualquier cosa menos justo. Ese era el poder de todo aquel espantoso edificio.

Desde un punto de vista legal, tendría que haberse inhibido. Lo habían pillado. Era culpable.

—¡Eh, Botines! —gritó un recluso en una de las celdas de enfrente—. ¿Qué haces encerrado aquí con tipos como nosotros? ¿Le robaste la cartera a alguien, eh?

Se oyeron risas cerca del burlón, aunque Rathbone no llegaba a ver a los demás ocupantes de la celda.

Rathbone sonrió amargamente.

—Para vosotros, sir Botines —lo corrigió con una media sonrisa, provocando más carcajadas.

—¡Tenemos a un pedazo de cómico aquí! —dijo el recluso de enfrente a sus compañeros. Hizo una elaborada reverencia, haciendo girar el brazo en el aire antes de agacharse exageradamente—. Vamos a tener un buen entretenimiento, colegas. Algo para no morirnos de aburrimiento estos días tan largos. ¡Eh, Botines, dime una cosa! ¿Sabes bailar? ¿O cantar, a lo mejor?

—No —le dijo Rathbone—. ¿Y tú?

—Podemos enseñarte —contestó el hombre—. ¿Verdad, colegas? Enseñarte a cantar muy alto. Y quizás a bailar muy deprisa, también, y con los pies ligeros, si te esfuerzas.

Esto fue recibido con un rugido de risotadas todavía más estrepitoso.

Rathbone quiso replicar con algo ingenioso y valiente, pero de pronto tenía la boca seca como el polvo. Sabía a qué se referían con lo de «cantar» y «bailar». Hasta entonces no había sido consciente del miedo que le daba el dolor físico. ¿Saldría vivo de allí?

Pero no ocurriría. Era imposible. En el peor de los casos era culpable de un error de juicio, no de un crimen. Pagaría la multa que fuera necesario, vendería la casa. Ya no tenía un valor real para él, sin Margaret, y no habría una familia que la necesitara.

Si lo hallaban culpable de aquello, su carrera habría terminado, además. Una idea nueva. Si sobrevivía a la cárcel y salía sano y salvo, sin brazos o piernas rotos, sin puñaladas en la espalda u otras heridas propias de la violencia carcelaria, sin enfermedades, su vida sería irrevocablemente diferente.

—¡Eh, Botines! ¿Te has quedado sordo? ¿El señorito no quiere hablar con tipos como nosotros?

El tono de mofa rayaba en el enojo.

—Perdón. ¿Me decías algo? —preguntó Rathbone manteniendo casi firme la voz, en un tono ni temeroso ni agresivo, cosa en absoluto fácil.

—Te he dicho que si sabes bailar —fue la respuesta.

—Pues, sí, un poco. Pero me gusta tener más espacio que aquí. Esto es muy estrecho, ¿no te parece?

Sus palabras provocaron un montón de bravuconadas.

—¿Sabes una cosa, Botines? A lo mejor vale la pena mantenerte vivo. Me caes bien.

—Gracias —contestó Rathbone, en absoluto seguro de si era una idea buena o mala.

Llegados a ese punto regresó el carcelero y se dirigió a la celda de Rathbone, aunque no abrió la puerta sino que le habló a través de los barrotes.

—¿Hay que avisar a alguien de que está aquí? —preguntó—. Porque si lo echan en falta, me figuro que tardarán en buscarlo aquí.

Rathbone había pospuesto deliberadamente el enfrentarse a aquella decisión. Se negaba a pensar en el efecto que la noticia tendría para su padre. Resultaba demasiado doloroso imaginarlo. Le paralizaba la mente.

¿A quién avisar? ¿Quién lo ayudaría... o al menos lo intentaría? Solo cabía una respuesta: Monk.

—Sí —dijo, mirando al carcelero a los ojos—. Al señor William Monk. Es comandante de la Policía Fluvial del Támesis en Wapping. Si tuviera la bondad de contarle lo que ha ocurrido y decirle que estoy aquí...

El carcelero encogió sus anchas espaldas.

—Le iría mucho mejor con un abogado, pero si eso es lo que quiere, enviaré un mensaje —dijo—. Veremos de qué le sirve.

Tomó nota en un trozo de papel y se marchó, dejando que Rathbone se sentara en el jergón a aguardar.

Hester estaba preocupada mientras trabajaba en la cocina; hacía una bonita tarde, cálida y luminosa, pero no reparaba siquiera en los rayos de sol que entraban a raudales por la ventana, haciendo dibujos en el suelo. Oliver Rathbone había sido detenido y acusado de obstrucción a la justicia. Squeaky Robinson se había enterado y le había enviado un mensaje a media mañana. Rathbone estaba en la cárcel y quizá permanecería allí hasta que lo juzgaran.

Parecía inconcebible. El día anterior presidía en los tribunales lo que ya era el final, salvo por las formalidades, del juicio contra Abel Taft. Ahora Taft y toda su familia estaban muertos y Rathbone estaba en prisión, al menos hasta que todo pudiera explicarse.

No se dio cuenta de que Scuff estaba en el umbral hasta que se volvió y chocó con él. Dio un salto para atrás y faltó poco para que se le cayera la jarra que llevaba.

Normalmente Scuff se habría disculpado. Ese día se mantuvo firme, con el rostro nublado por la inquietud.

—¿Es verdad? —preguntó.

Hester dejó la jarra en la mesa más cercana, incómoda. Le constaba que aquello iba a suceder y había procurado pensar qué le diría. Ahora tenía que dar con una respuesta que fuese sincera pero que no lo asustara. Se estaba volviendo muy alto, la ropa le quedaba pequeña cada pocos meses, pero en muchos aspectos seguía siendo un niño. Por un lado, sería muy fácil asustarlo dejándole ver lo frágil que era en realidad su preciado mundo y, sin embargo, tratarlo con condescendencia, contándole mentiras que no se creería, sería peor. Se sentiría más intruso y nunca podría volver a confiar en ella.

—Sí, es verdad que sir Oliver está en prisión —dijo Hester, regresando junto a los fogones para poner agua a calentar. Aquel tipo de cosas era mejor hablarlas en la mesa, tomando un té. No era algo de lo que hablar mientras tenías la mitad de la mente en otra parte. Daría la impresión de que no lo considerases suficientemente importante para prestarle toda tu atención, o que mentías e intentabas disimular escondiendo la cara.

—¿Qué ha hecho? —preguntó Scuff, entrando en la cocina. Había un deje de miedo en su voz.

El agua no herviría hasta al cabo de unos minutos; todavía no era necesario sacar las tazas y la lata de té del armario.

—Dicen que intentó torcer el curso de la justicia —contestó Hester.

—¡Pero si es juez! ¿Se equivocó en algo? —Scuff estaba confundido. Se plantó en medio del suelo, con la luz del sol en torno a sus pies. ¡Las botas le estaban quedando pequeñas otra vez!

¿La lealtad debería ganar a la sinceridad? Era preciso que hallara el equilibrio exacto. Scuff tenía la mirada fija en ella.

—No lo sé —admitió Hester—, pero dicen que hizo algo a propósito.

—¿El qué?

Ahí estaba la pregunta que o bien contestaba o bien eludía deliberadamente. Si mentía, el chico se daría cuenta. Ahora ya llevaba años observándole el rostro y escuchándola. Había sobrevivido en el puerto de Londres gracias a no confiar en quien no debía, acertando siempre. No era como un niño normal, escéptico a veces, frustrado pero sobre todo deseoso de que le dijeran la verdad.

Hester respiró profundamente. ¿Por dónde comenzar aquella terrible historia? Scuff probablemente sabía más que ella sobre perversiones y el abuso de niños en la zona portuaria. Había sido uno de los prisioneros de Jericho Phillips. Hester no sabía cuán cerca había estado de aparecer en una de sus fotografías. Nunca había querido saberlo y posiblemente era mucho más fácil para conservar su dignidad que Scuff creyera que no tenía ni idea. Si tuviera necesidad de algo relacionado con aquel episodio lo haría con Monk, alguien de su mismo género. A medida que creciera, habría partes de su vida de las que Hester tenía que quedar excluida. Era inevitable.

—¿Qué es lo que dicen? —preguntó Scuff de nuevo, con más apremio, temeroso de que Hester lo dejara fuera. Entonces su imaginación correría a los lugares más oscuros y dolorosos.

—Es una historia bastante larga—contestó Hester finalmente—. Prepararé el té y te contaré todo lo que sé. ¿Puedes traer la jarra de la leche a la mesa, por favor?

Poco después, con el té ya servido pero demasiado caliente pata tomarlo, y con la tarta también en la mesa, Hester había puesto un poquito más de orden en sus ideas y comenzó.

—¿Recuerdas que reunimos bastante información sobre el señor Taft y el modo en que pedía dinero a la gente?

—Sí...

—Bien, ¿y te acuerdas del señor Drew?

—Sí, el imbécil pedante con la cara como una bota reventada, una bota cara, y...

Hester reprimió una sonrisa.

—Exacto. Bien, el señor Drew fue testigo de la defensa del señor Taft, e hizo cuanto pudo para que los testigos que declaraban contra él parecieran estúpidos o débiles, incluso deshonestos, de modo que el jurado no los creyera. Es una práctica bastante habitual en los tribunales. Muchos testimonios son solo lo que dice una persona en lugar de otra.

Scuff estaba perdiendo el hilo y Hester se dio cuenta. Era demasiado joven para haber estado en un alto tribunal, sobre todo en uno como el Old Bailey, suponiendo que hubiera alguno semejante.

—El señor Drew hizo que parecieran estúpidos o mentirosos —dijo más directamente—. De modo que la acusación preguntó al señor Taft si confiaba por completo en el señor Drew y creía cuanto decía. El señor Taft dijo que sí. Entonces la acusación me llamó al estrado y me preguntó acerca de Jericho Phillips.

Se interrumpió y escrutó su semblante.

La sombra del miedo estaba allí, en sus ojos, nítida y dolorosa. Scuff la miraba, aguardando a que le hiciera daño con él, preguntándose si le mentiría porque pensaba que no podría aguantarlo.

—Me hizo decir muchas cosas —prosiguió Hester— porque yo era uno de los testigos a los que Drew había dejado en ridículo. Intentaba demostrar que no lo era. Así creó una oportunidad legal para mostrarme una de las repugnantes fotografías de Jericho Phillips.

Scuff pestañeó.

—¿Por qué? El señor Taft no tenía nada que ver con eso.

—Esa es precisamente la cuestión, Scuff; el señor Drew, sí. La imagen que me mostró era del señor Drew y un niño de corta edad.

Se calló, esperando que Scuff no le preguntara qué se veía en la fotografía. Varios de aquellos niños habían sido sus amigos.

Scuff se mordió el labio y se sonrojó. De repente Hester vio el niño que había sido entonces, estrecho de pecho, con el cuello delgado, la piel todavía suave, sin rastro siquiera del más leve vello. En ese momento podría haber matado a Phillips con sus propias manos. Quizá se habría arrepentido, pero solo mucho tiempo después.

De pronto Scuff abrió mucho los ojos.

—¿De dónde sacaría una de esas fotos? —preguntó incrédulo.

—Ese es el problema —confesó Hester—. Cuando el señor Ballinger murió se las dejó en su testamento a sir Oliver.

—¡Dios mío! —Scuff se tapó la boca—. Perdón... —Pero sus ojos traslucían horror y comprensión—. ¿Tiene derecho a hacer eso?

—Bueno, creo que ese es el meollo del asunto. ¿Ves hasta qué punto podía hacer cambiar de parecer al jurado?

Scuff asintió despacio.

—Del todo. ¿Y cómo vamos a ayudarlo?

—No lo sé.

—Pero ¿lo haremos?

El miedo asomó de nuevo en su voz y en sus ojos.

—Sí, por supuesto —contestó Hester sin titubeos—. Pero tenemos que ocuparnos de la verdad y todavía no sabemos cuál es —agregó, quedándose corta.

Scuff miraba fijamente su taza.

—¿Qué ocurre? —preguntó Hester cuando el silencio se prolongó demasiado.

—Pero Drew es malo, ¿no? ¿Por qué está mal mostrarle al jurado cómo es en realidad? —preguntó Scuff muy serio.

¿Cómo demonios podía contestar? ¿Qué idea tenía Scuff de la ley y del papel de un juez? Había crecido en un entorno donde la única ley era la de la supervivencia y la lealtad a los suyos. ¿Qué sabía sobre la imparcialidad, el atenerse a ciertas reglas aunque eso conllevara que perdieras? ¿Por qué no había pensado en todo aquello antes para no verse en el brete de tener que explicárselo todo de golpe? Parecería pedante, como si buscara excusas en lugar de luchar. Y Scuff pensaría que era una cobarde. Cuando la necesitara no podría confiar en que ella saliera al paso para luchar por él.

—Verás, en conjunto, la idea de un juicio es que la policía acusa a alguien mediante un abogado que lucha en su bando, y la persona acusada tiene a otro que lucha en el suyo. Se supone que el juez no debe tomar partido, tan solo asegurarse de que todo el mundo tiene una oportunidad justa. A veces la policía se equivoca y la persona acusada no es culpable. O existe un motivo que hace que el delito no sea tan grave como parece.

Scuff estaba reflexionando. Ni siquiera se había servido un segundo trozo de tarta.

—Es como en los juegos —probó Hester otra vez—. Hay que atenerse a unas reglas.

—Pero ¿y si tienes razón? —repuso Scuff—. ¿Qué pasa si la otra persona va a ganar porque está mintiendo? ¿No puedes saltarte las reglas en ese caso? ¡No es justo!

—Casi todo el mundo piensa que tiene razón, incluso cuando no la tiene —señaló Hester—. Y a algunas personas les trae sin cuidado tener razón o no tenerla. Solo quieren ganar.

—¡Pero sir Oliver no es así! —protestó Scuff—. Lo conocemos. Le gustas mucho. He visto cómo te mira.

Hester notó que se ruborizaba. ¡Pensar que Scuff hubiese reparado en aquello!

—Incluso las personas que apreciamos cometen errores alguna vez —dijo Hester, eligiendo las palabras con sumo cuidado.

—¿Significa que si se equivocan dejan de gustarte?

No apartó sus ojos de los de Hester deliberadamente. Iba a encajar el golpe, si era preciso.

Aquella era la pregunta que Hester había estado temiendo. ¿Y si Rathbone había hecho algo realmente grave? Una equivocación, incluso un error de orgullo desmedido no era imposible. Tenía que explicar a Scuff que por más que amaras a una persona, no la encubrías cuando se equivocaba. ¿Entendería la moralidad de que el bien era más importante que el amor individual? ¿O parecería una evasión de cualquier coste o sufrimiento para uno mismo, una justificación de la traición?

Scuff estaba aguardando su respuesta.

—No, no significa eso en absoluto —contestó Hester—. Pero no siempre tiene que gustarte lo que haga. No puedes... no puedes decir que algo está bien solo porque lo haya hecho alguien a quien aprecias, como tampoco que está mal porque lo haya hecho alguien que no te gusta. Se sufre mucho cuando tienes que admitir un defecto en alguien que amas, y es incluso peor si ese alguien forma parte de tu vida. Pero el bien y el mal no cambian en función de lo que sientas por las personas implicadas.

—¿Las cosas siempre son buenas o malas? ¿No hay nada en medio? —preguntó Scuff, esperanzado.

—Sí, muchas cosas —respondió Hester—. Entonces es cuando resulta realmente complicado.

Scuff frunció el ceño.

—¿Cómo sabes si algo está bien o mal?

—No siempre lo sabes —admitió Hester—. A medida que te vas haciendo mayor comienzas a darte cuenta de lo difícil que puede ser a veces y de lo fácil que es cometer un error, incluso cuando procuras no hacerlo. Cuando tú mismo te has equivocado unas cuantas veces, no juzgas a los demás tan a la ligera.

Scuff la miró atentamente, con los ojos bien abiertos.

—Pero tú nunca te has equivocado, ¿verdad?

Su rostro reflejaba inocencia y esperanza, y Hester se sobresaltó al constatar lo mucho que la amaba. Se ruborizó.

—Ojalá no lo hubiera hecho, pero supongo que entonces no comprendería lo fácil que es equivocarse, incluso cuando te esfuerzas en no hacerlo. Podría ser muy dura con los demás. Cometer errores no es tan importante como que aprendas de ellos, que admitas que te equivocaste en lugar de intentar culpar a otro. Y me figuro que lo más importante es que te vuelvas a levantar e intentes no seguir cometiendo el mismo error.

—¿Cuántos errores diferentes existen? —preguntó Scuff.

Hester sonrió torciendo los labios.

—No lo sé. Todavía los estoy contando.

—¿Has tenido que pagar por ellos? —dijo con cautela—. Lo habrás hecho, ¿no?

—Normalmente, sí. A veces, no. A veces, es una bendición ser perdonado sin tener que pagar. En realidad no lo mereces de antemano, pero lo cierto es que entonces tienes que demostrar tu verdadera valía siendo agradecido.

—¿Eso es lo que vas a hacer que le ocurra a sir Oliver? —preguntó Scuff, dando la impresión de aferrarse a su tabla de salvación.

—Lo intentaré —contestó Hester—. Suponiendo que cometiera un error. A lo mejor no lo hizo y podemos ayudarlo a demostrarlo.

Scuff se relajó un poco.

—Eso estaría bien. ¿Puedo hacer algo?

—Seguramente. Desde luego te lo pediré, si se me ocurre.

De repente Scuff le dedicó una sonrisa deslumbrante y entonces, cuando estuvo seguro de que Hester le comprendía, se bebió el té y se sirvió otro pedazo de tarta. Hester siempre ponía dos en la mesa pero estaba sobreentendido que ambos eran para él.

Todavía fue más complicado para Hester cuando aquella tarde llegó el momento de hablar del asunto con Monk. Scuff ya se había acostado cuando él llegó, cansado y mojado después de una jornada en el río encargándose del hallazgo de un cadáver y de la tediosa investigación que demostró que la muerte había sido accidental. Por descontado, se había enterado de la detención de Rathbone poco después de que tuviera lugar. Había recibido la nota del carcelero y se había personado en la prisión de inmediato. Le habían permitido ver a Rathbone, pero solo unos minutos.

—¿Cómo está? —había preguntado Hester casi antes de que Monk hubiera cruzado la puerta—. ¿Está bien? ¿Qué dicen que hizo?

—Por el momento está bien —había contestado Monk—. La acusación es bastante complicada. Oficialmente es corrupción del curso de la justicia...

—¿Qué? ¡Pero si es el juez! —había exclamado Hester.

—Precisamente. Eso hace que los cargos sean más graves. Guarda relación con el uso de una de las fotografías de Ballinger. Técnicamente, tendría que haberse hecho a un lado y dejar que otro ocupara su lugar.

—¿Otro juez?

—Sí. Cosa que supondría anular el juicio y comenzar otra vez.

—¡Pero podrían no haberlo procesado una segunda vez! —protestó Hester.

—Ya lo sé. Seguramente por eso Rathbone no lo hizo.

—¿Qué le ocurrirá?

—Me figuro que lo juzgarán. No he tenido ocasión de preguntar mucho más que eso, aparte de lo que necesita.

—¡Un abogado! Alguien que lo ayude a...

—Una camisa limpia y ropa interior —había respondido Monk con gravedad.

Ahora estaba sentado con ropa limpia y seca en la sala de estar, mucho más cómodo pero solo un poquito más feliz. Hester le había contado su conversación con Scuff.

—¿Qué vamos a hacer? —preguntó—. Seguramente lo que Oliver hizo fue dar un empujoncito a la justicia para que volviera al buen camino, ¿no? Al fin y al cabo, si Drew aparecía en una de esas fotografías, no era el clérigo íntegro que fingía ser. ¡El jurado tenía que saberlo!

Hester percibió la chispa de humor que cruzó el semblante de Monk, iluminándole los ojos un momento, desmintiendo su sombrío estado de ánimo.

—No creo que la ley distinga entre corrupción y un empujoncito hacia el buen camino... tal como tú lo ves —observó Monk.

Pese a la amabilidad del tono de voz de Monk, Hester se sintió herida.

—¿Significa que crees que es culpable? —lo desafió. Aquello iba a ser mucho pero de lo que había previsto

—No lo sé. Y si eres sincera, tú tampoco. —Sonrió, pero lo hizo con tristeza—. Quizá yo hubiera hecho lo mismo. No lo sé. Nunca lo sabemos hasta que nos ponen a prueba, pero eso no hace que sea correcto ni moral ni legalmente. Mi orgullo ya me ha hecho tropezar más de una vez.

Hester pasó por alto la alusión al orgullo. Sabía a qué se refería Monk, tanto en su caso como en el de Rathbone.

—¡Pero Drew estaba en esa fotografía! —protestó—. Y si Taft no era culpable, ¿por qué se ha suicidado? En realidad, tanto si era culpable como si no, ¿por qué matar a su familia? ¿Supones que él también aparece en una de las fotografías? ¿Tenía miedo de que Warne también sacara la suya a relucir?

Monk se inclinó un poco hacia delante, con sus ojos gris oscuro fijos en los de Hester.

—Hay otra cosa: ¿Por qué han detenido a Rathbone? ¿Cómo sabían que tenía algo que ver con ello? Rathbone me ha dicho que había contratado a Warne como su propio abogado, de modo que Warne estuviera protegido por el secreto profesional y no tuviera que contar a nadie quién le había dado la fotografía.

Hester se estremeció como si una corriente de aire frío hubiese entrado en la habitación.

—¿Es posible que se lo dijera Warne? —preguntó—. No tiene sentido. Sin duda, si iba a hacer algo al respecto sería antes de utilizar la fotografía, no después, ¿verdad? ¿No sería igualmente culpable?

—No lo sé —confesó Monk—. ¿Tal vez le ofrecieron la oportunidad de librarse de ser enjuiciado si testificaba contra Rathbone? ¿O de entrada fueron a por él y traicionó a Rathbone para salvarse?

—¡Eso es una vileza! —dijo con repentina furia—. ¿Qué clase de hombre haría algo semejante? ¿Qué clase de abogado? ¡Los abogados tienen el deber de guardar las confidencias en secreto! No pueden traicionar a cualquiera sin más.

Estaba tan enojada que apenas podía pronunciar las palabras.

—No —contestó Monk, aunque con cierto titubeo en la voz—. Aparte de todo lo demás, Warne arruinaría su reputación. Nadie que tuviera un secreto mínimamente valioso lo contrataría.

—Cualquiera que se enfrente a un juicio guarda secretos —respondió Hester—. Aunque sean inocentes de los cargos concretos a los que se enfrenten.

—Exactamente.

—¿Entonces quién fue? —inquirió Hester—. ¿No deberíamos averiguar primero si fue Warne y, caso de que no, pensar quién pudo ser?

Monk se arrellanó en el sillón, relajando sus cansados músculos.

—Sí. Pero Rathbone tiene enemigos, Hester. Ha procesado a algunas personas muy importantes que tienen amigos e influencia. Y ha defendido a unas cuantas que otros querían ver ejecutadas. Ha removido mucha mierda, de un modo u otro. Ha ido allí donde lo han llevado sus casos sin temer a quién le pisaba los pies.

Algunos estarán la mar de contentos de salir de quién sabe dónde y darle una patada mientras esté abatido.

A Hester se le ocurrió otra idea más siniestra.

—Peor que eso, William. ¿Qué me dices de los demás que aparecen en las fotografías? No sabemos quiénes son y quizás Oliver tampoco, pero ellos lo saben. De hecho, pueden ser hombres que se hicieran socios de ese club y a quienes tomaran su foto de iniciación, y que Oliver ni siquiera tenga esas imágenes pero ellos no lo sepan, de modo que no se atreven a arriesgarse. Londres podría estar plagado de enemigos que ni siquiera sabe que tiene.

Monk tenía el ceño fruncido.

—Pero eso sería una estupidez. Acorralado, libraría batalla. No tendría nada que perder. Podría hacer que se publicaran todas las fotografías, solo para desquitarse. ¿Quién correría semejante riesgo?

Hester lo miraba fijamente. El corazón se le iba a salir por la boca. Sentía la garganta tan tensa que apenas podía respirar.

—William... ¿Dónde están las fotografías?

Monk percibió su miedo de inmediato.

—En su casa, me figuro. No lo sé. Tal vez lo mejor será que se lo preguntemos y que nos aseguremos de guardarlas en otro sitio. De lo contrario, alguien desesperado podría incendiarla. Podría quemar vivos a los criados e incluso a Rathbone, si aguarda hasta que se fije la fianza y regrese allí.

—Sí. Deberían estar en la cámara acorazada de un banco. ¡Ni se te ocurra traerlas aquí!

Monk no contestó. Su expresión era sombría.

Hester le miró el semblante y lo vio apagado.

—Perdona. Pero, por favor... —se interrumpió, más asustada de lo que deseaba admitir, lo que había comenzado como una sombra se estaba extendiendo mucho más de lo que había previsto. ¿La condena de un hombre por estafa valía todo lo que ahora parecía por venir?

Así lo había creído cuando escuchó a Josephine Raleigh y se vio reflejada en su aflicción. Era una oportunidad para enmendar lo que no había hecho por su propio padre. Taft era despiadado, destructivo y, viendo lo que ahora había sido capaz de hacer con su esposa y sus hijas, el alcance de su enfermedad del alma era mucho mayor del que había imaginado, incluso en el peor de los casos.

Pero si ella no se hubiese entrometido, Taft y su familia todavía estarían vivos, y Rathbone sano y salvo en casa.

Y John Raleigh, probablemente muerto.

¿Cuándo retirarte? ¿Cómo puedes saberlo?

—Tenemos que ayudarle —dijo—. Tanto por Scuff como por él mismo.

Monk se quedó desconcertado.

—¿Por Scuff?

—¡Por Dios! —Hester estaba al borde del llanto. Notó que las lágrimas le escocían en los ojos y que se le estaba haciendo un nudo en la garganta—. ¡Oliver es amigo nuestro, William! Scuff está pendiente de ver si somos leales con las personas que nos importan incluso si cometen errores y todos los demás les vuelven la espalda.

Monk estaba perplejo.

—¿Piensa que haríamos algo así?

—¡No lo sabe! —gritó—. ¡Tiene miedo! Le aterra pensar que el amor es condicional, que solo amamos a las personas cuando hacen lo que es debido. ¡A cualquiera! ¡Oliver, Scuff!

De pronto Monk comprendió.

—¡Solo es un niño! No puedes...

En lugar de terminar la frase, suspiró.

—Tú tuviste miedo —señaló Hester—. Cuando creías que habías matado a Joscelyn Grey tuviste miedo de que te abandonara.

Monk se sonrojó levemente.

—¡Pero tú no pensabas que lo hubiese hecho!

—No lo pensaba. ¡No lo sabía! Pero si lo hubieses hecho, no me habría marchado.

—¿Tan enamorada estabas de mí? —preguntó Monk en voz muy baja—. Nunca me lo dijiste.

—¡No, no lo estaba, zopenco displicente! —gritó exasperada—. Pero aunque la hubieses matado, sabía que eras un buen hombre y no podía dejar que te ahorcaran por ello. Incluso las buenas personas hacen cosas estúpidas o feas, a veces. Además, nadie más creía en ti. Si no hubiese luchado por ti, ¿quién lo habría hecho?

—Nadie —contestó Monk todavía más bajito—. Evan solo hizo porque tú lo hiciste. Ni siquiera yo habría luchado por mí. Un día tendrás que contarle todo esto a Scuff, pero más adelante. No creo que esté preparado... y me consta que yo no lo estoy. Necesito que tenga una imagen mejor de mí, al menos durante un tiempo. Pero si las cosas se tuercen con Rathbone, quizá debamos contárselo. Así, como mínimo, sabrá que tú nunca te rindes ni te marchas. —Respiró lentamente—. Tal vez deberíamos decírselo dentro de poco, después de todo.

Hester sacudió un poco la cabeza, como para disipar la idea, y volvió a comenzar, esta vez más en serio.

—William, ¿crees que Oliver tomó una decisión equivocada? Quiero decir equivocada desde el punto de vista moral. ¿Cómo podía quedarse de brazos cruzados y permitir que Taft se saliera con la suya, permitir que Drew estafara a todas esas personas que solo intentaban dar lo mejor de sí mismas? Eran tan vulnerables que Drew las destruyó con palabras. Sin dejar lugar a dudas, es él quien aparece en la fotografía.

—Lo sé —respondió Monk, alargando el brazo para estrecharle la mano. La sostuvo con ternura pero con la fuerza suficiente para que no la retirara—. Pero sí, creo que quizá se equivocó en esto. Tendría que haberlas destruido en cuanto se las entregaron.

—¡Pero pueden utilizarse para hacer el bien! —protestó Hester—. Eso lo habría dejado impotente para... William, no puedes desaprovechar el poder solo porque quepa abusar de él, o porque quizá cometas un error o el resultado no sea el deseado. ¡A lo mejor es al revés! A lo mejor ayudará a alguien. ¿Te imaginas estar encima de una persona con un cuchillo en la mano...

—¿Y usarlo contra ella? —interrumpió Monk—. ¿Decidiendo si tiene derecho a vivir o a morir? No...

—¡No! —le espetó Hester—. Decidiendo si sabes cómo extirpar la gangrena, o el apéndice antes de que reviente, o abrir una herida y coser la arteria para que no se desangre. Decidiendo si tienes el valor para intentarlo o si prefieres quedarte viendo cómo muere, confiando en que no te echen la culpa. Pues bien, ¡tienes la culpa! Si podías hacer algo y fuiste demasiado cobarde para intentarlo porque tuviste miedo de que salpicara, el responsable eres tú. Ocurren cosas malas porque personas buenas tienen demasiado miedo a las consecuencias de dar un paso al frente, intentar impedirlas y que no dé resultado. Pensamos que Oliver hizo mal en intervenir. Quizá se equivocó. ¿Qué pensaríamos de él si hubiese podido salvar a alguien y no lo hubiese hecho?

—Eso depende en buena medida de si no hizo nada porque sabía que estaba mal hacerlo o porque temía por su propia seguridad —contestó Monk.

Hester lo fulminó con la mirada.

—Y eso es algo que siempre sabemos, ¿verdad? Se me ocurren un montón de ocasiones, en un momento de exaltación, en las que no he tenido la más remota idea de qué era lo prudente o cómo saldrían las cosas, salvo que no hacer nada mientras otra persona moría era una excusa. Quizá no siempre haya acertado. Quizás Oliver tampoco. Pero estoy convencida de que reflexionó antes de actuar. No se echó atrás porque quisiera estar a salvo. Y apostaría todo lo que tengo a que tú tampoco lo harías.

Se fijó en lo pálido que estaba Monk y se preguntó si había ido demasiado lejos. Pero había dicho lo que pensaba y no iba a bajar los ojos.

—Ahora tengo una esposa y un hijo en los que pensar —contestó Monk con compostura—. No puedo ser tan impulsivo y temerario como antes.

—¡A mí no me culpes! —lo acusó Hester—. ¡Y no se te ocurra culpar a Scuff! Estará pendiente de ver si ayudas a Rathbone porque necesita saber que serás leal ocurra lo que ocurra, y tanto si es arriesgado como si no.

—También necesita saber que tengo un mínimo de sentido común —contestó Monk, aunque seguía estando pálido y tenso—. Y que os amo a los dos lo suficiente para no correr riesgos innecesarios y dejaros indefensos. —Esbozó una sonrisa—. Aunque viéndote no sé qué me lleva a imaginar que alguna vez hayas estado indefensa.

Hester inhaló entrecortadamente y soltó el aire despacio.

—Te necesito —dijo tan bajito que Monk apenas la oyó—. No para que me defiendas, sino solo porque no soportaría estar sin ti. Pero necesito que seas tú mismo, sin trabas por culpa mía. ¿Qué vamos a hacer para ayudar a Oliver?

—Descubrir la verdad —contestó Monk—. O al menos en la medida que podamos. Para empezar, ¿por qué demonios mató Taft a su mujer y a sus hijas y luego se suicidó? Solo estaba acusado de fraude, no de asesinato. ¿Y quién ha presentado cargos contra Rathbone y por qué?

—Bien —respondió Hester con firmeza—. Y tenemos que sacar esas horribles fotografías de su casa antes de que alguien decida destruirlas, y la casa con ellas.

—Sí —dijo Monk—. Pero no esta noche. Déjame pensar... y dormir.

De repente, Hester le dedicó una sonrisa radiante y vio que el alivio regresaba a sus ojos.

8

De entrada Rathbone se había quedado anonadado por la celeridad y el horror de lo que le había sucedido. No obstante, tras la primera noche, cuando a la mañana siguiente se despertó entumecido y con todo el cuerpo dolorido, supo exactamente dónde estaba y recordaba todo lo que había ocurrido el día anterior. Tal vez no lo había olvidado por no haber dormido profundamente. Había pasado la noche acostado en la litera dura y estrecha debajo de una única manta mugrienta que olía tanto a rancio que la mantuvo ex profeso a la altura del pecho, apartada de la cara. Prefirió no pensar quién la había usado antes que él o cuántos desde la última vez que la lavaran.

Estaba despierto cuando el carcelero llegó con una jarra de hojalata y una palangana de agua tibia para que se lavara y afeitara y así tener un aspecto mínimamente presentable aunque no llevara ropa limpia y planchada. También le prestó un peine que recuperó en cuanto lo hubo usado. Solo entonces se le ocurrió preguntarse si el peine tendría piojos. Ni siquiera se lo había planteado antes de tocarlo. La idea era tan repugnante que la apartó de su mente. Había cosas infinitamente más terribles en las que pensar.

La incomodidad física era trivial y, según parecía, inalterable. Podía cambiar de postura, estar sentado o de pie, pero solo caminar unos pocos pasos, unos cinco, en un sentido y luego en el otro. Solo servía para desentumecer las piernas. Ruidos de hojalata o de piedra, voces, el chirrido ocasional de una puerta apenas interferían en sus pensamientos.

Si lo declaraban culpable, quienquiera que presidiera como juez ordenaría que se dictara la sentencia más dura que permitiera la ley. En parte sería un castigo ejemplar para recordar a los demás juristas que ellos, más que nadie, deben ceñirse a la ley, y en parte para demostrar a la opinión pública que no eran parciales con los suyos. Al margen de lo que sintiera a título personal, Rathbone no tenía la menor duda de que las autoridades se asegurarían de que no hubiera malentendidos en lo que a la indulgencia atañía. Así debían hacerlo, por su propia seguridad.

¿Qué podía hacer Rathbone para salvarse? ¿Existía una defensa legal? Había dado a la acusación una prueba que cuestionaba muy seriamente el honor y la integridad del testigo principal de la defensa. Eso no era ilegal. Tampoco podía habérsela dado a la policía antes: no era consciente de que la tenía.

No. El pecado residía en no habérsela dado a ambas partes y luego inhibirse del caso. Siempre terminaba volviendo a lo mismo. Pero de haber obrado así, el juicio se habría declarado nulo automáticamente. Tanto la reputación de Taft como la de Drew habrían quedado sin mancha. El veredicto iba a ser «inocente». No podía ser de otro modo, tal como estaban las cosas. Era sumamente improbable que la causa se abriera otra vez. Con las pruebas que tenían, por qué iban a hacerlo?

En algún lugar cercano dos hombres se gritaban una sarta de improperios. Más golpes de tazones de hojalata contra los barrotes, y el ruido de pasos y voces. ¿Venía alguien? ¿Monk de nuevo, para verle? Entonces los pasos se alejaron en otra dirección.

¿Acaso el verdadero crimen de Rathbone era la posesión de las fotografías y no haberlas destruido en cuanto el abogado de Ballinger se las había llevado después de su muerte? Sabía lo que eran y sabía el poder que conferían... para bien y para mal. ¿Qué arrogancia lo había llevado a imaginar que era inmune a la tentación de hacer un mal uso de ellas, tal como había hecho Ballinger? ¿Por qué había creído estar por encima de la fragilidad humana?

Todavía recordaba el horror que había visto en ellas al mirar más de media docena, reconociendo rostros y dándose cuenta del incalculable poder que sostenía entre sus manos. ¿Tendría que haberlo apartado de él, negarse a coger el arma por si se le escapaba de las manos y ponía en peligro a inocentes o, más probablemente, por si gradualmente lo corrompía a él?

Ahora bien, nunca lo había utilizado en provecho propio. En realidad, apenas lo había usado. Había hombres de toda clase y condición cuyos rostros estaban en aquella caja cerrada: ministros del Gobierno, príncipes de la Iglesia y del Estado, hombres con fortunas y las vidas de miles de personas en sus manos. ¿Debía destruir el poder de dominarlos?

Todavía no estaba seguro de la respuesta a esa pregunta.

Una cosa sabía con certeza: no podía pasarle la caja de fotos a nadie. Si se la hubiese dado al ministro del Interior lo habría cargado con una responsabilidad que lo habría paralizado. La mitad de los pilares de la sociedad quedarían mancillados, y el miedo se extendería a todos. Haría caer imperios económicos, departamentos del Gobierno, regimientos del Ejército, mandos de la Armada y haría perder la fe en los clérigos a un sinfín de creyentes inocentes. Había cosas que era mejor que no se supieran, pecados que necesitaban redimirse a oscuras y en silencio, donde su veneno no pudiera extenderse más.

Tal vez, por el bien de todos ellos, tendría que haber destruido las fotos. Pero ya era demasiado tarde para desearlo.

¿Cuándo regresaría Monk? Rathbone ya llevaba veinticuatro horas en prisión y nadie más había ido a verlo. Por supuesto, Monk era a la única persona a la que había enviado un mensaje. Pero no pasaría mucho tiempo antes de que lo supiera todo el mundo. Podía imaginarse la que armarían los periódicos.

El carcelero vino con un desayuno de gachas de avena y té. Las gachas eran repugnantes, espesas y grumosas, un poco como pegamento tibio. Pero Rathbone no podía permitirse no comer. Debía mantenerse alerta, vigilante y con la mente despejada. Tenía que ocurrírsele una estrategia para defenderse, primero de los cargos legales y, después, si todo iba a peor, de los demás reclusos.

Estaba dando vueltas a estas cosas, cada vez más desesperado, cuando el carcelero regresó de nuevo, en esta ocasión para llevárselo, diciendo que tenía visita. Se negó a dar más información que esta.

Rathbone se levantó torpemente, con los músculos casi agarrotados después de la incomodidad de la noche. ¿Sería Monk otra vez, por fin, u otra persona?

—¿Qué pasa, Botines? —gritó en tono de mofa uno de los demás reclusos, un hombre canijo con el pelo enmarañado y apelmazado—. Hoy no tienes muchas ganas de bailar, ¿eh? ¡Ya te enseñaré yo, cuando hayas visto al Napias!

—Muy gentil por tu parte —dijo Rathbone con sarcasmo. Tal vez no fuera prudente, pero no podía permitir que lo vieran asustado.

Los pasillos eran tan fríos y húmedos como el día anterior aunque los recordaba más largos, incluso más anchos. Al cabo de un momento se encontró en el cuartito donde los prisioneros podían ver a sus abogados.

—Quince minutos —advirtió el carcelero a Rathbone. Luego lo dejó entrar, cerró dando un portazo, hierro contra piedra, y el pesado cerrojo se corrió en cuanto hubo entrado. Había una mesa de madera llena de marcas, atornillada al suelo, con dos sillas de respaldo duro, una a cada lado.

Monk lo estaba aguardando.

La primera reacción de Rathbone fue de abrumador alivio y gratitud. Luego, un instante después, sintió una vergüenza casi igual de intensa. De haber tenido la libertad de cambiar de parecer y retirarse, quizá lo habría hecho. Pero no era libre ni literal ni figuradamente, pues la puerta ya se había cerrado a sus espaldas, como tampoco, en un sentido más amplio, respecto a su vida y su futuro.

Dio unos pasos al frente, estrechó la mano de Monk como si estuviera soñando y se sentó.

Monk se sentó delante de él. No había tiempo que perder con sutilezas, ni siquiera con la pregunta habitual «¿Cómo estás?».

—¿Diste la fotografía a Warne? —dijo Monk a bocajarro—. ¿Bajo algún tipo de privilegio, me imagino?

—Sí, por supuesto. Se la llevé y le conté cómo y de dónde la había sacado. Dejé que él mismo decidiera si utilizarla o no. —¿Sonaba a excusa?—. No sabía que iba a llamar a Hester.

Monk pasó por alto el último comentario con un ademán.

—Era lo mejor que se podía hacer —contestó—. Y le brindó

la oportunidad de mostrar al jurado, y a todos los demás, que no era la mujer emocionalmente frágil que Drew había descrito. Era la táctica perfecta. Llamarme a mí habría sido complicado sin previo aviso, y habría dado la impresión de estar defendiendo a Hester. Ni de lejos tan efectivo.

—Haces que parezca hecho a sangre fría —dijo Rathbone en voz baja. Lo avergonzaba que hubiesen utilizado a Hester aunque no lo hubiese hecho él mismo.

La impaciencia ensombreció el semblante de Monk.

—¡Por Dios, Rathbone, conoces a Hester muy bien! No necesita que la protejan de la vida, ni tú ni nadie, y nunca te lo agradecería. Tenemos que averiguar quién presentó cargos contra ti y por qué. ¿Quién más sabía que existen las fotografías y que las tenías tú?

—No lo sé —contestó Rathbone, humillado. Estaba demasiado desesperado para enojarse. No había tiempo para la autocomplacencia—. He intentado adivinarlo. —Sonrió con amargura—. He hecho muchos enemigos a lo largo de mi carrera, pero no me figuraba que alguno pudiera llegar tan bajo, ni por los aspectos legales del asunto ni por que me odiara tan profundamente. Cada caso lo gana y lo pierde alguien. Así es la ley, al menos en el sistema antagonista. A veces depende de la habilidad del abogado; a menudo basta con las pruebas presentadas.

—¿Así es como te sientes cuando pierdes? —preguntó Monk, con una fugaz chispa de humor en los ojos.

—No en el momento —admitió Rathbone—, pero al cabo de un par de días, sí.

Intentaba pensar en algún caso que hubiese ganado tras una lucha tan enconada para que su oponente pudiera guardarle un rencor de tamaña magnitud. ¿Alguna vez había hecho algo que mereciera tanto resentimiento, tan pacientes ansias de venganza?

Monk no estaba dispuesto a esperarlo.

—¿Por qué le diste la fotografía a Warne? —preguntó con gravedad—. El verdadero motivo, no el superficial. No tenemos tiempo para excusas.

Rathbone se sobresaltó.

—Para pararle los pies a Taft, por supuesto. Estaba arruinando la reputación y, en cierto modo, la vida de personas crédulas que habían confiado en él, en nombre de Dios, porque eso era lo que él les pedía. No lo hacían con la esperanza de sacar algún provecho. De lo contrario no me habría compadecido tanto de ellas. Él les pedía que le dieran más dinero del que podían permitirse para ayudar a los que eran más pobres que ellos, y ellos lo hacían. —Oyó su propia voz crispada por el enojo. Había olvidado momentáneamente su situación—. Gran parte de ese dinero fue a parar a los bolsillos de Taft. Muy poco llegó a las obras benéficas que nombró. Y quienes se lo dieron acabaron estafados y desesperados; y tal vez lo peor de todo sea que se vieron despojados de su fe, de sus sueños y de su dignidad. Se burló de ellos delante del tribunal. —Se inclinó hacia delante, apoyándose en la maltrecha mesa de madera—. Maldita sea, Monk, tanto Taft como Drew merecen ser desenmascarados y que el mundo sepa cómo son. Lamento que Taft se suicidara, pero seguramente el hecho de que matara a su esposa y a sus hijas también nos dice algo sobre la clase de hombre que era.

Monk suspiró.

—La cuestión ahora va más allá de si Taft era un estafador o Drew un violador de niños. Se ha convertido en si tú, como juez de nuestro sistema legal, y por consiguiente en un puesto de confianza sin par, utilizaste información secreta y obscena para torcer el resultado de un juicio que tú presidías, y si lo hiciste por algún motivo personal. Lo pueden llamar corrupción de la justicia porque tendrías que haberte inhibido, y lo sabes de sobra, pero en el fondo es más grave que todo eso.

Rathbone se enfureció al oír estas palabras, pero luego, al ver los ojos de Monk, lo vio con una claridad espantosa. Monk llevaba razón. Se había dado cuenta mientras Rathbone estaba cegado por lo que no fuera su propia visión del asunto. Eso era lo que vería la ley, así como la apremiante necesidad de protegerse amputando el miembro gangrenado: él.

Monk lo estaba observando como si pudiera ver su corazón vulnerable a través de todas las máscaras protectoras.

—¿Qué motivo me atribuirán? —preguntó Rathbone, por primera vez con la voz temblorosa.

—Arrogancia por creer que estabas por encima de la ley y por querer recuperar lo que perdiste en el juicio contra Jericho Phillips —contestó Monk—. Por dar a Hester la oportunidad de mostrar a la gente que tiene todo el coraje y el juicio que no logró mostrar entonces. Por querer retroceder en el tiempo.

Rathbone permaneció callado. ¿Había querido hacer aquello? ¿Desenmascarar a Drew era solo la excusa para hacerlo? No lo había pensado así en su momento. La ira que le nublara la mente había sido por las mismas víctimas que Hester había querido salvar. Pero ¿habría hecho lo mismo si la persona implicada hubiese sido otra, alguien a quien no conociera, o incluso a quien conociera pero no le importara tanto, o por quien todavía sintiese aquella corrosiva culpa?

—Averiguaré cuanto pueda —dijo Monk—. Me parece que en este asunto puede haber muchas cosas que todavía no sabemos.

Rathbone devolvió su atención al presente. No había tiempo que perder, tal vez solo quedaran minutos antes de que concluyera aquella reunión. Estaba preso. Se levantaba y se sentaba cuando otros se lo ordenaban. Comía cuando le daban comida, y solo por complacerlos. Con el tiempo quizá solo se pondría sus ropas. Parecería cualquier otro recluso. ¿Llegaría un momento en el que se sentiría así, semejante a los demás?

Su padre nunca lo abandonaría, por más decepcionado que pudiera estar.

Pensar en su decepción era tan doloroso que le oprimía el pecho en torno al corazón como si lo apretara un puño. Apenas podía respirar.

Monk estaba hablando otra vez. Hubo una repentina y profunda compasión en su rostro, pero solo brilló un instante antes de desvanecerse.

—Tienes que contratar a alguien para que te represente, lo antes posible.

Rathbone dio un respingo.

—Ni sueñes que puedes hablar por ti mismo —dijo Monk bruscamente—. Lo tienes tan difícil como un cirujano que quiera sacarse una bala de la espalda. Tienes que encontrar a alguien en quien confíes y, sobre todo, que confíe en ti.

La realidad fue como una bofetada para Rathbone. La segunda condición que había mencionado Monk ni siquiera se le había ocurrido. ¿Quién confiaría en él? ¿Quién estaría dispuesto a poner en peligro su carrera hablando en nombre de Rathbone, en aquellas circunstancias?

—Haré una lista de los mejores —dijo cansinamente—. No sé en quién confiar porque no tengo la menor idea de quién interpuso esta acción judicial. Estoy tan ciego como un murciélago dando bandazos en el fondo de un agujero.

—Haré cuanto pueda por averiguarlo todo —contestó Monk sin siquiera un amago de sonrisa ante la absurda imagen evocada—. Pero no, no buscaré un abogado. Tu padre es el hombre más indicado para hacerlo. Con el respeto que se ha granjeado podrá contratar al mejor, piense lo que piense sobre el asunto. —Ahora sí que sonrió, tanto con compasión por Rathbone como burlándose de sí mismo—. Y sea lo que sea lo que piense de ti en general.

Rathbone tuvo ganas de protestar, pero la observación se aproximaba a la verdad y se sentía demasiado vulnerable para pelear.

Monk sin duda reparó en el dolor que traslucía su rostro. Se inclinó un poco sobre la mesa manchada.

—Has llevado demasiadas causas para que alguien sea imparcial contigo, y has ganado muchas de ellas. Ahora no te ahogues en la autocompasión. Decidiste lo que querías hacer y lo hiciste extremadamente bien... lo bastante bien para que se fijaran en ti los ganadores y los perdedores. Si deseabas la seguridad del anonimato, ya es demasiado tarde. Esa alternativa la perdiste hace mucho tiempo.

Rathbone siempre había sabido que Monk tenía una veta despiadada, pero aquella era la primera vez que recordaba ser el blanco de ella. Y, sin embargo, ¿de qué le serviría un hombre que se amilanara ante cualquier obstáculo o que se apartara de la verdad a fin de evitar una herida pasajera?

Le habían quitado un escudo, pero ese escudo no valía nada, y tal vez él fuese más fuerte para hacer frente a la realidad.

Entonces recordó la otra cosa que había dicho Monk y se vio obligado a aclararla.

—Todavía no se lo he dicho a mi padre. Antes de hacerlo quería tener alguna clase de respuesta para amortiguar el golpe, contarle lo que había detrás...

Se calló. En el semblante de Monk no había un ápice de comprensión, solo indignación.

—¡No me vengas con chorradas! —le espetó Monk de manera cortante—. No lo estás protegiendo a él, te proteges a ti mismo. Estás impidiendo que te ayude porque no quieres enfrentarte a su sufrimiento. Pon en orden tus ideas de inmediato y cuéntaselo. Dejarlo al margen de esto sería a un mismo tiempo cobarde y egoísta. Quizá te perdone porque no querrá sumar su consternación a lo que ya estás pasando, ¡aunque yo desde luego lo haría! Y para que te enteres, Hester también.

Rathbone hizo una mueca de dolor. Aquel puyazo lo hirió en lo más vivo. Por un momento quiso atacar a Monk, hacerle el mismo daño. Pero fue algo más que su propia vulnerabilidad lo que lo detuvo. Recordó los miedos que Monk había sentido en el pasado. Él también había pasado tiempo en prisión, falsamente acusado, más falsamente que Rathbone ahora. Sabía lo que era tenerlo todo en contra. También sabía que la única manera de salir era luchar, aguzar el ingenio, armarse de valor y poner en orden las ideas.

Y sí, Rathbone debía contárselo a su padre sin ambages antes de que se enterara por terceros. La realidad de su situación ya era lo bastante dolorosa sin la herida de la cobardía y la exclusión.

—No tengo con qué escribir una carta —dijo—, ni a nadie que la envíe antes de que la noticia de mi detención aparezca en los periódicos...

—Se lo comunicaré yo —respondió Monk—. Aunque quizá sea mejor que se lo pida a Hester. Siempre se ha llevado muy bien con Henry. Así sabrá que, teniéndola de tu parte, te las arreglarás para salir adelante.

Antes de que Rathbone tuviera ocasión de contestar, el carcelero regresó y le dijo a Monk que su tiempo había terminado.

Rathbone fue devuelto a su celda, cansado y confuso. Había deseado con toda su alma encontrar alguna esperanza antes de contarle a su padre lo que había ocurrido. Pero Monk llevaba razón, por supuesto. No tardaría en enterarse, bien porque lo leyera en los periódicos, bien porque algún entrometido se lo comentara, dando por sentado que ya lo sabía. Incluso podía hacerlo alguien por conmiseración. El dolor de enterarse a través de alguien que no fuera el propio Rathbone sería el mismo: la impresión, incluso la humillación de que no se lo hubiera dicho, se sumaría a su pesar. Contárselo a su padre sería peor para Rathbone que la detención, la incomodidad y la vejación de aquella desdichada cárcel, pero tenía que hacerlo. Henry iría a verlo y, cuando llegara el momento, Rathbone debía estar preparado para actuar con coraje y tener un plan.

Habían transcurrido casi tres horas cuando lo llamaron a la sala de visitas otras vez. Henry Rathbone estaba de pie junto a la mesa, alto y delgado, un poco encorvado. Tenía el rostro sereno, completamente tranquilo, pero el pesar que reflejaban sus ojos era inconfundible.

El carcelero estaba en el umbral, observando con una expresión indescifrable. Podía ser de respeto o de desprecio, maliciosa curiosidad o absoluta indiferencia.

Rathbone indicó una silla y Henry se sentó en ella. Rathbone ocupó la otra, con la mesa entre ambos.

—Quince minutos —advirtió el carcelero antes de salir dando un portazo y haciendo girar la llave de tal modo que se oyó el chasquido del pestillo.

—Hester me ha contado lo que ocurrió en el tribunal —dijo Henry de inmediato—. Supongo que fuiste tú quien dio la fotografía de Robertson Drew a Warne.

—Sí.

—¿Por qué? —preguntó Henry—. ¿Por qué se la diste a Warne? ¿Qué querías que hiciera con ella?

Rathbone sabía que le haría esa pregunta, y había intentado prepararse para contestarla.

—Porque estaba perdiendo el caso —dijo—. Quería que hiciera exactamente lo que hizo. Drew y Taft habían arruinado la credibilidad de todos los testigos que declararon contra ellos, incluida Hester. Taft iba a ser absuelto y puesto en libertad para seguir haciendo lo mismo otra vez, vindicado e incluso con un público más amplio al que desplumar, más personas cuya fe podría destruir.

—Un hombre malvado —corroboró Henry—. Pero ¿estabas seguro de que esa era la única manera de encargarse de él?

Ante otra persona Rathbone quizás hubiese respondido que sí, incluso que Drew tenía que ser desacreditado delante de todos aquellos a quienes tan concienzudamente había intentado arruinar. No obstante, le constaba que esa no era ahora la cuestión y que Henry no se desviaría del tema. Incluso intentarlo sería una especie de admisión de culpa.

—Fue la única manera que se me ocurrió en ese momento —contestó Rathbone—. Y era segura. De nada habría servido limitarse a sembrar una ligera duda. Había sido despiadado y el jurado le creía. —Bajó la vista a las manos apoyadas en la mesa—. Si no mientes, careces del instinto para percibir las debilidades ajenas. Si eres incapaz de manipular la fe o la credulidad de la gente, no te das cuenta cuando otras personas lo hacen. Simplemente, no se te ocurre. Casi todos sus feligreses eran así, igual que la mayoría del jurado. —Levantó la cabeza otra vez y miró a Henry a los ojos—. Por Dios —dijo con apremio—, elegimos a nuestros jurados entre propietarios adinerados, hombres que no saben qué significa ser pobre, desfavorecido, casi analfabeto y al borde de la supervivencia. Se supone que es un jurado de iguales, pero por definición no lo es.

Conservaba muy vívido el recuerdo del juicio. Podía ver a Drew en el estrado y oír su voz confiada, ligeramente meliflua.

—Drew resultaba muy convincente —prosiguió—. Si no hubiese visto esa fotografía, quizás incluso yo habría creído lo que decía. Si no se hubiese metido con Hester, quizá no la habría vuelto a buscar.

Henry esbozó una sonrisa.

—¿Y eso fue el punto de inflexión, no el motivo?

Rathbone lo meditó un momento. En efecto, era el punto de inflexión, puesto que sin él no hubiese habido excusa para que Warne presentara la fotografía como prueba. Pero ¿había corrido un riesgo tan monumental solo para salvar al caso? ¿Habría hecho lo mismo si Drew no hubiese atacado a Hester? ¿O toda la historia de las fotografías habría sido distinta?

¿Había puesto la justicia por encima de todo o solo fue el acicate final, junto con la racionalidad que le permitía hacerlo? Había pasado la noche en blanco, sumido en profunda reflexión, antes de tomar la decisión, pero ¿había pensado con claridad? ¿Había sido absolutamente sincero? Con semejante indignación, ¿acaso podía serlo?

¿Lo habría hecho si hubiese estado a salvo, a gusto y con una paz interior que arriesgar? Tal vez no.

—No lo sé —contestó—. Así lo creí en su momento, pero ahora ya no lo sé. Desde luego no sé cómo plantear mi defensa.

—Por supuesto que no —respondió Henry—. Pero no vas a tener que hacerlo. He meditado con quién consultar para que te represente, y en mi opinión Rufus Brancaster sería el mejor. No obstante, si hay alguien a quien prefieras, te ruego que me lo hagas saber y haré que venga a verte.

Rufus Brancaster. Rathbone intentó ubicar aquel nombre, pero fue en balde. Que él recordara, nunca lo había visto en un tribunal. Desde luego, en el poco tiempo que llevaba como juez, Brancaster no había estado ante él. Ahora bien, ¿significaba eso que fuese un principiante? ¿O tal vez un hombre que ya había dejado atrás su época de esplendor? O peor todavía, ¿de alguna ciudad de provincias, acostumbrado a ocuparse solo de casos menores?

—No lo conozco —dijo tentativamente. La decisión era suya, todo lo que importaba en su futuro dependía de ella, pero no quería cuestionar a su padre o dar la impresión de que no se fiaba de su juicio. El cielo lo asistiera, su propio juicio había sido fatalmente erróneo.

—Ya lo sé —dijo Henry con una sonrisa de atribulado humor—. Es de Cambridge...

A Rathbone le cayó el alma a los pies. Seguramente era un amigo de su padre, un hombre decente, anciano, profesor o algo por el estilo. En cualquier caso, un hombre en absoluto preparado para batallar en los implacables tribunales de Londres. ¿Cómo podía rehusar educadamente? Miró el rostro de su padre y vio la gentileza con la que disimulaba su miedo.

¿Cómo podía haberle hecho aquello Rathbone, fuera quien fuese la persona que creía que iba a salvar? Ahora lo daría todo con tal de deshacer su arrogante estupidez, pero era demasiado tarde.

¿Qué habría opinado su madre de semejante traición a la familia? Cuando era niño, creía firmemente en él. Le había dicho que lograría hacer lo que se propusiera. Incluso lo había enviado al colegio, sonriendo al abrazarlo en la que ella sabía que sería la última vez, y se quedó mirando cómo se marchaba alegremente, ajeno a lo que estaba ocurriendo. No se había aferrado a él ni un momento de más, y tampoco lo hizo regresar a casa.

¿Y si Henry estaba haciendo lo mejor posible pero Brancaster era incompetente? ¡Cómo se culparía a sí mismo después!

—Por favor, pídele que venga —dijo Rathbone, y acto seguido se preguntó cuán grave iba a ser aquel error—. Quizá no esté dispuesto a representarme, cuando sepa más acerca del caso; si no puede hacerlo, tendré que reconsiderar...

—Dudo que rehúse. Es un buen hombre y nunca abandona una lucha. Pero si lo hace, seguiré buscando —contestó Henry. Había una sombra de decepción en sus ojos—. ¿Hay algo más que pueda hacer por ti? ¿Quieres que vaya a ver si Margaret está bien?

Era un pregunta delicada, y la hizo con indecisión.

Rathbone sonrió atribulado.

—No, gracias. No puedes ofrecerle ayuda y preferiría que no te expusieras a sus comentarios.

—¿Habéis terminado? —preguntó Henry en voz baja. Era imposible interpretar en su rostro lo que sentía.

—Me parece que sí —admitió Rathbone—. Fue una equivocación mayor de lo que creía. Lo siento.

Y lo sentía de veras, pero el fracaso de su matrimonio era solo una entre muchas otras cosas más importantes y urgentes de las que arrepentirse, y esa no podía intentar enmendarla.

El guardia regresó y dijo a Henry que había llegado la hora de marcharse.

Henry se levantó despacio, balaceándose un momento y recobrando el equilibrio apoyando una mano en la mesa.

—Volveré... pronto —dijo con la voz un poco ronca—. No pierdas el ánimo.

Luego, sin volver la vista atrás, se dirigió a la puerta, pasó por delante del guardia y salió. No le había dicho palabra acerca de sus sentimientos; nunca lo hacía. Pero no era necesario. De entre todas las cosas de este mundo que Rathbone sabía o creía saber, jamás dudó del amor de su padre. Lo que ahora sentía era la insoportable carga de haberlo decepcionado.

Transcurrió otro interminable y lastimoso día en la cárcel antes de que dijeran a Rathbone que su abogado había ido a verlo. Había matado el rato agradeciendo estar solo en la celda pese a que de vez en cuando se burlaran de él los reclusos que estaban lo bastante cerca para verlo a través de los barrotes de su celda y de la suya. No saldría bien parado de un enfrentamiento físico con ellos. Incluso el más enclenque sería nervudo y ágil, acostumbrado a luchar por cualquier cosa que quisiera conseguir. Las únicas armas de Rathbone eran la inteligencia y el ingenio.

Había estado dando vueltas y más vueltas a la reunión. Pese a la advertencia de Monk de que no intentara defenderse él mismo, había cavilado sobre la estrategia que adoptaría Brancaster. Los hechos eran irrefutables, y sería idiota intentarlo. ¿Había algún oscuro punto legal que Rathbone hubiese olvidado? ¿Podía haber una justificación? Desde un punto de vista moral tal vez, pero legalmente lo más probable era que no. Limitarse a suplicar clemencia parecía desesperado y, sin duda alguna, sería infructuoso.

Había temido el momento en que el guardia iría a buscarlo para llevarlo a ver a Brancaster, cosa que era ridícula puesto que sería mucho peor para él que Brancaster no hubiese ido. ¿Sería realmente el luchador que Henry creía que era? Ni siquiera el mejor podría ganar sin armas y munición.

No quería herir a Henry. Tenía que aceptar a Brancaster por más fútil que pareciera la batalla. Debía ser cortés, servicial, aparentar que confiaba en él.

El guardia lo condujo por el pasillo hasta la misma celda con el suelo de piedra, donde se encontró con un caballero muy moreno de no más de cuarenta años como máximo. Era más o menos de la misma estatura que Rathbone aunque quizás un poco más ancho de espaldas. Tenía unas facciones enérgicas. Era apuesto e irradiaba una confianza en sí mismo casi como si se imaginara invulnerable.

En cuanto el guardia cerró la puerta, Brancaster inclinó la cabeza a modo de saludo e indicó a Rathbone que se sentara en una silla.

—Disponemos de un tiempo razonable —comenzó sin más preámbulo—, pero tenemos que abordar un montón de cosas. Me figuro que preferirá hacerlo antes de decidir si desea contratar mis servicios después de hoy. Me he ofrecido a llevar su caso como un favor a su padre, por quien siento un profundo respeto, siempre y cuando usted esté de acuerdo, por supuesto. Cuando hayamos comentado la situación le diré qué creo que podemos esperar.

Rathbone pensó que tenía una actitud franca, casi brutal. Él no le hablaría así a un cliente. Aunque también era cierto que nunca había defendido a otro abogado con más experiencia y reputación que las suyas. Miró fijamente a los ojos ligeramente caídos e imperturbables de Brancaster y no tuvo la menor idea de qué estaba pensando.

—De acuerdo —dijo Rathbone simplemente, sin confiar en que su voz se mantuviera firme mucho más rato.

Brancaster se apoyó en el respaldo de su silla y lo estudió atentamente. Su rostro no sonreía, pero, sin embargo, no había nada hostil en él.

—Está acusado de conspirar para corromper el curso de la justicia —dijo al cabo de un momento—. Pero en realidad le culpan moralmente del asesinato de la familia de Taft y de su propio suicidio. Y puede estar seguro de que la acusación se asegurará de que el tribunal conozca todos los pormenores. Sin duda lo habrán leído en los periódicos y se lo recordará cada vez que tenga ocasión. La gente oye lo que quiere oír. ¡Aunque me figuro que eso ya lo sabe!

—Por supuesto —respondió Rathbone—. Y era Drew el de la fotografía, no Taft.

Brancaster enarcó las cejas.

—¿Aparece en alguna de las demás fotografías? Porque hay más, ¿verdad?

—No las he contado —contestó Rathbone—, pero hay por lo menos cincuenta. Tampoco las he mirado todas con detenimiento, por tanto no sé si Taft aparece en alguna. Supongo que no, pues de lo contrario habría llegado a un arreglo económico para no ir a los tribunales.

—Un hombre arrogante —dijo Brancaster secamente. Tenía los ojos clavados en los de Rathbone; aun así Rathbone tardó un par de segundos en ver la chispa de ironía que brillaba en ellos.

Rathbone lo sintió en lo más vivo. Si cabía acusar a un hombre de orgullo desmedido, ese hombre era él. Brancaster no habría dudado en decirlo si no estuviera convencido de que Rathbone ya lo sabía.

—Quizá logremos ganar en el terreno legal o quizá no —prosiguió Brancaster—, en función de si enmiendan los cargos antes de comenzar el juicio. Esto, tal como están las cosas, es suficiente para detenerlo, y por ahora es todo lo que necesitan. Pero también debemos ganar en el terreno moral. He revisado el caso contra Abel Taft. Por lo que he leído, hasta el momento en que Warne sacó la fotografía, parece evidente que Taft estaba ganando. Era un mentiroso muy convincente, y Drew todavía más. Usted tendría que haberse inhibido. La fotografía cambió el curso de la justicia, tanto si la corrompió como si no. Me figuro que Gavinton se quedó tan desconcertado que ni siquiera se planteó exigir que se demostrara que era auténtica, ¿me equivoco?

Rathbone estaba comenzando a recobrar cierta compostura. Brancaster no era en absoluto el académico soso y un tanto místico que había esperado encontrar. Le debía una disculpa a su padre por su falta de fe en él. Y durante un rato le resultó grato ocupar la mente en su profesión. Suponía una breve incursión en su propio mundo.

—Dudo que Gavinton quisiera que el jurado prestara más

atención de la necesaria a la fotografía —dijo secamente—. Y desde luego no querría que tuvieran que mirarla.

Brancaster sonrió por primera vez.

—Seguro. ¿Lo pensó en su momento?

Por un instante Rathbone se planteó mentir, pero enseguida descartó la idea.

—No. Se la di a Warne y dejé que hiciera con ella lo que le pareciera correcto, bajo secreto profesional, por supuesto. Ya había comenzado a pensar que no la utilizaría. ¿Quién ha interpuesto la acción judicial? ¿Por qué contra mí y no contra Warne? Fue él quien utilizó la fotografía.

—Hay muchas preguntas interesantes, sir Oliver —respondió Brancaster—. ¿Cómo es posible que alguien supiera que usted se la había dado a Warne? ¿A quién se lo dijo?

—A nadie más que al propio Warne —contestó Rathbone levantando la voz—. ¡Y la utilizó! Si pensaba que estaba mal hacerlo, ¿por qué lo hizo?

—Como acabo de decir, hay muchas preguntas —repitió Brancaster—. ¿Qué le contó a Warne sobre cómo obtuvo usted las fotografías?

—¡La verdad!

—¿Es decir?

Rathbone notó que se le hacía un nudo en la garganta y que cierto sentido de la vergüenza lo llenaba de un desagradable calor.

—Me las legó mi suegro.

Percibió el momentáneo asombro de Brancaster, que sin embargo no lo interrumpió.

—Las había usado para hacer chantaje —prosiguió Rathbone. Oía su propia voz como si fuese la de otro—. Intenté, sin éxito, defenderlo de un cargo de asesinato. Iban a ahorcarlo y me fue imposible salvarlo. Amenazó con utilizar las fotografías para derrocar a la mitad de la clase dirigente si no presentaba un recurso de apelación...

Le faltó el aire, sentía una opresión en el pecho.

—¿Cómo le impidió que lo hiciera? —preguntó Brancaster—. Me parece que prefiero no saberlo pero tengo que preguntarlo.

Según parece, este caso tiene algunos recovecos más desagradables de lo que había supuesto.

Era un eufemismo tremendo, y Rathbone era tan consciente de ello como Brancaster.

—No lo hice —contestó Rathbone, preguntándose si Brancaster le creería; de hecho, si alguien lo haría—. Me dijo que las fotografías estaban a buen recaudo. Que pasarían a manos de otra persona que sabría cómo utilizarlas. Y entonces lo asesinaron.

—¿En la cárcel? —inquirió Brancaster con evidente incredulidad.

—Sí.

—¿Quién lo hizo?

—Nunca lo descubrieron.

—¿Y quién tenía las fotografías?

—Su abogado, supongo. Fue él quien me las entregó.

Brancaster respiró profundamente.

—¿Quién más sabe todo esto? Y por favor ponga cuidado en darme una respuesta sincera. Créame, llegados a este punto no puede permitirse proteger a nadie.

—No sé si Ballinger se lo dijo a alguien. Yo se lo conté a Monk y a Hester Monk, y hace poco a mi padre.

—¿A nadie más?

—A nadie.

—Le he dicho que no me mienta, sir Oliver. —La mirada de Brancaster era dura; su voz, chirriante—. Tendría que haber añadido que no mintiera por omisión. Y no sea ingenuo. ¿No le mencionó un acontecimiento tan extraordinario a su esposa? Era hija de Ballinger, ¿no?

Rathbone se fijó en el uso del pasado, como si Margaret estuviera muerta. En lo que al amor atañía, o a la lealtad, quizá lo estuviera. Todavía le dolía. ¿Por qué? ¿Por qué lo permitía? Ahora era una desconocida para él. ¿Realmente era solo el fracaso lo que dolía tanto? ¿La desilusión que todavía se retorcía como un cuchillo en sus entrañas?

—Sí, lo era —respondió Rathbone, usando el pasado a su vez—. Nunca creyó que su padre fuese culpable. No hice pedazos lo que quedaba de su fe en él contándole más de lo que necesitaba saber. Y en ningún caso se las hubiese mostrado. Así las cosas, pudo seguir desconfiando de mí sin que importara lo que yo dijera.

—¿Y no sintió la misma necesidad de proteger a la señora Monk? —inquirió Brancaster.

Por primera vez Rathbone se rio, y lo hizo con entrecortadas carcajadas.

—Hester vio a las víctimas vivas —dijo desdeñosamente—. Difícilmente caería desmayada por ver las fotografías. Fue enfermera del ejército. Ha visto a hombres despedazados en el campo de batalla y asistido a los que seguían con vida. Que cualquier hombre de los que conozco la protegiera de la verdad resultaría risible. Tal vez por eso Warne la eligió para que identificara a Drew ante el tribunal.

—Eso fue muy acertado —comentó Brancaster en un tono respetuoso—. Lamentaría mucho descubrir que fue él quien llamó la atención de las autoridades sobre usted. ¿Tiene alguna conexión con Drew o con Taft que yo deba conocer?

Rathbone intentó pensar en algo. Se dio cuenta de lo mucho que lo impresionaba Brancaster. Desde luego sería un golpe muy duro que Brancaster declinara llevar el caso.

—Solo que Hester, la señora Monk, decidió investigar a Taft y que fueron sus pesquisas, con la ayuda de su contable en la clínica de Portpool Lane, las que revelaron los principales detalles de la estafa de Taft. Pero entonces yo no sabía nada de esto.

—¿Y su relación con el señor Monk? —preguntó Brancaster. No tuvo que precisar a qué se refería; quedaba perfectamente claro en su expresión.

—Somos amigos —contestó Rathbone sin esquivar su mirada—. Tiempo atrás estuve enamorado de ella. Decidí que no era el tipo de esposa que más me convenía y, además, ella estaba enamorada de Monk, con quien se casó poco tiempo después. Desde entonces hemos conservado nuestra amistad.

Brancaster aguardó a que añadiera algo más, tal vez para justificarse, para insistir en que no había nada inapropiado en esa relación. A Rathbone le constaba que hacerlo sería un error. Dar demasiadas explicaciones siempre lo era. Lo sabía gracias a su experiencia interrogando a testigos.

Brancaster se relajó y su sonrisa le iluminó el semblante, confiriéndole un aspecto bastante distinto: más joven y vulnerable.

—No puedo prometer la victoria, sir Oliver, pero sí que puedo prometer un pleito de primera. —Se levantó—. De momento no tengo nada más que preguntarle pero seguro que pronto se me ocurrirán algunas cosas.

Caminó la corta distancia que había hasta la puerta y llamó al guardia. Se alisó la chaqueta del traje y cuando la puerta se abrió, se despidió con una ligera inclinación de cabeza y salió. No preguntó si Rathbone quería contratar sus servicios. Semejante orgullo no era muy distinto del suyo, pensó Rathbone, pero no podía permitirse decirlo en voz alta. Tal vez Brancaster fuera exactamente el abogado que necesitaba.

Mientras regresaba a su celda acompañado por el guardia, pensó en el poco tiempo que hacía que había estado sentado a la mesa de Ingram York en su magnífica casa, celebrando la manera en que había llevado otro caso de estafa, aunque infinitamente distinto.

Había mirado a Beata York y pensado lo guapa que era, no por el encanto superficial de unas facciones delicadas y un cutis perfecto, sino por la profunda belleza interior de su estado de ánimo, su amabilidad, su vulnerabilidad y la capacidad de comprender y perdonar.

¡Si ahora le viera no podría comprenderle ni perdonarle!

9

El inspector jefe de la Policía Metropolitana se detuvo junto a la ventana de su despacho y miró a Monk con tristeza.

—No he dicho que lo abandone del todo —dijo con paciencia—. Solo que se mantenga a una distancia razonable. Maldita sea, Monk, ese hombre ha dejado que el poder de su cargo se le subiera a la cabeza.

Monk quería discutir, pero Byrne tenía razón, al menos en apariencia.

—Cuando estás equivocado, aunque sea en parte, es cuando necesitas a tus auténticos amigos. —Monk formuló su respuesta con cuidado—. En esos momentos probablemente sean las únicas personas que te apoyarán.

—Corrompió el curso de la justicia —repitió Byrne, torciendo el gesto—. Tiene delirios de grandeza que no podemos tolerar. Si los jueces no se ciñen a la ley, ¿qué cabe esperar del resto de nosotros? No puedes permitirte que te relacionen con él.

—¿Y si no es culpable? —preguntó Monk—. ¿En tal caso no estaría haciendo exactamente lo que usted dice que hizo, tomarme la justicia por mi mano y prejuzgar a un hombre antes de que sea enjuiciado?

Byrne enarcó las cejas, haciendo que su rostro quedara curiosamente asimétrico.

—¿No es lo que está haciendo de todos modos, al decidir que es inocente sin tener pruebas?

—Solo decido que es inocente hasta que se demuestre lo contrario —replicó Monk. Estaba discutiendo y le constaba que pisaba terreno resbaladizo—. Personalmente, creo que se ha portado como un idiota, pero como un idiota que quería que un malvado pagara por su avaricia y su manera de manipular la credulidad de la gente. Pienso que seguramente se equivocó con los medios que empleó. No tengo que debatir ni sopesar si es amigo mío o no. Lo ha sido durante años y que ahora represente un pequeño inconveniente no afecta en absoluto a nuestra amistad.

—No sé si le resulta fácil decir esto —observó Byrne—, pero quizá le cueste más estar a la altura de las circunstancias. Ahora es un inconveniente pero tenga por seguro que va a ser mucho mayor. —Negó con la cabeza—. Tenga cuidado, Monk. Admiro su lealtad, pero no todo el mundo lo hará. Oliver Rathbone tiene muchos enemigos y la mayoría de ellos estarían más que complacidos de ver arruinada su reputación.

Monk lo miró de hito en hito.

—Diría que usted y yo también los tenemos, señor. Me gustaría creer que mis amigos me apoyarían si yo estuviera en su lugar. De hecho, incluso diría que esa decisión definiría quién es un verdadero amigo y quién no.

Byrne hizo un gesto con la mano apenas perceptible.

—Me figuraba que diría algo como esto. Luego no diga que no se lo advertí.

Byrne negó con la cabeza y se volvió, pero esbozó una breve sonrisa. Había cumplido con su deber.

Aquella tarde Monk se fue a casa un poco más temprano de lo habitual. Sabía que Hester estaría ansiosa por saber cómo estaba Rathbone y si Monk había consultado con el abogado de Rathbone o si se le había ocurrido algún plan para echarle una mano.

Lo estaba aguardando en la cocina. Scuff también estaba allí. Cuando entró, ambos lo miraron expectantes y preocupados. Hester dejó el cuchillo que había estado usando para trinchar el costillar de cordero frío y fue a su encuentro, le dio un beso con ternura y se retiró mientras Monk daba unas palmaditas a Scuff en el hombro para que se tranquilizara un poco. Sabía la pregunta que ambos le querían hacer. Solo los buenos modales les permitieron aguardar a que antes se sentara. Hester ni siquiera le ofreció una taza de té.

—Esa prisión es un sitio bastante horrible —dijo Monk, preguntándose cuánta verdad debería contar a Hester delante de Scuff—. Pero él tiene bastante buen aspecto y está decidido a luchar. No estoy seguro de si es consciente de cuántos enemigos tiene a quienes les encantaría verlo caer.

Scuff lo miraba muy serio.

—¿Por qué tiene enemigos? ¿Mandó a la horca a personas que no deberían haber muerto?

A Monk le sorprendió la naturalidad con que Scuff hablaba de los fines de la ley. No supo cómo contestar con una verdad tan difícil de expresar sin parecer evasivo.

Hester lo hizo por él.

—Todo el mundo piensa que en su caso no debería ser ahorcado —señaló—. ¿No te has fijado en que las personas que hacen cosas malas casi siempre culpan a otras? Tal vez el crimen sea eso en buena medida, perder el sentido de la justicia.

Scuff frunció el ceño.

—Pero él ¿qué hizo? Quiero decir, ¿qué hizo realmente?

—Torció las reglas —contestó Monk.

Scuff se volvió hacia Hester.

—¿Si las tuerces, no se rompen?

Hester sonrió a Monk, y cruzaron una mirada divertida antes de que volviera a ponerse seria.

—Sí que se rompen. Torcer las reglas es como ser un poco deshonesto.

—O sea que lo hizo, ¿no? —dijo Scuff razonablemente, aunque saltaba a la vista que no era la respuesta que deseaba oír. Rathbone era amigo de ellos y, por tanto, también lo era de Scuff. Uno nunca quería hacer daño a los amigos. Scuff era extremadamente leal—. ¿Qué vamos a hacer?

Monk ya había decidido no contar a Hester la advertencia que le había hecho el inspector jefe, aunque le dejó un regusto de engaño. Si se pasaba de la raya, cosa que era bien posible que hiciera, perdería su empleo. No podía permitírselo. Las personas que amabas, que confiaban en ti y que era tu deber cuidar eran una de las mayores alegrías de la vida. También dependían de tus decisiones, y eso te limitaba a la hora de correr riesgos que si estuvieras solo ni siquiera sopesarías.

—¿No dejarás que lo ahorquen, verdad? —dijo Scuff muy serio. Tenía el cuerpo en tensión, las manos entrelazadas encima de la mesa de madera.

Monk solo podía adivinar los miedos que le pasaban por la cabeza a Scuff. Aquello guardaba tanta relación con la sensación de pertenencia y la lealtad como con el bien y el mal. Tenía que ver con la certidumbre del corazón que hacía que todas las demás certidumbres fuesen dulces pero pequeñas en comparación.

Hester lo miraba, aguardando una respuesta. Esta vez no podía intervenir. Monk debía contestar.

—En ningún caso lo ahorcarán —dijo Monk claramente.

—Ese hombre está muerto —repuso Scuff, torciendo el gesto—. Y su esposa y sus hijas. No eran mucho mayores que yo.

Monk recordó sobresaltado que Scuff había conocido a Taft y a su familia en la iglesia. Para él eran personas reales, no solo nombres. Y ahora que sabía leer, los periódicos eran minas de informaciones, verdaderas y falsas.

—Lo sé, pero sir Oliver no tuvo nada que ver con eso —procuró explicar Monk—. Según parece el señor Taft las mató y luego se suicidó porque sabía que iba a ser hallado culpable y no podía enfrentarse a las consecuencias.

—¿Lo habrían ahorcado?

—No. No mató a nadie, solo estafó a un montón de personas. Le hubieran mandado a prisión.

Scuff pestañeó.

—¿Y sir Oliver?

—Si lo hallan culpable quizá también lo manden a la cárcel.

Scuff estaba muy preocupado.

—No lo aguantará. Es un encopetado. Se lo merendarán. ¡Tienes que ayudarlo!

No fue una súplica, fue una exigencia.

—Lo haremos —contestó Monk sin reflexionar. Jamás habría

hecho una promesa tan precipitada a Hester, y si la hubiese hecho habría importado menos. Hester habría sabido calibrarla y sin duda perdonarlo si hacía lo posible y fracasaba. Monk se fijó en el aire pesaroso de su semblante, preguntándose cómo recogerían los trozos si no conseguían salvar a Rathbone.

—¿Qué vamos a hacer? —repitió Scuff.

—Cenar —contestó Hester, volviéndose de nuevo hacia los fogones—. Estamos cansados y hambrientos. Nadie piensa bien con el estómago vacío. Scuff, ve a lavarte las manos.

Scuff abrió la boca para responder que las tenía limpias pero cambió de parecer y salió de la cocina. Sabía captar una indirecta.

—Lo sé —dijo Monk en cuanto Scuff cerró las puerta y oyeron sus pasos en el pasillo.

—¿Cómo está en realidad? —preguntó Hester.

—Muerto de miedo, me parece.

—Bien. Eso significa que se enfrenta a la realidad. Tenemos que salvarlo, William. Lo que hizo quizá sea un tanto cuestionable desde el punto de vista legal...

—¡Un poco cuestionable! —exclamó Monk, incrédulo.

—Pero moralmente era lo correcto, solo que no lo hizo bien —prosiguió Hester, haciendo caso omiso de su interrupción—. Taft era un cerdo arrogante, dispuesto a estafar a toda clase de personas honradas e inocentes; y quiero decir realmente inocentes, en contraposición a experimentadas. Las puso en ridículo ante el tribunal porque habían creído en él. Traicionar la confianza de la gente es un pecado espantoso.

—Tienes razón —concedió Monk—. Pero lo que casi todo el mundo está viendo es que Taft se suicidó como consecuencia de lo ocurrido en la sala del tribunal y, mucho peor todavía, mató a su esposa y a sus dos hijas, que eran prácticamente unas niñas. La ley culpa a Rathbone de hacer algo mal, y lo ven como la causa de la tragedia. Nadie más sabe qué había en las fotografías. Quizá pensaran que aparecía el propio Taft en persona.

—¿Y si fuera así? —sugirió Hester—. Podría haber matado a su familia porque no soportaría que se enteraran. Sería comprensible.

—Si un hombre hace algo por lo que preferiría morir antes de que se sepa o mata a su familia para evitar que se enteren, ¿cómo demonios va a ser culpa del juez? —inquirió Monk—. Me figuro que el padre de Rathbone le conseguirá el mejor abogado que pueda encontrar. Sin duda Rathbone está en condiciones de permitirse contratar a quien quiera.

—Siempre y cuando el mejor que pueda encontrar no aparezca en una de las fotografías —dijo Hester con gravedad—. Me pregunto si las habrá visto todas y lo sabe. ¿Lo ha hecho? ¿Se lo has preguntado?

En ese momento Scuff se acercó ruidosamente por el pasillo y abrió la puerta. Monk se fijó en el amago de sonrisa de Hester cuando Scuff preguntó si tomarían puré de patatas y aros de cebolla con el cordero.

Reanudaron su conversación un par de horas después, cuando Scuff ya se había acostado y estaban en la sala de estar. Monk se inclinó hacia delante para hablar justo cuando Hester comenzaba y entonces ella se calló de inmediato.

Monk encogió un poco los hombros.

—La situación es realmente mala —dijo con gravedad—. No sabemos quiénes son los enemigos de Rathbone ni qué poder ostentan.

—¿Significa que vamos a tener que mirar todas las fotografías y ver si reconocemos a alguien? —Arrugaba las facciones con repugnancia—. William, tenemos que saber quién va en contra de él. Es demasiado tarde para tener remilgos.

Monk la miró con el asombro que de vez en cuando lo abrumaba. Viéndola a diario, oyéndola reír y conociendo las profundas heridas que todavía le dolían, las cosas que le impedían dormir y temía, Monk olvidaba la fuerza interior de su esposa. Olvidaba el coraje que nunca le permitía echarse para atrás o darse por vencida.

Hester malinterpretó su silencio.

—Es demasiado tarde para andarse con remilgos —repitió—. Si no hacemos algo, Oliver podría terminar en un juicio presidido por un juez que lo odia o incluso, sin saberlo, tener un abogado que esté relacionado con alguien cuya fotografía esté en esa desdichada colección. Me repugnará mirarlas pero lo haré si...

—¡No lo harás! —dijo Monk antes de que terminara la frase.

Hester sonrió un momento, sinceramente divertida, y Monk pensó que al menos en parte se debía a su afán de protegerla. Notó que se sonrojaba ligeramente pero prefirió fingir que no se daba cuenta.

Hester cambió de tema.

—William, alguien presentó cargos contra Oliver. Quizá sea Gavinton, porque perdió, pero no lo creo. Aunque Oliver fuese condenado, eso no supondría vindicación alguna para Taft o para Drew. Taft se quitó la vida, quizá porque estaba convencido de que lo hallarían culpable, pero el caso es que lo era. Nada de lo que le ocurra a Oliver va a cambiar eso. Y tanto si Taft era un estafador como si no, lo cierto es que mató a su esposa y a sus hijas. Eso es un triple homicidio y un suicidio. Hace que estafar a un puñado de feligreses parezca muy poca cosa.

—¿Piensas que no? —preguntó Monk pensativo—. Perdió estrepitosamente.

Hester frunció el ceño.

—¿Crees que podemos permitirnos que se debata sobre esas fotografías ahora que Oliver está acusado y casi con toda seguridad será enjuiciado? La publicidad será escandalosa. —Se mordió el labio—. Alguien descubrirá qué era realmente esa fotografía e incluso quienes no lo hagan se inventarán algo tan malo o peor. Si Gavinton tiene intención de seguir trabajando no puede haber hecho esto. Drew sigue vivo y coleando, y si en ese momento no era literalmente su cliente, estaba lo bastante cerca de serlo para que se descubriera que lo traicionaba.

Hester llevaba razón. Quizá le importara salvar a Rathbone incluso más que a Monk. Rathbone había estado enamorado de ella tiempo atrás y tal vez nunca lo había superado aunque hubiese hallado un amor más seguro y tierno en Margaret, aunque quizá no tan profundo. Esa tragedia iba a empeorar. El amor de Margaret se había convertido en una especie de odio. Hester sentía el deseo de proteger a Rathbone porque no había sido capaz de ofrecerle el tipo de amor que él esperaba de ella. Ser consciente de ello a veces reconcomía a Monk, pero si no se hubiese conmovido, no la amaría con la entrega con que lo hacía.

—De acuerdo, no es Gavinton —concedió Monk—. Demasiado ambicioso para hacer algo tan autodestructivo. ¿Quién nos queda? Y eso nos devuelve a por qué no está acusado Warne también.

—Será objeto de una reprimenda oficial, ¿no? —preguntó Hester.

—Probablemente. Aunque no tengan un interés específico en hacerlo, no tendrán más remedio puesto que acusan a Rathbone —confirmó Monk—. Pero quizá sea más nominal que real.

—¿Crees que fue Warne quien les dijo que Oliver le había dado la fotografía? —insistió Hester—. Quizá para que no fueran tan duros con él.

Había una expresión de profundo desagrado en su semblante, y también de pesadumbre, como si Warne le hubiese caído bien y aquella posibilidad le doliera.

—Rathbone dijo que había tomado precauciones en ese sentido —le explicó Monk—. Contrató a Warne como abogado precisamente con ese propósito, aunque no sé si para protegerse a sí mismo o a Warne. Quizás a ambos.

Hester cambió de tema.

—¿Oliver ya ha visto a su padre?

—Sí. Y nosotros deberíamos hacer lo mismo. No haremos gran cosa sin hablar con él al menos una vez más.

Hester hizo una mueca de dolor.

—Está muy dolido —dijo en voz muy baja.

—Ya lo sé, pero será peor si no lo hacemos —contestó Monk—. Tal vez deberíamos ir ahora.

—Es tarde —protestó Hester—. No podemos dejar solo a Scuff.

—Hester, tiene trece años. Ha vivido solo en los muelles, durmiendo en cajones de embalaje, tapado con cartones y mantas. No le ocurrirá nada si pasa dos horas a solas en su propia cama.

Hester se levantó.

—Iré a decirle que regresaremos en cuanto hayamos visto a Henry Rathbone.

—¡Más vale que añadas que lo despellejarás si entra en la despensa! —dijo Monk mientras ella salía de la sala.

Encontraron a Henry Rathbone solo y sumido en sus pensamientos. Estuvo encantado de verlos y los recibió con agrado. Por supuesto, ya había visto a Hester una vez, cuando ella fue a contarle la situación de Oliver después de su detención.

—Seguramente seáis las únicas personas que realmente me alegra ver —dijo con un aire atribulado, después de conducirlos a la sala de estar—. ¿Os apetece un té? —Era un gesto automático, algo que solía hacerse por un invitado—. Seguro que habéis venido para hablar sobre Oliver. He contratado a un abogado que lo represente. Rufus Brancaster. ¿A lo mejor os suena su nombre?

—No —contestó Monk con sinceridad—. Pero si merece su confianza y está dispuesto a llevar el caso, es un buen principio.

—¿Qué es lo que sabes y tanto te cuesta decirme? ¿Es culpable Oliver? —preguntó Henry en voz baja.

Hester frunció los labios y bajó la mirada pero no pudo ocultar el sufrimiento de su rostro.

—Querida —dijo Henry con suma amabilidad—, hay ocasiones en las que resulta más grato eludir verdades desagradables o adoptar juicios más generosos. Esta no es una de ellas. Oliver se ha ganado muchos enemigos porque ha tenido un éxito extraordinario, siempre a expensas de otros. Así es la naturaleza de una profesión tan competitiva como la ley. Nadie puede ganar salvo si alguien pierde. Solo nos queda esperar que la justicia prevalezca. Creo que por lo general él estuvo de parte de la justicia. A veces representó a hombres culpables y ganó. Otras veces acusó a culpables y no consiguió una condena. Se diferencia de la mayoría de los abogados en que ha ganado más veces que ellos.

Se volvió hacia Monk.

—¿Qué es lo que te preocupa acerca de Brancaster?

Monk hubiera preferido abordar el tema con menos brusquedad pero al mirar los ojos azul pálido de Henry Rathbone, las evasivas murieron en sus labios.

—Temo que sea uno de los hombres que aparecen en la colección de fotografías que Oliver todavía conserva —admitió—. O que tema estar en ella. Muchos candidatos no sabrán si realmente aparecen o no. Si él aparece en alguna, lo último que querrá será...

—Entiendo —interrumpió Henry—. Me parece sumamente improbable, pero supongo que si tales hombres fuesen evidentes cuando uno los conoce, apenas habría secreto o motivo para hacerles chantaje. De hecho, la colección entera no tendría ningún valor. Tal vez lo mejor será que lo averigüemos. ¿Dónde están esas imágenes?

—No lo sé —admitió Monk—. Pensé que a lo mejor usted lo sabría.

—Oliver no querría involucrarme —dijo Henry. Encogió muy ligeramente los hombros—. Y me atrevería a decir que no estaba demasiado orgulloso de poseerlas, por más que llegaran a sus manos por medios ajenos a su voluntad. A fin de cuentas, decidió no destruirlas.

—Es difícil dejar a un lado tanto poder —dijo Monk con remordimiento—. Podría usarse para hacer mucho bien, además de mucho mal. Según parece, así es como comenzó Ballinger.

—No sé si yo las habría destruido —los sorprendió Hester interrumpiendo—. Si hubiera tenido algo con lo que salvar la vida de un montón de personas, creo que habría mantenido la intención de librarme de ello, pero que, a la hora de la verdad, no lo habría hecho por si el paciente siguiente hubiese sido el que podría haber salvado. No estaría dispuesta a verlo morir, sabiendo que no tenía por qué. Es una de esas cosas que siempre dejas para mañana.

Monk la miró sorprendido. Había esperado lo contrario de ella, una perspectiva más conservadora. ¿Tal punto de vista era más elevado moralmente o más cobarde? Una vez más, Hester había adoptado la postura más inesperada y valiente, y tal vez la más insensata. Quizá fuese también la más honesta.

Henry la miraba, también, con un sorprendente afecto en los ojos. Monk se dio cuenta de lo mucho que Henry hubiese preferido que Rathbone se casara con Hester en lugar de hacerlo con Margaret. Pobre Margaret. ¿Lo había sabido alguna vez, aunque no se lo hubiese planteado de una manera tan franca?

Monk recondujo la conversación hacia lo práctico.

—Uno de nosotros tiene que mirar esas fotografías y ver quién aparece en ellas que pueda pertenecer a la judicatura, o que ocupe cualquier otra posición de poder relacionada con este caso. De lo contrario, no hacemos más que dar palos de ciego y es probable que estemos bailando al son que nos tocan.

—De acuerdo —dijo Henry con gravedad—. Tenemos que comprobar no solo si Brancaster está fotografiado, cosa que dudo, sino también si hay algún otro que pueda tener influencia sobre él. No sé muy bien cómo hacerlo. Me figuro que debo averiguar muchas más cosas acerca de él, con tanta discreción como sea posible. Preguntaré a Oliver dónde están esas malditas imágenes y luego, con tu ayuda, identificaremos a tantas personas como podamos. —Miraba fijamente a Monk—. ¿Cómo averiguo si alguien tiene influencia sobre Brancaster? ¿O sobre el juicio contra Oliver?

—Ya me enteraré de dónde —dijo Monk sin reflexionar—. Tal vez también deberíamos tomar en consideración a quienes hayan podido influir sobre Warne, Gavinton o cualquier otra persona implicada. Menudo lío. —Miró a Hester con una media sonrisa—. ¿Sigues estando tan segura de que las habrías conservado?

Hester se encogió de hombros.

—No he dicho que fuese sensato o correcto o que no fuera a lamentarlo. Solo he dicho que seguramente lo habría hecho.

Henry le dirigió una mirada de gratitud y se puso de pie.

—Os traeré la dirección de Rufus Brancaster. En cuanto haya vuelto a visitar a Oliver y sepa dónde encontrar esas fotografías, y una vez identificadas las personas que aparecen en ellas, quizá sepamos quién está con nosotros y quién en contra.

Monk tomó aire para decir algo más pero cambió de parecer.

Fue Hester, brutalmente sincera, quien puso palabras a sus pensamientos.

—Puede haber personas que fueran socios de ese club y que, por consiguiente, les hicieran la fotografía de rigor, pero que Ballinger no las haya conservado... aunque ellas no lo sepan —señaló, dirigiéndose a Henry.

—Ya lo sé —respondió Henry con calma—, pero de nada sirve plantearse problemas que no está en nuestra mano solucionar. Aunque no te falta razón: no deberíamos permitirnos caer en una falsa sensación de seguridad. Resulta bastante triste pensar que la vida de tantos hombres carezca hasta tal punto de propósito y que sus valores estén tan degradados para buscar excitación en semejantes lugares. Me temo que cuando se llega al abuso de menores siento muy poca compasión por ellos.

Si hubiese hablado más enojado, Monk se habría conmovido menos con sus palabras. No conservaba recuerdo alguno de su propio padre y se preguntó, en un arrebato de nostalgia, si había sido un hombre que guardara alguna semejanza con Henry Rathbone. De haber sido así, y si Monk lo hubiese conocido, ¿habría sido mejor persona?

Hester también estaba de pie, mirando a Henry con la misma emoción en los ojos que sentía Monk. Hester era un regalo que Monk había recibido y Oliver Rathbone no. Tal vez en parte uno se vuelve mejor persona por el ejemplo de aquellos a quienes ama y por el mismo acto de amarlos.

—No tendremos ninguna compasión por ellos si entran en este caso —dijo—. Hemos adoptado a uno de esos chicos, aunque tal vez sería más exacto decir que él nos ha adoptado a nosotros. Un día, cuando esto haya terminado, me gustaría traerlo para que lo conocieras, si te parece bien.

El rostro de Henry se iluminó con una sonrisa que por un momento lo rejuveneció.

—Estaré encantado. Por favor, no te olvides de hacerlo.

Monk ni siquiera había mirado a Hester en busca de su aprobación. Lo hizo ahora y vio sus ojos brillantes, al borde del llanto.

La tarde siguiente visitaron a Henry Rathbone otra vez, llevando consigo las fotografías, y pasaron una desagradable hora revisándolas. Fue un ejercicio nauseabundo y espantoso pero lograron identificar a todos los hombres que aparecían en ellas, por lo general gracias a unas anotaciones en clave escritas en el dorso con letra de Ballinger.

Henry hizo una lista que no incluyó a Rufus Brancaster ni a

ninguna otra persona que cupiera suponer relacionada con él. Monk había hecho indagaciones y ahora sabía los nombres de casi todos los colegas de Brancaster, con inclusión, en la medida de lo posible, de cualquiera a quien pudiera deberle un favor o que pudiera estar emparentado con él por vía materna.

Lo celebraron aliviados con una botella de vino tinto, una bandeja de galletas de avena y un queso Brie de primera, seguido de una tarta de ciruelas con nata montada.

La mañana siguiente fueron a ver a Rufus Brancaster. Dada la importancia del caso, aunque estaba ocupado no los hizo aguadar más de un cuarto de hora.

Monk se sorprendió. Había esperado encontrar a un hombre mucho mayor y al principio le preocupó que la elección de Henry no fuera la más acertada. Por otra parte, era muy posible que abogados con carreras más consolidadas hubiesen declinado llevar el caso. Hacía falta cierto coraje, incluso temeridad, para defender a Rathbone. Con este pensamiento en mente, Monk se dio cuenta de que aunque podía entenderlo y que quizás incluso él hubiese hecho lo mismo, creía que Rathbone era culpable, al menos legalmente. La idea le causó un escalofrío.

Brancaster no perdió el tiempo con sutilezas.

—Hábleme del caso de Jericho Phillips —dijo, saludando a Hester con una inclinación de cabeza por pura cortesía pero dirigiendo su atención a Monk—. Brevemente, pero no se deje nada importante.

No interrumpió mientras Monk habló sino que miró a Hester un par de veces con renovado respeto.

—¿Y dónde están ahora esas fotografías? —preguntó finalmente.

—Yo no lo sé —admitió Monk—. Pero Henry Rathbone, sí. Se las confié para que las guardara. Ayer las estudiamos para ver a quién reconocíamos... por razones obvias.

Brancaster se mostró inquieto.

—¿Y Henry Rathbone todavía tiene esas fotografías?

—Sí. Me prometió que no las guardaría en su casa ni en ningún otro lugar donde pudieran ser destruidas, o donde alguien pudiera tener acceso a ellas.

—Bien. ¿Mirar las copias les dijo algo valioso?

—Sí —dijo Monk con una media sonrisa—. Usted no aparece en ellas.

La pluma que Brancaster había estado sosteniendo se le escurrió de las manos.

—¡Santo cielo! —exclamó—. ¿No se detuvieron a pensar quién puñetas soy?

Ni siquiera se le ocurrió pedir disculpas a Hester por el lenguaje empleado. Fue ella quien le contestó.

—No. Pero pensar no es suficiente. Y no se trataba solo de si aparecía usted en ellas, había que comprobar si había alguien que a usted le importe o a quien deba un favor. —Esbozó una sonrisa—. Por supuesto, lo único que pudimos hacer fue comprobar quién aparecía allí. No sabemos quién puede creer que está en la colección de imágenes sin que en realidad esté en ella.

—Iba a decirles lo mal que pinta esto —dijo Brancaster sombríamente, esta vez dirigiéndose a Hester—, pero según parece ya lo saben, quizás incluso mejor que yo. Vamos a tener que atrincherarnos para una larga batalla, y no puedo prometer que ganemos. Necesitaríamos un montón de buena voluntad para conseguirlo. Técnicamente sir Oliver cruzó la línea. Pasó información seriamente perjudicial solo a la acusación, a espaldas de la defensa, cuando de hecho tendría que haberse inhibido. Sería absurdo decir que no previó para qué la utilizaría Warne o que no era esa su intención. Está claro que lo era. Y si bien la mayoría de los hombres honrados dirán que hizo lo correcto desde el punto de vista moral, legalmente podrían castigarlo con bastante severidad. Y después de que me hayan contado lo que ya me temía a propósito de las fotografías, sin duda habrá muchas personas nerviosas y es posible que reaccionen de forma exagerada.

—Así pues, ¿qué vamos a hacer? —preguntó Hester sin titubeos.

Aunque la sonrisa de Brancaster fue atribulada, incluso torcida, dio nueva vida a su rostro, una vitalidad y una tersura que no habían estado presentes hasta entonces.

—Me alegra que no haya preguntado si iba a buscar una manera de renunciar a llevar el caso —dijo con un contenido gesto de las manos—. Voy a pedirles que hagan una lista con los nombres de quienes aparecen en las fotografías, de modo que también yo sepa en quién no debo confiar. ¿Hay jueces en activo?

—Sí —contestó Monk de inmediato—. Y tanto si usted tiene previsto hacerlo como si no, estoy más que dispuesto a utilizar esa información si alguno de ellos es llamado a presidir el juicio contra Rathbone. —Sonrió sombríamente, aunque más bien fue una mueca—. Ateniéndome a la legalidad y mucho antes del juicio, por supuesto.

Brancaster se mordió el labio.

—Le creo. —Miró a Hester y de nuevo a Monk—. A los dos —agregó.

Hester tuvo la gracia de ruborizarse, pero no contestó.

—Pero eso no quita que buena parte de la judicatura estará en contra de sir Oliver —prosiguió Brancaster—. A pesar de que no se encariñaran mucho de Drew, aunque no entiendan los motivos. Estoy buscando la manera de que se tome en cuenta al menos en parte la reputación y el interés particular, aunque no cuento con ello. Muchas personas van a tomarse tiempo y molestias para encargarse de que no sea así. No se tratará solo de quienes están en las fotos, será cualquiera que no desee escándalos, preocupaciones o que se estudie con mucho detenimiento a los responsables. Habrá muchos favores hechos de vez en cuando, personas que habrán hecho la vista gorda o que simplemente serán conscientes de haber confiado en personas o de haberlas ascendido por razones ajenas a su excelencia en el trabajo.

Hizo una mueca muy contenida.

—Si das la vuelta a una piedra muy grande y muy húmeda, vas a encontrar un montón de babosas debajo que no te sorprenderán, pero también unos cuantos bichos con muchas patas que no esperabas ver. Estén preparados para eso. ¿Lo están?

Una vez más fue Hester quien contestó.

—Claro que no. Pero si lo que quiere decir es si preferimos dejarlo correr, no, nunca lo haríamos. Si lo intentamos, al menos tenemos una oportunidad de ganar.

—No me sorprendería que intentaran encarcelarlo, simplemente para confiscar su casa e intentar encontrar las placas originales de las fotografías —advirtió Brancaster.

—Será si optan por aparentar que no quebrantan la ley —respondió Monk con una sonrisa amarga—. Si no, se limitarán a incendiar la casa. Me figuro que el propio Rathbone ha pensado en esa posibilidad. Por si me equivoco, me aseguraré de que su padre lo haga.

—¿Él las conservaría? —preguntó Brancaster poco convencido. Conocía a Henry Rathbone, aunque no muy bien.

—Al menos por el momento —dijo Monk secamente—. Todavía son un arma demasiado buena para deshacerse de ella.

—¿Usted la usaría? —preguntó Brancaster con curiosidad—. ¿Incluso después de haber visto lo que ha hecho a otros?

—No lo sé —reconoció Monk.

Si no tuviera que pensar en Scuff y en Hester, si todavía fuese el hombre que era antes de casarse, no habría titubeado. A menudo había sido despiadado, y ahora no le resultaba fácil admitirlo. ¿Cuánto de ese hombre quedaba en él, si lo presionaban lo suficiente?

Brancaster estaba pensando. A juzgar por su semblante, parecía inseguro, incluso preocupado.

—No tengo claro que sea sensato que otras personas sepan que alguien más tiene acceso a las fotografías, como tampoco el motivo para usarlas —advirtió—. Ese miedo puede atarles las manos o, por el contrario, puede empujarlas a la clase de pánico que las llevaría a hacer algo peligroso, mal calculado. El miedo tiene efectos diversos sobre las personas. Por el momento, pongan cuidado en no decir nada.

—Lo haremos —contestó Monk con gravedad—. No deja de ser irónico que estén ofendidos con Rathbone por haberse salido de los límites de la conducta propia de un caballero, cuando ellos han hecho cosas que no caben en la imaginación de cualquier persona decente. ¿Por qué demonios piensan que Rathbone debería guardar sus secretos a costa de la vida de otras personas?

—Porque no tienen empatía —dijo Brancaster—. Ni la más

remota idea de lo que sienten los demás. No ven más allá de sus propios apetitos. Nos aguarda una larga batalla.

—Tenemos que plantar cara —dijo Hester en voz baja—. No podemos dejar que Oliver pierda. Y... —se le tensó todo el cuerpo— ...tampoco podemos dejar que ganen ellos. Sería ceder ante la maldad.

10

La prisión era atroz. Cada noche Rathbone se sumía en el sueño para escapar del ruido, la incomodidad, el olor rancio de la manta y, en su imaginación, de las carreras y los arañazos de lo que fuere que correteara por el suelo de piedra.

Dormía mal, incapaz de relajarse, casi siempre en duermevela, soñando a retazos. A menudo conseguía olvidar por fin dónde se encontraba justo antes de que el ruido de botas sobre la piedra lo hiciera regresar de golpe a la realidad. Había un momento en el que, gracias a Dios, permanecía confuso, pero al abrir los ojos le volvía todo: la incomodidad, el dolor del cuerpo, el escozor de la piel, luego el recuerdo de que no habría un afeitado caliente, tan solo un raspado de las mejillas con jabón y agua fría de un cubo. Nada de tostadas recién hechas, ricas mermeladas y fragante té caliente. Habría gachas y luego un té oscuro de olor acre. Con todo, mejor eso que el hambre y la sed.

¿Tendría que acostumbrarse a aquello? ¿Sería así durante años? ¿Hasta donde le alcanzaba la vista? Como juez había condenado a muchos hombres a eso. Como abogado había litigado por y contra ello, según para qué lo hubiesen contratado, poniéndose de parte de quien correspondiera.

¿Significaba que no tenía convicciones, que hacía cualquier cosa por la que le pagaran? ¿O que creía en el sistema? ¿Y ese sistema de antagonistas, casi de gladiadores, producía justicia? No se veía igual desde allí dentro. Era amedrentador, sin ninguna certeza de bondad.

Se sentaba en aquella celda miserable con el ruido de los hombres que vivían a su alrededor, que arrastraban los pies al caminar y que de vez en cuando gritaban o refunfuñaban, o golpeaban la piedra con sus tazones de hojalata. Y siempre aquel olor.

Había supuesto que los culpables se sentían culpables, que sabían, al menos en principio, lo que habían hecho. Pero ¿lo hacían? No estaba seguro. ¿Qué tendría que haber hecho? Habría quien diría que tendría que haber destruido las fotografías al principio, en cuanto aquel maldito abogado salió por la puerta dejándolas en casa de Rathbone.

No lo había hecho. Las había conservado, entendiendo su poder y a sabiendas de que un día quizá las utilizaría, tal como había hecho Ballinger, inicialmente para imponer la justicia a los reticentes, para ponerse a la altura de quienes abusaban de sus privilegios y oprimían a los vulnerables. Tal como Drew Robertson y Abel Taft habían hecho con sus confiados y crédulos feligreses.

¿Cuán mal estaba aquello? ¿Mal legalmente? ¿Mal moralmente? ¿El orgullo desmedido de Taft había costado la vida a la señora Taft y a sus hijas?

Pero era Drew, no Taft, quien había sido puesto en evidencia como violador de niños, ¡y ni siquiera eso! Nadie más que Warne, aparte del propio Rathbone, sabía lo que había en esa fotografía; y Drew, por supuesto. Y después, en su despacho de juez, Gavinton.

¿Gavinton se lo había dicho a Taft? ¿Qué le había contado? ¿Había dado a entender a Taft que la fotografía se publicaría? Rathbone nunca lo había dicho, y Warne tampoco. Sacar a la luz la fotografía era desacreditar a Drew, no a Taft.

¿De qué tenía tanto miedo Taft? ¿Qué otro escándalo estaba aguardando a ser descubierto? ¿Era una vía que mereciera la pena investigar o era de una absoluta irrelevancia? ¿Importaba? No, no en lo que a la ley atañía, porque Rathbone no estaba enterado y, por consiguiente, nada excusaba, aun suponiendo que existiera.

Todavía andaba dándole vueltas inútilmente cuando apareció el carcelero jefe. Llevaba las llaves en la mano.

—Alguien le ha pagado la fianza, señor Rathbone —dijo con voz inexpresiva salvo para poner énfasis en «señor», aunque tenía la mirada brillante e intensa—. Supongo que ahora pasará una temporada en casa. Un buen abogado, debe de tener. Todos hacen piña, digo yo. Siendo usted hombre de letras, me figuro que recordará a Shakespeare...

—«Lo primero, matar a todos los abogados» —dijo Rathbone, adelantándose a él. Recogió su chaqueta, la única prenda de vestir que tenía aparte de las que llevaba puestas.

El carcelero gruñó, molesto por que le hubiera robado la cita.

—Un atajo de actores, todos ustedes —dijo irritado—. Pavoneándose y creyendo que todo el mundo los escucha.

—«Que se pavonea y se inquieta por su hora sobre el escenario» alude a todos nosotros —replicó Rathbone, acercándose a la puerta y aguardando a un paso de distancia mientras el hombre hacía girar el pesado cerrojo.

El carcelero lo fulminó con la mirada, sabiendo que era otra cita pero incapaz de ubicarla.

—*Macbeth* —aclaró Rathbone.

—Bien hablado, Botines —gritó una voz desde una celda de la fila de enfrente—. Te echaré en falta. ¡Hasta que vuelvas a tu puta celda! —Se rio a carcajadas de su propia broma.

Rathbone sonrió al franquear la puerta de barrotes para salir al corredor con el suelo de piedra. Miró hacia la celda de donde había salido la voz. Dentro había un hombre demacrado, con el pelo grasiento y ropa mugrienta que antaño había sido buena. Rathbone se preguntó qué le había ocurrido. Quizá la ropa fuese robada o la hubiesen tirado a la basura. Aunque por otra parte tal vez el acento y los modales agresivos fueran un plumaje prestado tras el que resguardarse.

Rathbone levantó la mano a modo de saludo.

—Mantenla caliente para mí —contestó—. Lamento decirlo, pero es fácil que la necesite.

—Cabrón arrogante —dijo el carcelero entre dientes.

Rathbone fingió no haber oído su comentario.

Le devolvieron sus pertenencias y tomó un coche de punto para regresar a su casa. Una hora después, cuando cruzaba la puerta de acceso al vestíbulo, recordó que para él todo lo demás había cambiado. Para el personal sería otra persona. Ya no habría reverencia y ahora tal vez incluso su conducta respetuosa sería superficial, una mera cuestión de buenos modales. No sabría lo que realmente pensaban de él. ¿Quería saberlo?

Todavía no. Había muchas otras cosas en las que pensar. Por el momento podía ir y venir a su antojo. Podía lavarse, tomar una taza de té decente, comer lo que quisiera y dormir en su propia cama, sobre un colchón mullido que olía a limpio, rodeado de silencio. Podía levantarse cuando le viniera en gana.

Esa era la realidad, ahora: podía quedarse en cama, si le apetecía, porque no había trabajo que hacer, nadie con quien hablar, de quien ocuparse, ningún reto que no fuera hallar algo con lo que ocupar la mente para no hundirse en un pozo de ira y desesperación.

A primera hora de la tarde Henry Rathbone le hizo una visita.

—Gracias —dijo Rathbone de inmediato, con la voz un poco ronca por la emoción. No había previsto perder el dominio de sí mismo de semejante manera, pero el rostro de su padre y el sonido de su voz lo abrumaron.

Henry dio media vuelta y buscó un sitio donde sentarse mientras el mayordomo, que lo había acompañado, se iba en busca de té recién hecho y bollitos con mantequilla.

—¿Te gustaría venir a pasar unos cuantos días en Primrose Hill? —lo invitó Henry, mirando a Rathbone con infinita ternura. No diría una sola palabra de amor, de inquietud, de miedo, mucho menos de decepción, pero todo eso brillaba en sus ojos. Le resultaba embarazoso hablar de tales cosas, además de innecesario. Toda una vida de compañía, orientación, aliento, sueños y chistes compartidos había vuelto redundantes tales declaraciones.

Una negativa acudió de inmediato a los labios de Rathbone, pero se la tragó. Parecería muy insensible, como un rechazo. Lo que realmente sentía era que aumentaría su culpa, que ya bastante le pesaba, si su padre se viera acosado por los periodistas o por las preguntas inintencionadamente crueles de sus amigos. Por asociación, quizá lo considerasen culpable en cierta medida. Henry se vería en la situación de tener que defender a Rathbone, incluso de intentar explicar lo sucedido.

Las visitas quizás encontraran extraña la presencia de Rathbone en su casa. Tal vez se mantendrían alejadas por ese motivo. ¿Se vería Henry obligado a declinar invitaciones o a pedir que incluyeran a Rathbone? Eso le resultaría espantoso.

Sería maravilloso estar en la casa familiar, pasear por el césped al anochecer, observar cómo empezaba a irse la luz en las centelleantes hojas de los olmos, oler la madreselva, ver el vuelo de los estorninos arremolinándose bajo los últimos rayos de sol. La idea lo asfixió de emoción, aun estando sentado en la muy formal y elegante sala de estar de Margaret.

Tenía que despejarse la mente si quería hallar una salida a todo aquel embrollo que en buena medida había montado él mismo.

—Todavía no —dijo con amabilidad—. Tengo que averiguar muchas más cosas sobre esto... —Vio que el semblante de Henry se ensombrecía—. No voy a intentar resolverlo por mi cuenta —agregó enseguida para tranquilizarlo—. Estoy impresionado con Brancaster.

Un asomo de sonrisa cruzó el rostro de Henry.

—Ya lo sé —admitió Rathbone—. Tenía la estúpida idea de que iba a ser un académico acartonado que no había puesto un pie en la sala de un tribunal en años. Pido disculpas. Pero aunque Brancaster sea tan bueno, no puede trabajar sin munición, y no le he dado mucha.

—Monk te ayudará —le aseguró Henry.

—Me consta —contestó Rathbone—. Tiene que haber muchas más cosas que no haya tomado en consideración, sobre todo acerca de Taft. Por Dios, ¿por qué mató a su esposa y a sus hijas? ¿A qué clase de hombre se le ocurriría siquiera imaginar algo semejante? Tiene que existir un secreto muy importante que todavía desconocemos, para que eso tenga sentido.

—¿Por qué no han procesado a Warne? —preguntó Henry.

—Me temo que he hecho unos cuantos enemigos que estarán más que encantados de arruinarme, pero que no forzosamente tienen algo contra Warne. Además, su error fue leve. Tendría que haber hablado de la fotografía con Gavinton enseguida, antes de que se reanudara la sesión. Que yo tuviera que mostrarles la prueba a ambos e inhibirme son delitos de una escala muy diferente.

Henry frunció el ceño, formando una profunda arruga entre las cejas.

—Oliver, ¿sabes quién interpuso la demanda? ¿Fue Drew? Me cuesta creerlo. Convertirá el caso en un asunto de mucha más importancia que si se hubiese quedado callado. Es Taft quien habría ido a la cárcel, no Drew. Drew quizás habría quedado como un tonto, desde luego la gente se habría preguntado de qué iba todo aquello, pero sin la fotografía, que no iba a ver la luz, nunca se habrían enterado de la verdad.

Rathbone había estado eludiendo aquel pensamiento tanto tiempo como le había sido posible, pero ahora le tocaba hacerle frente. No podía haber sido Drew, salvo que tuviera tantas ansias de venganza que estuviera dispuesto a pagar con su propia ruina. Tampoco Warne habría hecho nada dado que también era culpable de desobedecer el procedimiento judicial en beneficio propio. ¿O acaso lo habían presionado? Difícilmente, pues si no había hablado, nadie tendría ese conocimiento para usarlo contra él.

—No sé quién fue —dijo.

—¿Quién más sabía de la existencia de las fotografías? —preguntó Henry—. Eso reduciría mucho el abanico de posibilidades.

—No estoy seguro —dijo Rathbone, de forma un tanto evasiva. Se sentía como si estuviera entrando en una habitación a oscuras, en algún lugar donde había una trampa que le haría daño, tal vez mucho daño, llegando a romperle los huesos, sin que pudiera verla.

—Oliver, no debemos soslayar esta cuestión —dijo Henry con calma pero con firmeza, sin la vacilación que permitiera escapar.

Rathbone inhaló profundamente y soltó el aire despacio.

—Ya lo sé. Y he pensado en ello. No tiene mucho sentido que haya sido Warne, salvo que haya algo que no sepamos acerca de él. Y, por descontado, eso es más que posible puesto que lo mismo sucede con casi todo el mundo. Tal vez a mi edad sea ridículo tener falsas ilusiones sobre las personas, especialmente habida cuenta de mi profesión. Pero la vida sería insoportable sin esperanza y un mínimo grado de ceguera en lo que atañe a quienes amas.

Henry fue a protestar pero cambió de parecer y permaneció callado.

—Aparte de ti, las únicas personas que lo sabían eran Hester y Monk —prosiguió Rathbone—. Y a ellos no cabe siquiera cuestionarlos. De modo que nos quedan Gavinton y Drew. Me imagino que si hubiese sido Taft, habría esperado a ver el resultado. Y además estaba ganando. Raro sería que quisiera socavar su propia victoria.

Henry estaba meditabundo.

—¿Qué me dices del abogado de Ballinger que te llevó las fotografías? ¿Sabía lo que eran?

Rathbone se sorprendió. Esa idea no se le había ocurrido.

—Es posible. Siempre y cuando fuese el abogado de Ballinger a todos lo efectos aparte de la ejecución de su testamento, supongo que podría ser él. Sabría que eran fotografías por el tamaño y el peso de la caja, incluso si desconociera su naturaleza. Pero sería un tremendo abuso de confianza que se lo dijera a alguien más...

Mientras esto decía se dio cuenta de que su comentario era idealista y, habida cuenta de su situación, ingenuo. Se trataba de toda una línea de investigación en la que no había pensado. La ciénaga de miedo y degradación, y las criaturas de múltiples tentáculos que vivían en ella, era mucho más monstruosa de lo que había captado hasta entonces. Anhelaba salir de ella. Y sin embargo solo podía culparse a sí mismo. Había probado su sabor y no había sabido renunciar. Ahora era demasiado tarde. Tal vez se pareciera más a Ballinger de lo que alguna vez hubiese estado dispuesto a reconocer.

Henry lo estaba mirando, con ojos tristes y preocupados.

Rathbone se obligó a disimular. Él era quien menos podía justificar la autocompasión. Se indignaría consigo mismo más de cuanto ya lo había hecho. Si cabía salvar algo de todo aquello, era el actuar con coraje y determinación.

—Hablaré con Monk —dijo con una voz desapasionada—. Me consta que ya no es detective privado, pero sabrá qué hay que hacer y creo que Brancaster es un buen hombre. Gracias por presentármelo.

Henry aceptó que aquello fuese el final de la conversación y pasó a hablar de otras cosas deliberadamente, hasta que llegó la hora de irse. No volvió a preguntar a Rathbone si le gustaría pasar unos días en Primrose Hill.

Cuando Henry se hubo marchado, la casa le pareció opresivamente silenciosa. Los criados se apartaban de su camino de manera harto evidente. Probablemente sentían vergüenza. ¿Qué le decías a un amo que acababa de salir de la prisión bajo fianza por un delito que no entendías?

¿Qué debía contarles? Era responsabilidad suya abordar el tema y, como mínimo, contarles lo que estaba sucediendo y qué perspectivas tenían de conservar su empleo. Se lo debía.

Si dictaban una sentencia de cárcel, lo único que tendría para vender sería la casa. ¿Para qué la necesitaría, además? Cuando lo liberaran sería raro que regresara allí. Era demasiado grande, demasiado cara y debía reconocer que no tendría necesidad alguna de residir en medio de una de las mejores zonas de Londres.

Estaba solo. Si podía permitirse algún sirviente, se las arreglaría con un ayuda de cámara. Tal vez una mujer que fuera a hacer la colada y a fregar el suelo.

Para empezar, quizá no podría permitirse ni eso. Bien podría terminar viviendo en unas habitaciones alquiladas. ¿Por qué no? Miles de personas lo hacían. Así era como vivía Monk cuando se conocieron. Era caer muy bajo desde una casa como aquella, con media docena de criados, contentarse con alquilar una habitación y compartir el cuarto de aseo. Aunque por otra parte también era una tremenda caída pasar de ser juez en el Old Bailey para convertirse en un ex convicto desempleado.

Nunca le había preocupado hasta entonces. Lo pensó con arrepentimiento. Una cosa era contemplarlo solo cuando considerabas que la persona en cuestión era culpable. Ni siquiera se le había ocurrido pensar en lo que le ocurría a una esposa dependiente o a unos hijos, solo la justicia de la condena.

Desde aquel lado del espejo todo se veía diferente; muy diferente, en realidad. Qué simple es cuando la víctima es otra persona. Hacer justicia es muy fácil desde el lado ciego, bien protegido de todo excepto de una conciencia no involucrada. Se obligó a sonreír, solo con ironía, sin ningún placer.

Aun suponiendo que fuese hallado no culpable, en buena parte el resultado sería el mismo. Su carrera en la judicatura se terminaría. Se dio cuenta, con profundo dolor, de que independientemente de la ley, del conejo que Brancaster sacara de su chistera, desde un punto de vista moral la decisión de Rathbone había fallado por su base. Era un buen abogado, incluso brillante. Se había dicho de él que era el mejor de Londres y posiblemente lo era, o lo había sido. Pero eso era luchar por una causa, casi como en una cruzada, con toda su pasión y su muy considerable inteligencia en un bando. No se requería juicio alguno. Luchaba con todas sus fuerzas por un bando, a favor o en contra, según lo hubieran contratado y hubiese prometido hacer.

Si ahora volvía la vista atrás se daba perfecta cuenta de que desde el principio había decidido que Taft era culpable, no solo desde un punto de vista legal, sino, peor aún, desde uno moral. No había estado dispuesto a ver cómo un hipócrita como Robertson Drew hacía pedazos a personas ingenuas desde el estrado para luego marcharse impunemente.

No era lo bastante frío para ser juez, desde luego, no lo bastante desapasionado. Amaba la batalla, pero ¿amaba la ley por encima de todo, al margen del coste y la confusión de la gente?

No, tal vez no. Y eso era lo que un juez tenía que hacer. No ser parcial como lo era él, como al parecer no podía dejar de serlo.

Eso divertiría a Hester, de una manera amarga. Siempre había pensado que él era demasiado distante, demasiado controlado. ¿Le gustaría más ahora?

Probablemente nunca lo sabría porque pensara lo que pensase, Hester sería leal. No le mentiría, como seguramente tampoco mentiría por él, pero jamás lo dejaría solo y con problemas.

Cuando los tres se conocieron, Hester no sabía si Monk era culpable o inocente de haber matado a Joscelyn Grey de una paliza. La razón y las pruebas decían que era culpable. El propio Monk llegó a creer que era culpable, pero el golpe que se dio en la cabeza al sufrir el accidente lo había dejado sin memoria para saber la verdad. Incluso ahora, tantos años después, seguía sabiéndola solo gracias a las pruebas. Recuperaba fragmentos de recuerdo, pero desconectados entre sí. No existía un relato de su vida.

Pero Hester se había mantenido a su lado aun sabiendo tan poco como el propio Monk. ¿Qué habría sucedido si hubiese sido culpable? Solo era una suposición profundamente arraigada en el sentimiento más que en la razón, pero Rathbone creía que se habría mantenido leal a Monk y esperado que pagara por ello como un hombre, para luego reanudar lo que quedara de su vida en común.

¿Era eso lo que también esperaría de Rathbone? Probablemente. Tenía que ver con la manera de ser de ella, no con la de él.

¿Por qué aquello era tan terriblemente distinto con Margaret? ¿Era solo por la gravedad y la naturaleza del crimen? Monk, de haber sido culpable, se habría deshecho de un chantajista que arruinaba a las familias de soldados fallecidos. Ballinger se había involucrado en una red de abuso y pornografía infantil, de chantaje y en última instancia de homicidio. Nada indicaba que lo hubiera hecho con el más leve remordimiento. Había visto una debilidad y la había explotado. Nunca lo lamentó.

¿Y Margaret? Él era su padre y lo había amado incondicionalmente. Cuando surgía una duda, eran los demás quienes se equivocaban.

¿O era solo que culpaba a Rathbone de no haber sido capaz de ganar en el tribunal y lograr que Ballinger fuese hallado inocente? Él nunca le había dicho que al final el propio Ballinger había reconocido su culpa, la última vez que estuvieron a solas en su celda, mientras esperaba su ejecución. Margaret había vuelto toda su ira y su aflicción contra Rathbone y ni una sola vez aceptó que él hubiese hecho todo lo posible. Pero Ballinger era culpable y nadie podría haber demostrado lo contrario.

¿Qué lealtad había esperado Rathbone de ella? ¿Acaso él hubiese creído a alguien que acusara a Henry de algo tan vil?

Ahora ya no importaba. Todo había terminado. Tenía que pensar en su desesperado destino, cosa que no dejaba de ser irónica.

Volvió a acercarse a la ventana para mirar al jardín. Solo hacía poco más de una semana que lo había contemplado desde allí y, sin embargo, parecía haber cambiado. Las caléndulas se estaban marchitando. El morado de los ásteres era más intenso. Las enredaderas de Virginia estaban volviéndose de un carmesí oscuro. Un vendaval, y las primeras hojas comenzarían a caer. Las plantas morían.

Rathbone se preguntó si en caso de que Ingram York se viera en problemas, difamado, tal vez incluso acusado, Beata le sería leal. ¿Lo amaba lo suficiente?

¿Por qué pensaba en Beata York? Casi seguro que no volverían a verse. Tal vez se cruzarían por la calle, pero no se reunirían como iguales y mucho menos como amigos. Eso también formaba parte del precio que le tocaba pagar.

Todavía estaba pensando en eso cuando Ardmore, el mayordomo, fue a decirle que Monk y Hester habían ido a verle.

De repente se le levantó el ánimo. Parte de la tensión abandonó su cuerpo y se dio cuenta con sorpresa y cierta vergüenza que había temido que hubiesen querido evitarlo. Monk había ido a verlo a la cárcel, pero ¿qué sentía Hester?

Un vistazo a su semblante contestó a sus inquietudes. Quizás estuviera enojada, preocupada y confundida en cuanto a qué hacer, pero no había cambiado. Era una estrella fija en un mundo patas arriba. La amistad residía en el meollo de toda relación que valiera la pena; aliados, padres e hijos, amantes. Sobre sus cimientos se podían construir todos los demás palacios del corazón.

Se sentaron y empezaron a sopesar la situación y a considerar qué podía hacerse. Rathbone les repitió las opiniones de Henry, sobre todo en cuanto a quién podía haber informado a la policía y probablemente al Lord Canciller, dado que Rathbone era juez, sobre el uso de la fotografía en el tribunal y, obviamente, sobre el hecho de que Rathbone había estado en posesión de ella.

También abordaron otros puntos, como la muerte de Taft.

—Hay muchas cosas que no sabemos a ese respecto —observó Monk—. Aunque lo hubiesen hallado culpable, la pena habría sido de cárcel, pero no para toda la vida. Incluso podría haber vuelto a comenzar, cambiar de nombre y marcharse a algún lugar donde nadie lo conociera. Por Dios, tenía todo el mundo para elegir.

—Aunque no fuera así, ¿cómo pudo matar a su esposa y a sus hijas? —Hester frunció el rostro con pesadumbre—. No es propio de alguien en sus cabales. ¿Padecía algún tipo de locura y nadie se había dado cuenta? —Miró a Monk y a Rathbone—. A mí solo me parecía petulante y repugnantemente pagado de sí mismo. Si hubiese creído en algo de lo que predicaba no habría matado a su familia, le ocurriera lo que le ocurriese a él.

—Para empezar, si creía en lo que predicaba no habría robado ese dinero —dijo Monk con aspereza—. Pero llevas razón, nos faltan datos. Tengo que descubrir muchas más cosas sobre él.

—¿Crees que eso alterará mi culpa a los ojos de la ley? —preguntó Rathbone, abatido—. No veo cómo, por más que me guste pensar que sí.

—No lo sé —reconoció Monk—. Pero el motivo por el que se suicidó tiene que ser parte del caso y no fue mera coincidencia que ocurriera inmediatamente después de que Drew fuera puesto en evidencia. Seguiré investigando.

Rathbone asintió y la conversación derivó hacia otros temas.

A última hora de la tarde, cuando ya se habían marchado, Rathbone tuvo la sensación de que parte del afecto que había sentido se había quedado con él. Entonces Ardmore apareció en la puerta otra vez, con el rostro tan inexpresivo como podía.

—Ha venido lady Rathbone, señor. ¿Qué desea que diga?

Qué diplomáticamente expresado. Pese a que el corazón se le disparó y todos los músculos se le tensaron, Rathbone admiró el tacto de Ardmore, su delicadeza para con los sentimientos ajenos. No había más opción que recibirla. Sería pueril negarse y además solo serviría para poner de manifiesto su vulnerabilidad.

¿Qué quería Margaret? ¿Cabía imaginar que hubiese ido movida por alguna clase de lealtad, un resto de la intimidad que una vez habían compartido? Rathbone había pensado que se amaban, pero la primera ocasión en que tuvieron que ponerse a prueba, su matrimonio se rompió.

Si hubiesen llevado más tiempo casados antes de la perdición de su padre, ¿habría sobrevivido? ¿Si la tragedia de Ballinger no hubiese tenido lugar, habrían vivido el resto de su vida imaginando que eran felices pese a no compartir nada más profundo que un afecto superficial?

Ardmore todavía aguardaba.

—Por favor, dígale que pase —contestó Rathbone—. Y... y pregúntele si le apetece tomar algo de beber.

—Sí, señor.

Ardmore hizo una reverencia, todavía inexpresivo, y salió.

Un instante después entró Margaret. Seguía vistiendo de luto riguroso, con las únicas notas de color de un pañuelo claro al cuello y un camafeo. Rathbone la recordó diciéndole que se lo había regalado su padre al cumplir los dieciocho años. Parecía una viuda afligida. No tenía importancia, pero se preguntó si siempre vestía de negro o si lo había hecho para señalarle que todavía estaba absolutamente desconsolada por haber perdido a su marido además de a su padre.

Estaba tan guapa como nunca. Había fuego en sus ojos azules y un leve rubor en su piel.

—Buenas tarde, Oliver —dijo, deteniéndose a más de un metro y medio de él—. Me figuro que sería estúpido decir que espero que estés bien, y me parece que hace tiempo que dejamos atrás el punto en que la educación sería poco menos que una farsa. No puedes estar bien, habida cuenta de las circunstancias. La prisión es sumamente desagradable. —Enarcó ligeramente sus delicadas cejas—. Tampoco es que hayas adquirido una palidez carcelaria, todavía. Supongo que ya ocurrirá, cuando te hayan hallado culpable. Según el consejo que me han dado, parece que será inevitable.

Rathbone se sorprendió ante aquel comentario.

—¿Pediste consejo sobre el tema? ¿A quién?

—A mi abogado, por supuesto. ¿Con quién si no consultaría semejante asunto?

—No sé por qué tenías que consultarlo con alguien —respondió Rathbone. Las ideas se le agolpaban en la cabeza, tratando de entender por qué había ido a verlo. No había nada amable en ella, ninguna preocupación o inquietud. Parecía imposible que alguna vez hubiesen hecho el amor, tendidos uno en brazos del otro.

Margaret se erguía tiesa como un palo, con la espalda cuadrada, la barbilla alta. Rathbone la miró. A primera vista pensó que el enojo la favorecía. Le daba una vitalidad, incluso una pasión que normalmente no poseía. Solo cuando la miró más detenidamente vio su dureza, la ausencia de afecto que antaño solía ver en su semblante. Había un matiz inquisitivo en su mirada, la búsqueda del punto más vulnerable para clavar a fondo el cuchillo.

Aguardó a que explicara el objeto de su visita.

—Será un juicio muy notorio —prosiguió Margaret—. Tal como lo fue el de mi padre. Es espectacular, tratándose de justicia, que un juez tenga que enfrentarse a la ley para responder de sus actos. Una ironía, ¿no crees? —No aguardó su respuesta—. Estás acusado de algo despreciable porque, aparte de todo lo demás, es una traición a la ley y a la profesión que te ha dado todo lo que tienes... De hecho, todo lo que eres. Si no podemos confiar en los jueces, ¿qué valor tiene la ley? Has hecho daño a cuantas personas han confiado en ti alguna vez.

Rathbone tomó aire para intentar explicárselo pero la furia de los ojos de Margaret hizo que se diera cuenta de que sería en balde. La esperanza que podría haberse manifestado en alguna clase de amabilidad se desvaneció. Para empezar, era tonto por su parte haber contemplado semejante idea. Todo su mundo se había alterado, estallado y hundido. Sin duda sería motivo de vergüenza para ella, incluso un estorbo.

Cuando se celebró el juicio contra Ballinger, el mundo de Margaret se hizo pedazos. El de Rathbone, no. Le había dolido, por supuesto. Había estado confundido, desesperado por encontrar alguna defensa para él, debatiéndose entre la lealtad a Margaret y la lealtad a su deber y sus creencias. Cuando todo terminó se quedó con una sensación de pérdida, pero seguía estando entero. La herida de Margaret, en cambio, fue permanente.

Ahora habían cambiado las tornas. Esta vez ella perdería muy poco, en realidad quizá nada en absoluto. Él estaba obligado legalmente a mantenerla y lo habría hecho aunque la ley no se lo hubiese exigido. Pero ella no aceptaba nada de él. Prefería vivir en el umbral de la pobreza con su madre con tal de no aceptar su dinero. Si lo mandaban a prisión y se quedaba sin blanca, ella nada perdería.

Siendo así, ¿por qué estaba allí? No para ahorrarle su preocupación por ella sino para regodearse en su ruina.

Margaret lo estaba observando con desprecio, aguardando a que recobrara el habla.

—¿No tienes nada que decir, Oliver? —preguntó finalmente—. ¿No sabías lo que se siente cuando te acusan y eres incapaz de demostrar tu inocencia y tienes que depender de otra persona para que lo haga por ti? De repente eres impotente. Ahora sabrás cómo se sentían tus clientes, conocerás su miedo y entenderás por qué confiaron en ti. Lo hicieron porque estaban desesperados, aterrorizados, y no tenían a nadie más a quien recurrir. —Sonrió sin separar los labios—. Para ti la ley es una manera de exhibir tus cualidades, de ganar públicamente y, por supuesto, de ganar dinero. Para ellos se trata de sobrevivir o morir. Se ve un poco diferente desde el lado en el que estás ahora, ¿verdad?

Estaba siendo injusta. Rathbone se había tomado todos sus casos muy en serio y dado a cada uno lo mejor de sí mismo, incluso cuando había perdido, como había ocurrido con Ballinger.

—Puedo presentar una defensa, Margaret —dijo con tanto dominio de sí mismo como pudo. La voz le sonaba bronca—. A veces puedo demostrar que un hombre es inocente, a veces puedo atenuar la sentencia. No puedo salvar a un hombre culpable. ¿Estás sugiriendo que debería hacerlo? Si al final todo el mundo fuera a salir en libertad, ¿por qué molestarse con un juicio?

—¡Para que el abogado pueda pavonearse, exhibirse y ganar dinero, por supuesto! —le espetó Margaret—. Y para que el público tenga su ración de entretenimiento. —Hizo un gesto brusco con la mano, como si así pudiera apartar el tema—. Pero eres culpable, ¿verdad? ¿O vas a decir que no fuiste tú quien dio imágenes obscenas a Warne a fin de que Drew fuera desacreditado como testigo?

La mirada de incredulidad de su rostro era feroz.

—¿Piensas que la fotografía debía ocultarse para que el jurado no supiera qué clase de hombre es Drew —dijo Rathbone imprimiendo toda su incredulidad y su desdén en su voz—, de modo que pudiera seguir difamando a los demás miembros de la congregación y que lo creyeran?

Margaret perdió los estribos.

—¡No contestes a cada pregunta con otra pregunta, Oliver! ¡Por el amor de Dios, sé sincero por una vez!

Para Rathbone fue como recibir una bofetada. Sabía que tenía el rostro congestionado.

—Estoy siendo sincero, Margaret. Di la fotografía a Warne para que tuviera ocasión de defender a los hombres y mujeres normales y corrientes a quienes Drew estaba difamando y poniendo en ridículo en público. No merecían menos.

—¡Hipócrita! —Su voz fue casi un grito, tenía el semblante turbio de ira—. Puedes introducir esa fotografía asquerosa en la sala del tribunal y quedarte sentado rebosante de farisea indignación como si no supieras nada al respecto, y luego enjuiciar a Robertson Drew. Me alegra que descubrieran que fuiste tú quien se la dio a Warne. Ya no puedes esconderte. Todo el mundo sabrá cómo eres.

El azote de su lengua lo hirió tan profundamente que por un momento apenas pudo respirar para defenderse.

Margaret confundió su silencio por debilidad.

—Ojalá mi padre estuviera vivo para ver esto —prosiguió Margaret, atragantándose con sus propias palabras—. Sería perfecto. Bien, al menos yo estoy aquí. Y créeme, estaré observando con sumo placer.

—Seguro que la crítica de tu padre sería la más aguda de todas —dijo Rathbone con amargura—. Por eso tenía las fotografías, para lograr que se hiciera justicia por la fuerza cuando no se podía hacer de otra manera. Eso lo entendí y, obviamente, mucho mejor que tú.

Margaret se quedó helada, con el rostro pálido como la nieve.

—¡Mentiroso! ¿Cómo te atreves a sugerirme algo semejante? ¿Esta es tu defensa? ¿Acusar a un hombre muerto que te has asegurado de que no pueda hablar por sí mismo? Bien, pues yo puedo hablar por él y lo haré. El mundo te verá tal como eres. Un hombre que antepone el orgullo y el oportunismo a todo lo demás: a la familia, al honor e incluso a la decencia.

Rathbone se esforzó por dar con algo que tuvieran en común, alguna creencia compartida. Una vez se habían querido.

Ella no estaba dispuesta a esperar.

—No hablaré de mi padre contigo. Que des a entender que os parecíais en algo es una afrenta para él, y no voy a escuchar. He venido a decirte que he consultado con un abogado, un amigo de mi padre que todavía siente cierta consideración por mi familia, porque no deseo seguir vinculada a ti en modo alguno, sobre todo ante la opinión pública. No creo que me resulte difícil conseguir el divorcio, dadas las circunstancias que has propiciado. Recuperaré mi nombre de soltera. Ya no deseo que se me conozca como Margaret Rathbone. Me imagino que puedes comprenderlo pero, si no, la verdad es que no me importa. Te informo por mera cortesía.

Tendría que haberlo visto venir. Para ella era la ocasión perfecta para liberarse. No tenía que acusarlo de nada, y tampoco había muchas excusas para que una mujer se divorciara de su marido. No podía alegar infidelidad tal como un hombre podía hacerlo contra su esposa. La sociedad no la culparía si no deseaba estar vinculada con él cuando estaba siendo juzgado por corromper el curso de la justicia.

Tal vez alguien habría admirado su lealtad, si hubiese permanecido a su lado. Pensó en otras mujeres que conocía y que habían arriesgado todo lo que poseían, incluso sus vidas, para demostrar la inocencia de maridos a los que amaban. Pero la clave era el amor.

Y quizás esos maridos las habían amado con la misma devoción y lealtad.

Él no había traicionado a Margaret. No pudo haber hecho más a fin de salvar a Arthur Ballinger. Para empezar, tal vez su error fue representarlo. Excepto que, de no haberlo hecho, Margaret también lo habría culpado de eso, arguyendo que Ballinger se habría salvado si Rathbone lo hubiese defendido en lugar de quienquiera que lo hiciere.

Estaba cansado, como si tuviera el cuerpo magullado tras recibir demasiados golpes. No quería seguir librando una batalla que no podía ganar. ¿Qué significaría ganar, además? No lograría hacerle ver la verdad y menos todavía que volviera a sentir cariño por él. Y si tuviera que ceñirse estrictamente a la verdad, ya no lo deseaba.

Miró a Margaret. ¿Tenía algún sentido protestar, decir que habría estado bien que al menos de entrada le hubiese otorgado el beneficio de la duda, asestándole su golpe una vez que hubiese sido hallado culpable? No quedaba nada que salvar, excepto tal vez no caer en lo más bajo. Podía obligarla a ver la verdad para que se diera cuenta de que solo podía haber obtenido las fotografías de manos de Ballinger, pero ella no quería ver eso. Si supiera cómo había sido su padre, quizá la sensación de traición acabaría con ella. No volvería a confiar en nadie.

La ira y la amargura le arrugaban el rostro. Tiempo atrás había estado mucho mejor que ahora. Había conocido la ternura, el humor, el propósito. Que la pérdida de alguna de esas cosas fuese culpa de él ya no importaba en realidad.

—Haz lo que consideres mejor —dijo en voz baja—. Daré instrucciones a mi abogado para que te complazca.

Por un momento la victoria iluminó el semblante de Margaret, pero enseguida se desvaneció, como si el sabor no hubiese sido el que esperaba.

—Gracias —dijo Margaret—. Buenas noches.

—Adiós, Margaret —contestó Rathbone.

11

—¿Por dónde vas a comenzar? —preguntó Hester a Monk mientras desayunaban. Era tan temprano que Scuff todavía estaba arriba preparándose para ir al colegio.

Monk no tuvo que preguntarle a qué se refería. El único tema que ambos tenían en mente era Oliver Rathbone. Monk había pasado buena parte de la noche en vela preguntándose lo mismo. Había escuchado la respiración de Hester en la oscuridad, sin saber si era tan acompasada para indicar que fingía deliberadamente estar dormida, pero él no se lo había preguntado, ni siquiera en un susurro, porque no tenía consuelo o garantías que ofrecerle.

Ahora había dejado de hacer caso a la tostada y lo miraba, aguardando su respuesta, con la mirada sombría y el rostro tenso. Monk deseó tener algo que decir que le proporcionara algo más que mera lealtad.

—Lo mejor sería que buscara algo para demostrar que la muerte de Taft no tuvo nada que ver con Oliver —contestó.

Hester se mordió el labio y apretó a boca.

—Aun así él dio la fotografía a Warne. ¿No es eso de lo que van a acusarlo? ¿No tendría que haberlo hecho más... más abiertamente, e incluyendo también al señor Gavinton, para luego inhibirse?

—Sí —corroboró Monk—, pero podría alegar que no se dio cuenta de que era Drew quien aparecía en la fotografía hasta que el caso estaba a punto de cerrarse. Pero sí, tendría que haber dejado su puesto.

—William, detestaba lo que Drew y Taft estaban haciendo a esas personas —dijo Hester con gravedad—. Le repugnaba tanto como a nosotros. Lo hizo para desacreditar el testimonio de Drew porque no quería que esos farsantes se salieran con la suya. La gente se enterará de eso. ¿No tendría que haber presentado la prueba de alguna otra manera, de modo que no diera una sorpresa a Gavinton?

—Probablemente —concedió Monk—. Pero si Gavinton hubiese tenido tiempo de preparar una defensa, tal vez habría conseguido que la desestimaran, y entonces habría perdido todo su valor. Tal como fueron las cosas, nadie la vio, pero todos vieron la mirada de repugnancia en el semblante de Gavinton y supieron de sobras que Drew sabía lo que era, cosa que no habría sido posible de no haber aparecido en ella.

—Aun así se equivocó. Tendría que haberse inhibido.

—Sí. —Monk todavía no estaba satisfecho—. Pero si la muerte de Taft se debió a que era culpable, se trata de algo mucho peor que un suicidio. Si solo se hubiese suicidado, cabría señalar a Oliver como presunto culpable. No había modo alguno de prever que también mataría a su esposa y a sus hijas. Eso lo sitúa más allá de la comprensión de cualquiera, incluso más allá de la compasión.

—¿Y cómo vas a descubrir por qué las mató también a ellas?

—Averiguaré cuanto pueda —contestó Monk—. Me gustaría saber qué pasó con el dinero.

Hester alargó el brazo para coger el tarro de mermelada y entonces se dio cuenta de que ya había puesto un poco en un lado de su plato.

—Se lo gastaron —dijo—. Es obvio.

—¿Lo es?

Hester hizo una pequeña mueca, torciendo los labios.

—William, ¿tienes idea de cuánto cuestan los vestidos de la señora Taft? ¿O los de sus hijas?

—No —respondió Monk desconcertado—. Sé lo que cuestan los tuyos, y no son cantidades comparables a las que faltan de los donativos de la congregación a obras benéficas.

Hester suspiró.

—Según cómo, supongo que debería alegrarme que no te fijaras en lo bien que les sentaban o en lo actuales que eran.

—Pero ¿a esos precios? —dijo Monk, incrédulo.

—Se justifican en buena medida. Botines de cuero de becerro, guantes de cabritilla, pañuelos de seda y encaje de puntilla.

—O sea que la señora Taft también sabía de la existencia del dinero —dedujo Monk.

—Quizás, aunque no forzosamente si simplemente recibía las prendas sin ver las facturas. Diría que nunca había tenido que llevar las cuentas de su casa ella misma y que no tenía la menor idea.

—Podría ser...

Se calló al entrar Scuff en la cocina, que lo miró primero a él y luego a Hester. Tenía el rostro sonrosado después de habérselo lavado, la piel todavía húmeda, el cuello de la camisa limpio y almidonado. Tomó aire para ir a decir algo pero cambió de parecer. Se le veía inquieto.

Hester nunca pasaba por alto una expresión y rara vez la malinterpretaba.

—¿Qué sucede? —le preguntó.

Scuff se cortó dos rebanadas de pan y cogió el trozo de tocino que Hester le había dejado en la plancha. Se preparó un bocadillo y fue a sentarse a la mesa antes de contestar. Inhaló profundamente, posponiendo el momento de hincar el diente en el pan fresco con crujiente y sabroso tocino.

—¿Cómo vamos a ayudar al señor Rathbone... o sea, a sir Oliver? —preguntó—. ¿Puedo hacer algo?

Bajó la vista a su plato pero volvió a levantarla enseguida.

Hester estuvo a punto de contestar pero dejó que lo hiciera Monk.

—De eso estábamos hablando —contestó Monk—. Voy a ver si logro descubrir por qué se suicidó Taft exactamente, y por qué demonios también mató a su familia. Creo que hay algo importante que todavía no sabemos.

—Era un ladrón y no soportó que todo el mundo fuera a enterarse. —Scuff dijo lo que le parecía más obvio—. Hay gente que es así. La verdad no importa, lo que les preocupa es lo que piensa gente.

—La fotografía era de Drew, no de Taft —señaló Monk.

Scuff se encogió de hombros y mordió el bocadillo. Ya no pudo resistirse más.

—A lo mejor también había una de él —dijo con la boca llena.

Hester fue a reprenderlo pero cambió de parecer.

Scuff se dio cuenta y se tragó el bocado. Luego miró a Monk.

—Ya lo sabemos. No había ninguna.

Hester sirvió té para Scuff y le pasó el tazón, pero él no lo tocó y siguió mirando fijamente a Monk.

—Bueno. ¿Entonces qué puedo hacer yo? —preguntó de nuevo.

Monk reparó en el anhelo de su rostro. Necesitaba ayudar por el bien de Rathbone, pero todavía necesitaba más participar en lo que estaban haciendo. Si lo dejaran al margen se sentiría excluido e inútil. Tal vez para alguien que siempre hubiese estado arropado, eso resultaría ridículo, pero Monk sabía lo que era la exclusión. Su lenta recuperación de fragmentos de su vida anterior a la amnesia lo mostraba como un hombre que no tenía familia ni un lugar en los sentimientos de otras personas. Era respetado, temido y considerado antipático. La soledad que experimentó, el aislamiento del saberte apreciado por ser como eres, no por tus logros, nunca lo había abandonado del todo. No le costó reconocer un eco de lo mismo en Scuff.

Debía encontrar algo que Scuff pudiera hacer, y algo que tuviera su importancia. El chico reconocería al instante una tarea inventada para que se acomodara a él.

—Deberías estar en el colegio —dijo Monk lentamente, dándose tiempo para pensar.

Scuff se descompuso. Se esforzó en disimular su herida pero no lo consiguió.

En el otro lado de la mesa Hester se tensó.

—Pero esto es demasiado urgente —prosiguió Monk, rebuscando una idea—. Voy a ir a ver a Warne, el abogado a quien sir Oliver dio la fotografía. Hester dice que la señora Taft probablemente gastó buena parte del dinero que falta en ropa para ella y sus hijas. Creo que es verdad, pero necesito saberlo con certeza. Según parece, el dinero no fue a parar a las obras benéficas que mencionaron. En realidad, no logramos encontrar a alguien en alguna de las principales que admita haber recibido de ellos más que unas pocas libras. —Mantenía una expresión concentrada, sin siquiera un asomo de sonrisa—. Hester, ¿puedes averiguar qué se sabe de los Hermanos de los Pobres? Ten cuidado. Si aceptaron el dinero e hicieron algo indebido con él, les molestarán las pesquisas. —Se volvió un poco—. Scuff, las hijas de Taft eran poco mayores que tú. A ver si puedes descubrir algo sobre ellas o su familia. ¡Pero ve con mucho cuidado! No podemos permitirnos levantar la liebre. Taft está muerto, pero Drew está vivo y coleando y es posible que sea un tipo peligroso, y que tenga amigos más peligrosos aún.

Los ojos de Scuff brillaban en su rostro sonrojado por la excitación.

—Sí —dijo con afectada desenvoltura—. Claro que puedo.

Warne no tuvo inconveniente en recibir a Monk, de hecho parecía aliviado de tener la oportunidad. Su despacho era caótico, con montones de libros y papeles por todas partes, incluso encima de una de las sillas. Saltaba a la vista que había estado investigando con cierto grado de desesperación. A Monk le pasó por la cabeza preguntarse si Warne, en privado, estaba tan preocupado como lo estaban él, Hester y Rathbone.

Se obligó a centrarse en el asunto que lo ocupaba. Aquellos montones de libros de leyes y de consulta bien podían guardar relación con cualquier otro caso. La ley no se detenía por que Rathbone tuviera problemas. Cientos de personas los tenían en toda Inglaterra.

—Siéntese, señor Monk —dijo Warne enseguida, recogiendo un montón de papeles para dejar libre la mejor silla—. Doy por sentado que está aquí a causa del caso Taft.

No fue una pregunta, más bien una corroboración.

—Gracias. —Monk se sentó al tiempo que Warne hacía lo mismo al otro lado del escritorio, donde también había montones de papeles—. Sí. Tengo que conseguir toda la información que pueda. Según parece hay un par de cosas que no acaban de tener sentido.

Warne se mordió el labio.

—Ojalá no tuviera sentido para mí. Por supuesto la policía ya ha hablado conmigo. No podía mentirles. Saben perfectamente que no encontré la fotografía por mi cuenta, y tampoco podía decirles que me la habían enviado anónimamente. De haber sido así, dudo que la hubiese utilizado. —Suspiró—. A lo que hay que añadir que sir Oliver no mintió.

—¿Quién informó del asunto al Lord Canciller? —preguntó Monk sin rodeos.

Warne estaba pálido y claramente disgustado.

—No lo sé. Me lo he estado preguntando. Tampoco es que eso cambie mucho las cosas. Aunque pudiéramos demostrar que se hizo con malicia, no se alterarían los hechos. Quizás haría que quien lo hizo pareciera bastante sucio y rencoroso, pero no ayudaría a Rathbone.

Monk estuvo de acuerdo. Deseaba saber el motivo de tanto enojo más que cualquier otro dato práctico. No obstante, uno nunca sabía qué información podía resultar valiosa. Sonrió sombríamente.

—Lo entiendo, pero estoy desesperado. Probaré cualquier vía de investigación.

—Rathbone ha sido uno de los mejores abogados del país —dijo Warne compungido—. Ha establecido el estándar con el que todos los demás nos comparamos. Pero ha ganado muchos enemigos. Hay personas que reaccionan mal cuando son vencidas, sobre todo cuando creían que iban a ganar sin ningún asomo de duda. La arrogancia socavada duele bastante. —Negó con la cabeza—. Sinceramente, sería difícil de averiguar y, casi seguro, una pérdida de tiempo.

—Yo no tengo tiempo que perder —admitió Monk—. Necesito conocer su caso contra Taft en toda su extensión. Podría leer todas las transcripciones del tribunal y formarme un juicio por mi cuenta. No le pido información confidencial, solo que preferiría saber su opinión.

—Por supuesto —contestó Warne titubeando.

—¿Qué ocurre? ¿Le estoy pidiendo que traicione los intereses de otra persona? —le preguntó Monk—. ¿O los suyos?

—No —respondió Warne al instante—. Me... me gustaría ayudar. Fui yo quien utilizó la fotografía. Rathbone me la dio abiertamente y con toda honestidad. Dejó que yo decidiera qué hacer con ella. Y sin embargo a mí solo me dan una buena palmada en la muñeca por no haber mostrado la fotografía a Gavinton de inmediato.

—¿No tenía que usarla, una vez que la había visto? —preguntó Monk.

—No. Legalmente, no. Moralmente creo que lo hice. Pero moralmente no soy imparcial —explicó Warne—. Legalmente se supone que nunca debo serlo. Rathbone lo es. Tendría que haberse inhibido, no seguir adelante con el caso, aunque estoy bastante seguro de que los cargos no se habrían vuelto a presentar. Taft estaba a un paso de ser absuelto. Personalmente, creo que era uno de los delincuentes más despreciables de los que alguna vez haya enjuiciado, porque robaba a la gente no solo dinero sino también su dignidad y, peor aún, la confianza en los ministros de su fe. Nadie puede medir el alcance del daño causado ni cuánto tiempo durará.

El enojo y la pesadumbre del rostro de Warne hicieron que Monk lo viera con otros ojos. Tal vez a su manera era un cruzado en la misma medida en que lo había sido Rathbone. Ahora estaba siendo testigo de la ruina de un hombre a quien había tratado de emular durante años. Tal vez también había conocido a personas como las víctimas de Taft gente corriente que iba a la iglesia cada domingo y daba lo que podía a las obras benéficas que ayudaban al prójimo; personas para quienes la fe era fundamental en su vida. Era la confianza en quienes los lideraban lo que hacía llevaderas las pérdidas e injusticias de la vida.

—No fue más que un caso —corroboró Monk—. ¿Fue bueno desde el punto de vista legal?

Warne suspiró.

—Pensaba que lo era, al principio. No dudaba de que, pese a su afabilidad, Taft era culpable. Pero a medida que fue progresando y Robertson Drew hizo que mis testigos parecieran patéticos y luego ridículos, noté que se me escapaba de entre las manos. Creo que sin la fotografía Taft habría sido absuelto. Ni siquiera me planteé no utilizarla. Lo único que me pregunté fue cómo hacerlo sin poner a Rathbone en situación de tener que admitir que se anulara el juicio por fallos de procedimiento. No podía arriesgarme a eso por si no volvían a presentar los cargos otra vez. Tampoco era que hubiese muerto antes, en aquellos momentos.

—Pero ahora sí —señaló Monk—. Eso lo hace distinto, al menos para la opinión pública, cuando no para la ley.

Warne apretó los dientes.

—El jurado se elige entre el público —señaló—. Y eso jugará a favor de quienquiera que lleve el caso contra Rathbone. No contará con mucha clemencia entre los magistrados de la judicatura. Ha puesto en entredicho su reputación. A partir de ahora todos serán vigilados más de cerca. —Hizo un pequeño gesto brusco con la cabeza—. ¿Qué puedo hacer para ayudar?

Monk se sorprendió ante la buena disposición de Warne. Estaba comenzando a darse cuenta de la profundidad de lo mal que se sentía Warne, no solo por su antigua admiración por Rathbone, sino por su desprecio por Taft, y tal vez por cierto convencimiento de que en aquel juicio había involucrado tanto aspectos emocionales como legales.

—Cuénteme lo que pueda sobre las pruebas y el caso en general —pidió Monk—. Incluidas las opiniones de las personas implicadas.

—Con sumo gusto —contestó Warne—. Quiera el cielo que usted vea algo que nos proporcione una salida. Con todas las personas que Rathbone ha condenado a lo largo de su carrera, si termina en prisión me sorprenderá que dure más que unos pocos meses como mucho.

A Monk se le cortó la respiración. Por un instante no estuvo seguro de qué quería decir Warne, pero entonces vio el miedo de sus ojos y lo entendió. Era el peor de sus propios temores expresado con palabras. No contestó, simplemente sacó su bloc de notas para apuntar cualquier cosa que pudiera olvidar. Conocía de primera mano la violencia que imperaba en la cárcel, los accidentes, incluso las muertes que nadie veía cómo ocurrían. Nunca había pruebas, solo tragedia, y tal vez venganza cuando ya era demasiado tarde.

Scuff también conocía la violencia y sabía cuán repentina y fácilmente podía darse. También sabía lo que podía ocurrirle a Oliver Rathbone y no creía que fuera posible protegerlo. Además le constaba que si iban a ayudarlo, tenían que hacerlo con mucho cuidado.

No obstante, salió de Paradise Place caminando con brío. No tenía que ir al colegio. Tampoco era que no le gustara. Podía incluso ser interesante, aunque a veces resultaba un poco limitador. Hacer lo mismo que los demás, escuchar y recordar. Luego te haremos preguntas sobre esto. No basta con que contestes. Tendrás que hacerlo por escrito y sin faltas de ortografía. Solo hay una manera correcta de hacerlo.

Ahora iba a hacer lo que realmente importaba: ayudar a Monk y a Hester; y a sir Oliver, por supuesto. Quizá también hubiera una manera correcta de hacerlo. No debía cometer el más mínimo error puesto que no sería él el único que lo pagaría.

Ya había pensado en dejar su chaqueta buena en casa. Sus botas eran mejores que las de mucha gente, pero podía rozarlas un poco, ensuciarlas, y nadie se daría cuenta. Tenía que volver a ser el chico que era dos años antes, astuto, hambriento, dispuesto a hacer casi cualquier cosa por una taza de té y un bollo.

Monk le había pedido que hiciera averiguaciones sobre la familia Taft, en concreto sobre la esposa y las hijas. Eso era lo que iba a hacer. Estuvo reflexionando sobre ello mientras cruzaba el río en el transbordador, sentado en la popa como un adulto, contemplando el brillo del sol en el agua. Como de costumbre, la brisa era un poco fresca. Había conocido el olor del río toda su vida y estaba acostumbrado al frío.

¿Cómo iba a investigar acerca de los Taft? Obviamente, preguntando a quien supiera cosas sobre ellos que ellos no supieran que se sabían. ¿Quién sabría tales cosas?

Lo estuvo pensando un buen rato, hasta después de llegar a la otra orilla, pagar al barquero y caminar hasta la parada de ómnibus de la avenida principal. La calle estaba concurrida. Había buhoneros, hombres fuertes cargando los carros de los cerveceros, compradores en los puestos de verdura, ayudantes de carnicero, vendedores de periódicos. Ahí tenía la respuesta: las personas invisibles veían cosas porque nadie se fijaba en ellas. Repartidores, pinches de cocina, carteros, barrenderos, faroleros, las personas que veías a diario y luego no recordabas haber visto. Solo te dabas cuenta de la importancia que tenían cuando no estaban en su sitio y te encontrabas sin algo que estabas acostumbrado a tener.

El ómnibus llegó y se paró. Scuff subió con impaciencia. Sabía exactamente adónde iba y para qué. Sabía cómo resultar encantador, cómo hacer preguntas sin que se notara y hacer que las personas creyeran que le caían bien y que tenía ganas de oír lo que tuvieran que decir. A menudo había observado cómo lo hacían Monk y Hester. Y las chicas siempre tenían ganas de hablar de otras chicas, de ropa y de amoríos. Quizá no averiguaría gran cosa sobre la señora Taft, pero oiría toda clase de historias acerca de sus hijas. Iba a hacer de detective. Primero descubriría algo valioso y luego contaría a Monk y a Hester cómo lo había hecho. Los ayudaría a salvar a sir Oliver.

De vez en cuando Monk había hecho determinados favores a colegas del cuerpo de policía que no trabajaban bajo su jurisdicción. Tal vez en el pasado remoto, antes del accidente que le provocó la amnesia, eso no habría sido verdad. Las pruebas que había encontrado daban a entender que había sido renuente a compartir cosas si podía evitarlo. Ahora consideraba que tal actitud era no solo mezquina sino tácticamente corta de miras. Entendía la sabiduría no ya de hacer favores de vez en cuando sino también la de que se supiera que devolvía los que le hacían a él.

Agradeció que le debieran unos cuantos que ahora podría cobrar. Los eligió con sumo cuidado. El inspector Courtland era un hombre enjuto de mediana edad, que había ascendido en el escalafón hasta un puesto de cierto poder, pero nunca olvidaba a la gran familia que lo había apoyado. Monk sabía que su madre era una mujer practicante que había criado a cinco hijos después de que su marido falleciera en un accidente industrial. Courtland hablaba de ella de tal manera que Monk le había envidiado una infancia en familia, cosa que, si él alguna vez la había tenido, no recordaba en absoluto.

No ofendió a Courtland fingiendo que no iba a verlo para cobrar un favor. Él mismo no habría agradecido semejante condescendencia.

—No es un caso que lleve personalmente —explicó Courtland en cuanto hubieron tomado un par de jarras de cerveza y unas empanadas de cerdo muy sabrosas en un pub que quedaba a medio kilómetro de la comisaría de Courtland—, pero naturalmente estoy al corriente. ¿Qué necesitas?

Monk sonrió y tomó otro pedazo de empanada de cerdo.

—Aquí preparan unas manzanas al honro deliciosas.

Courtland asintió.

—Bien. Me tomaré el tiempo preciso para contarte todo lo que pueda sobre el señor Taft y su desdichado final. Por cierto, yo no te he dicho nada.

—Claro que no —respondió Monk—. Lo observé todo por mi cuenta, o lo deduje. Además, no sé para qué puñetas va a servir. Pero hay algo que no entiendo en todo este asunto.

—¿Algo? —Courtland enarcó las cejas—. Más bien nada. Para empezar, ¿dónde está el dinero? A continuación, ¿de dónde sacó Rathbone la fotografía de Drew? ¿Por qué se suicidó Taft, porque Drew fuese un violador infantil y un pornógrafo? ¿Y por qué demonios matar a su esposa y a sus hijas? Pero los hechos dicen que eso es lo que sucedió. —Tomó otro bocado de su empanada—. Y sabes tan bien como yo que si podemos demostrar que algo ocurrió no tenemos por qué buscar una razón coherente que lo explique... De hecho, ninguna razón.

—Cuéntame solo lo que sepas que son hechos contrastados —pidió Monk—. El tipo de cosa que la mejor defensa del mundo no pueda poner en entredicho.

Courtland dejó en el plato su empanada y bebió otro trago de cerveza. Puso la jarra sobre el mostrador y miró a Monk a los ojos.

—Taft y su esposa llegaron a casa desde el tribunal después de la revelación acerca de Drew y la fotografía —comenzó—. Llegaron poco después de las cinco en punto. Las dos hijas estaban en casa, pero los criados, no.

—¿A las cinco de la tarde? ¿Por qué no? —preguntó Monk con la boca llena.

—Según parece todos habían presentado la dimisión y se habían marchado cuando estalló el escándalo y Taft fue acusado de apropiarse indebidamente del dinero para beneficencia —explicó Courtland.

—Pero todavía no era culpable —respondió Monk, sorprendido—. Parece que no contaran con que lo absolvieran. ¿Por qué? ¿Sabían más cosas que la acusación?

—Buena pregunta —contestó Courtland—. Nadie dice nada excepto que la señora Taft dejó que algunos se fueran, y ella no está aquí para desmentirlo, pobre mujer. Pero es indudable que algunos de ellos se marcharon porque pensaban que era culpable y querían quedar al margen antes de que parte de la culpa pudiera salpicarlos.

Monk reflexionó un momento, bebiendo más cerveza, y Courtland aguardó.

Alguien dio un cachete a la camarera en el trasero y se oyeron risas en la mesa de al lado. Ella se marchó haciéndose la indignada, riendo tontamente.

—¿Se marcharon antes o después de que comenzara el juicio? —preguntó Monk—. Porque, según la acusación, pensaban que tenían un buen caso contra Taft hasta que Drew comenzó a testificar. Y luego prácticamente lo desmontó.

—Estás otorgando a los criados más capacidad de previsión de la que creo que merecen —dijo Courtland con gravedad—. Más bien da la impresión de que se marcharon en cuanto les hicieron ofertas decentes en otras casas. Los sentimientos estaban muy divididos en la comunidad. Todavía lo están. A los criados no les gusta la incertidumbre. Es normal. Si has estado en un hogar donde ha habido un escándalo es difícil encontrar otra colocación.

—Sí, supongo que sí —respondió Monk—. Así pues, las hijas estuvieron en casa todo el día y los señores Taft regresaron hacia las cinco de la tarde. Y luego ¿qué?

Courtland negó con la cabeza.

—Su abogado, Gavinton, los visitó. No está seguro de la hora exacta, pero cree que fue hacia las ocho y media. Dijo que Taft estaba muy disgustado, pero que no le pareció que tuviera pensamientos suicidas.

Monk sonrió sombríamente.

—Bueno, no iba a decir otra cosa. Difícilmente admitiría que le dio la impresión de que iba a matar a su familia y a suicidarse. Tendría que dar muchas explicaciones si se hubiese marchado pensando eso.

—Cierto —concedió Courtland—. De todas formas es bastante fácil creer que en lo que a Gavinton atañía, Taft no estaba más afligido de cuanto lo estaría cualquier otro cliente ante la perspectiva de una condena. Al fin y al cabo, la fotografía era de Drew, no de Taft. Diría que lo afectaría bastante descubrir que el hombre en quien había confiado tan completamente era un violador de niños y un pornógrafo. Pero no te suicidas ni matas a tu familia por algo así. No puedes culpar a Gavinton.

—¿Se culpa a sí mismo? —preguntó Monk con curiosidad.

—En realidad, sí. Dice que tendría que haberse dado cuenta. Cuando se marchó, Taft parecía estar pensando cómo iba a luchar contra Drew. En cualquier caso, estaba enojado y dispuesto a arremeter, si se le ocurría cómo hacerlo.

—¿Y qué hay de Drew? ¿Fue a verlo?

—No. Él dice que no y nada indica que lo hiciera. Pero aunque lo hubiese hecho, Taft no murió hasta pocos minutos después de las cinco de la madrugada, y para entonces Drew estaba a kilómetros de allí y puede demostrarlo. Gavinton también. Tampoco es que se sospeche de él. ¿Por qué demonios iba a hacerlo? Y ya puestos, lo cierto es que tampoco ayudaría a Drew. Nada de lo que alguien haga puede alterar la fotografía.

—¿Las cinco de la madrugada? —Monk se quedó un tanto sorprendido—. Es tarde para suicidarse. Falta poco para que vuelva a salir el sol.

¿Taft había pasado la noche despierto, tratando en balde de encontrar una salida? ¿O armándose de valor para quitarse la vida?

—Sí, lo es —respondió Courtland—. Los vecinos oyeron el disparo y mandaron aviso a la policía. Llegaron desde la comisaría del barrio al cabo de más de media hora. Encontraron a Taft con un tiro en el paladar y a la señora Taft y a las dos hijas estranguladas. El arma estaba allí, las puertas de la casa estaban cerradas. Drew estaba acostado en su casa, tal como atestiguarán sus criados. —Engulló el último trozo de empanada—. Naturalmente, la policía registró la casa pero sin encontrar indicios de que hubiese ocurrido algo distinto a la conclusión obvia: Taft, desesperado, mató a su familia y se suicidó. La esposa estaba en el lecho conyugal, y las hijas, cada una en su habitación.

Monk apenas prestaba atención a su comida, a pesar de lo rica que estaba. Intentaba representarse la escena. Todo era demasiado simple. Él mismo había probado el amargo sabor de la desesperación en las largas horas oscuras de la noche. A la mayor parte de la gente le ocurre alguna vez. Los problemas económicos se vuelven insuperables, llega la noticia de una muerte en la familia, una enfermedad incurable, un fracaso, un amor apasionado y no correspondido, el rechazo parece absoluto. O tal vez la pérdida de un amigo que hacía soportables todas las demás aflicciones.

Hay personas que se retiran en el silencio, algunas lloran, otras pierden los estribos y rompen cosas, muy pocas se suicidan. Ese viaje cuyo final se desconoce, excepto que no se regresa de él. ¿Por qué Taft, un hombre que profesaba una poderosa fe cristiana, no solo se suicidó sino que también mató a su familia?

Tal vez la respuesta más obvia fuese que su fe no era verdadera y que quizá nunca lo había sido. O al menos no desde hacía un tiempo considerable. Pero Hester había tenido la impresión de que su amor propio era perfectamente real.

—¿Te crees la conclusión de la policía de que fue un suicidio? —preguntó Monk a Courtland, levantando la vista para mirarlo a los ojos.

—Salvo que aparezca alguna prueba que demuestre lo contrario, tengo que hacerlo —contestó Courtland—. Y no se me ocurre cuál podría ser.

A Monk tampoco se le ocurría. Se terminó la comida prácticamente en silencio, luego dio las gracias a Courtland y se marchó.

Monk pasó el resto del día examinando con todo detalle las pruebas de la policía, que resistieron su minucioso escrutinio.

Las coartadas de Gavinton y de Drew eran incuestionables. Gavinton había estado en su casa con su esposa y su familia. Su esposa estaba intranquila y no había dormido bien. Contó a la policía, a regañadientes, que ver dormir a su marido, dichosamente ajeno a su insomnio, había acrecentado su sensación de estar absolutamente sola en la casa. Finalmente había cedido a la tentación de despertar a su doncella para que le preparara una taza de leche caliente. La doncella lo confirmó con suficiente detalle para disipar cualquier duda.

En realidad Monk no había considerado que Gavinton pudiera ser culpable de un acto violento. Si decidió ir a verlo fue porque semejante omisión habría sido incompetente.

Encontró a Gavinton pálido y agobiado. Se avino a hablar con Monk como si no tuviera otra alternativa. Estaba de pie detrás de un escritorio inusualmente ordenado, sobre el que solo había un montón de papeles.

—No sé qué puedo contarle, señor Monk. —Indicó la silla de enfrente con un ademán—. Estoy tan estupefacto como debe de estarlo usted con el suicidio de Taft. Más aún porque tomara la espantosa decisión de matar también a su familia. No se me ocurre una explicación.

—¿Dijo o hizo algo que a posteriori ahora le parezca relevante? —preguntó Monk, consciente de que Gavinton no tenía por qué responderle.

Gavinton estaba sumamente desconcertado. No estaba acostumbrado a fracasos que no pudiera negar o sobre los que pudiera echar casi toda la culpa a otro. Bajó la vista al escritorio casi vacío.

—Lo he estado pensando y a pesar de que lo defendí, y por tanto supuse que había llegado a conocerlo en cierta medida y a localizar sus puntos más vulnerables, la respuesta es que no se me ocurre nada que otorgue sentido a lo que ha hecho. Créame, me gustaría saberlo por mi propio bien.

Monk sonrió sombríamente. No le costó lo más mínimo creerle.

—Usted lo vio esa noche... —comenzó.

—Sí. Estaba alterado, por supuesto. Pero no vio la fotografía —dijo Gavinton enseguida.

—¿Le dijo lo que era? —preguntó Monk, que no tenía intención de dejar que eludiera el asunto.

—No tenía elección —contestó Gavinton de manera cortante—. Tenía que comprender por qué no podía permitir que la viera el jurado. Era... repulsiva. El niño solo tenía cinco o seis años... flaco como un alambre. Si usted le viera la cara... —Se calló de golpe porque se le quebró la voz—. Creo que si el jurado la hubiese visto habría querido ahorcar a Drew. Yo tuve ganas de hacerlo.

Se estremeció violentamente, con un gesto propio de la sala del tribunal. Ni siquiera ahora podía dejar de interpretar para llamar la atención.

—¿Y Taft? —persistió Monk—. ¿Estaba desilusionado hasta el punto de no verse con ánimos de afrontarlo?

Intentaba imaginar qué podía haberle pasado por la cabeza a Taft.

—Se la describí tan objetivamente como pude, sin entrar en detalles —contestó Gavinton—. Taft se quedó pasmado, pero no por la descripción que le di.

Monk no contestó a ese comentario.

—¿Es posible que también hubiera una fotografía suya? —preguntó en cambio.

Gavinton dio la impresión de estar acorralado, con el rostro tenso, mirando a un lado y otro de la habitación. Meditó unos instantes hasta que por fin contestó:

—También pensé en esa posibilidad, pero no parecía que él la tuviera en mente. Estaba decepcionado con Drew, por supuesto, pero la angustia que lo abrumaba se debía a que el cambio de testimonio de Drew significaba casi con toda seguridad que sería condenado. El caso de Warne estaba demostrado. Fuera cual fuese la sentencia que dictara Rathbone, la carrera de Taft como predicador estaba acabada, y eso era lo que le importaba por encima de todo.

—¿Vio a la señora Taft? —preguntó Monk.

Gavinton pareció palidecer todavía más.

—Sí. La pobre mujer estaba destrozada. Me parece que hasta ese momento había creído que Taft era inocente, o al menos se había convencido a sí misma de que se trataba de un pequeño error, un error de juicio, pero poco más que eso. Me figuro que se preguntaba cómo iba a sobrevivir. La reputación de su marido quedaría arruinada. Lo meterían en la cárcel y no sé cómo iba a mantenerse. Podría haberme preguntado si también se había quitado la vida, pero uno no puede estrangularse a sí mismo.

—Muchas mujeres se abren camino solas en la vida —contestó Monk, aunque sintiendo cierta compasión—. Muchas viudas lo hacen, así como todas las mujeres que no se casan. Quizá dispongan de poco para permitirse lujos, pero sobreviven. Es lo que le toca a la mayor parte de la gente. Todavía era bastante joven y muy guapa. Podría haberse casado otra vez.

—Poco importa ya —señaló Gavinton—. Está muerta. Tal vez Taft pensó que no sobreviviría sin él.

—¿Y sus hijas tampoco? —preguntó Monk—. Qué condenada arrogancia.

—Condenada, desde luego —dijo Gavinton en voz baja. Por primera vez mostró un poco de humildad—. Lo siento. Fallé más estrepitosamente de lo que hubiera podido imaginar.

Parecía anonadado, como si justo entonces estuviera cayendo en la cuenta de la magnitud del desastre.

Monk solo se quedó unos minutos más. Se levantó, le dio las gracias y se marchó sin tener claro si se había enterado de algo útil.

También comprobó el paradero de Drew a la hora de la muerte de Taft, no con el propio Drew sino con la policía. Según sus archivos, Drew vivía en una casa modesta pero muy confortable a unos cuatro kilómetros de la casa de Taft. Tenía dos criados fijos: un ayuda de cámara y una mujer que se encargaba de la limpieza y la colada. Ambos vivían en la casa. La puerta tenía cerrojos que no se abrían durante la noche.

Drew dijo que había dormido mal, posiblemente a causa de la revelación que había tenido lugar en el juicio. Era fácil creerlo. Había estado yendo de un lado a otro de su estudio hasta cerca de la medianoche, y un cuarto de hora antes de que se oyeran los disparos en casa de Taft y los vecinos avisaran a la policía, Drew había despertado a su ayuda de cámara cuando se le cayó una botella de whisky que se hizo añicos contra la chimenea de su estudio.

Resultaba muy conveniente para que un testigo diera fe de su paradero, pero también era indiscutible. De haber sido Drew el muerto, pensó Monk irónicamente, quizá tendría más motivos para sospechar que había asesinado a Taft. Y si Drew hubiese sido el suicida, habría resultado más fácil de comprender. Aunque no se enfrentaba a una pena de prisión, al menos por el momento.

Nada de lo que había descubierto la policía involucraba a Drew en la muerte de Taft.

Había al menos cincuenta fotografías. ¿Cuántos hombres tenían motivos para tener miedo? Y ya puestos, ¿era posible que alguien más tuviera copias? Ballinger había dirigido el club, pero alguien más podría tener copias de las fotografías. Quizá se estuvieran protegiendo a sí mismos, aunque, por otra parte, podrían estar protegiendo una inversión en su propia red de chantaje.

En cualquier caso, nada de eso ayudaba a Rathbone. ¿Qué lo haría?

Algo que demostrara a la ley que no se había extralimitado en su conducta; y al público, que no era responsable de la muerte de Taft, como tampoco de la de su esposa e hijas.

Monk tenía mucho miedo de que tales cosas no existieran. Al margen de las intenciones que hubiese tenido Rathbone, y Monk no dudaba de ellas, sus actos habían sido desastrosos.

Decidió que debía encontrar la forma de registrar la casa de Taft, ver dónde se había suicidado, mirar sus pertenencias, entrar en la mente del hombre que había hecho semejante cosa. Y debía hacerlo legalmente.

Antes volvió a revisar el aspecto económico del crimen, pidiendo a Dillon Warne todos los papeles que pudiera darle, pero esta vez no buscando pruebas de desfalco sino indicios sobre la vida cotidiana de la familia Taft: sus gustos, sus gastos, sus placeres.

Decidió hacerlo en la clínica de Portpool Lane con Squeaky Robinson, puesto que Squeaky sabía interpretar las cifras.

Squeaky se quejó toda la tarde del tiempo que le estaba llevando y asegurando que tenía otras cosas mejores que hacer, y que además aquello no era por lo que le pagaban. Pero al mismo tiempo lo satisfacía enormemente pensar que quizá todavía podría ayudar a Rathbone, y que Monk lo reconociera y le hubiese pedido ayuda. Tras el chirrido de su voz había un inequívoco placer, y trabajó con presteza y habilidad. El asunto radicaba en llevar una doble contabilidad, pagos efectuados a compañías por envíos que aparentemente habían tenido lugar cuando en realidad no era así. De vez en cuando había que realizar cálculos complicados que requerían repeticiones minuciosas para ver dónde habían desaparecido las sumas. A Monk le costaba seguir el hilo, pero, cuando Squeaky se lo explicó, finalmente lo entendió. Poco después de medianoche se recostó en su silla y miró a Squeaky.

—Por fin lo entiendo —dijo en voz baja—. Gracias.

Squeaky inclinó la cabeza a modo de agradecimiento.

—Era un mal bicho —dijo también en voz baja—. Robó miles de libras, hundió a algunas de sus pobres víctimas en la indigencia porque se tragaron sus mentiras. Todavía no sé qué hizo con el dinero. Estará en algún sitio donde pueda echarle mano. ¡Me apuesto la casa! Solo hay que encontrarlo. Todo lo que el pobre diablo de Sawley dijo sobre él también era verdad, y le hicieron quedar como un idiota. Eso estuvo mal.

Monk miró el rostro enjuto de Squeaky con sus rasgos angulosos y el pelo grasiento. Pese a su singularidad, su sentido del mal ante la humillación de otra persona le otorgaba una especie de dignidad.

—Tiene razón —contestó Monk—. Y Robertson Drew merecía un buen escarmiento. Mintió sobre el dinero, sobre personas y probablemente sobre todo lo demás. Que le hicieran chantaje por sus vicios secretos parece un destino muy apropiado.

—¿Qué vamos a hacer al respecto? —preguntó Squeaky con sentido práctico.

Monk reparó en que Squeaky se consideraba parte de la batalla. Tal vez sería no solo más diplomático sino también más productivo no comentarlo.

—No estoy seguro —contestó meditabundo—. Taft es el único acusado de un delito y está muerto. Me figuro que Drew será muy discreto durante una temporada y que luego se largará a otra ciudad, donde comenzará de nuevo; nuevo nombre, nueva congregación. En cualquier sitio tan grande como Manchester o Liverpool nadie lo reconocerá.

Al decirlo en voz alta se dio cuenta de lo mucho que lo encolerizaba.

Squeaky lo miró con cierta indignación.

—¿Y va a permitir que eso suceda?

—Lo primero es hacer algo para absolver a Rathbone —le contestó Monk—. Una vez que ingrese en prisión, no volveremos a sacarlo.

—Se lo dije, ¡no sobrevivirá! —repuso Squeaky con renovado enojo—. Con la de cabrones que se ha cargado, alguien le clavará un cuchillo en el vientre durante el primer mes... o antes. Más vale que agudice el ingenio.

Miró fijamente a Monk como si esperara algo a cambio de inmediato, un plan de batalla.

A Monk le picó tanta irracionalidad, pero, no obstante, también se sintió halagado, cosa que era bien ridícula. ¿Por qué le importaba lo que Squeaky Robinson, precisamente, pensara de él?

—¿Por qué se mató Taft? —dijo Monk lentamente—. ¿Y por qué mató también a su esposa y a sus hijas?

—A mí me habría gustado matarlo —respondió Squeaky razonablemente—. O ya que era semejante cerdo, cargarle con la culpa de los robos. Hay algo muy gordo que aún no sabemos, si quiere saber mi opinión.

Monk se levantó despacio, con la espalda entumecida.

—Pues más vale que lo descubramos bien pronto. —Indicó los papeles que había sobre la mesa—. Todo esto me dice que Taft robó un montón de dinero durante un tiempo determinado. Sería interesante saber quién más se quedó con una parte. Pero ahora mismo estoy demasiado cansado para pensar. Empezaré de nuevo por la mañana. Gracias por su ayuda.

—Esto no ha terminado —dijo Squeaky sombríamente—. Aquí hay algo más. Pero supongo que ya hemos tenido bastante por esta noche.

Monk no discutió. Estaba tan cansado que le dolía todo el cuerpo y le constaba que si existía una solución para la culpabilidad de Rathbone no la había encontrado.

Monk no se acostó en su casa hasta las tres de la madrugada. Durmió hasta mucho más tarde de lo previsto y se despertó sobresaltado, con el sol entrando a raudales en la habitación. Se incorporó bruscamente, vio el reloj y saltó de la cama.

Un cuarto de hora más tarde estaba sentado a la mesa de la cocina tomando sorbos de té caliente. Tenía el pelo revuelto, no iba bien afeitado y era consciente de ello. Muchas cosas urgentes le roían la mente. Se le había hecho tarde para ver a Scuff, que probablemente ya se había marchado al colegio, tal vez por una vez sin precisar que lo convenciera.

Hester lo miraba expectante, aguardando a que le contara lo que había descubierto, y a Monk lo avergonzó que fuera de tan poca utilidad.

—Tengo que encontrar el dinero —repitió Monk—. Ni siquiera Squeaky se ha formado una idea sobre dónde puede estar. Taft vivía bien, pero no tanto para explicar todo el que falta. —Dio un sorbo al té, que todavía estaba demasiado caliente—. Si no lo encontramos, el tribunal señalará que es cierto que se haya destinado a otra obra benéfica y que dicha transacción simplemente no estaba bien documentada.

—Si Taft lo tenía en algún sitio, tiene que ser donde tuviera acceso a él —razonó Hester.

—O Drew —agregó Monk.

Hester frunció el ceño.

—¿Taft se lo habría confiado a otra persona?

Monk permaneció sentado en silencio unos instantes.

—Lo dudo —concedió al fin—. Y además no hay constancia de que lo tuviera Drew.

—¿Realmente piensas que uno de ellos se lo dio a otra obra benéfica sin hacerlo constar en los libros? —preguntó escéptica—. Nada de lo que sabemos sobre ellos lo sugiere, ¿verdad?

Esta vez Monk no vaciló.

—No. Tiene que estar en alguna parte.

—¿Crees que Drew sabe dónde está? —preguntó Hester.

—Sí, seguramente —contestó Monk—. Hasta que se presentó la fotografía como prueba, los miembros del jurado creyeron en él. ¿Por qué no iban a hacerlo? Era totalmente plausible. Pero si analizas las pruebas de nuevo, suponiendo que Drew podía estar mintiendo, toda la historia se ve muy diferente. Creo que cuando testificaba lo hacía tanto para salvarse a sí mismo como a Taft.

Hester lo miró pensativa.

—¿Estás seguro de que Taft se suicidó? Si yo hubiese estado en su lugar, de haber querido matar a alguien habría querido matar a Drew.

—No lo dudo. —Monk se mordió el labio, pero aun así no logró disimular su sonrisa—. Pero tú eres tan parecida a Taft como yo a Cleopatra.

Hester lo miró de arriba abajo, sonriendo a su vez.

—No lo acabo de ver —dijo secamente—. ¿Quizás un poco mejor afeitado? —Puso fin a la broma—. ¿Por qué estás tan convencido de que Taft se suicidó y mató a su familia? Si se sentía incapaz de enfrentarse al tribunal, ¿por qué no dejar que al menos su familia se marchara? Podrían haber cogido todo el dinero que él tenía y marcharse... ¡a cualquier parte!

—No sé por qué no lo hicieron —reconoció Monk—. Si me viera en esa clase de apuro querría que Scuff y tú os marcharais y os llevarais cuanto pudierais con vosotros. Mi único consuelo sería que sobrevivierais.

Hester lo miró desdeñosamente.

—¿Y crees que alguno de nosotros se iría? Nunca te abandonaría, salvo que sirviera para ayudarte, y Scuff no me perdonaría si lo hiciera.

—Querría que sobrevivierais —contestó Monk, negándose a seguir pensando en ello—. Sería prácticamente lo único que salvaría de mi honor, aparte del hecho de que te amo.

La sonrisa de Hester fue tan dulce, tan tierna, que por un momento notó que se acaloraba y le escocieron los ojos. Se sintió ridículo, excesivamente sentimental. Tenía miedo de hablar por si la voz lo traicionaba.

—Por otra parte, naturalmente, tú no te habrías metido en un lío como en el que se metió Taft —dijo Hester, como si siguiera el hilo de su propio pensamiento.

Monk sabía que estaba hablando para llenar el silencio y ahorrarle el poner en evidencia su vulnerabilidad.

—Hay algo que no sabemos—prosiguió Hester—. Y antes de que me lo digas, sí, soy consciente de que Oliver no debería haber dado la fotografía a Warne de esa manera, pero eso no significa que sea responsable de la muerte de Taft. Hay algo más.

Lo miró, anhelando su aprobación, tal vez porque ella misma no estaba del todo segura. Deseaba con toda su alma creer en la inocencia de Rathbone, al menos en cuanto a las muertes.

—No es culpa tuya por más que tú empezaras la investigación.

Fue lo primero que le acudió a la mente, o quizá siempre había estado ahí.

—Sí que lo es —respondió Hester de inmediato—. Ni siquiera habría habido juicio si no hubiese hecho caso a Josephine Raleigh y empezado a investigar. Y luego pedí ayuda a Squeaky y fue él quien descubrió las pruebas contables que entregamos a la policía. Sin eso no habrían podido interponer demanda alguna.

Monk enarcó las cejas.

—¿O sea que no deberíamos intentar atrapar criminales ni enjuiciarlos por si el juicio termina mal para algunas de las personas involucradas? El castigo a veces se derrama y también salpica a quienes están cerca. A veces lo merecen y a veces no. La señora Taft sin duda no merecía morir, pero estaba bastante dispuesta a vivir la mar de bien con los beneficios de la malversación de Taft.

Hester lo miró fijamente, con el ceño fruncido.

—Me pregunto cuántas mujeres se detienen a pensar si el dinero que gastan ha sido ganado honestamente o no. Yo sé lo que haces para mantenernos, pero no tengo media docena de hijos hambrientos que vestir y alimentar, enseñar, cuidar y en general mantener limpios y contentos. Quizás en ese caso no tendría tiempo de preguntarme gran cosa.

—La señora Taft no tenía media docena —señaló Monk—. Y hacía tiempo que habían dejado de necesitar que las alimentaran y mantuvieran limpias. A lo que hay que sumar que sabía perfectamente lo que hacía Taft para ganarse la vida puesto que lo hacía delante de ella. Y tuvo que haber visto la ropa que llevaban los feligreses y hacer un cálculo puñeteramente acertado a propósito de sus ingresos. —Notó que estaba montando en cólera—. ¿Acaso tú no sabrías determinar la condición social de cualquiera a partir de su ropa, de las veces que se le ha dado la vuelta a un cuello, se han zurcido unos calcetines, se ha remendado la ropa de los niños? ¿No sabes la edad de un vestido por su corte y su color?

Hester parpadeó un instante.

—Sí —dijo con amabilidad—. Pero a mí me importa. A lo mejor a ella no.

—¿A lo mejor? —repitió Monk con sarcasmo.

Hester encogió un poco los hombros, haciendo un gesto sorprendentemente elegante.

—Aun así no es un delito que merezca la muerte.

—Por supuesto que no —respondió Monk—. Así pues, ¿por qué la mató Taft? Perdona... —Alargó el brazo y le acarició la mano—. El jurado va a considerar que fue culpa de Rathbone, cosa que quizá no sea justa, pero debemos atenernos a los hechos, no a nuestros deseos. No sé dónde más buscar pruebas de qué ocurrió realmente y por qué. No parece plausible que lo matara otra persona. Desde luego, Drew no. Y a título meramente informativo, Gavinton tampoco.

—¿Por qué iba a querer matarlo Gavinton? —preguntó Hester.

—No quería. Pero es el único que lo visitó aquella noche.

—Pues necesitamos otra razón que explique el suicidio de Taft —dijo Hester resueltamente—. Tal vez si el juicio hubiese continuado habrían surgido muchas otras cosas a las que no se quería enfrentar. —Bajó la voz al final de la frase, como si ella misma no estuviera segura de creer lo que decía—. Era un hombre muy arbitrario y dominante.

Monk se sorprendió.

—¿Qué te lleva a pensar eso? Dijiste que en la iglesia era encantador, cortés...

Hester puso los ojos en blanco.

—¡William! La gente no siempre es igual en casa, con su familia, que en público, sobre todo los hombres. —Suavizó su expresión; su mirada de pronto fue muy tierna—. Si pudieras recordar el pasado, cuando ibas a la iglesia con tus padres, lo entenderías mejor.

La herida que Hester podía haberle causado se curó antes de que se abriera, gracias a su mirada. ¿Qué importaba el pasado cuando el presente le ofrecía tanta dulzura?

Sonrió, falto de palabras para expresar lo que sentía.

—¿Qué te hace decir eso de Taft? —insistió Monk.

—Pediste a Scuff que investigara —contestó Hester—. Me consta que lo hiciste para darle algo que hacer, para que se sintiera útil, pero el caso es que ha descubierto muchas cosas acerca de él.

Monk se puso tenso.

—¿A través de quién? ¿Acaso...?

—No, no ha corrido peligro —contestó Hester esbozando una sonrisa—. En realidad fue muy astuto. Estarías orgulloso de su trabajo como detective. Encontró a la pinche de cocina que habían despedido y a un repartidor que pasaba más tiempo del debido en la cocina de los Taft. Según parece, Taft era un poco rigorista en su casa. Todo se regía por sus reglas: lo que comían y cuándo, oraciones en familia obligatorias para todas, quisieran o no, lo que estaban autorizadas a leer, incluso cuál debía ser el color de sus vestidos.

Monk se quedó asombrado y un tanto escéptico.

—¿Y la pinche de cocina sabía todo eso?

—Su mejor amiga era la ayudante de la doncella. Compartían habitación —explicó Hester—. Y créeme, entre tareas, las criadas están por toda la casa y presencian muchas cosas. —Se mordió el labio y por un momento sus ojos brillaron con pena, compasión, recuerdos y un doloroso humor—. Si se produce un escándalo en tu casa, lo último que debes hacer es despedir al servicio sin buscarles otras colocaciones previamente.

Monk guardó silencio un momento, asimilando lo que Hester le acababa de decir. Estaba apareciendo una imagen muy diferente, triste y espantosa del señor Taft.

—¿De modo que se suicidó para salvar qué? —preguntó—. A su familia, no, obviamente. ¿Ahorrarse la vergüenza? Un poco exagerado, ¿no?

—¡No lo sé! —Hester cerró los puños encima de la mesa—. Quizá si descubriéramos qué ocurrió exactamente...

Monk titubeó un momento, pero la honestidad lo empujó a hablar.

—Hester, tenemos que aceptarlo; legalmente, Oliver se equivocó. Moralmente, no lo sé. Su intención era buena pero eso no cambia las cosas. Para empezar, no tendría que haber conservado esas fotografías. Tarde o temprano, esa clase de poder acaba por corromperte.

—Si no tienes poder porque podría hacerte daño algún día, ¿cómo demonios conseguirás hacer algo? —inquirió Hester—. ¡Eso es como decir que quieres tener un ejército para defendernos si nos atacan pero que a nadie se le ocurra proporcionar armamento a los soldados! Podrían disparar contra alguien.

—Exageras un poco.

—¿En serio? Claro que el poder es peligroso. La vida es peligrosa. Me consta que Oliver no es perfecto. Si solo amáramos o nos importaran las personas perfectas todos estaríamos solos. ¿Qué significa perfecto, además? La mayor parte de la gente que conozco que nunca cometió un error, no lo cometió porque no hizo nada en absoluto. Si no corremos riesgos, no exploraremos lugares nuevos, no inventaremos nada por si alguien hace un mal uso de ello. No crearemos grandes obras de arte por si los primeros intentos son perturbadores, o feos, o no significan lo que queríamos que significaran. Y desde luego no defenderemos a un acusado por si resulta ser culpable. Ni siquiera amaremos a nadie por si nos hacen daño o nos decepcionan o, sobre todo, por si vemos en ellos un reflejo de nuestras flaquezas. Quizá tengamos que aprender a ser amables cuando sufrimos o, Dios nos asista, a perdonar.

—Hester...

—¿Qué?

Se enfrentó a él, con los ojos centelleantes y arrasados en lágrimas.

—Tienes razón —dijo Monk con ternura—. No cambies nunca... por favor. —Se levantó—. Tengo que irme a Wapping. Solo Dios sabe cuánto tiempo lleva sustituyéndome el bueno de Orme.

12

Al día siguiente, tras supervisar los casos relacionados con el río que ya no podía seguir delegando, Monk fue a ver a Dillon Warne.

Warne estaba abatido. Tenía el pelo revuelto y una irregular sombra oscura en el rostro y en torno a los ojos.

—Tengo que testificar en el juicio contra Oliver Rathbone —dijo en cuanto el pasante que había hecho pasar a Monk cerró la puerta a sus espaldas—. Esperaba librarme pero me han llamado y no tengo alternativa. Me he devanado los sesos buscando algo que sea positivo. —Torció los labios burlándose de sí mismo—. A mí no me enjuician, cosa que hace que me sienta todavía más culpable. Fui yo quien usó la maldita fotografía.

—¿Por qué? —preguntó Monk con gravedad.

Warne no lo entendió pero estaba demasiado cansado para ser cortés.

—¿Cómo dice?

—¿Por qué utilizó esa prueba en concreto? —explicó Monk.

—Porque estaba perdiendo el caso y no tenía otra —dijo Warne como si fuese evidente.

—¿Y ganar un caso merece pagar cualquier precio? —preguntó Monk, manteniendo un tono ecuánime y afable, como si solo sintiera curiosidad.

Warne se sonrojó y lo miró de hito en hito.

—Normalmente, no —contestó—. Pero este caso me importaba mucho. Taft era uno de los peores explotadores de personas pobres y honradas que he conocido. Y no solo estaba dispuesto a empujarlos a la pobreza y la vergüenza sino también a hacerles perder la fe como consecuencia de ello, para luego ponerlos en ridículo en público si tenían el valor de quejarse. —Ahora Warne torcía el gesto con enojo, habiendo perdido la poca compostura que había mostrado al principio—. Que asesinara a su esposa y a sus hijas fue atroz, pero no lamento que se suicidara. Solo suma la cobardía a su lista de pecados. —Levantó un poco la voz—. ¿Por qué lo pregunta?

—Me figuro que Rathbone también lo encontraba bastante mezquino, y tal vez quepa decir lo mismo de los demás presentes en el tribunal, jurado incluido —contestó Monk.

Warne se inclinó un poco hacia delante, súbitamente ansioso.

—¿Hay algún modo de usar el hecho de que era un cobarde? Será la muerte de Taft y su familia a lo que el jurado reaccionará, al margen de lo que se diga sobre responsabilidad legal y de los pormenores sobre qué pruebas debían presentarse y cuándo. Hay que hacerles entender que si Rathbone se hubiese inhibido, lo más probable es que se hubiesen retirado los cargos.

—Eso es más o menos el único camino que veo por ahora —respondió Monk—. Pero tengo la sensación de que hay algo que no sabemos. Solo que no se me ocurre dónde buscarlo. ¿Por qué Drew se ensañó tanto con Gethen Sawley? Hizo que pareciera tonto de remate delante del jurado.

—Para defender a Taft —contestó Warne, y acto seguido inhaló bruscamente—. ¿Se refiere a si había alguna otra razón? ¿Personal, económica, una pérdida o celos, algo que no salió a relucir en el juicio?

—¿Podría haberla?

—Claro que podría haberla. —Warne se encogió de hombros—. Aunque no se cuál. Nadie ha acusado a Drew de estar implicado en algo que no sea la repatriación de la iglesia, pues ni siquiera creíamos que hubiera algo económico cuando el juicio se interrumpió; solo que Taft era culpable. Y nadie sabe qué había en la fotografía excepto Gavinton, Rathbone y yo. Y por supuesto el propio Drew. El jurado sabía que era algo malo, pero no cuánto ni por qué. Que ellos supieran, podría ser una imagen de

Drew con la esposa de Taft. En realidad, puesto que Taft mató a su esposa, es muy posible que eso sea lo que vayan a pensar. —Hablaba cada vez más deprisa—. Sería una conclusión bastante normal. Censurable, sin duda, pero no incomprensible. No sería el primer hombre que se acuesta con la esposa de su mejor amigo. —Una amarga sonrisa le torció los labios—. Posiblemente uno o dos miembros del jurado lo entenderían demasiado bien para condenarlo.

—Si Taft hubiese ido a prisión —dijo Monk pensativo—, habría sido interesante ver qué hacía la señora Taft, ¡y adónde iba a parar el resto del dinero!

Refirió sucintamente el panorama de la vida privada de Taft que la pinche de cocina le había pintado a Scuff.

Warne lo escuchó atentamente y asintió cuando Monk terminó.

—No me di cuenta de eso —admitió—. Pero encaja con lo poco que vi y oí. Tal vez tendría que habérseme ocurrido hablar con la pinche de cocina o la ayudante de doncella yo mismo, pero no fue así. Creo que necesitamos saber más. —Warne iba asintiendo con renovado interés—. Pero apenas hay tiempo. Haré cuanto pueda por ayudar, no solo por el bien de Rathbone sino también por el mío. Estoy empezando a darme cuenta de lo mucho que detesto ser vencido cuando de un modo u otro me consta que hay un culpable aunque no sepa exactamente de qué.

Comentaron el asunto durante otra media hora, concretando detalles que había que corroborar, posibles vías de investigación. Convinieron que Warne revisaría las pruebas y cómo había aparecido cada uno de los datos, componiendo una imagen lo más clara posible para que el nuevo jurado entendiera las pocas opciones que había tenido Rathbone. Monk averiguaría cuanto pudiera acerca del propio Taft, con vistas a descubrir por qué se había suicidado tras matar a su familia. Y seguiría buscando el dinero desaparecido.

El primer lugar al que se dirigió Monk tras salir del bufete de Warne fue la clínica de Portpool Lane. Habló un momento con

Hester pero era a Squeaky Robinson a quien quería ver. Lo encontró en su despacho, encorvado sobre los libros con una pluma en la mano. Levantó la vista al entrar Monk.

—Buenos días, señor Robinson —dijo en tono agradable, retirando la silla del otro lado del escritorio y sentándose cómodamente con las piernas cruzadas como si tuviera intención de demorarse.

Squeaky no contestó, pero devolvió la pluma al tintero y secó la hoja donde había estado escribiendo, resignado a no trabajar durante un rato.

—Ha estudiado los documentos financieros de la iglesia y del señor Taft personalmente y con mucho detalle —comenzó Monk—. Descubrió el desfalco, por lo que todos le estamos muy agradecidos...

—¿Ah, sí? —preguntó Squeaky—. Sir Oliver incluido, sin duda. —Su voz rezumaba sarcasmo—. Se lo ha dicho él, ¿verdad?

Monk pasó por alto la broma.

—Como soy optimista he pensado que si se lo pido bien, me ayudará a descubrir todavía más pruebas, cosa que finalmente nos conducirá a una respuesta mejor que la que tenemos —contestó.

—¿En serio? ¿Como qué? —Squeaky enarcó sus pobladas cejas pero lo hizo estudiando a Monk, buscando una respuesta, no una escapatoria.

—¿En qué medida está involucrado Drew en el desfalco? —preguntó Monk—. En su opinión, ¿sabía el alcance que tenía? Y si era así, ¿qué podría demostrar usted? Hay algo que hemos omitido y que explicaría que Taft matara a su esposa y a sus hijas antes de suicidarse. Es probable que guarde relación con el dinero y quizá con el sitio donde esté ahora. Tal vez la parte de Drew. ¿Qué fue de él?

—¡No puedo decírselo basándome en los libros! —dijo Squeaky, indignado—. ¿Acaso cree que alguien lo apuntó todo al lado de una de las columnas de cifras?, ¿enviado al señor Smith de Wolverhampton? ¡Primera casa saliendo de la estación hacia el norte! ¿Qué piensa que soy? Usted necesita a una vieja urraca con una bola de cristal.

—Necesito a alguien que conozca todas las trampas contables que existen y que se huela un truco como un perro huele una rata, pero en quien pueda confiar. Si esa persona no es usted, ¿quién lo es?

Monk mantuvo su rostro perfectamente impasible aunque no sin cierto esfuerzo.

Squeaky tuvo claro que le estaba echando el anzuelo, pero no le importó. El cumplido de Monk era sincero y ambos lo sabían. Dio un gruñido.

—¿Qué está buscando, exactamente?

—Lo que sea que pasamos por alto —contestó Monk—. La policía ha investigado sin encontrar nada raro en los negocios de Taft o de Drew. Pero se me ha ocurrido una idea mientras buscaba un motivo para que Taft matara a su esposa y se suicidara.

Squeaky adoptó una expresión de indescriptible repugnancia pero no interrumpió.

—Los hechos que conocemos no le dan un motivo suficiente —prosiguió Monk—. ¿Y si descubrió que Drew no solo estaba sacando más provecho del que él creía, posiblemente más que él, sino que su amistad con la señora Taft era más íntima de lo que ninguno de nosotros pensó? Es una suposición sin fundamento, pero explicaría muchas cosas. Taft se vería vencido y traicionado por partida doble. Drew tendría la más antigua de las razones para asegurarse de que Taft no se llevara más dinero, y la señora Taft, lo mismo. Habría querido que Taft se pudriera en la cárcel, cargando con todas las culpas.

Squeaky negó con la cabeza despacio.

—Pero hasta que Warne sacó esa fotografía de Drew, ¿no dice usted que Taft iba a salirse con la suya? —preguntó, haciendo una mueca de desagrado—. No me está diciendo que Drew lo tenía planeado, ¿verdad? ¿Por qué iba a hacerlo? Lo único que tenía que hacer era cambiar su testimonio, triste y lastimoso, y fingir que lo había engañado tanto como a los demás. Le habría dado mejor resultado, y sin correr riesgos.

—No, claro que no —respondió Monk—. Tuvo que confiar en Drew hasta ese día. Posiblemente hasta que Drew cambió su testimonio. Quizá no sospechó lo demás hasta después, cuando todo se hizo pedazos, entonces a la señora Taft se le escapó algo y fue cuando Taft la mató y se suicidó.

—¿Y sus hijas? —preguntó Squeaky, indignado—. ¿Qué fueron, solo víctimas colaterales?

—Sí, seguramente. Quizá se enteraron y tuvo que librarse de ellas —contestó Monk.

—Menudo pilar de la Iglesia —dijo Squeaky sacudiendo la mano.

—¿Es posible? —insistió Monk.

—¿Demostrarlo? —Squeaky levantó un poco el mentón—. Quizá. Vuelva mañana... ¡Tarde! Todavía deseo que fuese Drew. Tiene más sentido.

Monk sonrió y se levantó.

—Bueno, no puede ser —dijo, vacilando un momento para que Squeaky entendiera lo que quería decir—. Tiene coartada.

En realidad Monk tardó bastante más de lo que había esperado en averiguar más cosas sobre Taft. La información de Scuff arrojaba nueva luz sobre la fragilidad de su carácter, y para mayor orgullo de Scuff, así se lo hizo saber. Luego Monk habló con John Raleigh, que estuvo dispuesto a verlo y conversar sobre lo que deseara, por más personal o doloroso que fuera, debido a la gratitud que sentía hacia Hester.

—Necesito conocer mejor al señor Taft —le dijo Monk mientras se acomodaban en la salita de Raleigh—. Algo acerca de su carácter que explique por qué acabó con su vida y con la de su familia.

Raleigh se mostró sorprendido.

—Ese hombre está muerto —dijo en voz baja, negando con la cabeza—. Ahora cualquier juicio sobre su persona está en manos de Dios. No quiero buscar venganza. Es impropio de un cristiano, señor Monk. En realidad, de un caballero que se considere un hombre de honor, sea cual sea su credo.

Monk sintió un respeto todavía mayor por aquel hombre tranquilo y en apariencia corriente. Tal vez nunca se habría planteado algo así antes de que el accidente y la pérdida de memoria lo llevaran a verse únicamente a través de los ojos de los demás.

Era muy fácil formarse una opinión basándose en unos cuantos detalles aparentes, quizá solo de éxito mundano: dinero, habilidad, confianza.

—No es venganza lo que busco, señor Raleigh —dijo amablemente—. Necesito comprender por qué se quitó la vida y la de su familia. Mi esperanza es que no esté relacionado directamente con el paso que dio sir Oliver al permitir que la fotografía obscena de Robertson Drew influenciara el resultado del juicio. Sir Oliver es amigo mío desde hace mucho tiempo y su defensa es importante para mí y para mi esposa.

—Ah —dijo Raleigh—. Entiendo. Eso es bastante distinto. ¿Cómo puedo ayudarle?

—Cuénteme algo acerca de Taft —contestó Monk—. Descríbamelo, pero no su aspecto y vestimenta sino su actitud. Y, por favor, sea franco. La amabilidad que desdibuja los contornos de nada sirve llegados a este punto.

Raleigh pensó unos minutos antes de contestar, eligiendo sus palabras con sumo cuidado.

—Al principio lo consideré un caballero de gran honestidad y notable dedicación a la Iglesia y al auténtico cristianismo. —Medía sus palabras—. A medida que lo fui conociendo mejor encontré molestas algunas de sus peculiaridades. Pensé que se debía a una debilidad mía. Todavía no estoy seguro de que no fuera así...

—¿Qué peculiaridades? —interrumpió Monk.

—Cosas que a mí me parecían un grado de prepotencia rayano en el mal gusto. Muchas conversaciones y debates parecían girar en torno a él. Incluso las historias que contenían una buena dosis de humor o de autocrítica siempre eran acerca de él. Empecé a encontrarlo tedioso y me avergonzaba pensar así. A menudo hablaba de su humildad. —Raleigh sonrió, buscando la mirada de Monk—. Tan a menudo que comencé a preguntarme por qué. Entiéndame, la humildad no consiste en decir que eres humilde, no consiste en hablar de ti en absoluto.

—Muy buena distinción —señaló Monk sinceramente.

—Gracias. —Raleigh se sonrojó levemente—. Parecía estar

entregado a su esposa y con frecuencia elogiaba sus virtudes. Pero me fijé en que nunca dejaba que hablara por sí misma y comparé a sus hijas con mi Josephine, que tiene la misma edad, y me parecieron un poco reprimidas, como si no se atrevieran a expresar sus propias opiniones. No tenían el fervor ni la libertad de soñar que deberían tener los jóvenes. —Se calló un momento—. No sé cómo expresarlo sin que parezca que intento condenar a un hombre que no puede defenderse por sí mismo.

—No puede ayudarlo, señor Raleigh —le recordó Monk—. En cambio, tal vez pueda ayudar a sir Oliver. ¿Qué impresión le causaba la relación del señor Taft con el señor Drew? Necesito franqueza, no una amabilidad que distorsione la verdad.

—Es usted muy directo —observó Raleigh, no sin una chispa de humor—. Y ha tenido la amabilidad de no mencionarlo, pero creo que debo a sir Oliver, y sin duda alguna a la señora Monk, la respuesta más sincera que pueda dar.

—En efecto.

Monk volvió a asentir con la cabeza pero no interrumpió.

—Me pregunta sobre su relación con el señor Drew. De eso estoy menos seguro —prosiguió Raleigh—. Es solo una impresión, pero pensaba que, de entre ellos dos, Taft era el líder. Era el que estaba dotado de encanto y facilidad de palabra. Drew era más bien el tipo de hombre que organiza las cosas, que actúa entre bastidores. No aparentaba tener ansias de ser el centro de atención.

—Ansias de ser el centro de atención —repitió Monk—. Diría que es una buena definición, señor Raleigh.

Raleigh se sonrojó, un tanto incómodo.

—Una observación poco amable sobre un hombre de iglesia, señor Monk. No me enorgullece.

—Muchos de nosotros hacemos buenas obras «a mayor gloria de Dios», señor —dijo Monk en voz baja—. Eso no hace que las obras sean menos buenas, y nos deja margen para mejorar.

Raleigh sonrió de improviso.

—Gracias. Consigue que parezca casi... agradable.

—Taft y Drew —apuntó Monk—. ¿Y la señora Taft?

—Tal como he comentado, pensaba que Taft y Drew trabajaban en muy estrecha colaboración —respondió Raleigh—. No vi fricción alguna entre ellos. Al menos a simple vista, no había envidias ni críticas.

Monk se quedó decepcionado pero la declaración de Raleigh perdería valor si él la condicionaba.

—¿Y la señora Taft? —preguntó otra vez.

—Una mujer muy atractiva y simpática. Deferente con su marido aunque también es cierto que la mayoría de las mujeres lo son, al menos en público. Desconozco lo que diría en privado. Taft parecía muy encariñado con ella y con sus hijas, la verdad. Quizá pareciera un poco tiránico a veces, pero cuidaba mucho de ellas. Que se sumiera en semejante locura es una tragedia terrible.

—¿Es posible que se debiera a su decepción con Drew? —preguntó Monk.

Raleigh lo sopesó unos instantes.

—Supongo que sí —dijo finalmente—. Juraría que confiaba en Drew. No sé qué había en esa fotografía para que Drew cambiara por completo su testimonio. Tiene que ser algo con un poder extraordinario. Deduje de la expresión de Taft que él no lo había sabido hasta entonces. Parecía una traición horrible. —Meneó un poco la cabeza—. Sí, sí, la traición puede hacer que un hombre desespere, tanto a nivel personal como profesional. Pobre hombre. Qué manera tan espantosa de terminar.

Monk no podía parar ahora.

—¿Supone que la señora Taft también confiaba tanto en el señor Drew? ¿Qué actitud adoptaba con él?

Saltaba a la vista que aquella idea era nueva para Raleigh. Se tomó su tiempo antes de contestar.

—Mi impresión era que en eso seguía la pauta que le marcaba su marido, como en casi todo lo demás. —Volvió a negar con la cabeza, aunque esta vez no tanto como quien tiene una duda como tratando de aclarar ideas confusas o desagradables—. Era un hombre muy... dominante. Siempre era muy afable, pero sabía cómo quería que se hicieran las cosas exactamente y, a su manera, insistía en que se hicieran así. Yo creía que era una mujer feliz. ¿Fui muy superficial en mi juicio?

Monk esbozó una sonrisa e intentó imaginar a Hester siendo

tan apacible, y luego se preguntó qué sentiría él si así fuera. Se dio cuenta de lo mucho que lo molestaría. Si nunca discrepara, poco valor tendría que se mostrara de acuerdo. Echaría en falta sus ideas, su sentido del humor, sus ocasionales burlas y tomaduras de pelo, la sensación de estar con otra persona, una persona diferente, próxima a él pero no siempre como él. La soledad sería devastadora.

Volvió a mirar a Raleigh para intentar ver si era muy perspicaz. Raleigh sonrió sombríamente, con más ironía que humor.

—Reconozco que ese hombre me engañó y perdí un montón de dinero por creerle, de modo que mis opiniones quizá sean sesgadas. Llegué a verlo dominante y manipulador, un poco ebrio de su propia importancia. Pero le ruego que tome mi juicio como el de un hombre herido por su experiencia y por lo tanto no imparcial.

Monk le aseguró que así lo haría. No obstante, tras hablar con otras personas durante el resto de aquel día y el siguiente, apareció el retrato de un hombre con tal sentido de su propia importancia al frente de un gran plan que bien podía perder contacto con la realidad. Cualquiera que se opusiera a él acababa sutilmente persuadido de que lo hacía más por avaricia que por responsabilidad económica, por egoísmo más que por sentido común. Ningún donativo parecía ser suficiente. Siempre al cabo de unos meses, regresaba a por más. Amables elogios ocultaban la acusación implícita de negar a Cristo cuando rehusaban la petición siguiente.

Taft parecía no dudar nunca de sí mismo. No se le oía discutir. No discrepaba. Manifestaba su punto de vista como si fuese indiscutible, condescendía a escuchar ideas contrarias y dudas, y luego las tachaba de faltas de fe que podían perdonarse con arrepentimiento. Las más de las veces los feligreses admitían su debilidad y volvían al redil. A veces incluso pagaban más de lo que les pedían para cubrir sus pecados de pensamiento.

Monk intentó compadecerlo por su superficialidad, pero le costó trabajo. A su manera aquel hombre alimentaba y devoraba a los demás, necesitaba que dependieran de él para mantener su amor propio. ¿Cómo encajaría un fracaso? ¿Tan mal como para quitarse la vida si era estrepitoso?

No era imposible.

Se trataba de un mundo emocional que Monk nunca había investigado hasta entonces, y lo consternaba. El miedo innato entretejido en él era terrible. Tirabas de un hilo y todo se desenmarañaba.

¿Tendría que haberse dado cuenta Rathbone? ¿Cómo podía hacerlo alguien que no se hubiese sumergido en la mente de un hombre como aquel? Pero eso no alteraría los cargos presentados. Taft era un ejemplo excelente del tipo de persona que solo ve lo que quiere ver, cuya mente distorsiona la evidencia para demostrar aquello en lo que necesita creer. Un jurado quizá también vería lo que esperara ver: un juez que utilizaba una prueba a la que solo él tenía acceso a fin de reconducir un juicio a su antojo, condenando a un eclesiástico.

Ahora Monk comprendía más cosas, pero todavía no había hecho nada positivo por su causa.

Al día siguiente habló con Rufus Brancaster y le contó lo que había averiguado. Brancaster dijo exactamente lo que Monk había supuesto que diría.

—No puede decirse que sea una defensa. —Se le veía cansado y esforzándose en posponer el reconocimiento de su derrota—. Le creo. Tiene sentido no solo por lo que sabemos sobre Taft sino por el hecho de que cometiera homicidio y suicidio; cualquier otro hombre hubiese quedado destrozado pero lo habría superado, quizá bebiendo hasta perder el sentido o sufriendo un ataque de histeria, pero no quitándose la vida.

—¿Por qué su esposa y sus hijas? —preguntó Monk, que todavía no lo entendía.

—Porque piensa que lo necesitan para sobrevivir —contestó Brancaster—. He defendido a unos cuantos así. Suponen que sus familias no pueden sobrevivir sin ellos, convencidos de que nadie más protegerá y mantendrá a sus esposas. Me parece que en realidad los mueve un terror apenas disimulado a no ser tan imprescindibles como creen. No soportan pensar que puedan salir adelante sin ellos. Su peor pesadilla es ser olvidados.

Monk guardó silencio. Aquello le abría la puerta de un infierno que no había concebido hasta entonces. Había estado solo buena parte de la vida que podía recordar. En los primeros tiempos posteriores al accidente, lo que había descubierto sobre sí mismo no lo alentó a investigar más a fondo. Nunca había sido un elemento necesario en la vida de otra persona.

Ahora era necesario para Hester porque ella lo amaba, pero nunca lo había sido porque ella fuera incapaz de valerse por sí misma, tomar sus propias decisiones, ganarse la vida en caso necesario. Era una mujer independiente, cualidad no del agrado de todos los hombres. Era muy inteligente, elocuente, valiente y tenía un agudo sentido del humor, cualidades con las que tampoco se sentían cómodos todos los hombres. No era guapa en el sentido tradicional, pero Monk veía en ella un encanto más profundo y duradero que el de la mera belleza física. Nunca se había engañado pensando que no podría encontrar a otro, al menos que la amara, aunque no tan profunda e intensamente como lo hacía él.

Brancaster interrumpió sus pensamientos.

—Si Rathbone no hubiese usado la fotografía, todo el mundo habría creído el testimonio de Drew —dijo sombríamente—. Quizá veamos que Taft estaba lo bastante obsesionado consigo mismo para matarse en lugar de enfrentarse a la pérdida de su fama y del anómalo respeto que le profesaba su congregación. El jurado verá a un hombre empujado por una prueba que no habrá visto ni entendido hasta tal punto de desesperación que no solo acabó con su vida sino también con la de su familia. Tendrán que culpar a alguien porque solo fue un azar, podrá ocurrirles a ellos. —Tenía el semblante triste, los ojos hundidos—. No se conformarán con eso. Un juez que corrompió la justicia por motivos personales es una respuesta más fácil. A nadie le importará cuáles hayan podido ser esas razones. Posiblemente, la acusación les dará unas cuantas entre las que elegir.

—¿No podemos demostrar...? —comenzó Monk, que al ver el agotamiento que reflejaba el rostro de Brancaster se dio cuenta de que era una pregunta vana. Se había quebrantado la ley. Un juez había demostrado su parcialidad de un modo extremadamente visible. Si la ley podía fallar, ¿qué protección tenían los ciudadanos? El jurado lo compondrían, por definición, ciudadanos íntegros que no se consideraban vulnerables ante un proceso judicial, solo ante una injusticia. Para que un argumento diera resultado no bastaba con que fuera cierto, debía ser algo que no tuvieran más remedio que creer.

—¿Qué podemos hacer? —preguntó Monk—. ¿Qué nos ayudaría?

—Algo que demuestre que Rathbone hizo lo que hizo para servir a la justicia, y que además era la única vía que tenía para evitar un fallo injusto —contestó Brancaster—. Y, créame, he pasado casi toda la noche en vela, intentando que se me ocurriera algo. Drew habría dicho cualquier mentira que le pidiera Gavinton con tal de proteger a Taft y, por consiguiente, a sí mismo. Ahora es demasiado tarde para que Taft cuente su versión y demuestre que Drew era tan responsable del desfalco como él mismo. Ya no se trata de la culpabilidad de Drew. Y nadie más sabe lo que aparecía en la fotografía. Yo la he visto y es atroz, pero dudo mucho que pueda ayudar a Rathbone, suponiendo que logremos que se acepte como prueba. No es a Drew a quien se juzga.

—¿Por qué demonios no es correcto presentarla para refutar el testimonio de Drew? —preguntó Monk, impaciente. Era una pregunta vana y lo sabía, pero se sentía como si le cerraran todas las puertas. Era una arremetida, no una verdadera pregunta.

—Lo habría sido si se hubiese presentado siguiendo el procedimiento correcto —contestó Brancaster—. Y, por supuesto, tras haber demostrado su origen y autenticidad. Gavinton quizás hubiese protestado una y otra vez hasta conseguir que se suprimiera. Eso habría dependido en buena medida de quién más estuviera involucrado. Sabe Dios quién puede aparecer en las demás fotografías.

—La posibilidad de salir a la luz existe para todos los hombres que posaron, y sin duda son conscientes de ello —respondió Monk.

Brancaster se mordió el labio, pensativo.

—Acaba de plantear una cuestión que quizá podamos utilizar.

Monk se quedó perplejo.

—¿Qué cuestión?

—El miedo al alcance de la corrupción —contestó Brancaster, mirando a Monk a los ojos—. Rathbone ha revelado que existe una fosa séptica muy profunda. Tenemos el argumento, muy probablemente verdadero, de que si hubiese recurrido a alguna autoridad, quizás hubiese entrado en el despacho de alguien que simplemente lo habría encubierto todo, posiblemente arruinando a Rathbone de paso.

—Esto sí que va a arruinar a Rathbone —señaló Monk.

Brancaster respondió con una sonrisa un tanto lobuna.

—Precisamente.

Poco a poco un nuevo panorama se abrió en la imaginación de Monk, lleno de escollos y riesgos insospechados. Quizá fuese necesario llegar hasta el fondo del asunto para salvar a Rathbone. ¿Quedaba justificado? Supondría el terrible y definitivo final del asunto de las fotografías de Ballinger. Era imposible que Brancaster, Rathbone y el propio Monk supieran quién caería puesto que desconocían la identidad de los contactos de los hombres implicados.

—¿Está dispuesto a hacer eso? —preguntó Monk, con la voz tomada.

El semblante de Brancaster era indescifrable.

—Lo estoy meditando. Tal vez sea hora de hacerlo. —Encogió ligeramente los hombros—. Por cierto, Drew quiere tener acceso a la casa de Taft para recoger los papeles de la iglesia que siguen allí. Dice que necesita dárselos a Gavinton para que salde las deudas que pueda.

Monk se alarmó.

—¡No! —dijo simplemente—. Todavía no. Podrá hacer lo que quiera, pero todavía no.

Sería una indulgencia que luego podrían lamentar.

Brancaster asintió.

—Supuse que diría esto. Ya se lo dije yo mismo.

Monk tuvo la sensación de relajarse un poco aunque no entendió por qué.

—Gracias. Tengo que entrar en esa casa. Si tantas ganas tiene de hacer lo mismo, es porque hay algo allí dentro. Lo buscaré hasta que lo encuentre.

13

Oliver Rathbone había pasado algunas de las horas más excitantes y desafiantes de su vida adulta en la sala de un tribunal. Allí era donde sobresalía su habilidad, donde tenían lugar sus victorias y derrotas. Era la arena de su destreza, el campo de batalla donde luchaba por sus propias creencias y las vidas de otros hombres.

Aquel día la situación era completamente distinta, tan familiar como su propia sala de estar o su bufete y tan ajena como un país extranjero donde la gente tenía los rostros de personas que conocías y el corazón de desconocidos.

Brancaster había hablado con él un momento. Ya era demasiado tarde para seguir discutiendo tácticas. Solo fueron unas palabras de aliento.

—No se desanime. Todavía no se ha perdido ni ganado nada.

Una breve sonrisa y se había marchado.

Rathbone nunca había visto la sala desde el banquillo. Estaba en alto, casi como en una galería de juglares excepto que, por supuesto, tenía a un guardia a cada lado y llevaba esposas. Era muy consciente de todo esto mientras miraba el sitial del juez, donde solía sentarse él, y a los miembros del jurado en las dos filas de bancos tan semejantes a los de una iglesia; ¡sus iguales!

El estrado era tan pequeño como podía serlo un púlpito y se llegaba a él por una escalera curva. Lo veía todo claramente. Seguía pareciendo distinto que antes, pero es que de hecho lo era, y mucho. Todo lo era. Por primera vez en su vida no tendría nada que decir, nada que hacer hasta que lo llamara Brancaster. Su vida estaría en juego y lo único que podría hacer sería observar.

Veía a Brancaster de pie debajo de él, su peluca blanca de abogado ocultándole el pelo negro, la toga sobre su traje bien cortado. Estaba a cargo de la defensa. Habían planeado y discutido todos los pasos posibles a dar pero ahora eso había terminado. Rathbone era impotente. No podía protestar, no podía hacer preguntas ni contradecir mentiras. No tendría manera de ponerse en contacto con Brancaster hasta la pausa para el almuerzo, y quizá ni siquiera entonces. No podía inclinarse hacia delante y decirle qué argumentos presentar, señalar errores u oportunidades. Su libertad o encarcelamiento, su absolución o ruina pendían de la balanza y él no podía intervenir, y mucho menos participar. Era como algo sacado de una terrible pesadilla.

Entonces vio quién llevaba la acusación. Era Herbert Wystan.

Rathbone lo conocía desde hacía años, se había enfrentado a él en varias ocasiones, con más frecuencia ganando que perdiendo. Sin duda Wystan lo tendría presente. No debería suponer diferencia alguna. Era un hombre que amaba y respetaba la ley. No le importaría quién ganara o perdiera siempre y cuando se sirviera a la ley. Cosa que, por descontado, era un motivo excelente para que llevara la acusación de aquel caso con pasión. En sus ojos Rathbone había visto la inviolabilidad de la ley a la que había jurado respetar y defender. Para Wystan se trataría de un delito equivalente a la traición.

¿Era eso lo que había hecho Rathbone? Desde luego no había sido su intención. O quizás eso no fuera estrictamente verdad. No había tenido intención de traicionar la justicia, la ley no era siempre lo mismo, pero le constaba que sí que lo era para Wystan.

El pelo de Wystan era rubio rojizo pero ahora solo su barba resultaba visible puesto que la peluca le tapaba el resto. Tenía el rostro alargado, y muy rara vez manifestaba sentido del humor.

Se llevaron a cabo las formalidades. Para Rathbone, que no podía moverse ni hablar, todo adquirió un aire de irrealidad. ¿Habrían sentido lo mismo las personas que él había enjuiciado? Y aquellas a las que había defendido, menos familiarizadas con los procedimientos judiciales que él, ¿habían tenido la impresión de que todo ocurría al otro lado de una ventana, casi en otro mundo?

¿Habían confiado en que los defendería? ¿O lo habían observado como ahora observaba a Brancaster, sabiendo que era inteligente, incluso brillante, pero a fin de cuentas humano? Unas veces la ley deba resultado y otras, no.

¿Se sentaban allí procurando no tener náuseas? ¿Respirando profundamente tragando saliva con la garganta demasiado tensa?

¿Qué pensaba Brancaster mientras estaba allí de pie con su aspecto elegante e inteligente? ¿Se trataba de una batalla personal para él, una oportunidad de vencer lo invencible? A Rathbone le constaba que se había mostrado tan engolado y confiado como él. Solo él sabía que se le revolvía el estómago, que las ideas se agolpaban en su mente, comparando una táctica con otra, preguntándose a quién llamar, qué preguntar, en quién confiar.

Sus clientes sin duda se habían sentido igual que él ahora, aterrorizados, procurando tranquilizarse y resultándoles casi imposible. Sería embarazoso desmayarse, peor aún vomitar. Inhalaba profundamente, contaba hasta cuatro y soltaba el aire. El corazón volvió a latirle con normalidad.

Tendría que haber dejado que Taft se saliera con la suya. Había sido pueril. Era absurdo pensar que todos los casos debieran concluir del modo que él consideraba justo. Su título había sido el de juez pero su trabajo consistía solo en velar por que se respetara la ley, ni siquiera indicar quién era culpable o inocente sino solo juzgar.

Y eso quizá fuese lo peor de aquel juicio: el juez que ocupaba el alto sitial labrado, presidiendo el tribunal, era Ingram York. Qué petulante se le veía, qué infinitamente satisfecho. ¿Le pasaba por la cabeza la ironía de la situación mientras escuchaba la consabida apertura del caso? ¿Recordaba aquella velada en su casa, cuando durante la cena felicitó a Rathbone por el éxito en su primer gran juicio por estafa?

Parecía que hiciese años de aquello, pero solo hacía unos meses. Qué diferente era el mundo entonces. En su arrogancia, Rathbone había creído que solo iría a mejor. Estaba a punto de tener un éxito todavía mayor. El fracaso de su matrimonio parecía que fuese su única pérdida, lo único en que había fallado estrepitosamente. Estaba aceptando incluso aquello, comprendiendo que no era culpa suya. Quizás había cometido un craso error al elegir a Margaret, aunque por aquel entonces no podía saberlo. Había sentido un profundo cariño por ella, o al menos por la persona que creía que era ella.

¿O era eso mentira? Cualquiera puede amar lo que imagina que es el otro; el amor verdadero lo acepta tal como es...

Las formalidades proseguían sin él; voces resonando, figuras moviéndose como marionetas.

No quería mirar los rostros conocidos. Temía verlos, quizá serían colegas, hombres a los que se había enfrentado en los tribunales. ¿Se compadecerían de él ahora? ¿O se regocijaban con su caída? Aquello era casi insoportable pero no podía quedarse con los ojos cerrados. Todo el mundo sabría por qué. Sería una señal de cobardía, quizá de culpa, incluso antes de comenzar.

Reconoció a un antiguo adversario llamado Foster. Sus miradas se cruzaron un instante. Podía imaginar lo que diría Foster con tanta claridad como si oyera su voz.

—Un fracaso estrepitoso, ¿verdad?

No veía a Monk ni a Hester. Tal vez iban a testificar.

¿Margaret estaba en la sala, regodeándose a su manera de que él estuviera en el lugar en el que había estado su padre? ¿Realmente equiparaba a Rathbone, que había tomado una decisión temeraria, cometiendo un error de juicio tal vez moral y sin duda alguna legal, con Ballinger, que había comerciado con cuerpos de niños, chantajeado y finalmente asesinado?

Pero así era como lo veía él. ¿Cómo lo vería ella?

Tal vez en el fondo no le importaba que ella estuviera presente en la sala o no. Era un pequeño inconveniente, no una herida que pudiera ser fatal.

York se mostraba satisfecho. La peluca y la toga le sentaban bien. Aunque lo cierto era que favorecían a casi todo el mundo. El mero acto de ponérselas hacía que uno se sintiera más alto, más importante, separado del común de los mortales. Lo sabía por experiencia propia. ¡Menudo engaño! Uno era igual de mortal, estaba igualmente sujeto a las vicisitudes de la carne: dolor de cabeza, indigestión, indignidades de las funciones corporales que no podían controlarse, manos sudorosas, voz bronca.

Y uno también era capaz de sentir todas las emociones humanas que son fruto de los errores de la mente. Nunca olvidar la propia condición humana, la necesidad de amor y de perdón, de risas, de compasión y del afecto que tranquiliza y alienta.

¿Amaba York a Beata? Qué nombre tan afortunado. Todavía recordaba su rostro como si lo hubiese visto solo unas horas antes. Había en ella una luz que no se parecía a ninguna otra, una belleza interior.

No sabía si estaba en la sala. Esperó que no. No quería que presenciara su humillación. Además, sería raro que asistiera a todos los juicios que presidía su marido. Sería absurdo. ¡No tendría vida propia! Aunque tal vez no la tenía.

Rathbone debía serenarse y procurar mostrar la dignidad que querría que ella viera en él, el coraje, por si estaba allí.

Hester estaría. Habían librado demasiadas batallas codo con codo para que alguna vez lo abandonara. Era una mujer que bien podía detestar lo que hubieras hecho, pero que de ser preciso te acompañaría hasta los pies del cadalso.

¿En qué medida la había decepcionado con su arrogancia al propiciar que se presentara la fotografía de modo que Taft no pudiera escapar?

Volvió a mirar los rostros de la sala y vio a Henry Rathbone, y su coraje lo abandonó como si le hubieran cortado una arteria. Aquella era la única persona a quien jamás tendría que haber decepcionado. El dolor de reconocerlo le cortó la respiración y le hizo un nudo en el estómago. ¿Cómo había permitido que aquello sucediera? Habría aceptado cualquier fracaso, cualquier castigo, con tal de que su padre no tuviera que sufrir. Aquello era peor que cualquier otra ocasión en la que lo hubiera decepcionado, peor todavía que cuando había suspendido exámenes porque en su fastidio no había estudiado lo suficiente. Henry se había enojado mucho entonces, más de lo que Oliver le había visto enojarse jamás. Su silencio actual era mucho peor. Oliver había previsto llevar a Henry a Europa de vacaciones para visitar Italia. Siempre había deseado hacerlo. Ahora sería demasiado tarde.

Los preliminares concluyeron. El juicio iba a comenzar. Wystan se puso de pie. Era un hombre robusto, no muy alto, pero tenía una presencia imponente plantado en medio del entarimado. Nunca había tenido la vanidad de pavonearse ni de adoptar poses histriónicas.

—Caballeros —dijo sombríamente, mirando al jurado—. Este quizá no les parezca un caso muy grave comparado con otros que tal vez hayan tenido que oír, como robos de grandes sumas de dinero, amenazas de muerte o incluso asesinatos. Pero créanme si digo que lo es. Este es un robo del proceso legal al que como ingleses tienen derecho. Ustedes son súbditos de una tierra antigua en la que ha imperado la ley desde los tiempos del Derecho Anglosajón, antes de que Guillermo el Conquistador pusiera un pie en nuestras costas hace ochocientos años.

Dio un par de pasos hacia ellos pero su voz se siguió oyendo con la misma claridad que antes.

—Cuando nos sentamos a enjuiciar a uno de nosotros lo hacemos ciñéndonos a un conjunto muy estricto y concreto de reglas a fin de asegurar, en la medida en que es posible entre los seres humanos, que seamos justos. Damos a todo hombre o mujer la oportunidad de defenderse de una acusación improcedente, de hablar en su propio nombre, de refutar las pruebas presentadas contra ellos. ¿Cómo si no tendríamos algo que se asemejara siquiera a la justicia? —Hizo una pausa para dejar que asimilaran aquel concepto—. Si están convencidos de esto, ¿cómo pueden recurrir a los tribunales? —prosiguió—. ¿Cómo pueden esperar honor, paz o seguridad? ¿Cómo pueden dormir en sus camas, creyendo que nos esforzamos por ser un pueblo justo y temeroso de Dios? La respuesta es sencilla. No pueden.

Se volvió un poco y señaló a Rathbone en lo alto del banquillo.

—Este hombre aceptó el puesto de juez. Es un puesto elevado y antiguo, quizás uno de los mayores honores de esta tierra, en ciertos aspectos solo inferior al de Su Majestad, y sin embargo más próximo a nuestra vida cotidiana que el de cualquier ministro. Su tarea consistía en administrar justicia a la gente, a ustedes. En lugar de eso, corrompió la ley.

Rathbone se estremeció. ¿Qué podría decir Brancaster para paliar aquel perjuicio?

Wystan continuó. Su voz era serena, casi desprovista de emoción, y sin embargo llegaba hasta el último rincón de la sala. Rathbone tendría que haber recordado aquella peculiaridad cuya. Se preguntó cómo era posible que alguna vez lo hubiera vencido.

—Oliver Rathbone presidía un caso en el que un hombre estaba acusado de una modalidad de estafa sumamente repulsiva, robando dinero a quienes menos tenían para luego hacer un mal uso de él. Sus simpatías quizás estén enteramente con la acusación, en un caso semejante. Puedo afirmar que la mía lo está. —Negó con la cabeza—. Pero que los cargos sean espantosos no presupone que el acusado sea culpable. Tiene tanto derecho a un juicio justo e imparcial como el hombre que ha robado una hogaza de pan. Lo que juzgamos es la inocencia o la culpabilidad, es si el delito ha sido como sostiene la acusación, y si tenemos a la persona indicada en el banquillo. ¡Y debemos hacerlo bien!

Esbozó una sonrisa, torciendo apenas los labios.

—Es mi deber demostrarles, más allá de toda duda fundada, que Oliver Rathbone abusó de la confianza que esta nación, este pueblo, depositó en él, al entregar a la acusación una prueba condenatoria en cuanto al carácter de un testigo de la defensa, cuando apenas guardaba relación con los cargos presentados. Haciéndolo saboteó el juicio de un hombre que quedó anonadado por esos sucesos, perdiendo su confianza no solo en el amigo que lo traicionó sino también en la ley que había jurado juzgarlo con justicia, y se quitó la vida. Puesto que disponía de esa información, Oliver Rathbone tendría que haberse inhibido y apartarse del caso. Quizá piensen que eso habría provocado el sobreseimiento de la causa, y están en lo cierto. Sin embargo, eso es lo que tendría que haber hecho.

»Les pediré que ignoren sus propios sentimientos sobre la culpabilidad o la inocencia del acusado, así como de cualquier otra persona que prestara declaración en aquel juicio. Deben considerar solo el pecado capital que cometió Oliver Rathbone al corromper el curso de la justicia. Oblíguense a pensar, caballeros, qué refugio, qué seguridad tiene alguno de nosotros si no podemos confiar en que los jueces que presiden nuestros tribunales sean imparciales, justos y acaten las reglas de la ley que han jurado y tienen el privilegio de administrar.

A Rathbone le cayó el alma a los pies. ¿Qué podría decir Brancaster para contrarrestar semejante perjuicio? Si se hallara en el lugar de Brancaster estaría asfixiado, habría olvidado todos los argumentos previstos.

Rathbone observó a Brancaster cuando se puso de pie. Padecía por él, en un sentido bastante literal. Tenía la garganta tensa y le faltaba el aire.

Brancaster se situó en medio del entarimado, pidió la venia al juez y se volvió hacia el jurado. No parecía engreído como un orador exponiendo una gran causa. Su voz era despreocupada, como la de un hombre hablando con un grupo de amigos.

—Caballeros, si este caso hubiese sido sencillo quizá lo habríamos despachado sin robarles tiempo ni apartarlos de sus respectivas actividades. Pero no es sencillo. Esto no significa que sea ni un ápice menos importante de lo que mi distinguido colega el señor Wystan les ha dicho. Hay cuestiones de derecho en juego, más importantes incluso de lo que él les ha dado a entender. La diferencia entre nosotros no está en nuestra creencia en cómo este asunto radica en el meollo de la justicia para todos nosotros; para ustedes, para mí —abrió los brazos con un gesto amplio y sorprendentemente elegante—, así como para cualquier hombre, mujer y niño de nuestro país. La diferencia está en que no me limitaré a decirles lo que está mal; se lo mostraré, paso a paso, y de manera inequívoca.

Sonrió tan levemente que bien pudo tratarse de un efecto de la luz.

—No les pediré que crean algo que no pueda demostrar ni que pronuncien un veredicto que turbe su tranquilidad de conciencia, su sentido del bienestar de nuestro país y la compasión que no solo deseamos recibir nosotros sino extenderla a los demás. Escuchen atentamente los testimonios. —Hizo un ademán señalando el estrado—. Imagínense en el lugar de las personas en cuestión y luego reflexionen sobre lo que ustedes habrían hecho, lo que ustedes habrían creído y que ahora, con sensatez y coraje, considerarían justo. —Inclinó la cabeza—. Gracias.

Wystan llamó a su primer testigo. Rathbone no se sorprendió al ver que se trataba de Blair Gavinton. Subió al estrado con un aire serio y desdichado que cabía interpretar de varias maneras. El jurado vería que el asunto era muy grave y que a Gavinton lo apenaba y perturbaba que un hombre en la posición de Rathbone hubiese abusado de la ley. No se les ocurriría pensar que abrigaba sus dudas acerca del proceso ni que lo lamentaba y hubiese preferido no haberse visto obligado a testificar.

¿Y si Rathbone se estaba animando demasiado fácilmente y era él quien lo malinterpretaba, no ellos? Por fin se atrevió a mirar con más detenimiento a los doce hombres que decidirían si era culpable o inocente. Estaba acostumbrado a interpretar la expresión de los miembros del jurado. Se había dirigido a ellos a menudo, observado cómo sopesaban sus palabras. Esta vez era diferente. Eran ellos quienes juzgaban, y él no podía decir nada.

En su mayoría aparentaban ser de su misma edad.

Gavinton prestó juramento dando su nombre y ocupación, y confirmando que había sido el abogado de la defensa en el caso contra Abel Taft. Cuando Wystan se lo preguntó, también dio una lista de los testigos principales de la acusación y de la defensa.

Había sido un caso que suscitó un moderado interés del público. Muchos de los presentes en la galería quizás habían asistido y esa sería la razón de que estuvieran allí. A los miembros del jurado, el nombre, como mínimo, les resultaría familiar.

—Una cantidad notable de testigos de la acusación —observó Wystan—. ¿Qué clase de personas eran?

Brancaster se removió en el asiento, como si fuese a protestar, pero cambió de parecer.

Wystan sonrió y se volvió de nuevo hacia Gavinton, aguardando su respuesta.

—Personas honradas normales y corrientes —contestó Gavinton—. Que yo sepa, lo único que tenían en común era que eran feligreses de la congregación religiosa de Taft y que eran generosas, a pesar de sus medios económicos.

—¿Fueron buenos testigos para la acusación, señor Gavinton?

—presionó Wystan—. Y no busco una opinión generosa sobre su honestidad y buena fe. Necesito su opinión profesional en cuanto a su valor para la acusación, su efecto sobre el jurado.

Gavinton apretó los labios como si de pronto fuera sumamente desdichado.

—No —dijo en voz baja—. Fui capaz de... de revelar en cada uno de ellos una ingenuidad, una credulidad, si lo prefiere, que los hizo aparecer económicamente incompetentes.

—Más aún, señor Gavinton, ¿no fue capaz de demostrar que todos ellos sentían la necesidad de gustar, de ser aceptados y parecer más generosos y más adinerados de lo que realmente eran?

Gavinton mostró su incomodidad pasando el peso de una pierna a la otra. Rathbone lo consideró una actitud afectada y no sintió la más mínima compasión por él. Todavía lo encontraba muy pagado de sí mismo.

—No hallé el menor placer en ello, pero sí, es verdad —dijo Gavinton.

—¿Fue beneficioso para su caso?

Una vez más Brancaster se movió un poco pero no se levantó para objetar.

Rathbone notó que comenzaba a sudar por todo el cuerpo. ¿Por qué no? ¿Acaso Brancaster no sabía qué hacer? ¿Le faltaban ánimos o coraje para luchar? Él habría objetado a eso. Wystan había pedido una opinión personal, no un hecho.

¿Por qué se quedaba de brazos cruzados? Había dicho que lucharía hasta el fin.

—Creo que sí —contestó Gavinton—. Mi intención era mostrarlos económica y emocionalmente incompetentes, y creo que lo conseguí.

—¿Cómo lo consiguió, señor Gavinton? —insistió Wystan—. ¿Repreguntó a cada uno de ellos para exponer sus debilidades ante el tribunal?

—No. Contaba con un testigo que los conocía a todos y que también conocía tanto al señor Taft como los acuerdos económicos entre su iglesia y todos los miembros de la congregación. Me bastó con interrogarlo para obtener lo que necesitaba.

—¿Y el nombre de ese testigo?

Gavinton estaba a todas luces incómodo. Movió la cabeza como si el cuello de la camisa le apretara, tocándoselo incluso con una mano pero sin llegar a desabrocharlo.

—Robertson Drew —contestó.

—¿Finalmente ganó el caso?

Gavinton hizo un gesto ligeramente atribulado, quizá con la intención de menospreciarse.

—Lo dudo, pero el veredicto no llegó a pronunciarse.

—¿Por qué no?

Esta vez Gavinton hizo una pausa para conseguir un buen efecto dramático.

—El demandado, Abel Taft, se quitó la vida.

Rathbone miró al jurado y de inmediato se arrepintió. Tenían un aire hosco y ligeramente incómodo, quizá por ser espectadores, si bien contra su voluntad, de semejante tragedia.

—Mi más sentido pésame —dijo Wystan en voz baja—. Debió de ser terrible para usted y los demás interesados. ¿Sabe por qué lo hizo? ¿Lo vio usted ese día o dejó una carta?

—Lo vi —contestó Gavinton—. Estaba deshecho. Se sentía absolutamente traicionado por el hecho de que Robertson Drew hubiese cambiado su testimonio en el turno de repreguntas. No cabía duda de que el veredicto del día siguiente habría sido de culpable.

Wystan se mostró perplejo.

—¿Sabe por qué cambió su testimonio de manera tan radical el señor Drew? ¿Le advirtió en algún momento de que lo iba a hacer?

El semblante de Gavinton se tensó. De pronto el encanto desapareció y adoptó un aire sombrío, incluso peligroso.

—No me hizo la menor advertencia. No tuvo ocasión. Estaba en el estrado, siendo interrogado por el señor Dillon Warne, abogado de la acusación, cuando el señor Warne sacó una fotografía y se la mostró al señor Drew. Fue evidente que el señor Drew se quedó profundamente impresionado al verla. Dio la impresión de estar a punto de desplomarse en el estrado. Naturalmente exigí ver la fotografía, y cuando la vi, solicité que habláramos con el juez en su despacho, de inmediato.

—¿Y el juez en cuestión era sir Oliver Rathbone?

Gavinton apenas separó los labios.

—Sí.

—Por favor, explique a los caballeros del jurado por qué hizo esa solicitud.

—Porque no se me había advertido de la existencia de la fotografía tal como la ley exige que lo sea, y por consiguiente no tuve oportunidad de comprobar su autenticidad ni de hallar algún indicio de lo que parecía afirmar.

—¿Deduzco de la reacción del señor Drew que usted describe que en cierto modo era perjudicial para él? —dijo Wystan inocentemente.

—Profundamente —respondió Gavinton con gravedad.

—¿Consiguió impedir que fuese mostrada al jurado?

—Sí, pero quizá se la hubieran mostrado una vez autentificada, en caso necesario —señaló Gavinton—. No obstante, el daño estaba hecho. Regresamos a la sala y a partir de ahí el señor Drew modificó su testimonio por completo. Enmendó todo lo que había dicho anteriormente, restableciendo la reputación de todos los testigos que había desacreditado y arruinando la del señor Taft sin remedio. Saltaba a la vista que lo aterrorizaba que se utilizara la fotografía contra él.

—¿Y esa fotografía acabó siendo autentificada? —inquirió Wystan. Lanzó una mirada a Brancaster, a todas luces esperando que objetara, pero Brancaster permaneció callado.

—Que yo sepa, no —contestó Gavinton a la pregunta de Wystan.

Wystan inhaló profundamente y sacó el aire despacio.

—No le preguntaré qué había en ella puesto que, como usted dice, nunca fue autentificada. Podríamos arruinar el honor y la reputación de un hombre inocente. Mi objetivo al sacar a colación este asunto, y estoy agradecido al señor Brancaster —lo miró un momento y siguió dirigiéndose a Gavinton— por no interrumpirme poniendo objeciones...

El jurado no pasó por alto lo que quiso dar a entender, y quizás el público de la galería tampoco. Brancaster ya había renunciado a luchar. Había perdido y lo sabía.

Rathbone sintió que el pánico se adueñaba de él, haciéndole difícil respirar. La sala daba vueltas en torno a él, desapareciendo en los bordes, estrechándose. ¿Era así como se sentía todo el mundo en el banquillo, encarcelado, impotente y aterrorizado? Tendría que haber cuidado mejor de las personas que defendía, darse cuenta de cómo se sentían. Ansiaba interrumpir, dar explicaciones. Todo escapaba a su control.

Wystan volvía a estar hablando. Su pausa para crear efecto había parecido prolongarse una eternidad, pero solo había durado segundos.

—... Mi objetivo al sacar a colación el asunto es averiguar y demostrar ante este tribunal —explicó— de dónde exactamente salió la fotografía, quién la proporcionó al tribunal en el momento exacto en que tendría el mayor efecto dramático, y por qué hizo tal cosa.

—No puedo comentar los motivos —contestó Gavinton—. Y en cuanto a su procedencia, tendrá que preguntar al señor Warne.

—Oh, pienso hacerlo —dijo Wystan con obvia satisfacción—. Créame, señor, pienso hacerlo.

Rathbone sabía que lo haría, por supuesto, y sin embargo se desalentó. Miró al jurado, tratando de interpretar sus semblantes, pero sus expresiones podrían haber significado cualquier cosa. Ni siquiera tuvo claro que estuvieran siguiendo el hilo del interrogatorio. Eran administrativos, tenderos, dentistas, toda clase de hombres; la clase de hombres a la que no había tenido reparo en confiar la vida de otras personas.

Brancaster se puso de pie. Parecía mucho más confiado de lo que tenía derecho a estar. ¡Por fin había comenzado a actuar! Un poco tarde. El jurado sin duda se había fijado en su silencio de antes. No era tan bueno como había creído Henry Rathbone. Rathbone nunca permitiría que su padre lo supiera. La pena del fracaso lo abrumó.

Brancaster levantó la vista hacia Gavinton.

—Esa fotografía, señor Gavinton, no quiero que me la describa, que me diga quién aparecía en ella ni qué estaba haciendo. No ha sido presentada como prueba; de hecho, yo no la he visto.

Y puesto que no me ha sido mencionado, supongo que el señor Wystan tampoco, y que no obra en su poder ni tiene la intención de presentarla como prueba. No obstante, le ha dado mucha importancia en su testimonio. —Observó a Gavinton inquisitivamente—. Me figuro que sería justo decir que es el meollo de todo este caso. ¿He entendido correctamente que fue en el momento en que la vio cuando el señor Drew cambió su declaración, dando un testimonio casi opuesto al que había dado antes?

—Sí, señor. Es correcto —contestó Gavinton. Su expresión era adusta pero aún no estaba preocupado.

—¿Ha dicho que pareció quedarse atónito, anonadado, casi hasta el punto de desmayarse? —prosiguió Brancaster.

Gavinton solo vaciló un momento.

—Sí... Supongo que es verdad.

—¿Supone? —Brancaster se mostró sorprendido—. ¿No acaba de decirlo, bajo juramento, hace un momento?

Ahora Gavinton estaba claramente irritado. Habló con aspereza.

—Sí. Se quedó atónito. Fue una reacción muy natural, señor Brancaster. A cualquier hombre le habría ocurrido lo mismo.

—¿En serio? Quizá podría explicar eso al jurado. Está claro que usted ha visto la fotografía. ¿En qué sentido era tan espantosa?

Gavinton torció el gesto con repugnancia.

Rathbone quería ponerse de pie y protestar, pero no podía hacerlo. Era casi como estar presenciando su propia ejecución, sabiendo lo que ocurría y aguardando el segundo en el que notaría el dolor. ¿Qué demonios estaba haciendo Brancaster?

—Era obscena —contestó Gavinton—. Pornográfica en extremo.

Brancaster no se inmutó.

—¿De veras? —Enarcó las cejas—. ¿Y cree que el señor Drew nunca había visto pornografía hasta entonces? ¿Que era tan ingenuo que el ver esa manifestación de la naturaleza provocó que casi perdiera el sentido y se desmayara en público? Me asombra usted. Yo quizás encontraría tales cosas de un mal gusto pésimo, incluso vergonzosas, pero dudo que me hicieran perder la conciencia.

A Gavinton le temblaba la voz. Tenía blancos los nudillos de tanto como apretaba la barandilla del estrado.

—¡Quizá la perdería, señor, si las imágenes fueran de usted mismo realizando actos obscenos con un niño pequeño! Confío en que tendría la gracia de...

No terminó la frase. Los gritos ahogados de los miembros del jurado y los murmullos de horror en la galería le hicieron darse cuenta de lo que había dicho y el rostro se le encendió de ira y vergüenza.

York golpeó con el martillo furiosamente.

—¡Orden! ¡Orden en la sala! Señor Brancaster, está completamente fuera de... —Se interrumpió al ver que Brancaster abría los ojos con incredulidad. York estaba muy pálido. Se volvió hacia Gavinton y faltó poco para que lo mirara con desdén—. Se olvida de quién es, señor. Otro arranque tan sumamente inapropiado como ese y me obligará a declarar nulo el proceso, y entonces tendremos que enviar al acusado de vuelta a la cárcel y aguardar a que se fije la fecha de un nuevo juicio. —Miró un momento a Brancaster y se volvió de nuevo hacia Gavinton—. Y usted tampoco saldrá indemne, señor. Recuerde dónde está y contrólese.

Gavinton cerró los ojos, como si así pudiera borrar de la mente la sala.

—Sí, señoría —dijo. No se disculpó.

York fulminó a Brancaster con la mirada.

—Y no más trucos de salón por su parte, señor. Este es un asunto extremadamente grave, tanto si usted se da cuenta como si no. Hay algo más que el honor y la reputación de un hombre en la balanza, o incluso que su libertad. Se trata de la propia justicia.

—Soy consciente de ello, señoría —dijo Brancaster sin pestañear—. El arrebato del señor Gavinton me ha cogido tan por sorpresa como a usted. Creía haber dejado perfectamente claro que no buscaba tal información.

Era una mentira flagrante; por supuesto, era exactamente lo que había estado buscando, pero la dijo soberbiamente.

York guardó silencio.

—Tal vez sería mejor que despidiera al testigo, señoría —sugirió Brancaster—. Detestaría mucho provocar alguna otra... indiscreción.

York nada podía hacer, pero todavía tenía las mejillas coloradas de rabia. Rathbone supo que se tomaría su tiempo y que fallaría en contra de Brancaster cuando tuviera ocasión. ¿La táctica de Brancaster consistía en provocar a York para que hiciera algo que diera pie a una apelación? Una vía muy peligrosa, quizás incluso letal. No había modo de que supiera quién más aparecía en las fotografías o, peor todavía, dado que no tenían pruebas, ¡quién más podía temer aparecer en alguna! La contaminación y la sospecha se extendían por doquier. Sin duda podría ser entre los altos magistrados que juzgarían una apelación o entre sus amigos, hermanos, hijos... la lista era interminable. Toda suerte de amenazas y favores podían estar implicados.

Rathbone tendría que haber quemado la colección entera y hecho añicos las placas el mismo día en que el abogado de Ballinger se las entregó. Ya era demasiado tarde. Demasiado tarde... las palabras más tristes del vocabulario humano.

Se levantó la sesión para el almuerzo bastante tarde y se reanudó hacia las tres.

Rathbone se sentó en el banquillo. Le había costado comer, su estómago se rebeló contra la tensión de los músculos y tenía la garganta tan cerrada que le resultó casi imposible tragar. Se comió el estofado aguado solo porque debía hacerlo, y lo que le ofrecieron probablemente sería mejor que la comida que le servirían una vez que se dictara sentencia.

Seguía siendo inocente ante la ley. ¿Era un tiempo que debía saborear? ¿O el dolor y la tensión de vivir al borde del precipicio era peor que la caída final? ¿Acaso la realidad, el final de la esperanza, sería una especie de alivio?

¿Realmente abrigaba esperanzas? Ya no entendía qué estaba haciendo Brancaster. Temía que se estuviera marcando un farol para ganar tiempo y que las palabras de aliento que había transmitido antes a Rathbone fueran vanas. Ahora estaba irritando a la gente, pero posiblemente sin una intención clara. ¿Qué cambiaría con ello, aparte de prolongar el mal trago?

El testigo siguiente fue Dillon Warne. Era obvio que se sentía mal. Rathbone sabía que era inevitable que lo llamaran pero aun así resultaba doloroso verlo allí, sabiendo lo que tendría que decir.

Prestó juramento y se agarró a la barandilla, con el rostro tenso y a todas luces inquieto.

Wystan lo miró con grave desaprobación.

—¿Actuó para la acusación en el caso contra Abel Taft, señor Warne?

—En efecto —contestó Warne.

—¿Abrigaba usted sentimientos personales, señor Warne? —inquirió Wystan—. Es decir, ¿acabó teniendo ideas muy firmes a propósito de este caso concreto?

—Me pareció de un tremendo mal gusto ver que un testigo de la defensa se burlara y humillara a personas que yo consideraba honestas e inusualmente vulnerables —contestó Warne, sosteniendo la mirada de Wystan.

—¿Hasta el punto de estar muy disgustado cuando pensó que perdería el caso?

Hubo una ligerísima insinuación de desdén en el semblante de Wystan.

—Un abogado de la acusación que se preocupe no es digno de la confianza que el pueblo ha depositado en él —contestó Warne.

Wystan estaba irritado.

En cualquier otra ocasión. Sin su propio futuro en la balanza, Rathbone habría disfrutado con aquel intercambio de palabras. Una parte distanciada de su mente se fijó en que los miembros del jurado agudizaban su atención.

—Eso no es lo que he preguntado, señor Warne —dijo Wystan de manera cortante—. Como bien sabe. Está actuando para la galería, señor, y eso es sumamente impropio. Que no se hayan presentado cargos contra usted por su participación en este desgraciado asunto no le da derecho a mostrarse ingenioso a expensas de los autos.

Warne se puso colorado y Rathbone tuvo miedo de que, así como Brancaster había hecho picar a Gavinton para que dijera una indiscreción, Wystan fuese a hacer lo mismo con Warne. ¿Por qué no protestaba Brancaster? ¿Ya se había dado por vencido? Rathbone ansiaba ponerse de pie y gritarle pero eso solo serviría para ponerlo en ridículo y quizá lo expulsarían de la sala.

Brancaster por fin se puso de pie.

—Señoría, esa acusación es injusta y...

Antes de que terminara la frase, York lo interrumpió.

—Su objeción no se admite, señor Brancaster. Por favor, siéntese y no vuelva a interrumpir salvo que deba señalar alguna cuestión de jurisprudencia.

Brancaster se sentó tal como le ordenaron. Si estaba molesto, no lo demostró. Tal vez no había esperado que el juez lo apoyara. Había conseguido romper el ritmo de Wystan y Warne había recobrado el dominio de sí mismo. Quizá solo había querido conseguir eso.

—Repito mi pregunta, señor Warne —empezó Wystan de nuevo.

—No es necesario, señor —interrumpió Warne—. Me disgusté cuando creí que perdería el caso. Siempre me sucede si creo sinceramente que el acusado es culpable y que si no es condenado, casi con toda certeza seguirá cometiendo el mismo delito contra otras personas.

York se inclinó hacia delante.

—Usted no podía saber eso, señor Warne. Le ruego que se ciña a los hechos.

Brancaster ya estaba de pie.

—Señoría, con todo el respeto, el señor Warne no ha dicho que el acusado volvería a delinquir, ha dicho que lo creía, y el motivo por el que estaba disgustado ante la perspectiva de una absolución.

York tomó aire para responder pero cambió de parecer. No obstante, Rathbone vio en su semblante que no lo iba a olvidar. Brancaster quizá tuviera al jurado de su parte, y sin duda a la galería, pero se había enemistado irrevocablemente con el juez. Desde luego era una táctica muy arriesgada. Tenía que estar desesperado para habérsela planteado siquiera.

Wystan retomó el hilo de nuevo.

—Hasta el momento en que mostró la fotografía al testigo, señor Warne, ¿creía que estaba perdiendo?

—Sí, en efecto —admitió Warne.

—Así pues, ¿se trataba de una última y desesperada intentona por ganar?

—Yo no habría elegido la palabra desesperada, pero no tenía otra táctica —concedió Warne.

—Y esta fotografía obscena, ¿por qué no la utilizó antes? —insistió Wystan—. De hecho, ¿por qué no se la mostró a la defensa tal como exige la ley? ¿Tenía miedo de que si se investigaba su procedencia, esta distara mucho de ser satisfactoria? ¿De hecho, tan insatisfactoria que podría rechazarse como prueba?

—¡No, en absoluto! —contestó Warne con severidad.

—Siendo así, ¿por qué no la mostró antes, tal como debía haber hecho?

Rathbone había visto venir la pregunta. Era como observar un choque de tren, pero tan despacio que se podía ver cómo giraban las ruedas y se encabritaban los vagones antes de que el ruido de los cristales rotos te llegara a los oídos.

—Antes no la tenía —contestó Warne.

—Vaya. —Wystan afectó sorpresa—. ¿Cómo se hizo con ella en lo que parece haber sido plena noche, señor Warne?

—Me la dio sir Oliver Rathbone.

Warne quizá se había planteado mentir o acogerse a la inmunidad y negarse a contestar, pero estaba claro que la verdad se sabía y solo dar la información cuando se viera obligado a hacerlo, aumentaría el peso del presunto delito. Tal vez fuese mejor hacerlo ahora, con cierta dignidad.

Si los miembros del jurado lo habían sabido o supuesto, siguieron dando muestras de asombro. Con la admisión de Warne, aquello se convertía en un hecho.

—Se la dio sir Oliver Rathbone —repitió Wystan—. Sir Oliver, el juez que presidía el caso.

—Ya se lo he dicho —dijo Warne con gravedad, mostrando apenas su enojo en los ojos y en la rigidez de la espalda.

—Y supongo que usted le preguntó dónde había obtenido esta extraordinaria imagen pornográfica. Que usted sepa, no es un hombre que tenga costumbre de coleccionar este tipo de cosas, ¿verdad?

Se oyeron movimientos, gritos ahogados y murmullos en la galería. Los miembros del jurado daban la impresión de estar avergonzados, como si hubiesen preferido estar en cualquier otro lugar. Ni uno solo miró hacia Rathbone.

—Me dijo que había caído en sus manos, contra su voluntad, junto con un buen número de otras semejantes —contestó Warne—. Todavía no se había deshecho de ellas. Fue al mirar el rostro del testigo cuando comenzó a ver un parecido con una de las fotografías, y esa misma noche fue a comprobar si estaba en lo cierto. Solo las había visto una vez, cuando las recibió, y prefirió no volver a verlas. Pero sin lugar a dudas se trataba del mismo hombre que había prestado juramento ante el tribunal a propósito de su rectitud y honradez. Decir que cometió perjurio para condenar a una docena de hombres decentes es quedarse corto.

Tomó aire para agregar algo más, pero Wystan se le adelantó.

—¿De modo que aceptó la fotografía pero en lugar de ponerse en contacto con el abogado defensor esa noche, o incluso a la mañana siguiente, reveló esa obscenidad delante del tribunal?

El desprecio de Wystan fue como una corriente de aire gélido que cruzara la sala.

Warne se sonrojó.

—Sí. Había esperado no tener que utilizarla. No fue hasta que el testigo insistió en su superioridad moral e intelectual que le mostré la fotografía. No al jurado. Ellos nunca la vieron. Lo único que vieron fue al testigo pálido como la nieve y tembloroso, y se dieron cuenta de que había perdido toda su arrogancia. Entonces cambió por completo su testimonio.

—¡Me asombra usted! —dijo Wystan con sarcasmo exasperante—. Y sir Oliver, que por descontado sabía exactamente quién aparecía en la fotografía, se hizo el inocente y fingió no saber nada al respecto. ¿No exigió verla, señor Warne?

—El señor Gavinton exigió verla —contestó Warne—. Diría que esa fue la primera vez en que se dio cuenta de la clase de hombre que era su testigo. Por supuesto también exigió hablar con sir Oliver en su despacho. Así lo hicimos, y la fotografía no se volvió a mencionar ni a mostrar.

—Pero el daño ya estaba hecho —dijo Wystan con amargura—. El testigo cambió su testimonio. Ahora condenaba al acusado que aquella noche, en su casa, y espantosamente desesperado por tan monumental traición, mató a su esposa, a sus dos hijas y se pegó un tiro. ¿Considera que fue un buen día de trabajo, señor Warne?

Warne palideció. Resultaba dolorosamente claro que estaba avergonzado y, no obstante, atrapado en una situación en la que no podía decir nada para explicar su decisión o escapar de la conclusión hacia la que Wystan estaba conduciendo inexorablemente al jurado.

—No, no fue un buen día —dijo en voz baja—. Terminó en tragedia. Pero no fui yo quien traicionó al señor Taft, como tampoco sir Oliver, fue el testigo. Y dudo que siquiera él hubiese podido prever que el señor Taft asesinaría a su esposa y a sus hijas para luego suicidarse. Tal vez debería haber solicitado que lo arrestaran sin fianza, pero dudo que me lo hubieran concedido. Estaba acusado de desfalco, no de alguna clase de violencia física. Y todavía no lo habían condenado.

Wystan permitió que todo su desprecio llenara su voz.

—Eso es una sofistería, señor Warne. Hasta hace poco tenía mejor concepto de usted. Quizá sea capaz de escapar a la verdad en su mente, pero no así en la del jurado y en esta sala. Sir Oliver le dio el arma, y sabe Dios que responderá por ello. ¡Pero usted la usó!

Dio media vuelta, y Warne tomó aire para contestar. Wystan giró en redondo como si Warne se le hubiese echado encima.

—¡Y no me diga que no tenía elección! —bramó—. ¡Por supuesto que la tenía! Podría haber hablado con Gavinton y decirle que su testigo tenía una perversión horrenda y que usted tenía pruebas de ello, tal como debería haber hecho. Entonces le hubiese pedido a Rathbone que se aplazara el juicio hasta que usted pudiera demostrar la validez de la fotografía. ¿O acaso ya sabía que Rathbone no lo haría? ¿Es esa la clave de sus extraordinarios actos? ¿Ganar a toda costa? Arrastrar el honor de la ley por la inmundicia de su sucia victoria, que de todos modos al final se le escapó de las manos.

Brancaster se levantó, con el rostro congestionado de ira.

—Señoría...

—Siéntese, señor Brancaster —dijo York cansinamente. Se volvió hacia Wystan—. Es un poco pronto para discursos, señor Wystan. Cabría concebir que el acusado tuviera una explicación para su conducta. No me figuro cuál podría ser, pero debemos aguardar con tanta paciencia como podamos. Sin duda el señor Warne estaba incómodo con esta prueba, pero se la había entregado el juez que presidía el juicio. Difícilmente estaría prestando un servicio a la Corona si permitiera que se ignorara. —Encogió los hombros de manera casi imperceptible—. Como tampoco podría haber supuesto que sir Oliver fuera a permitirlo. ¿Nos está pidiendo que creamos que el señor Warne podría haber convencido a sir Oliver de que descartara la prueba como inadmisible cuando él mismo la había presentado y respondido de su proveniencia? Solo Dios sabe qué hacía con esas cosas, pero las guardaba a buen recaudo y sabía de dónde procedían exactamente. Me parece que espera que el señor Warne haga milagros que no están a su alcance.

Los ojos de Wystan refulgían de enojo, pero se abstuvo de discutir. Sin decir palabra, regresó muy envarado a su asiento.

Brancaster se levantó y fue lentamente hasta el centro del entarimado. Mantuvo la cabeza gacha, en actitud meditabunda, antes de mirar a Warne.

—Gracias por su franqueza, señor Warne. Me imagino que no está aquí por voluntad propia. No tiene otra alternativa que prestar declaración, ¿me equivoco?

—Ninguna —contestó Warne.

—¿Dudó antes de utilizar la fotografía?

—Sí...

Wystan se levantó.

—Señoría, esa cuestión ya ha sido abordada. El señor Warne quizá titubeó toda la noche, que nosotros sepamos. El hecho es que finalmente la utilizó.

York asintió.

—Por favor, avance, señor Brancaster. El señor Warne bien pudo pasar toda la noche en vela mirando ese desdichado papel.

Quizá le repugnó hasta hacerle enfermar. El hecho sigue siendo que la utilizó y, más concretamente, que no niega que fue sir Oliver Rathbone, el juez del caso, que debía velar para que se observaran las reglas y se hiciera justicia imparcialmente, quien se la dio. Contamos con que los argumentos de la defensa y la acusación sean partidistas, ¡es su trabajo! Contamos con que la única lealtad del juez sea para con la ley. Si no es así, traiciona tanto a la Corona como al pueblo, por no mencionar su vocación divina. Bien, si tiene algo útil que decir, le ruego que lo diga. De lo contrario, se levanta la sesión hasta mañana.

—¡Lo tengo! —dijo Brancaster un poco demasiado alto. Sin aguardar a que York añadiera algo más, se volvió de nuevo hacia Warne—. Señor Warne, ¿sir Oliver le dejó decidir si utilizar o no la fotografía?

—Absolutamente —dijo Warne con firmeza.

—¿Por qué decidió hacerlo cuando creía que el caso se perdería si no lo hacía? Sin duda era consciente de los riesgos.

—Lo era —respondió Warne con gravedad—. Decidí utilizarla porque, si no, se cometería una gran injusticia. Creo que el culpable debe ser castigado, pero, más importante todavía, que el inocente debe ser vindicado. El testigo de la fotografía había arruinado la reputación de varios hombres honrados. Los había hecho parecer estúpidos, débiles mentales y arteros en público, cuando ellos eran las víctimas del delito. Les había robado, traicionado su buena voluntad y destruido su fe en Dios. Si era hallado inocente sería libre para seguir haciendo lo mismo a otras personas.

—¿Cree que ese fue también el motivo de sir Oliver, señor Warne?

Wystan se levantó.

—Sí, sí —dijo York bruscamente—. Señor Brancaster, no puede saber los motivos del acusado, sean buenos o malos. Lo que suponga a ese respecto no tiene valor. De haber sido despreciables, difícilmente se lo habría dicho al señor Warne. El jurado debe tomar su propia decisión sobre el tema. ¿Tiene algo más que preguntar? Si no, puede retirarse, señor Warne, excepto si el señor Wystan desea volverlo a interrogar.

Brancaster no podía ir más lejos y lo sabía. Se retiró con tanta elegancia como pudo y Wystan declinó repreguntar.

York levantó la sesión hasta el día siguiente y Rathbone se levantó, con todo el cuerpo dolorido, y bajó la escalera entre los dos guardias, de regreso a la prisión. Nunca en su vida se había sentido tan sumamente solo e impotente.

14

Scuff se sentó a desayunar y se comió dos huevos hervidos y tres tostadas. Estaba demasiado preocupado para tener hambre pero no quería que Hester lo supiera. El día anterior, en lugar de ir al colegio, se había colado en la sala de vistas del Old Bailey, quedándose de pie en la galería todo el rato, como si fuese un mensajero. Nadie le impidió entrar.

En parte había ido porque realmente apreciaba a Oliver Rathbone pero sobre todo porque sabía lo importante que era para Monk y Hester. Le constaba que el juicio no estaba yendo bien. Era horrible ver a sir Oliver sentado en el banquillo entre dos guardias sin poder hablar, ni siquiera cuando la gente hablaba sobre él como si no estuviera allí, acusándolo de cosas muy malas. ¿Cuándo le llegaría el turno de hablar?

Scuff suponía que debía de ser un juicio justo, pero no lo parecía. Ahora bien, ¿estaba siendo muy infantil al esperar que lo fuera? En el mundo casi nada lo era. ¿Soñaba con eso porque su propia vida era muy buena?

Todo tenía que ver con la lealtad. Nadie había discutido si la fotografía era realmente del hombre que había sido tan malvado con otras personas desde el estrado.

Le hubiese gustado preguntárselo a Hester pero entonces se habría enterado de que no había ido al colegio y se enfadaría. Ella y Monk estaban muy preocupados por sir Oliver, tenían miedo de que lo mandaran a la cárcel, pero no querían que Scuff lo supiera. Ya ni siquiera le contaban lo que estaba ocurriendo.

Era como si fuese un niño pequeño que necesitara que lo protegieran de la realidad. ¡Qué tontería! Tenía casi trece años; probablemente. Poco le faltaba, en cualquier caso. Era prácticamente adulto.

Se había bebido el té y Hester le sirvió un poco más. Scuff le dio las gracias. Se disgustaba mucho si te olvidabas de decir por favor y gracias.

—He estado pensando en sir Oliver —dijo Scuff tanteando el terreno.

Hester lo miró, aguardando a que continuara.

—No entiendo por qué todo el mundo está tan alterado por que diera a conocer la fotografía del señor Drew. Dijiste que sir Oliver estaba allí para asegurarse de que todo el mundo jugara según las reglas, de manera que nadie gana engañando.

—Más o menos —respondió Hester con cautela.

—Y si pierdes la partida, ¿tienen que ahorcarte?

—Solo si has hecho algo muy grave, como matar a una persona —explicó Hester. Lo miró con más detenimiento, escuchando con atención—. ¿Qué te ha hecho pensar en eso?

Ahí estaba la pregunta que no quería contestar. Ahora, o bien mentía o bien se tiraba de cabeza. Optó por lo segundo.

—Fui al tribunal a escuchar —dijo a toda prisa, como si así Hester no pudiera captar el significado de sus palabras—. Tengo que hacer algo para ayudar —agregó—. Había un juez distinto vigilando que nadie se saltara las reglas. Tenía la cara como uno de esos perritos con tan mal genio, todo bigotes blancos y ojos penetrantes.

Hester disimuló una sonrisa, casi por completo. Scuff solo la entrevió pero percibió su ternura.

—¿Por qué no hacen reglas diferentes? —preguntó enseguida—. En vez de hacer que sea un juego donde gana el más listo, ¿por qué no hacen que sea como la búsqueda del tesoro y que quien encuentre la verdad gane? O a lo mejor la encuentran todos. Pero mientras fuese la verdad, no te meterías en líos por culpa de las reglas. Sir Oliver no tendría problemas, ¿no?

—No, creo que no —respondió Hester. Alargó el brazo y le puso una mano sobre la muñeca—. Podría ser muy buena idea pero por desgracia no podemos hacer que alguien las cambie lo bastante deprisa.

—Pero vamos a hacer algo, ¿verdad? —preguntó con la voz un poco temblorosa. ¿En qué punto eras tan malo que la gente dejaba de amarte? Había empleado la palabra amor, y le cortó como un cuchillo afilado. No lo había hecho a propósito. Era una palabra peligrosa, demasiado importante, demasiado valiosa. Tendría que haberla dejado en paz. Se estaba buscando problemas.

Hester todavía no había contestado. ¿Qué diría? Ella nunca mentía.

—Nos estamos devanando los sesos para ver qué se nos ocurre —dijo Hester por fin.

—¿Todavía te gusta, no? Quiero decir... ¿Seguís siendo amigos... aunque hizo algo malo?

—Por supuesto que sí —dijo Hester—. Todos hacemos cosas malas de vez en cuando. No hay personas perfectas y, si las hubiera, seguramente no serían muy simpáticas. Solo cometiendo errores y aprendiendo lo mucho que duelen y cuánto los lamentas puedes entender a los demás y perdonarlos de verdad, como si nada hubiese ocurrido, porque eso es lo que esperas que los demás hagan con tus errores. Pero eso no quita que normalmente tengas que pagar por ellos.

—¿Significa que dejaremos que sir Oliver pague por lo que ha hecho? —preguntó Scuff.

Hester sonrió con verdadero afecto y dulzura, como si se riera por dentro.

—No, si podemos evitarlo —contestó—. Ya ha pasado más miedo del que es capaz de soportar. Y nunca lo volverá a hacer. Además, no estoy segura de que lo que hizo fuera realmente tan malo, aunque no me corresponde a mí juzgarlo.

Scuff se sintió mucho mejor.

—Entonces ¿qué vamos a hacer? —preguntó otra vez. ¿Tal vez si hiciera algo realmente malo Hester tampoco dejaría de amarlo? Se enfadaría pero no lo echaría de casa. Y seguro que algún día cometería un error, eso seguro, aunque no tuviera intención de hacerlo—. A lo mejor lo hizo sin querer —agregó.

—No te falta razón —respondió Hester, acercándole la mantequilla—. Creo que no lo hizo adrede. Y si quieres que te diga la verdad, no sé qué hubiera hecho yo en su lugar. A Drew y a Taft había que pararles los pies.

—El señor Taft está muerto, ¿verdad? —preguntó Scuff—. ¿Por qué lo hizo? O sea, ¿por qué mató también a su esposa y a sus hijas?

—No lo sé —reconoció Hester, frunciendo el ceño—. Toma otra tostada. No has comido suficiente. No tendrás nada más hasta la hora del almuerzo.

Scuff untó la tostada con mantequilla y le puso mermelada, pero todavía no la mordió.

—Y el señor Drew se saldrá con la suya, ¿no? —insistió—. Eso no está bien.

—Quizás —admitió Hester—. Pero aún no está todo dicho.

Monk había aguardado un ratito al otro lado de la puerta de la cocina porque no quería interrumpir la conversación y negar a Scuff la oportunidad de decir lo que tanta necesidad tenía de decir. Lo sorprendió la profundidad de los sentimientos de Scuff. Se dio cuenta de que durante los dos o tres últimos días había estado tan absorto en la desesperada situación de Rathbone que había creído que se la estaba ahorrando a Scuff, cuando en realidad lo único que había conseguido era que se sintiera excluido. En las peguntas de Scuff percibió el temor subyacente a que la lealtad estuviera sujeta a ciertos requisitos que si no se cumplían ponían fin al amor. Hablaba de Rathbone pero en el fondo pensaba en sí mismo.

Monk ardía en deseos de tranquilizarlo, pero, no obstante, sabía que hacerlo con torpeza sería peor que no hacer nada.

Entró como si solo hubiese oído las últimas palabras de su conversación.

—Vamos a ir a casa del señor Taft y revisaremos con mucha atención sus pertenencias —contestó a Scuff.

—¿Cuándo? —preguntó Hester al instante—. ¿Esta tarde? ¿Antes?

Monk sonrió y negó con la cabeza.

—La policía ya ha efectuado un registro a conciencia. Buscamos algo que pasaran por alto —les dijo a los dos—. Es el escenario de tres asesinatos y un suicidio. No lo habrán tratado a la ligera pero es posible que vieran algo sin percatarse de su importancia. Primero tendré que pedir permiso, pero puedo conseguirlo.

—Pues hazlo enseguida —respondió Hester—. Reclama favores, si es preciso. Drew quiere volver a entrar por algún motivo, y no es para pagar facturas de la iglesia. Iré contigo —agregó con firmeza—. Quizá me fije en algo que tú no. —Se volvió hacia Scuff, que aguardaba esperanzado—. Y tú vas a ir al colegio. Si encontramos algo importante. Te lo contaremos, ¿entendido?

Scuff asintió a regañadientes.

—Sí —contestó, queriendo decir que lo había entendido, no que fuera a hacerlo. Esperó que Hester notara la diferencia.

—Vendré a casa a avisarte en cuanto obtenga la autorización —prometió Monk a Hester.

Scuff miró a Hester y a Monk alternativamente.

—¿Cómo supieron que sir Oliver dio la fotografía al abogado? —preguntó—. ¿Alguien se chivó?

Su expresión de desprecio mostraba muy claramente la opinión que le merecían los delatores. Aquel era un pecado casi imposible de perdonar. No era una equivocación, era una traición.

—Sí, alguien lo hizo —contestó Hester—. No sabemos quién.

—¿No tenéis que averiguarlo? —preguntó Scuff—. Es un verdadero enemigo, sea quien sea. No puedes estar seguro si no sabes quién te odia tanto.

—Tienes mucha razón —contestó Monk, asintiendo—. Pero tendremos que hacerlo después de haber hecho cuanto podamos para impedir que sir Oliver vaya a la cárcel. Chivarse es algo muy mezquino, normalmente, pero no es un delito.

—¿No lo es? Pues debería serlo.

—A veces hay que denunciar —señaló Monk—. Puede ser necesario para que se haga justicia o para salvarle la vida a alguien.

—¿A quién le ha salvado la vida algo así? —preguntó Scuff, incrédulo.

—A nadie —concedió Monk—. Te prometo que lo investigaremos, si podemos, pero después. Primero intentaremos salvar a sir Oliver.

Scuff asintió, reflexionando profundamente.

Monk volvería a explicárselo más detenidamente cuando tuviera ocasión. No debía olvidarlo. Ahora había otras cosas mucho más urgentes. Desayunó, se despidió y enfiló cuesta abajo hacia el transbordador con el que cruzaría el Támesis hasta Wapping.

Hacía buen día mientras Monk bajaba por la colina. El panorama del río se extendía a sus pies pero apenas le prestaba atención. Solo el sol, brillante en el agua entre las gabarras que iban río arriba y abajo, lo deslumbró un momento. Desde aquella distancia no alcanzaba a ver a los gabarreros haciendo equilibrios con natural elegancia para gobernar sus embarcaciones en la marea entrante.

Encontró un transbordador de inmediato y se adentró en la corriente. El aire refrescó cuando se alejaron de la orilla, y el olor a sal y pescado se tornó más penetrante. Cruzó cuatro palabras con el barquero. Los conocía a casi todos. Recordaba sus nombres y los pocos datos personales que le habían referido. Al margen del interés, era un buen hábito que cultivar. Tiempo atrás solía buscar respeto, incluso si venía acompañado de una dosis de temor. Ahora era consciente de que las personas hacían mucho más por alguien que les cayera bien. Qué estupidez que hubiese tardado tanto en darse cuenta. Debía transmitírselo a sus hombres, sobre todo a los más jóvenes. Algunos todavía no habían llegado tan lejos.

Llegó a la orilla norte, pagó y dio las gracias al barquero, luego subió los peldaños de piedra húmeda hasta el muelle y se dirigió a la Comisaría de la Policía Fluvial del Támesis.

Orme estaba en la entrada, bloqueando el paso. Tenía un aire adusto.

—¿Qué ocurre? —preguntó Monk sin más preámbulos. Había aprendido a confiar en Orme como en muy pocos otros hombres en su vida.

—El inspector jefe Byrne está aquí, señor —contestó Orme—. Lo espera en su despacho.

No era preciso decir más, la advertencia se traslucía en su rostro, así como en el hecho de que estuviera allí, y no en el río, sustituyendo a Monk en sus últimamente demasiado frecuentes ausencias.

—Gracias.

Monk entró en su despacho, donde Byrne aguardaba sentado con mal disimulada impaciencia. Era un hombre bastante apuesto, con las facciones duras y una buena mata de pelo, pero era más bajo y fornido que Monk. Hiciera lo que hiciese, nunca tendría la elegancia natural de Monk.

—Buenos días, Monk —dijo, poniéndose de pie—. Le estaba aguardando.

—Buenos días, señor —contestó Monk. Sabía que Byrne esperaba una disculpa. Lo irritaba, pero supuso que sería insensato comenzar eludiéndola—. Lamento la espera.

El inspector jefe no comentó nada al respecto.

—Este asunto de Oliver Rathbone —dijo en cambio—. Muy triste. Solía ser un buen hombre. No entiendo qué le cogió, aunque a veces ocurre. —Suspiró—. No tan espectacularmente, lo admito. Pero no podemos ser parciales. Me consta que eran amigos, pero ahora no puede ser visto apoyándolo. Si lo llaman a declarar, sea discreto. ¿Me entiende?

Monk titubeó. Tenía ganas de decir que le oía y entendía, pero que no obedecería una orden que consideraba deleznable. Respiró profundamente varias veces para darse tiempo para pensar. Tenía que ser inteligente, no descarado.

—Creo que sí, señor —contestó con cautela—. No desea que diga algo que dé a entender que la policía tiene algún interés que no sea la justicia y el respeto de la ley. No tenía intención de hacerlo, señor. Y de momento no me han llamado a testificar, aunque por supuesto eso puede cambiar.

El inspector jefe lo miró con cierta desaprobación. Estaban separados un par de metros, el sol brillaba a través de la ventana y se reflejaba en un prisma de luz del pisapapeles de cristal que Monk tenía encima del escritorio.

El inspector jefe se mordió el labio.

—No sé si creerle, Monk. Su historial sugiere que para usted la lealtad a un amigo es más importante que la obediencia a las órdenes. ¿Cómo puedo dejárselo claro como el agua? Rathbone se ha burlado de la ley al dar a la acusación esa fotografía obscena sin mostrársela a la defensa. Es inexcusable. Tendría que haberse inhibido. Deme su palabra de oficial de la Corona de que usted no le dio esa maldita imagen. Usted estuvo tanto en el caso de Phillips como en el de Ballinger.

Monk sintió un profundo alivio, pero acto seguido se obligó a recordar que todavía no estaba fuera de peligro.

—Le doy mi palabra, señor, nunca he estado en posesión de las fotografías ni se las he dado a nadie.

—Y si lo hubiese hecho, también se las habría dado a la defensa, ¿no? —dijo el inspector jefe secamente—. Fue su esposa quien metió a ese contable de dudosa reputación en el caso Taft desde el principio, ¿verdad?

—Sí, señor. Taft estaba robando a su congregación.

El inspector jefe suspiró.

—Ya lo sé. Nada de eso excusa que Rathbone abusara de su posición como juez para obtener el veredicto que deseaba.

—No, señor —respondió Monk, sabiendo mientras lo decía que no podía permitir que Rathbone sufriera si había alguna manera de evitarlo. No sabía si él habría utilizado la fotografía, de haberla tenido, pero si lo hubiese hecho no habría sido correcto ante la ley, y quizá tampoco moralmente.

El inspector jefe Byrne fulminó a Monk con la mirada.

—Manténgase alejado de Rathbone, ¿me oye bien? —ordenó.

—Sí, señor.

Monk tenía claro que no lo haría. Uno no abandonaba a los amigos porque cometieran equivocaciones. Eso era lo que le había prometido a Scuff e, indirectamente, también a Hester. Si perdía su empleo en la policía no sabía dónde encontraría otro ni cómo mantendría a su familia. Le encantaba aquel trabajo. Que él supiera, era el único que había hecho.

Pero Hester era sin duda la única mujer a la que había amado, la única persona, aparte de Scuff, y los dos iban juntos. Perder a Hester era un precio que no estaba dispuesto a pagar por ningún trabajo del mundo. Nada de lo que le dieran tendría valor o sabor. Nada aliviaría el sufrimiento de la soledad subsiguiente, sabiendo que había tenido el cielo entre las manos y lo había dejado escapar deliberadamente.

Y también sería una traición a la confianza que Scuff había depositado en él, la fe, y quizá decir amor no sería exagerado.

Si Monk tuviera que abandonar a Rathbone, su amigo entendería por qué. Pero habida cuenta de su estado, quizá lo pasaría muy mal.

Vio salir a Byrne. Luego fue en busca de Orme y le dijo que tenía que ir a investigar el escenario de un asesinato.

—¿Necesita mi ayuda, señor? —dijo Orme sin alterar su rostro curtido.

—Solo que se encargue de lo que ocurra aquí —contestó Monk, también sin traslucir emoción alguna. Se entendían demasiado bien para que fuera necesario dar explicaciones.

—Descuide, señor —respondió Orme.

Monk vaciló un instante.

—Gracias —dijo con más sentimiento del que quizá percibió Orme—. Muchas gracias.

Scuff salió de casa y aguardó hasta que vio que Monk tomaba el transbordador para cruzar hasta la Comisaría de Wapping, luego tomó otro transbordador y pagó el billete adicional para que lo llevaran hasta Gun Wharf, dos paradas más allá, de modo que no hubiera ocasión de que lo viera Monk si se quedaba en el muelle, y tampoco Orme, que también lo habría reconocido.

A continuación tomó un ómnibus público, cambió y tomó otro hasta media hora después, cuando haciéndose pasar por un recadero con un mensaje urgente entró en el palacio de justicia del Old Bailey y aprovechó la oportunidad de seguir a un periodista de aires prepotentes para entrar en la sala donde acababa de reanudarse el juicio de Oliver Rathbone.

Scuff estaba incómodo pero se quedó de pie donde todavía parecía un chico de los recados que estuviera aguardando a alguien. Esperó que a nadie se le ocurriera darle una nota que llevar adonde fuere. Conocía la zona portuaria como la palma de su mano, pero aquella parte de la ciudad era tierra extraña para él. Tendría que encontrar la manera de negarse a aceptar mandados sin que lo echaran. Confió en no haber perdido la rapidez inventando mentiras que solía tener antes de conocer a Monk. Tanta lectura, tanta historia y tanto aprendizaje de datos en el colegio quizá la hubieran arrinconado en su mente para dejar sitio a las cosas nuevas.

El abogado de la acusación, que se llamaba Wystan, ya estaba dando zancadas. Era un hombre velludo y pagado de sí mismo. A Scuff no le caía bien.

El primer testigo era una mujer mayor. El estrado quedaba a cierta altura del suelo, al final de unos peldaños estrechos en curva, y Scuff la observó subir con bastante torpeza. O quizá no fuera tan mayor, solo un poco gorda y deslavazada, como si llevara mucho tiempo sin ser feliz.

Wystan la llamó señora Ballinger y al cabo de un momento Scuff cayó en la cuenta de quién tenía que ser. Fue a su marido a quien habían acusado de asesinar a la prostituta que Monk había prometido mantener a salvo. Aquello lo había disgustado mucho. Le había dado su palabra y su muerte le había dolido de verdad.

Ballinger había muerto asesinado a su vez, en la cárcel, mientras aguardaba a que lo ahorcaran. No era de extrañar que aquella mujer tuviera un aspecto tan desdichado. Tenía motivos de sobra.

Y de otra cosa estaba seguro, no sería amiga de sir Oliver. Por eso Wystan la había llevado allí, para que dijera lo que pudiera que todavía le hiciera quedar peor.

Pero si ella era la señora Ballinger, significaba que era la madre de la esposa de sir Oliver. ¿También estaba allí, su esposa? ¿Había vuelto a ser amiga de él, un rostro al que mirar para sentir que no estaba solo?

Scuff estaba de pie contra la pared, hacia un lado del tribunal, de modo que prácticamente lo único que veía eran cogotes. Si la esposa de sir Oliver estaba allí, estaría más cerca de las primeras filas que él, ¿no?

Scuff todavía no era muy alto. Esperaba crecer mucho más algún día, quizá tanto como Monk. Estaba menos flaco que antes pero lo suficiente para colarse entre la gente, si lo intentaba. Quizá si pusiera cuidado en no pisar los pies a nadie ni empujar demasiado podría dar un rodeo hacia las filas delanteras y ver las caras de la gente.

Cuando estuvo unos tres metros más adelante, todavía tardó un poco en localizarla. Scuff había ido a la clínica con Hester varias veces, donde había conocido a lady Rathbone. Se acordaba porque fue la primera lady que conoció y había esperado que tuviera otro aspecto. Era distinta a Hester, aunque lo mismo podía decirse de muchísimas mujeres. Según le pareció a Scuff, se parecía a cualquier otra mujer, limpia y bien vestida, que pudieras cruzarte por la calle. Pero la recordaba. Su rostro era agradable. Solo que ahora tenía mala cara, como si estuviera enojada. Aunque debía de sentirse fatal, con sir Oliver sentado en el banquillo.

Wystan interrogaba a la señora Ballinger sobre sir Oliver. Estaba siendo muy amable con ella.

—Me consta que esto debe ser muy difícil para usted, señora Ballinger —dijo en voz baja—. El tribunal en pleno comprende que en la situación presente tiene que testificar a propósito del carácter del hombre que está casado con su hija. No obstante, es necesario para servir a la justicia. Lo siento.

—Cumpliré con mi deber —respondió la señora Ballinger sin cambiar de expresión—. Pero gracias por su cortesía.

—Seré tan breve como pueda —prometió Wystan. Comenzó lentamente. Scuff pensó que era pomposo—. ¿Llegó a conocer bien al acusado cuando estaba cortejando a su hija? —preguntó Wystan—. Me refiero a si lo recibía en su casa, por ejemplo. ¿Cenaba con ustedes? ¿Supieron de sus gustos y opiniones? ¿Se informaron acerca de su formación, sus ingresos, sus perspectivas de futuro, sus ambiciones?

—Por supuesto —contestó la señora Ballinger. Su rostro apenas reflejaba compasión. Los recuerdos que conservara de aquellos tiempos no le hacían brillar los ojos, como si ninguno fuese placentero. No mostraba siquiera pesar por los sueños rotos, pese a que sin duda habían sido maravillosos. Era como si la hubieran despojado de todo sentimiento.

Scuff lo sintió por ella, pero encontró que tanta frialdad daba un poco de miedo.

—No íbamos a permitir que nuestra hija se casara con un hombre de quien nada supiéramos —dijo con rigidez, como si Wystan la hubiese ofendido—. El amor se puede... —Ahora al menos traslucía pena—. El amor se puede confundir fácilmente.

—En efecto. —Wystan corroboró esa verdad con una inclinación de cabeza—. ¿Y su opinión en aquel entonces?

La señora Ballinger tenía el rostro tenso, como si le costara conservar el dominio de sí misma.

—Pues que era un caballero, un gran abogado, de excelente posición económica y con un brillante porvenir —contestó—. Parecía sentir cariño por Margaret, y ella sin duda lo sentía por él. Pensábamos que eran la pareja ideal.

Se oyó un leve murmullo en la galería. Al lado de Scuff, un hombre negó con la cabeza y suspiró. Una mujer bastante gorda que iba de negro, sentada en el extremo de la fila, miró al hombre que estaba a su lado y dijo:

—Te lo dije.

El hombre la ignoró, sin apartar los ojos del estrado, donde estaba la señora Ballinger.

—Lamento plantear esto, señora Ballinger —prosiguió Wystan—, pero cuando su marido tropezó con dificultades, ¿confiaron lo suficiente en su yerno para pedirle que representara a su marido? Es decir, ¿confiaron tanto en su capacidad profesional como en su lealtad personal?

La señora Ballinger apretó los labios.

—Lo hicimos —corroboró con voz ronca—. Para nuestro mayor pesar.

—¿Y eso por qué?

A la señora Ballinger le tembló un poco la voz al intentar controlarla.

—Fue entonces cuando descubrimos el alcance de su ambición personal, su... su crueldad.

Se calló para recobrar el aliento. Su rostro perdió su amargura, mostrándola herida, vulnerable.

—Lo siento mucho, señora Ballinger —dijo Wystan con aparente sinceridad—. Lamento profundamente que sea necesario obligarla a revivir semejante tragedia. Le aseguro que es necesario para que se haga justicia. Oliver Rathbone está acusado de abusar de su posición como juez por motivos personales, por poder, provocando la ruina de otros hombres con el propósito...

Brancaster se puso de pie.

—Señoría, en ninguna parte de los cargos se recoge una declaración tan disparatada.

York frunció los labios.

—Me parece que está hilando muy fino, señor Brancaster. No obstante, señor Wystan, tal vez sea más prudente dejar que el jurado saque sus propias conclusiones en cuanto a los motivos del acusado. La justicia se puede corromper por muchas razones, algunas más comprensibles que otras. Prosiga, por favor.

El rostro de Brancaster se encendió de ira.

—Sir Oliver ha sido acusado, señoría. Todavía no ha sido hallado culpable de nada. Quisiera recordárselo al jurado.

—Podrá recordar al jurado lo que le plazca en su alegato final —dijo York con aspereza—. Hasta entonces se guardará de interrumpir salvo que tenga alguna cuestión legal que señalar.

—La inocencia es una cuestión legal —replicó Brancaster de inmediato—. Hasta que se demuestre lo contrario, más allá de toda duda fundada, es la cuestión fundamental de la ley.

—¿Se está atreviendo a orientarme sobre la ley, señor Brancaster? —dijo York con peligrosa calma.

Brancaster refrenó su genio con un esfuerzo tan obvio que incluso Scuff se dio cuenta desde el lado del tribunal donde estaba pegado contra la pared.

—No, señoría —respondió Brancaster con la voz tomada.

York sonrió cínicamente.

—Bien. No me gustaría que el jurado dudara sobre quién es el juez aquí. Por favor, continúe, señor Wystan.

Wystan inclinó la cabeza.

—Gracias, señoría. Señora Ballinger, solo para recordárselo, ha dicho que Oliver Rathbone era sumamente ambicioso, mucho más de lo que usted había creído hasta entonces. ¿Qué hizo o dejó de hacer para que usted sacara tan triste conclusión?

La señora Ballinger había recobrado la compostura. Parecía bastante impaciente por contestar.

Scuff miró hacia donde estaba sentada Margaret y vio su expectación. Tenía los hombros tensos. Estaba tan erguida que solo con verla le dolía la espalda. Pero fue la expresión de su rostro lo que no comprendió. Parecía estar asustada y excitada a un mismo tiempo.

—¿Señora Ballinger? —instó Wystan.

—Al principio, cuando estaba defendiendo a mi marido creíamos que hacía cuanto podía a fin de demostrar su inocencia, pero luego, poco a poco, lo vimos menos entregado, menos... optimista —contestó.

—¿En serio? ¿Y le dio alguna explicación? —preguntó Wystan, fingiendo asombro.

La amargura reapareció en su semblante, el enojo venció de nuevo al pesar.

—El sentir general se volvió contra mi marido, y Oliver se dejó arrastrar. Parecía que no quisiera ser impopular o, peor todavía, aparecer en un caso que temía perder. No tenía lealtad alguna, salvo para con su propia carrera —respiró profundamente—. Partió el corazón de mi hija. Ella admiraba a su padre y estaba convencida de su inocencia. Le costaba creer que su propio marido no usara todas sus dotes, y poseía grandes dotes, para defender a un miembro de su familia. Eso me llevó a darme cuenta de que su ambición lo era todo para él. Lo demás no importaba.

Brancaster se puso de pie otra vez.

—¿Se trata de un aspecto legal, señor Brancaster? —le espetó York.

Brancaster debía de saber que no iba a ganar. Scuff vio que tensaba el rostro y le hubiese dicho que no se preocupara, pero, naturalmente, estaba demasiado lejos y, además, el abogado no haría caso a un chico.

—Sí, señoría. Casi todo lo que dice el testigo es de oídas, no hechos.

Wystan sonrió.

—Si mi distinguido colega lo prefiere y su señoría considera que disponemos de tiempo, puedo reconstruir aquel juicio paso a paso con la señora Ballinger y exponer lo que el acusado hizo y dejó de hacer. Solo intento ahorrar a una mujer afligida el dolor y la humillación de tener que entrar en detalles. Pero si así lo ordena, señoría, lo haré pese a mi renuencia.

—No lo ordeno —le contestó York—. Si desea continuar por esa vía, no estaría de más que fuera un poco más concreto, de modo que el jurado pueda sacar sus propias conclusiones.

Fue la peor respuesta posible para Brancaster. Se sentó, derrotado.

Wystan se volvió hacia la señora Ballinger y comenzó de nuevo, eligiendo aspectos concretos del juicio de Arthur Ballinger pero sin mencionar el veredicto, como si su culpabilidad todavía fuese una cuestión pendiente de decidir.

Scuff dejó de mirar a la señora Ballinger y se volvió para mirar a Margaret otra vez. En realidad no veía muy bien a sir Oliver desde donde estaba, aunque de todos modos tampoco quería mirarlo. En una situación como aquella, en la que alguien tenía que estar sufriendo horrores y sintiendo que todo el mundo lo odiaba, sería un poco como irrumpir en el cuarto de baño cuando había alguien dentro. Era algo que uno prefería no hacer. Por descontado, no pasaba nada si era tu madre quien entraba cuando eras pequeño y necesitabas ayuda, pero pronto empezaba a resultar violento y luego ya estaba directamente mal.

En cuanto vio a Margaret tuvo claro que no estaba siendo entrometido por mirarla. No sufría en absoluto, en realidad su rostro resplandecía como si lo estuviera pasando en grande. Había un amago de sonrisa en sus labios. En un momento dado levantó la vista hacia donde estaba sentado sir Oliver y titubeó unos instantes. Luego la apartó y miró de nuevo a su madre, que seguía hablando acerca de sir Oliver. Estaba diciendo lo frío y egoísta que era. Incluso en las reuniones familiares parecía tener la mente puesta en el trabajo. Rememoró dos ocasiones en las que simplemente se había marchado, casi sin dar explicaciones. La expresión de Margaret era de patente enojo.

Entonces un terrible pensamiento acudió a la mente de Scuff, que dejó de escuchar a la señora Ballinger y a Wystan.

Sir Oliver no estaría allí ni por asomo ni lo habrían acusado de nada si alguien no lo hubiese delatado. Según decían había dado a la acusación aquella fotografía tan horrible del testigo principal de la defensa y, en lo que a Scuff atañía, eso no tenía nada de malo. Eso demostraba la clase de hombre que era. Al parecer el problema no era la fotografía sino que se la hubiese dado a la acusación y no a la defensa. Lo que estaba mal era la manera de hacerlo; daba la impresión de no ser justa para ambas partes.

Y supuestamente luego tendría que haberles dicho que no podía seguir haciendo de juez. Habría que detener el juicio y a lo mejor volver a empezarlo con otro. Aunque también era posible que no se molestaran en hacerlo y que el hombre que había robado todo aquel dinero a la congregación se saliera con la suya y simplemente siguiera robando. ¡Eso sí que no era justo!

Así pues, ¿quién había delatado a sir Oliver? No puedes contarle algo a alguien a no ser que tú lo sepas. ¿Tienes que demostrarlo? Los soplones no suelen hacerlo, porque, para empezar, no hablan con alguien que no tenga una buena razón para crearle problemas a otro. ¡Cualquier tonto lo sabe! Siempre hay chivatos y todo el mundo los odia.

¿Quién sabía que sir Oliver tenía las fotografías y quería meterlo en un lío? El señor Ballinger, porque se las dio después de muerto. Pero él no podía delatarlo. Monk y Hester, por supuesto, porque sir Oliver se lo había dicho. Pero preferirían que les cortaran la cabeza antes que ser chivatos. Cualquiera lo preferiría, si no fuese para impedir algo todavía más terrible.

¿Quién más sabía de la existencia de las fotografías? ¿La persona que se las llevó después de que el señor Ballinger muriera? ¿Sabía lo que contenía la caja? Quizá. Pero probablemente no.

Ahora bien, la señora Ballinger quizá sabía algo sobre ellas, y también Margaret..., lady Rathbone. Sí, ella compartía casa con sir Oliver. Si lady Rathbone no lo sabía, Scuff estaba dispuesto a apostar con cualquiera que lo había deducido... una vez que la fotografía apareció durante el juicio. Una cosa era segura, ¡no pensaría que su padre se las había legado al señor Warne!

La estuvo observando mientras su madre prestaba declaración, dando un testimonio cada vez peor para sir Oliver. Ahora sonreía. No estaba en absoluto preocupada por él. Scuff se convenció de que era ella quien se había chivado de sir Oliver.

Observó y aguardó hasta la pausa del almuerzo, y entonces, antes de que el grueso del público se pusiera en pie para salir, avanzó serpenteando con la cabeza gacha para abrirse camino entre la gente, como si llevara un mensaje muy urgente, y salió disparado al vestíbulo.

Una vez allí se detuvo en un rincón, mirando a cada persona que salía. Estaba enojado y temblaba, pero al menos la furia no dejaba sitio al miedo.

Varias personas pasaron por delante de él, gordas, delgadas, unas con vestidos elegantes, otras con vestidos viejos que casi parecían andrajos. Algunas hablaban y otras guardaban silencio.

Entonces la vio. Tenía aquella sombra de sonrisa en los labios, como si hubiese comido algo muy rico y todavía lo estuviera saboreando.

Scuff se plantó delante de ella, que se paró en seco. No tenía ni idea de quién era pero estaba un poco molesta porque era obvio que el chico no miraba por dónde iba. Entonces vio la furia de Scuff y las palabras que había estado a punto de decir murieron en sus labios.

—¡Lo acusaste tú! —la acusó Scuff—. Fuiste tú quien se chivó de que había sido él quien le había dado la fotografía al abogado, ¿verdad?

Margaret inhaló bruscamente, pero la sangre que le subió a las mejillas la delató.

—¿Quién es? —inquirió su madre, que iba a su lado—. ¿Qué ocurre? Por Dios, dale un penique y salgamos de aquí.

—Es... es ese pilluelo que vive con Monk —contestó Margaret. Se volvió de nuevo hacia Scuff—. Apártate de mi camino o llamaré a un ujier para que te eche de aquí. De hecho voy a...

Scuff le sonrió.

—Lo hiciste. Lo veo en tu cara. Por más aires que te des, no eres más que una soplona.

Margaret le dio un empujón y se dirigió tan deprisa como pudo hacia las puertas abiertas de par en par en el otro extremo del vestíbulo.

Scuff se quedó mirándola fijamente, sin saber qué hacer con la información que tenía. Sir Oliver sufriría si se enterase, pero

¿cómo podías estar a salvo si no sabías quiénes eran tus enemigos, sobre todo si eran quienes menos esperabas?

Y si se lo contaba a Monk y a Hester, también tendría que contarles cómo se había enterado. Bueno, sería una medicina amarga que tendría que tragar.

Siguió los pasos de Margaret hacia las grandes puertas y bajó la escalinata hasta la calle ajetreada. Tenía suficiente dinero para tomar un ómnibus de vuelta a casa. Probablemente tendría casi una hora para pensar cómo iba a explicarse cuando llegara a casa.

15

Monk regresó a su casa poco antes del mediodía. Estaba sentado a la mesa de la cocina con Hester, ante una tetera y una crujiente barra de pan con mantequilla y queso de Wensleydale, y por supuesto casero. Hester había descubierto, para su sorpresa, que se le daba bastante bien prepararlo.

Monk había referido a Hester la advertencia del inspector jefe Byrne. Hubiese preferido con mucho no hacerlo y ella se dio cuenta al ver la renuencia de su semblante. Pero si no lo sabía era mucho más probable que cometiera un desliz que finalmente llegaría a oídos del inspector jefe, y entonces Monk podría ser despedido o, como mínimo, recibir un severa reprimenda. Posiblemente la advertencia de Byrne había significado no tanto «no lo haga» como «hágalo con discreción suficiente para que yo pueda fingir que no estoy enterado».

—Tenemos que descubrir la verdad —dijo Hester, apurada—. Sin ella Oliver no tiene siquiera una oportunidad.

Monk estaba abatido.

—Dudo que tenga alguna, incluso con ella —advirtió a Hester, con el rostro transido de pena.

Hester sabía que Monk intentaba amortiguar el golpe de la derrota por si acaso, pero no quería oír hablar de eso. Estaba siendo pueril. Si lo hubiese dicho Scuff, se habría preguntado cómo aliviar parte de su disgusto, cómo explicarle que a veces las cosas no eran justas y que incluso las personas que amabas podían hacer cosas que estaban mal. Amarlas no significaba que pudieras protegerlas de tener que pagar, en realidad no significaba que debieras hacerlo, incluso si era posible.

—Ya lo sé —dijo Hester—. Perdona. Ya va siendo hora de que crezca, ¿verdad? No tienes que preocuparte de cuidar de mí. Me consta que Oliver se equivocó aunque lo hiciera por una buena razón.

Monk alargó el brazo y puso su mano sobre la de Hester con ternura.

—Sigo pensando que tiene que haber algo que podamos hacer —prosiguió Hester enseguida, por si Monk se formaba la idea de que se estaba dando por vencida.

—No sé qué verdad podría sernos útil ahora —dijo Monk con franqueza.

—Bueno, a lo mejor no lo sabremos hasta que la descubramos —insistió Hester—. ¿No puedes presionar a alguien para que te dé el permiso para entrar en casa de Taft? ¡Si no lo hacemos pronto, será demasiado tarde!

—Lo estoy intentando, pero tengo que ser bastante taimado. —Sonrió a su pesar—. Tenemos enemigos que ni siquiera conocemos, Hester. Hay personas muy importantes tratando de condenar a Rathbone porque necesitan mostrar que no puedes poner en evidencia a la gente de la manera en que lo ha estado haciendo. No se trata solo de lo que ya ha hecho sino de lo que podría hacer. Si sales a cazar algo realmente peligroso, o bien lo dejas en paz y retrocedes o bien lo matas a la primera, pues sabes que si le das la ocasión de contraatacar, acabará contigo. Quieren volver a sentirse a salvo.

—¿Te refieres a las fotografías? —preguntó Hester.

—Sí. No sabemos a quién afectan. No son solo los que aparecen en las imágenes, también cualquier otro sobre el que tengan poder. De hecho no sabemos si hay alguien haciendo chantaje y, caso de que sí, quién puede ser y por qué.

Hester sintió un escalofrío del que no la libraría del todo ni el calor.

—¿Y qué vamos a hacer? —preguntó con la voz un tanto temblorosa—. ¿Quedarnos de brazos cruzados? ¿No es eso precisamente lo que quieren? Sabemos que nosotros no aparecemos en ellas.

Monk torció el gesto con repugnancia, pero solo un instante.

—Sí, pero sabemos quién más anda metido en esto. Ese es el poder que tienen. No tiene que ser forzosamente algo que sepamos, lo malo es que existe la posibilidad de que sea cualquiera. —Encogió un poco los hombros, moviéndolos apenas—. Byrne no será, me extrañaría mucho, pero ¿y si fuera su hermano? ¿O el marido de su hermana favorita? O su padre, o su hijo... o el del juez, ya puestos. Las personas hacen cosas terribles cuando tienen miedo.

—O no hacen nada en absoluto —repuso Hester en voz baja—. Dejan que gente inocente vaya al paredón por miedo a lo que supuestamente podría ocurrir.

—Oliver no es inocente —dijo Monk con ternura, escrutando su rostro para ver en qué medida había herido sus sentimientos, su intensa y a veces irrazonable lealtad.

Hester se dio cuenta.

—¿Siempre tienen que castigarnos cuando hacemos algo estúpido que al final resulta que está mal? —preguntó—. He hecho montones de estupideces y no he pagado por todas ellas. Nunca he dejado de estar agradecida. Es más difícil castigar a otras personas cuando tú has merecido castigos peores. La misericordia puede volverte muy agradecido. Nunca querrás defraudar a quien te haya dado una segunda oportunidad.

Monk le acarició la mano con dulzura.

—Te amo.

Hester le sonrió.

—Eso no hace que tengas razón —agregó Monk.

A pesar de sí misma, del miedo que sentía en su fuero interno, se rio.

—Ya lo sé.

Monk se levantó.

—Me voy otra vez a la comisaría más cercana a la casa de Taft. Ya va siendo hora de que deje de pedir favores amablemente y empiece a exigirlos.

—Voy contigo. —Hester también se puso de pie—. Aguardaré fuera mientras hablas con ellos.

Tuvo que discutir bastante, y Monk no contó a Hester de qué tipo de amenaza o favor se había servido, pero tras cuarenta y cinco acalorados minutos salió de la comisaría y encontró a Hester sentada en un banco al sol, aguardándolo. Le habían dicho que no tocara nada. La policía había registrado a conciencia la casa cuando se descubrieron las muertes, sin encontrar nada interesante.

Monk y Hester caminaron con brío hasta la casa de Taft.

—¿Qué estamos buscando? —preguntó Hester mientras alargaban el paso por la ligera pendiente de la calle.

—No lo sé —admitió Monk—. Lo único que me da esperanzas es que me digan que Drew sigue queriendo entrar. Solo necesito un hilo del que tirar hasta desvelarlo. —Caminaba un poco más deprisa que Hester, a quien le costaba seguirle el ritmo—. Pero es preciso que encontremos algo o que se nos ocurra algo. Drew tiene un motivo de peso para querer regresar, de lo contrario no se arriesgaría a llamar la atención sobre su persona pidiéndolo con tanta insistencia.

A Hester le faltaba un poco el aire y además no tenía nada útil que contestar.

La casa era bonita, una sólida construcción de ladrillo con un jardín bien cuidado. Subieron por el sendero de entrada y Monk sacó la llave de la puerta principal.

Hester se quedó sorprendida en cuanto cruzaron el umbral. Justo al otro lado de la puerta había un recibidor con el tipo de cosas que uno esperaría encontrar: un paragüero, un perchero para prendas de invierno y sombreros informales, y un espejo de cuerpo entero, seguramente para los retoques de última hora cuando uno iba a salir. Pero más adentro se abría un vestíbulo de considerable tamaño con paneles. Desde un gran pilar muy adornado arrancaba una elegante escalera en curva, ancha a los pies y que ascendía pegada a la pared hasta una galería con corredores en ambas direcciones

—¡Santo cielo! —dijo Hester, asombrada—. Se diría que aquí es adonde fue a parar buena parte del dinero. A no ser que la señora Taft fuese una rica heredera, supongo.

Miró a Monk inquisitivamente.

Monk estaba parado en medio del parqué, mirando la alfombra roja de los escalones. Luego miró los cuadros de las paredes, colgados a distintos niveles para que realzaran el tramo de escalera y las distintas alturas de los paneles.

Hester lo observó con creciente interés mientras él contemplaba los cuadros cada vez con más detenimiento. Todos eran paisajes. Uno representaba un parque cuajado de árboles; otro, un patio de iglesia con un cielo inmenso, y un tercero, un cabo con una playa de arena clara y el mar abierto.

Aguardó a que él hablara.

—Si son originales, no copias, aquí hay un montón de dinero —dijo al fin—. Por no mencionar cierto buen gusto bien aconsejado —agregó—. Si hubiese vendido esto habría tenido suficiente para comprar una casa nueva. Me pregunto si hay más en las otras habitaciones.

—¿Estás seguro? —preguntó Hester con sorpresa y renovado interés. Se acercó para verlos mejor.

—Si no son copias, sí —contestó Monk, de pie delante de un cuadro. Lo miró tanto rato que Hester empezó a impacientarse.

—¿Qué ocurre? —preguntó—. ¿Es auténtico o no?

—No lo sé —contestó Monk meditabundo—. He tardado un momento en darme cuenta de lo que no encaja. Es la proporción. Los tres centímetros de abajo quedan ocultos por el marco.

—¿Estás hablando del aspecto que tiene? —preguntó Hester, sorprendida de que le preocupara semejante nimiedad—. A lo mejor solo son copias, y no auténticos como creías. Nunca he comprendido por qué si algo es bonito, y opino que esto lo es, tiene tanta importancia quién lo haya pintado.

Monk negó con la cabeza.

—No entiendo por qué el pintor, si era lo bastante inteligente para pintar algo tan encantador, iba a recortarlo. Pero, sobre todo, por qué no lo firmó.

Entonces Hester lo entendió.

—¿Quieres decir que lo hizo y que quien le puso el marco escondió la firma deliberadamente?

Monk se volvió hacia ella y sonrió.

—Exacto. Tal vez Taft quería disfrutar del placer de contemplarlo, incluso de presumir un poco, sin que nadie supiera su verdadero valor. Probablemente decía a las visitas que era una buena copia para explicar que obrara en su poder. No hay firma, de modo que no finge que sea auténtico.

—¿No podría ser verdad?

—Claro que sí. ¡Pero apuesto a que no! —Dio un paso atrás—. Veamos qué más encontramos.

Se separaron para ahorrar tiempo. La casa era grande y para registrarla con suficiente detenimiento a fin de ver algo que la policía hubiese pasado por alto tendrían que ser muy escrupulosos. Monk fue al piso de arriba y Hester se quedó en la planta baja.

Comenzó por la cocina, figurándose que no sería muy distinta a la de la casa donde se crio. Encontró que estaba bien equipada. Los cazos y sartenes eran de cobre y les habían sacado brillo hacía muy poco.

Registró los armarios de la cocina, el *office* y la despensa sin hallar nada. Alguien se había llevado toda la comida; solo quedaban los aparatos y utensilios. Lo único interesante era su excelente calidad. En la lavandería, tres cuartos de lo mismo.

A continuación se dirigió al comedor y de nuevo encontró cuberterías, vajillas y cristalerías de primera, así como manteles de lino, casi todos bordados. Se preguntó qué sería de todo aquello, dado que no quedaba nadie de la familia. ¿Habría hermanos que lo heredarían? Según parecía nadie tenía prisa por llevarse todos aquellos objetos tan bonitos. ¿Acaso la pena había paralizado a todo el mundo? ¿O había aspectos de la herencia sobre los que hubiera que debatir o incluso discutir?

El salón también estaba lleno de alfombras y muebles de gran calidad, así como de objetos decorativos que Hester no supo valorar, aunque sospechó que al menos algunos eran artículos de coleccionismo que podrían venderse por sumas muy sustanciosas.

Se entretuvo contemplando los cuadros. Uno en concreto era muy bonito: una marina con las olas tan bien representadas que tuvo la sensación de que si lo tocaba con el dedo se le mojaría. Se imaginó haciéndolo y casi notó el sabor de la sal. Esperó que cuando se vendiera o heredara, fuera a parar a una casa donde alguien lo amara.

¿Había sido amado, allí? ¿O era una mera inversión? Había

conocido a la señora Taft y, sin embargo, tuvo que esforzarse por recordar algo más que el rostro terso y la ropa elegante. ¿Qué clase de mujer había sido? ¿Había amado a su marido o el suyo era un matrimonio de conveniencia? Tenían hijas de unos diecisiete años, de modo que cabía suponer que llevaban unos veinte años casados. ¿Cuánto habían cambiado en ese tiempo? ¿Sus sentimientos habían ido a más o a menos?

Pensó en ella y Monk. Cuando se conocieron se irritaron enormemente. Ella lo encontró frío y arrogante. Él la encontró brusca, poco femenina y demasiado dogmática. ¿Habían tenido razón ambos hasta cierto punto? Desde luego habían sacado a relucir sus respectivas cualidades menos atractivas. Con una sonrisa recordó lo mucho que se había enfadado. ¿Fue porque era su media naranja y eso le daba miedo?

¿Por qué se cuestionaba eso ahora? Claro que había tenido miedo de él. Le constaba que podía hacerle daño. Era más que probable que ella se preocupara por él mucho más de lo que él sería capaz de preocuparse por ella.

¿Por eso había sido tan seco con ella? ¿Por miedo, también? Sonrió más abiertamente. También sabía la respuesta a esa pregunta. Monk era mucho más vulnerable de lo que estaba dispuesto a admitir. Hester no habría podido amarlo si no lo hubiese sido.

¿Lo amaba más ahora que entonces? Sí, por supuesto. El tiempo y las experiencias en común, y la manera en que él reaccionaba ante ellas, lo habían hecho todo más profundo, no solo el amor sino también la comprensión, la paciencia, las cosas que encontraban bonitas, divertidas o tristes. Hester era una mujer mucho más sensata y amable gracias a él. Le gustaría pensar que también había sacado lo mejor de Monk. ¿No consiste en eso, el amor, en agrandar lo mejor y curar lo peor?

¿Felicia Taft había amado a su marido? De ser así, ¿ignoraba por completo que abusaba de los feligreses que confiaban en él? Seguramente, enterarse de aquello le había causado un sufrimiento casi insoportable.

Todavía estaba en el salón mirando la librería cuando oyó los pasos de Monk en el vestíbulo y su voz llamándola. Cerró la puerta cristalera de la librería y salió de inmediato.

—¡He encontrado algo! —dijo con entusiasmo—. Uno de los dormitorios de arriba ha sido convertido en estudio y he encontrado una caja fuerte detrás de un cuadro grande. Ven a ver.

Sin aguardar respuesta, dio media vuelta y pasó delante, subiendo de dos en dos los escalones de la amplia escalera curvada.

Hester se recogió las faldas para no tropezar y corrió tras él, que cruzó a grandes zancadas el descansillo hasta un dormitorio convertido en cuarto de trabajo, con dos mesas cubiertas de papeles y panfletos, a primera vista de carácter religioso.

Monk se detuvo ante un retrato de cuerpo entero de un clérigo de mediana edad, casi a tamaño natural. Apretó con la mano una parte del marco y luego tiró hacia un lado. El cuadro entero se deslizó revelando una tabla de madera lisa. Con mucho cuidado Monk se apoyó en ella, balanceando su peso hacia un lado y el otro. Por fin encontró el punto exacto de presión y el panel entero se abrió. Era una puerta muy bien equilibrada, lo bastante grande para que un hombre pasara de pie. La cavidad tenía algo menos de un metro de fondo y casi un metro y medio de ancho. Dentro no había nada en absoluto.

Hester se llevó una profunda decepción.

Monk también se detuvo. Era obvio que había esperado encontrar mucho más. Miró hacia un lado y el otro.

Hester se devanó los sesos pensando algo que decir que aliviara la tremenda sensación de fracaso.

Monk echó un vistazo a la parte alta del armario e inhaló aire bruscamente.

—¿Qué ocurre? —Hester se arrimó a su hombro—. ¿Qué hay ahí? —preguntó excitada.

—Una escalera de mano —contestó Monk con voz ronca—. Sube a...

Se calló y alargó el brazo para agarrar la argolla y tiró. La escalera bajó fácilmente hasta el suelo.

—Necesitamos luz —dijo Hester frenética—. He visto una lámpara de aceite en alguna parte. Iré a buscarla. Tiene que haber cerillas, todavía. ¡Aguárdame! —Se volvió al decir esto último para asegurarse de que no se iría sin ella—. ¡William!

—Aguardaré —prometió Monk—. No tiene mucho sentido

que suba si no veo, aunque no parece que esté muy oscuro ahí arriba.

—¡Aguarda a que vuelva! —insistió Hester, y dio media vuelta para ir corriendo en busca de la lámpara.

Cuando regresó más de cinco minutos después con una lámpara de aceite encendida, Monk seguía estando al pie de la escalera. Hester le dedicó una sonrisa radiante y luego le pasó la lámpara.

Monk la cogió y comenzó a subir los peldaños con mucho cuidado, tanteando cada uno antes de apoyar su peso, con la lámpara en la mano izquierda. Cuando llegó arriba dejó la lámpara en el suelo y tendió la mano a Hester para ayudarla a subir.

Hester subió con mucha más cautela. No era la primera vez en su vida que encontraba que las faldas eran una manera de vestir incómoda, cuanto más anchas más impedían moverse. No era de extrañar que los hombres no las usaran.

Mantuvo agarrada la mano de Monk hasta que se irguió en lo alto y se apartó de la escalera. Estaban en un desván grande que se extendía bajo el tejado inclinado en ambos lados, y con una puerta en la otra punta, a unos siete metros de ellos. Había varias cajas apiladas, seguramente de cuando los Taft se mudaron. Cerca de la trampilla y la escalera había un par de baúles, que a juzgar por el polvo acumulado no se habían usado en mucho tiempo. No parecía que hubiera algo interesante, y menos aún relacionado con la muerte de Taft o el asesinato de su familia.

Monk se encogió de hombros, llevó la lámpara hasta la otra punta y probó la puerta. Se abrió fácilmente, derramando un poco de luz, como si la otra habitación diera al exterior.

Hester entró detrás de él. En el suelo no había con qué tropezar.

Monk se plantó en medio de la habitación tras dejar la lámpara en el suelo. Se quedó inmóvil, como paralizado por lo que vio.

Hester llego a su lado y lo entendió. La habitación estaba completamente vacía salvo por una mesita donde había un artefacto extraordinario. Sin embargo, en cuanto lo vio supo exactamente qué era. Encima de la mesa había un arma encajada entre dos pesos y, encima de ella, unida por un cable atado al gatillo, había una lata con un agujero en el fondo. Debajo de la lata había un recipiente, ahora seco a causa de la evaporación, pero con un leve rastro en el contorno, como si el agua tan dura de aquella zona hubiese dejado su huella.

Siguió con la vista la trayectoria que habría seguido una bala, pero en la pared no había marcas.

Monk miró hacia la ventana. Estaba abierta varios centímetros.

Hester se volvió hacia él y lo miró a los ojos, desconcertada.

—Para el ruido —dijo Monk en voz baja—. Estaba preparada para que se disparara hacia las cinco de la madrugada. Con el silencio de la noche y esa ventana abierta, el sonido sin duda llegaría hasta las casas vecinas. Así se establece la hora de la muerte. Para cuando alguien avisara a la policía y esta llegara, los cuerpos de abajo todavía estarían calientes en el lugar donde habían sido estrangulados, aunque hubiesen muerto un par de horas antes. Se encontraron con un asesinato triple y un suicidio; una mujer y sus hijas, y su marido. No se pondrían a buscar puertas secretas que condujeran al desván. ¿Por qué iban a hacerlo?

—No lo harían —aceptó Hester—. Pero ¿por qué? —Miró el arma y su extraordinario mecanismo—. Sin duda fue bastante difícil montar este artilugio, y quien lo montó no ha tenido tiempo de regresar para deshacerse de él. Tiene que ser Drew, ¿verdad? ¿No es esto lo que quiere venir a buscar?

—Sí —respondió Monk—, pero no estamos en situación de demostrarlo. Podría fingir estar tan sorprendido como nosotros. Lo único que tiene que decir es que quería el resto de los documentos de la iglesia para pagar facturas atrasadas, y seguir adelante. Y puede hacerlo —agregó amargamente—. Puede encontrar a otro predicador o interpretar él mismo el papel. Puede seguir recogiendo dinero, si no aquí, en cualquier lugar al que decida mudarse.

—Todo Londres estará al corriente del desfalco después del juicio —repuso Hester—. Y si no se enteraron con el juicio de Taft y luego su muerte, lo harán con el de Oliver.

—Drew puede irse a Manchester, a Liverpool o a Newcastle —señaló Monk—. Ciudades grandes no faltan. —Se agachó para estudiar el artefacto otra vez—. Tan simple —dijo, apretando los labios—. Me pregunto por qué nadie oyó el disparo auténtico. Una almohada, supongo. Eso explica por qué mató también a las hijas y a la esposa. Debía de saber quién más estaba en la casa. No podía permitirse dejarlas vivas.

Hester se estremeció. Procuró apartar de su imaginación la escena tal como sin duda había sido, el miedo y la tragedia. ¿Drew había pegado un tiro a Taft primero y luego había eliminado a las testigos? ¿O las había matado primero, por separado, sin hacer ruido? ¿Cuánto tenías que gritar en plena noche para que te oyeran los vecinos? Alguien cansado y dormido como un tronco quizá no oiría ni a un desconocido que entrara en su habitación, mucho menos a una mujer luchando por su vida en la casa de al lado, separada por cincuenta metros de jardín con árboles y arbustos. La soledad que debieron de sentir le heló la sangre en las venas. No quería imaginarlo siquiera, y sin embargo era bien vívido en su mente.

Monk había concluido el registro. Había encontrado la bala en un punto de la pared más bajo de lo que esperaba. El retroceso debió de desviar el arma. La había dejado donde estaba. Sería una prueba. Estaba de nuevo junto a la trampilla de la escala de mano, aguardando a Hester.

Hester regresó al mundo real, alegrándose de poner punto final a su empatía con los muertos. Fue al encuentro de Monk.

—¿Qué vamos a hacer ahora? —preguntó.

—Ver si encontramos algo más —contestó Monk, sosteniéndole la mano mientras ella comenzaba a bajar.

Registraron el resto de la casa y solo encontraron unas cuantas plumas debajo de un sillón de la sala de estar, que era donde habían encontrado a Taft. Quizás indicaban que se había usado un cojín para amortiguar el ruido del disparo, pero desde luego no lo demostraba.

—Esto explica por qué nadie lo oyó —dijo Monk, mordiéndose un poco el labio—. Me pregunto a qué hora ocurriría. No pudo ser mucho antes de que lo encontraran, ya que entonces el cuerpo habría estado demasiado frío.

—Hacia las tres —sugirió Hester—. Drew ya había regresado a su casa a las cinco porque despertó a su ayuda de cámara para que le llevara algo de beber, leche o lo que fuera. Pero bien pudo haber estado aquí a las tres.

—No tiene por qué haber sido Drew —señaló Monk.

Hester lo fulminó con la mirada.

—¿Quién, si no? Un ladrón no fue. Esto lo preparó a conciencia alguien que venía aquí suficientemente a menudo para saber que había una escalera que subía al desván, y sabía que podía entrar y salir sin levantar sospechas.

Monk siguió haciendo de abogado del diablo y Hester entendió que lo hiciera.

—¿Por qué? —preguntó—. Asesinar a cuatro personas es bastante extremo.

—Quizás en su mente era solo una —razonó Hester—. Solo el propio Taft, porque sabía hasta qué punto estaba implicado Drew. No podía confiar en que no lo culpara si el juicio se volvía en su contra, cosa que ya estaba ocurriendo. Las señora Taft y sus hijas solo fueron un mal necesario.

Monk reflexionó un momento.

—Pero ¿no existía siempre el riesgo de que Taft se volviera contra él?

—Quizá. Tal vez esa fue la primera ocasión que tuvo de hacerlo —contestó Hester.

Monk negó con la cabeza.

—Pensemos. ¿Qué ha cambiado?

—Drew fue puesto en evidencia con la fotografía y cambió su declaración de arriba abajo. Si Taft realmente no estaba enterado de las perversiones de Drew, eso lo podía cambiar todo para él. Bien podía suponer el fin de toda lealtad y, desde luego, el fin de la confianza en que Drew lo sacara del atolladero.

Supo que llevaba razón antes de que Monk se irguiera y le sonriera.

—De acuerdo. Te creo —dijo con convencimiento—. Ahora averigüemos cómo entró aquí. No tendría llave y sin duda no llamaría a la puerta a las tres de la madrugada.

—¿Cómo sabes que no tenía llave? —preguntó Hester, y entonces vio cómo la miraba—. Oh, por supuesto. Si tuviera la llave no estaría pidiendo permiso a la policía para entrar. Habría regresado hace siglos para desmontar ese artefacto. Siendo así, si pudo forzar la entrada entonces, ¿por qué no vuelve a hacerlo?

—Durante el día lo verían —contestó Monk—. Ahora tenemos a unos cuantos vecinos muy interesados. He visto a uno vigilándonos. Si hubiésemos golpeado la cerradura en lugar de usar la llave, apuesto a que no habrían tardado en venir a preguntar quiénes éramos. Y eso suponiendo que no avisaran a la policía. A estas horas no habrían tardado en llegar a la comisaría.

—¿Y por la noche? —insistió Hester, sonriendo a su vez.

—Solo se me ocurre que lo detenga el riesgo a ser descubierto. Sería una opción estúpida, pudiendo venir abiertamente con una excusa perfectamente creíble.

—¿Y si la policía enviara a un agente con él? —Hester no iba a rendirse tan fácilmente—. No podría subir a recoger el arma porque lo habrían visto.

—Podría encerrarse en el estudio y subir sin que nadie se enterara.

Hester enarcó las cejas.

—¿Y bajar el arma y ese artefacto?

—No sería necesario. Bastaría con que lo escondiera en una de esas cajas que hay en el desván —contestó Monk—. Solo tardaría un momento. De hecho, incluso si alguien supiera que había subido, mientras no subieran antes de que lo hubiese escondido todo, tampoco tendría importancia.

—De acuerdo, te creo —dijo Hester, imitando su frase de antes con una amplia sonrisa.

—Lo que me gustaría saber es cómo entró la noche que mató a Taft y a su familia —insistió Monk.

—¿Una ventana? —sugirió Hester—. ¿Una puerta lateral o trasera, quizá?

Monk estuvo de acuerdo y juntos rodearon la casa, revisando cada puerta y cada ventana. Las puertas estaban bien cerradas y no presentaban signos de haber sido forzadas, pero una ventana de la despensa tenía unos arañazos que indicaban que había sido forzada con mucha destreza, seguramente con un cuchillo muy afilado.

—Te buscaré un coche de punto —dijo Monk mientras cerraban la puerta y salían a la calle soleada—. Tengo que hablar con el médico forense otra vez, y luego iré a hablar con Dillon Warne. No sé cuándo llegaré a casa, pero si me retraso, cenad sin mí. No puedo permitirme aguardar, ahora.

—Lo sé —respondió Hester—. Ya lo buscaré yo el coche de punto.

—No. Te acompañaré...

—¡William! ¡Puedo encontrar un coche de punto yo solita! Ve a ver al forense.

Monk le tocó la mejilla un instante, correspondió a su sonrisa y se marchó a toda prisa.

Hester caminó bajo el sol hacia la calle principal, paró el primer coche de punto que pasó y se acomodó para el largo trayecto de regreso a casa.

Monk no tuvo que aguardar mucho al médico forense, que se alegró de que le interrumpieran el trabajo administrativo. Se mostró interesado en cuanto Monk le contó qué caso estaba investigando.

—¿Qué descubrió? —preguntó el forense, indicando una silla de respaldo recto con el asiento de cuero para que Monk se sentara. Él se apoyó en la mesa llena de papeles y ladeó un poco la cabeza, mirándolo con ojos penetrantes.

—Cuando encontró los cadáveres de la familia Taft, ¿a qué hora estimó que habían muerto? —inquirió Monk.

El forense frunció los labios.

—No hacía falta ser muy hábil. Los vecinos oyeron los disparos y avisaron a la policía; los de ambos lados, de hecho. Poco después de las cinco de la madrugada.

Monk asintió.

—Eso ya lo leí. ¿Pudo haber sido más temprano, desde un punto de vista médico?

El forense frunció el ceño.

—¿Qué quiere decir? Les dispararon, y con el arma que fue hallada en el escenario.

—¿Algo demuestra que el arma encontrada en el escenario sea la misma que disparó los tiros que oyeron los vecinos? —preguntó Monk.

El forense entrecerró los ojos y se puso tenso.

—Me figuro que tiene cosas mejores que hacer con su tiempo que jugar a las adivinanzas. ¿Adónde quiere ir a parar?

—Según las pruebas médicas —dijo Monk pacientemente—, ¿es posible que en realidad murieran más temprano? Pongamos hacia la tres, olvidando los disparos.

—Sí —respondió el forense con cautela—. De hecho, encajaría mejor con las pruebas médicas. ¿Y ahora me haría el favor de explicarse?

Monk le contó lo del desván, la ventana abierta y el artefacto temporizador para disparar el arma con considerable retraso. Se fijó en la atención del forense, cuyo rostro se iluminó al entenderlo, para acabar sonriendo y asintiendo varias veces con la cabeza.

—Inteligente —dijo apreciativamente—. Muy inteligente. Sí, eso encaja a la perfección con las pruebas médicas; de hecho, mejor que si hubiesen muerto a las cinco. Estaban un poco fríos para que fuera así. No mucho, pero lo suficiente para que me diera cuenta. —Negó con la cabeza—. Qué cosa tan espantosa. ¿Sabe quién lo hizo?

—Tengo una idea —contestó Monk—. Todavía no puedo demostrarlo, pero su testimonio ayudará.

—Atrápelo —dijo el forense sin más—. Fue una vileza. Si hubiese visto a esas chicas y a la mujer, no pararía hasta ahorcar a ese cabrón.

—No tengo intención de parar —le prometió Monk, poniéndose de pie—. Tengo más cosas contra él. Gracias.

A continuación regresó hacia el centro de la ciudad y pescó a Dillon Warne justo cuando se disponía a salir de su bufete para irse a casa.

—Lo siento —se disculpó Monk—. No puedo aguardar hasta mañana. Necesito que me dedique una hora.

Una chispa de esperanza iluminó el semblante de Warne.

—¿Ha ocurrido algo?

—Sí. Y se lo explicaré cuando me haya contestado algunas preguntas que todavía tenemos pendientes —prometió Monk—. Si se lo cuento antes, quizá vea las cosas de otra manera.

Warne les dijo a sus empleados que podían irse a casa y volvió al despacho. Cerró la puerta y se quedó mirando a Monk.

—Las cuentas de la iglesia sobre el dinero recaudado para obras benéficas —contestó Monk a la pregunta de su mirada—. No tengo tiempo para muchos pormenores. Solo conteste las cuestiones principales con tanta precisión como pueda.

—No sé dónde fue a parar el dinero desaparecido —dijo Warne con desaliento—. He tenido a varias personas investigándolo. Me habría encantado demostrarlo ante el tribunal, pero lo hicieron con mucha astucia.

—Eso no es lo que necesito —le dijo Monk—. Creo que puedo dar cuenta de buena parte del dinero con los cuadros que hay en casa de Taft. Los enmarcaron un poco descentrados, no por los lados sino de arriba abajo. Los nombres de los pintores quedan ocultos y en su lugar hay unos garabatos más recientes, medio escondidos por hojas de plantas, postes de vallas y cosas así. —Se fijó en la expresión de desconcierto de Warne—. Creo que son obras de arte bastante valiosas, disfrazadas de bonitas copias —explicó—. Diría que están registradas como propiedad de otra persona, tal vez incluso de una obra benéfica.

—¡Santo cielo! —Warne soltó un bufido—. No encontramos papeles sobre eso. Pero ¿de qué nos sirve ahora? ¿Qué es lo que quiere de mí?

—¿Estaban registrados a nombre de Taft? ¿Figuran en su testamento?

Warne se irguió.

—No lo sé. Tengo una copia. Ahora la traigo. —Fue hasta la caja fuerte del rincón y regresó al cabo de un momento con unos papeles en la mano. Los ojos le brillaban y habló con cierta excitación—. Como he dicho, es una copia, pero son propiedad de Drew, prestados a Taft y a la iglesia. Están tasados como piezas de escaso valor pero definitivamente pertenecen a Drew. En realidad Drew es más importante en esa iglesia de lo que Taft nos hizo creer. ¿Cree que Taft estaba cargando con la culpa de ambos?

—¿Una especie de gran sacrificio por el bien de la Iglesia? —dijo Monk con cierta ironía—. No, en absoluto. Creo que en realidad Drew era quien movía los hilos. Creo que daba casi todas las órdenes y que se embolsó la mayor parte del dinero robado. Taft era el hombre con el pico de oro y Drew lo utilizaba.

—Y el pobre Taft se suicidó al verse abandonado... —dijo Warne, con repentina compasión.

—En realidad, no —contestó Monk—. La traición de Drew no se limitó a entregarlo a la justicia cuando Rathbone no le dejó otra elección.

Contó a Warne lo que él y Hester habían encontrado en el desván de la casa de los Taft.

Warne se dejó caer en el sillón que estaba un par de pasos detrás de él.

—Qué hombre tan malvado. ¡Dios, menudo lío! —Miró a Monk, con el rostro tenso por la emoción—. ¿Qué vamos a hacer al respecto?

—Voy a dar todas las pruebas a la policía —contestó Monk—. Pero antes tenemos que salvar a Oliver Rathbone, si es posible. Ahora mismo me voy a ver a Brancaster.

Warne se puso de pie trabajosamente, con el rostro pálido.

—¿Para hacer qué? ¿Pedir un aplazamiento? York no se lo concederá.

16

Sentado en el banquillo de la sala del tribunal del Old Bailey, Rathbone se sentía absolutamente impotente. Durante la pausa para el almuerzo le había costado tragar. Incluso el té, demasiado fuerte y poco caliente, había tenido un gusto amargo, pero al menos le había aflojado el nudo que tenía en el estómago. Ahora le tocaba escuchar en silencio cómo lo condenaban. Se dijera lo que se dijese, no podía defenderse a sí mismo. Tal vez se había engañado al pensar que podría hacerlo. Sería más sensato enfrentarse a la realidad y comenzar a planear cómo ocuparse del inevitable veredicto. ¿Debía vender la casa? No tendría ingresos. ¿Cuánto tiempo lograría mantenerla? En realidad, no la necesitaba. Los criados encontrarían otras colocaciones, ¡Una recomendación suya de poco les serviría! Lo lamentaba. Era injusto. Habían sido leales durante muchos años.

Su futuro personal era otro asunto. Solo de pensarlo se le volvió a hacer un nudo en el estómago. ¿Cómo iba a vivir con aquella comida? Peor y más doloroso todavía, ¿cómo se defendería? ¿Quién cuidaría de él si caía enfermo? ¿O si resultaba herido? Apartó esos pensamientos, todavía pesaban demasiado.

Wystan había comenzado la tarde llamando a un agente de policía que había arrestado a un hombre que Rathbone había defendido. Era un hombre rico al que habían acusado de fraude sistemático. Rathbone no supo si era culpable o no, solo que la acusación no lo había demostrado, más allá de toda duda razonable, tal como exigía la ley.

Wystan interrogó al agente, siempre sesgadamente para hacer que Rathbone pareciera poco razonable y vengativo, un abogado que tenía que ganar a toda costa, siendo la justicia su medio para alcanzar la riqueza y la fama. La reputación de los demás hombres, incluso sus vidas, solo estaban para servir a su propósito.

Los hechos en sí eran correctos. Brancaster nada pudo refutar. La condena rezumaba del lenguaje empleado.

—¿Y el señor Rathbone estaba decidido a ganar ese caso? —preguntó Wystan, con impostada inocencia—. Con eso me refiero a si usó todo su tesón, si trabajó incansablemente, si investigó todas las posibilidades y repreguntó a los testigos una y otra vez hasta obtener la respuesta que deseaba.

Brancaster se puso de pie.

—Señoría, se supone que todo abogado debe actuar así para cualquier demandado. Mi distinguido colega está intentando que parezca un esfuerzo extraordinario e inusual.

York enarcó sus pobladas cejas.

—¿Está objetando a que el señor Wystan trate de demostrar al jurado que el acusado era un abogado enérgico y diligente, señor Brancaster?

El rostro de Brancaster se puso tenso.

—No, señoría, objeto a que haga que parezca que trató ese caso de manera diferente a como lo habría hecho cualquier otro abogado de la defensa.

—Eso no es una cuestión legal, señor Brancaster —dijo York con aspereza—. Por favor, no siga interrumpiendo en vano. Está haciendo perder tiempo al tribunal.

Desde donde estaba, Rathbone pudo ver que Brancaster torcía el gesto con ira. Se sentó despacio, a regañadientes.

Rathbone miró al jurado. Era muy distinto interpretar su estado de ánimo cuando él era el acusado. Era muy importante que todo juicio fuese racional. El miedo podía más que el equilibrio. Y, sin embargo, una vez que se permitió mirar, no pudo volver a apartar los ojos. El hombre sentado en el extremo izquierdo del banco superior parecía preocupado, como si algo en las pruebas o el procedimiento lo inquietara. El hombre que tenía al lado daba la impresión de aburrirse, como si su atención estuviera en otra parte. ¿Ya había tomado su decisión? ¡Pero si la defensa ni siquiera había comenzado!

¿Qué defensa podía haber? Rathbone había dado la fotografía a Warne. Eso era indiscutible. Había sopesado los pros y los contras y tomado su decisión. No dejaba de ser razonable que tuviera que pagar por ello. Él habría construido un argumento tan bueno como el de Wystan, cuando no mejor. La acusación personal de orgullo y ambición era innecesaria además de irrelevante. ¿Por qué no protestaba Brancaster con esos fundamentos? ¿No le importaba? ¿Se había dado por vencido? Rathbone tenía que verlo antes de que comenzara la sesión del día siguiente. Debía exigirlo.

Tal vez pensaba, como todos los demás, que Rathbone era culpable. Y llevaban razón. Había cometido un error de juicio egoísta y estúpido. Su arrogancia le había permitido imaginar que podía luchar contra le ley y ganar. ¿Quién sabía quién más aparecía en aquellas malditas fotografías? En realidad nunca las había estudiado, solo las había mirado por encima una vez, y luego otra para buscar la de Drew. ¿Qué otros rostros figuraban? ¿Quién sabía si su hijo, su hermano, un cuñado o alguien a quien debiera dinero o un empleo habían posado en alguna?

¿Quién más no estaba en la colección de Rathbone pero tenía motivos para temer estarlo? La mancha se iba extendiendo hasta perderse en la oscuridad circundante.

¿Qué hombre imaginaba que su hijo fuese tan estúpido?

¿Qué mujer imaginaba que su marido pudiera caer tan bajo?

Apartó la vista del jurado, no quería mirarlos a los ojos. ¿Qué nido de víboras recelosas había molestado, haciendo que se deslizaran en las pesadillas de cientos de personas, inocentes y culpables por igual? ¿Cómo sabía alguien en quién confiar? ¿Cuántas personas habían cometido errores en su juventud, bebido más de la cuenta y terminado en lugares como el barco de Jericho Phillips? ¿Quién era lo bastante débil o anhelaba tanto ser aceptado en un grupo, para sumarse a una noche como esa aunque solo fuera una vez? Una vez bastaba; una fotografía.

En cambio, miró hacia las primeras filas de la galería. Nadie lo miraba a él, todo el mundo estaba atento al siguiente testigo de

Wystan, un joven abogado que Rathbone había derrotado cuando llevó la acusación en un caso. No había disfrutado poniendo en ridículo al abogado, pero el joven no había preparado bien su defensa. Había sido chapucero y se le notó. Ahora se quejaba de tácticas poco limpias y daba a entender misteriosas influencias indebidas.

Rathbone dejó de mirarlo y de pronto vio a Beata York. Sus cabellos rubios reflejaban la luz del sol. Se quedó helado. No había nadie a quien quisiera mirar más. Beata representaba el ideal de amabilidad, fuerza y alegría que ahora entendía que era lo que ansiaba. Había en ella la belleza que creyó ver en Margaret, un coraje, una generosidad del corazón y la mente.

¿O era él quien había cambiado? ¿Por fin estaba buscando una soledad más allá de la dignidad y la elegancia, el saber cómo comportarse, una lealtad a los valores aceptados? Había huido de Hester porque siempre habría sido un desafío para él. Quizá también lo habría hecho feliz.

¿Era eso lo que veía en Beata, otra oportunidad de como mínimo conocer y tener cariño a una mujer de una belleza única en ese sentido? Nunca podría ser algo más que una amistad, pero incluso eso hubiese sido valioso.

Entonces, como si Beata hubiese notado su mirada, volvió la cabeza y levantó la vista hacia él. Le dedicó una breve sonrisa, no fría, no condescendiente, sino como si lamentara la angustia de Rathbone. Se entretuvo solo un momento, lo justo para que sus miradas se cruzaran, luego se volvió de nuevo hacia el testigo, como si no quisiera llamar la atención y que otros también miraran.

Rathbone notó que tenía el rostro colorado, un arrebato de sentimientos encontrados. ¿Qué había querido dar a entender Beata? ¿En qué medida era su imaginación la que convertía su expresión en lo que él deseaba que fuera? Quizá Rathbone estaba sustituyendo el arrepentimiento por algo más amable y llevadero. Solidaridad con un hombre en apuros más que compasión por alguien a quien le habían dado demasiado y lo había desperdiciado, descartándolo por terrible defecto de vanidad, ambición antes que lealtad.

Eso era de lo que Margaret lo había acusado. ¿Por qué Wystan había llamado a declarar a la señora Ballinger? Brancaster hubiera podido alegar que aquello también era irrelevante, pero no había dicho palabra. Era posible que en su fuero interno no le importara. O no se le ocurría cómo defender a Rathbone y estaba ganando tiempo con la desesperada esperanza de encontrar algo, de inventar algo, cualquier cosa.

Wystan seguía divagando. La tarde se eternizaba.

Rathbone no volvió a mirar a Beata York. Tampoco a Henry Rathbone. Constatar su pesar era demasiado en aquel momento. Debía guardar cierta compostura. Perder el dominio de sí mismo le haría parecer culpable, débil, tal vez con remordimientos.

Por fin Wystan cerró el caso de la acusación, elocuente y satisfecho. York levantó la sesión hasta el día siguiente.

Rathbone esperó esperanzado que Brancaster fuera a verlo, al menos para discutir el progreso del caso y que le dijera cuál iba a ser su siguiente paso, pero el silencio se fue prolongando y tan solo recibió una breve nota con las consabidas palabras de aliento. No le daba ni un solo detalle.

La larga noche en prisión le pareció la peor de su vida.

Al día siguiente Rathbone fue conducido de nuevo al banquillo sin que hubiera visto a Brancaster. ¿Era posible que Brancaster hubiese perdido todas las esperanzas y no quisiera que Rathbone lo supiera? Simplemente no había nada que decir. Rathbone estaba entumecido, como si su cuerpo perteneciera a otro. Tropezó y se dio un golpe muy fuerte en el codo. Apenas notó el dolor. ¿Cómo hallaba alguien el coraje para seguir luchando cuando no le importaba lo que sucedía alrededor? Era un cerdo en un espetón de asar, despojado de toda dignidad moral y emocional, a quien se observaba, de quien se hablaba sin que pudiera hacer otra cosa que escuchar. Los ojos puedes cerrarlos, pero los oídos no.

E hicieras lo que hicieses, la lucha por tu futuro, tu reputación, incluso por tu vida, seguía adelante de todos modos, contigo o sin ti.

Si alguna vez volvía a ejercer la abogacía, o incluso si defendía a alguien en el sentido más cotidiano del término, no haría lo que Brancaster le estaba haciendo a él, probablemente sin saber lo que se sentía. A partir de entonces hablaría con sus clientes, les diría lo que estaba haciendo y por qué, qué esperaba conseguir. Como mínimo haría que se sintieran parte de lo que sucedía y que supieran que se preocupaba, que entendía por lo que estaban pasando.

Pero ya era demasiado tarde para eso. Estúpido. Sin sentido y demasiado tarde.

Rufus Brancaster se levantó para iniciar el caso para la defensa. Los miembros del jurado lo miraban, pero sus rostros reflejaban buenos modales más que interés.

Brancaster llamó a Josiah Taylor.

Rathbone intentó recordar quién era y qué puñetera relación podía tener con el caso Taft. ¿Era uno de los feligreses y Rathbone lo había olvidado?

Taylor prestó juramento. Su ocupación al parecer era la de contable en un pequeño negocio. Su rostro le resultaba vagamente familiar y Rathbone se esforzó en vano por saber de dónde o cuándo.

Brancaster daba la impresión de divagar, haciendo preguntas que parecían no tener sentido, pero Wystan sonreía en su asiento sin poner ninguna objeción. York estaba cada vez más irritado.

De repente Rathbone recordó dónde había conocido a Taylor. Había sido perito en un caso de desfalco de hacía tres o cuatro años. ¿Qué demonios esperaba sacar de él Brancaster? Lo único que pudo decir fue que Rathbone había ganado el proceso y que lo había hecho con bastante habilidad, según Taylor, así como con un inusual grado de consideración por los testigos y por la víctima del delito. En opinión de Taylor, la cortesía y el sentido del honor de Rathbone eran ejemplares. Su testimonio solo avalaba que Rathbone era honesto.

Rathbone había estudiado miembros del jurado durante toda su carrera, le constaba que ahora la mayor parte del jurado había perdido el interés.

York se estaba impacientando bastante abiertamente cuando Brancaster terminó.

Rathbone tuvo claro que aquel era el momento en que Brancaster se daba por vencido. Después de toda la esperanza, por absurda que fuera, y las valientes promesas, no le quedaba con qué luchar. Tal vez fuese una bendición. Si su caso fuese un animal luchando contra lo inevitable, uno pondría final a su sufrimiento. ¿Era así como terminaría todo?

Wystan se puso de pie. Rebosaba satisfacción. Tampoco era que en algún momento hubiese dudado de que iba a ganar.

—No hay preguntas, señoría —dijo simplemente, y se volvió a sentar. Al parecer no consideraba necesario añadir más. La victoria estaba en sus manos. Podía permitirse cierto desenfado.

—Llamo a Richard Athlone —dijo Brancaster, levantando la voz.

Un par de miembros del jurado se pusieron derechos de golpe. Varios otros parecían avergonzados, como si la decencia requiriese que el final fuese más rápido. Seguir adelante era innecesariamente cruel.

York suspiró.

El ujier repitió la llamada y, al cabo de un momento, un hombre alto y delgado con el pelo ralo entró en la sala, cruzó el entarimado y subió al estrado. Prestó juramento y se puso de cara a Brancaster.

Athlone tenía un semblante inteligente, con profundas arrugas que no eran tanto fruto de la edad como de su carácter. Rathbone trató de ubicarlo pero no lo consiguió. Tuvo la sensación de que se habría acordado de un hombre como aquel. Aunque, por otra parte, había estado seguro de muchas cosas que luego resultaron erróneas.

¿Así era como solían sentirse los acusados en el banquillo, hechos un lío, inseguros incluso de lo que habían sabido sin asomo de duda uno o dos meses atrás? Hasta entonces había pensado que eran bobos o que simplemente estaban siendo evasivos. No volvería a cometer esa arrogante equivocación.

Brancaster salió al entarimado y levantó la vista hacia Athlone esbozando una sonrisa.

—Usted es profesor de derecho, ¿correcto?

—Sí, señor —contestó Athlone.

—Y aparte de conocer la ley, ¿se ha especializado en el estudio de los casos más famosos que se han enjuiciado en los últimos treinta años? —preguntó Brancaster.

—Sí, señor.

York cambió de postura y miró a Wystan.

Wystan se puso de pie.

—Señoría, la acusación no tiene inconveniente en estipular que sir Oliver ha sido un destacado abogado que ha ganado un considerable número de casos. De hecho, lo declararía de forma fehaciente. Parte de nuestro argumento se fundamenta en que su extraordinario éxito es la causa de su arrogancia, y como poco el testimonio de su suprema ambición. Tiene que ganar a toda costa, incluso a costa de la lealtad debida a su esposa y su familia y, más allá, al honor y los principios de la ley. Este es el meollo de la causa contra él.

—Si usted cree que la ley es tan importante como dice —replicó Brancaster al instante—, quizás admita que el acusado tiene derecho a la mejor defensa que pueda encontrar.

Wystan puso los ojos en blanco, gesto muy expresivo y nada propio de él.

—¡Si esta es la mejor defensa que puede encontrar, faltaría más, adelante, señor!

Brancaster hizo una reverencia.

—Gracias.

Se volvió hacia Athlone.

—Profesor, tal vez podríamos elegir dos o tres de los casos más notables de sir Oliver y mencionar, muy brevemente, algunas verdades que desveló ante los tribunales a fin de que se hiciera justicia cuando al principio la verdad parecía ser la opuesta a la que finalmente resultó ser. ¿Pongamos uno para la defensa y otro para la acusación? Y para no agotar la paciencia del tribunal, no nos demoremos más de cinco minutos en cada uno de ellos, ¿de acuerdo?

—Absolutamente —respondió Athlone. Entonces pasó a contar cómo Rathbone había defendido a un hombre que parecía ser incuestionablemente culpable, y cómo, mediante un interrogatorio brillante, Rathbone había despejado toda duda, tanto para el jurado como para el público en general, de que el verdadero culpable era una persona completamente distinta.

Athlone lo relató con ingenio y una buena dosis de histrionismo. Ni un solo miembro del jurado le quitó el ojo de encima mientras habló. En la galería el público estaba inmóvil, mirando el estrado en silencio.

Athlone comenzó el segundo relato, esta vez un caso en el que Rathbone había actuado para la acusación. El crimen había sido especialmente desagradable y las pruebas, poco consistentes. La defensa fue brillante y parecía inevitable que, al menos legalmente, existiera una duda razonable. No obstante, Rathbone había encontrado un testigo que fue capaz de desacreditarlo por completo, y en cuestión de minutos el juicio dio un giro en redondo. El hombre fue condenado.

Cuando concluyó su relato, varias personas de la galería se permitieron vitorearlo, incluso el jurado se mostraba impresionado.

—Un ejemplo excelente, profesor Athlone, pero en realidad esperaba que citara el caso del señor Wilton Jones.

Athlone se quedó un tanto desconcertado.

—¿Wilton Jones? Recuérdemelo, señor.

—Un hombre tan hábil como vil —contestó Brancaster—. Pero siempre disimuló bien su violencia. Con frecuencia sobornaba a otros para que hicieran el trabajo sucio. Se presentaba como un caballero, pero era avaricioso, cruel y absolutamente despiadado. Fue una de las victorias más sonadas de sir Oliver.

—Ah, sí. —Athlone sonrió—. Me parece que ya recuerdo ese caso. ¿No fue aquel en el que otro caballero de buena familia, y con bastante influencia, juró que Wilton Jones era inocente, explicando que había sido malinterpretado por hombres de menos valía que lo envidiaban...?

Brancaster asintió y sonrió.

—Sí, en efecto —prosiguió Athlone—. Sir Oliver volvió a este testigo en contra de Wilton Jones. Según recuerdo, le hizo una zancadilla con la declaración sobre su paradero en una hora determinada, y de pronto el testigo cambió por completo su declaración. En lugar de defender al acusado, lo condenó. Creo que Jones fue hallado culpable, y todavía debe de estar en prisión. —Athlone sonrió, como si estuviera complacido por haber sido de ayuda—. Un trabajo de primera —agregó.

—Se hizo justicia —dijo Brancaster, que no pudo resistirse a hacer el comentario. Luego se volvió para ofrecer el testigo a Wystan.

Wystan se puso en pie y salió con aire arrogante al entarimado antes de mirar a Athlone.

—No recuerdo ese caso, profesor, pero lo ha referido usted muy bien, con un poco de ayuda de mi distinguido colega. Dice que ese testigo, de manera bastante parecida a como lo hizo el señor Drew, de pronto cambió su testimonio. ¿Había alguna razón que lo explicara y de la que usted tuviera conocimiento?

Athlone se quedó un poco desconcertado.

Rathbone vio venir lo que se avecinaba. Tenía la mente completamente embotada. No recordaba el caso. Ni siquiera el nombre Wilton Jones le decía algo. Era como si tuviera la inteligencia paralizada por un miedo cerval.

—¿Profesor? —instó Wystan.

—Cambió de parecer por completo, lo recuerdo bien —respondió Athlone—. Siempre que no me confunda de caso, ¿verdad?

—Oh, confío en que no —contestó Wystan sonriendo. A Rathbone le pareció que rezumaba satisfacción—. Sir Oliver hizo exactamente lo mismo como juez, presidiendo un caso; consiguió alterar la declaración jurada de un testigo por otra distinta, por el motivo que fuera. Bien para que el veredicto fuera favorable a la parte que representaba, acusación o defensa, o como juez, la parte que considerase correcta según su juicio personal. —Wystan dio la espalda al estrado, dio un par de pasos y volvió a dar media vuelta—. Profesor, puesto que la ley es el campo en que usted es experto, una pizca despistado a propósito de algunos casos concretos, pero sin duda experto en derecho, ¿es tarea del juez decidir si el acusado es culpable o inocente?

—Por supuesto que no —contestó Athlone—. Ese es el deber de los caballeros del jurado. La tarea del juez consiste en presidir los autos y asegurarse de que todo se haga imparcialmente y con arreglo a la ley.

—Gracias, profesor. Ahora, por favor, díganos: ¿cómo un abogado, u otra persona, podría hacer que un testigo de pronto se retractara de su testimonio previo, dado bajo juramento y, por consiguiente, exponiéndose a ser demandado por perjurio, para luego jurar exactamente lo contrario?

Athlone se encogió de hombros.

—Entender una equivocación, miedo a represalias, soborno. Existen varias posibilidades.

—¿Amenaza de caer en desgracia? —preguntó Wystan.

Athlone suspiró.

—Por supuesto.

Wystan sonrió, por primera vez tan abiertamente que mostró los dientes.

—Gracias, profesor. Ha sido un testigo perfecto.

Se volvió un poco hacia Brancaster con un ademán de invitación.

A Rathbone le cayó el alma a los pies. Curiosamente, no era él mismo por quien más lo lamentaba, sino por Henry Rathbone, que había elegido a Brancaster con tanta fe. Ese dolor era casi insoportable; era como llevar una piedra dura y pesada dentro de él.

Brancaster se puso de pie y levantó la vista hacia Athlone. Solo dio un par de pasos sobre el espacioso entarimado. Tenía el cuerpo tenso.

—Profesor, ha mencionado la ruina personal, o al menos está de acuerdo en que es un motivo posible para cambiar de testimonio, aunque pueda conllevar cargos de perjurio.

—Sí —respondió Athlone—. Si la amenaza fuese lo bastante seria, la mayoría de nosotros cedería.

—¿Como, por ejemplo, la posibilidad de arruinar la reputación de un hombre aparentemente respetable, posiblemente un hombre con poder? ¿De hacer inevitable que ese hombre fuese culpable? ¿Realizando actos sexuales obscenos e ilegales con niños pequeños?

Athlone torció el gesto.

—Por supuesto. Eso sería extremadamente eficaz. Y cuanto más poder poseyera el hombre en cuestión, más eficaz sería la amenaza de sacarlo a la luz. Como bien dice usted, sería su absoluta ruina.

—¿Cabe pensar que testificaría cualquier cosa que usted quisiera? —insistió Brancaster.

Rathbone se sentía como si estuviera ante un pelotón de fusilamiento; solo un extraño divorcio con la realidad le había impedido oír el ruido de las balas al ser disparadas o sentirlas cuando le atravesaban el cuerpo. ¿Quién pagaba a Brancaster para que hiciera aquello?

—Si duda alguna —respondió Athlone.

York estaba satisfecho, incluso complacido.

Wystan parecía el gato que se ha comido al canario.

Brancaster negó con la cabeza.

—Qué idea tan aterradora. Y, por supuesto, el hombre que protagoniza esas fotos y que, por consiguiente, puede ser manipulado, podría ser cualquiera, ¿no? Con eso quiero decir que no distinguimos a esa clase de gente a primera vista. Si desconocemos su comportamiento, presentarán el mismo aspecto que cualquier otro hombre respetable y poderoso, ¿verdad?

—Por supuesto —respondió Athlone—. Su banquero, su abogado, su médico, o incluso un miembro del Parlamento. O, quizá todavía peor, su juez en el tribunal, un ministro del Gobierno, los oficiales de policía cuya palabra vale más que la suya, de entrada. O incluso su obispo, cualquiera. Esa idea es un pesadilla. —Se puso pálido mientras lo decía y ahora su voz sonaba ronca—. Es un infierno de corrupción.

—Me parece que nos está asustando, profesor —dijo Brancaster con gravedad.

—Soy yo mismo quien se asusta —respondió Athlone—. Presenta una imagen del abismo. Ojalá pudiera decir que es un sueño del que nos despertaremos. Pero el señor Wystan ha dejado bien claro que es real.

De pronto Wystan se mostró perplejo. Una sombra de incertidumbre cruzó su semblante.

Brancaster seguía estando tenso.

—Me parece, profesor, que tal vez deberíamos saber a qué se refiere. ¿De qué tiene miedo, señor?

Athlone adoptó un aire muy serio.

—Deduzco, partiendo de lo que oído mientras aguardaba en el vestíbulo y de las preguntas que tanto usted como el señor Wystan me han hecho, que la cuestión cobra mucha más gravedad si las fotografías obscenas y delictivas se han utilizado para condicionar el testimonio de testigos en los juicios criminales. El señor Wystan ha dicho que sir Oliver Rathbone está acusado de utilizar una de esas fotografías y que existe una posibilidad razonable, demasiado grave para pasarla por alto, de que otra de esas fotografías se haya utilizado en otro juicio, de nuevo para obligar a alguien a cambiar su testimonio. No lo habrían hecho salvo si ellos, o alguien muy próximo a ellos, fueran el sujeto que aparece en la fotografía.

Se le veía agobiado y preocupado.

En el tribunal no se oía un susurro. Todos los miembros del jurado miraban a Athlone como si hubiese surgido del suelo, cual una aparición.

Brancaster estaba quieto como una estatua.

—Cosa que nos obliga a preguntarnos —prosiguió Athlone— cuántas fotografías de esas existen, y de quién. Quizá lo más aterrador de todo sea que no lo sabemos, ya que eso nos lleva a sospechar y a temer a todo el mundo. Y, no obstante, si no somos conscientes de este horror, continuará existiendo entre nosotros. La justicia, el Gobierno, la policía, la Iglesia, la medicina, todos los aspectos de nuestra vida pueden quedar envenenados, y no sabremos por qué las cosas van tan mal ni a quién hay que culpar.

Wystan se puso de pie como propulsado por un resorte.

—¡Señoría! Esto es monstruoso. El señor Brancaster está sacando las cosas de quicio por completo. Intenta meternos miedo para que perdamos el sentido común. Es perfectamente razonable sacar la conclusión de que Rathbone utilizó incuestionablemente una de esas viles fotografías para que Robertson Drew cambiara su testimonio y así condenar a Abel Taft. —Estaba pálido como la nieve—. Y también podemos sacar la incalificable conclusión de que este no solo se suicidó sino que mató a su esposa y a sus hijas. —Tomó aliento—. Y muy posiblemente utilizó otra de esas atroces fotografías en el pasado para conseguir que alguien cambiara su testimonio y así condenar a un hombre a fin de aumentar la fama y la riqueza de Rathbone. Esta telaraña de terror nos está asustando innecesariamente, haciendo que perdamos el sentido común.

—Estoy de acuerdo —dijo York con la voz un poco ronca. Él también estaba pálido. Daba la impresión de que el juicio se le estuviera escapando de las manos—. Señor Brancaster, por favor, cíñase al asunto que nos ocupa.

Brancaster sonrió, pero sin ninguna humildad.

—Señoría, el señor Wystan abrió la puerta al sugerir al profesor Athlone que sir Oliver podría haber utilizado fotografías semejantes a la del señor Drew, aunque de otras personas, en otros juicios. Tal vez haya decenas más, incluso montones. —Sus ojos oscuros estaban muy abiertos—. No sabemos quiénes son ni quién las tiene. Tal vez sea sir Oliver, pero tal vez no. ¿Podemos dejar este tema en el aire? El jurado sabe de su existencia. El público sabe de su existencia. —Hizo un gesto con la mano señalando hacia la galería—. Y sin duda cuando los periódicos de mañana salgan a la calle, todo Londres sabrá de su existencia. El día siguiente será todo el país. ¿Hay manera de que le pongamos una tapa y no salga a la luz? En realidad, la cuestión es, ¿debemos hacerlo?

Se hizo un silencio absoluto, el suspense crujía en la sala como el aire antes de una gran tormenta. Ni un solo miembro del jurado se movió.

Rathbone miró a Brancaster. Estaba pálido, con los ojos hundidos y tan oscuros que parecían desprovistos de luz.

Luego miró a Wystan y por primera vez vio una sombra de inequívoca duda en su rostro.

¿Era eso el borde del desastre final o un atisbo de esperanza? El corazón le palpitaba, la opresión del pecho le dolía.

Wystan se levantó muy despacio.

—Señoría, retiro mi objeción. El señor Brancaster lleva bastante razón. Esta posibilidad es demasiado terrible para dejarla en el aire, sin resolver. Provocaría pánico social. Algunos, quizá los menos responsables, lo usarían para socavar toda autoridad, la de los tribunales, la de la policía, la de la Iglesia, incluso la del propio Gobierno.

York miró a Brancaster con desprecio.

—Ha despertado a un demonio, señor, ahora tendrá que enfrentarse a él.

Brancaster inclinó la cabeza.

—No puedo hacerlo solo, señoría, pero buscaré la ayuda que sea necesaria. Mañana por la mañana llamaré al acusado al estrado.

Rathbone notó que se ponía a sudar. Brancaster estaba corriendo un riesgo tremendo, pero jugaba con la mano más alta; la revelación de todas las fotografías y la ruina que traerían consigo. ¿Era una defensa? Sin duda era un ataque. ¿Podían ganar? ¿O estaba dispuesto a sacrificar a Rathbone si fuese necesario, para terminar de una vez por todas?

Si era sincero, Rathbone debía reconocer que, inconscientemente, se había sacrificado él mismo.

Fue la noche más larga que Rathbone recordaba. Daba vueltas en el desdichado jergón, ahora con frío, ahora con calor. ¿Era así como se sentían los soldados aguardando la batalla del día siguiente? ¿Victoria y honor, o muerte? No tenía escapatoria. Estaba encerrado. Tal vez lo estaría durante años. Por poco realista que fuera, aquella era la última noche en que podía aferrarse a la esperanza. Se debatía entre las ganas de saborear cada minuto y el deseo de que terminara y pusiera fin a los sueños.

La mañana comenzó como la anterior, un desayuno de pan que apenas pudo tragar y té repugnante. Se lo tomó todo solo porque su estómago se rebelaría todavía más dolorosamente si lo dejaba en ayunas. Tenía que tranquilizarse y mostrarse sereno en el estrado, sintiera lo que sintiese.

Aun así, tuvo claro que las piernas le temblaban mientras cruzaba el entarimado para subir los peldaños del estrado. Desde luego tuvo que agarrarse a la barandilla para mantener el equilibrio. Qué ridículo sería si se cayera en la escalera. Peor aún, podría lastimarse, romperse un tobillo. En la cárcel bastante vulnerable sería ya sin tener un hueso roto que le impidiera sostenerse en pie.

Aunque la humillación de que se lo llevaran en volandas, perdiendo incluso la oportunidad de declarar, sería lo peor. ¿Estaba presente Beata York? Prefería no saberlo. ¿Buscaría el rostro de Henry Rathbone en la galería? No estaba seguro siquiera de eso.

Había subido el último peldaño y se agarró a la barandilla, sosteniendo la Biblia con la otra mano para jurar decir la verdad.

¿Qué sentido tenía aquello? Acaso no solía mentir el acusado? ¿No se daba incluso por hecho? Podía decir la verdad con tanta exactitud y honorabilidad como gustase, que la mayor parte de la gente seguiría considerándolo un mentiroso.

Debía mirar a Brancaster, concentrarse. Aquella era su única oportunidad. El resto de su vida dependía de lo que dijera a continuación.

Brancaster estaba de pie delante de él, mirándolo extremadamente serio.

—Sir Oliver —comenzó Brancaster—, ha oído al señor Wystan sugerir que puede existir una gran cantidad de fotografías de otros hombres, semejantes a la de un testigo del juicio contra Abel Taft que usted presidió, ¿sabe si en efecto existen esas otras fotografías?

Rathbone carraspeó. Estaba tan tenso que tuvo que tragar saliva antes de hablar.

—Sí. Que yo sepa, existen tres veintenas.

—¿En serio? Son muchas. ¿Cómo lo sabe?

—Porque las tengo yo.

Qué descarado y feo que sonó. Se oyó al público moverse en la galería, murmullos de repulsa, gritos ahogados.

—Entiendo. —Brancaster apretó los labios—. ¿Sabe quiénes aparecen en ellas?

—No en todas. La que le di al señor Warne durante el juicio contra el señor Taft y unas pocas más.

—¿A qué se debe, si las tiene usted? —preguntó Brancaster tratando de parecer curioso, aunque solo consiguió parecer desdichado.

Nadie objetó ni interrumpió, aunque York tamborileaba con los dedos sobre el banco.

—Les eché un vistazo —contestó Rathbone, recordando el incidente con repugnancia—. Tendría que haberlas destruido entonces, pero no lo hice.

—¿Por qué no? —preguntó Brancaster.

Rathbone reflexionó unos instantes.

—Reconocí algunas caras. Estaba... anonadado, petrificado. Tal como sugirió el señor Wystan, entre ellas hay hombres que ostentan mucho poder y privilegios. Me consta que el hombre que las poseía antes que yo las utilizó para obligar a distintas personas a hacer lo correcto, salvar vidas en lugar de segarlas, y pensé que yo podría hacer lo mismo. Fue un error. Semejante poder corrompe más de lo que pensé entonces, y... —Se calló de golpe. ¿Estaba diciendo toda la verdad? ¿Realmente deseaba haberlas destruido todas? Había hecho el bien sirviéndose de ellas.

Exactamente lo mismo que había hecho Arthur Ballinger al principio. ¿Era esa la venganza final de Ballinger, convertir a Rathbone en lo que él había sido? Exquisito. Si estaba en el infierno y podía ver aquello, lo estaría saboreando. Había una ironía perfecta en ello.

—¿Iba usted a decir...? —presionó Brancaster.

—Que no soy inmune —dijo Rathbone con amargura.

—Ha mencionado a un propietario anterior —señaló Brancaster—. ¿Quién era? ¿Y cómo se explica que pasaran a ser suyas?

York lanzó una mirada fulminante a Wystan, pero Wystan no se movió.

Rathbone se dio cuenta, con asombro, de que Wystan quería que Brancaster destapara aquella historia. Había percibido un propósito que iba más allá del mero condenar a Rathbone por haber quebrantado la ley en el juicio de Taft. Había algo más importante en juego. ¿Era esa la apuesta de Brancaster? De ser así, era peligrosa, aunque tal vez brillante.

—¿Sir Oliver? —instó Brancaster—. Por desagradable que sea la verdad, e implique a quien implique, este asunto es demasiado grave para que siga siendo un secreto. No es su propia inocencia lo que está protegiendo, ni la de otro individuo. El honor y la integridad de todas nuestras instituciones están en juego. Tal vez no sería exagerado decir que es el corazón mismo de la justicia, por el que usted ha luchado toda su vida profesional sin que le importara el coste para su persona. Una y otra vez ha arriesgado su reputación para defender a quienes habían condenado o abandonado.

Wystan se removió en su asiento.

Brancaster se dio cuenta de que no iba a tener mucho más margen de maniobra.

Rathbone, también.

—No sé con cuánto detalle quiere que lo cuente. —Comenzó, y se detuvo para carraspear.

—Con el necesario para que el tribunal entienda la naturaleza de las fotografías, su poder, y cómo es que ahora las tiene bajo su custodia —dijo Brancaster.

No había escapatoria. Había que decir la verdad en público. Rathbone veía a Margaret en las primeras filas de la galería. Estaba allí para contemplar su humillación, el final de una carrera que según ella había antepuesto al honor y a la lealtad. Ya no podía seguir protegiéndola de los hechos.

Cuando volvió a hablar, lo hizo con sorprendente firmeza.

—Había un club fundado por un hombre bastante acaudalado —dijo—. Que yo sepa, él no practicaba pasatiempos obscenos, pero entendía la excitación que algunos hombres sienten cuando se exponen deliberadamente al peligro. Para unos se trata del peligro físico, para otros el riesgo de arruinar su reputación. Hacen obscenidades, incluso se dejan fotografiar haciéndolas. Las fotografías que menciona eran el rito de iniciación de ese club tan especial. En cierto modo era una garantía para los socios de que ningún otro miembro se atrevería a desenmascararlo porque correría el riesgo de ser desenmascarado a su vez.

Nadie se movía. Nadie intentó siquiera interrumpirlo. Respiró profundamente y tragó saliva. Tenía la boca seca. Luego continuó.

—También eran una herramienta perfecta para hacer chantaje. Me dijo que no lo hacía por dinero y lo creí; todavía lo creo. Lo hacía por poder. Dijo que la primera vez que utilizó una de esas fotografías fue para obligar a un juez a fallar en contra del propietario de una fábrica industrial, de modo que pusiera fin a los vertidos que contaminaban el agua potable de un gran número de gente humilde, que contraía enfermedades e incluso moría. —Volvió a respirar hondo. Tenía la impresión de que los latidos del corazón le hacían temblar todo el cuerpo—. Si tuviera que elegir entre esas dos cosas, no puedo jurar que no hubiese tomado la misma decisión que él —prosiguió—. Al principio me repugnó la idea del chantaje. Luego pensé en los niños que morían envenenados por el agua y en la negativa de aquel hombre a sacrificar parte de sus beneficios para limpiarla. —Hablaba cada vez más alto; el dolor de su fuero interno remitía—. Si yo hubiese ostentado ese poder, habría sido el responsable de usarlo o renunciar a hacerlo. ¿Me negaría a hacer chantaje, dejando que esos niños murieran? En tal caso, tendría las manos limpias en cuanto al uso de semejantes medios, pero a cambio de eso las tendría manchadas del sufrimiento y la muerte de los niños.

Parecía que en la sala nadie respirara.

—Decidió utilizar el arma que tenía —dijo Rathbone—, y no lo culpo por ello.

Se oyeron murmullos en la galería.

—Ese fue el único ejemplo concreto que me dio, pero dijo que había otros semejantes —prosiguió Rathbone—. Revisé aquel caso y la sentencia. Me había dicho la verdad. El industrial en cuestión se había negado reiteradamente a ceder hasta que el juez al que aludió falló en contra de él. Me consta que la fotografía existía porque la he visto.

—Esto da mucho miedo —dijo Brancaster con gravedad—. Aunque no explica cómo llegaron a su poder las fotografías.

—Todavía estaba consternado —prosiguió Rathbone. Sabía que ya no tenía escapatoria. Era demasiado tarde—. Participé en la clausura de dos clubes implicados. La situación incluía el asesinato de un hombre que huyó de uno de ellos. Fue investigado por la policía. Ese hombre pertenecía a la escoria de la sociedad, pero asesinar sigue siendo un crimen, sean quienes sean la víctima y el criminal.

Por fin dirigió la vista hacia Margaret y vio que lo estaba mirando. Torcía el gesto con enojo y estaba muy pálida. Rathbone ya no podía hacer nada por ella.

—Sir Oliver... —dijo Brancaster, reclamando su atención.

—El acusado fue enjuiciado —prosiguió Rathbone. Tenía la boca tan seca que le costaba pronunciar bien las palabras—. Pedí llevar su defensa puesto que al principio lo creía inocente. Aunque la víctima era tal sujeto que no podía culparlo como lo hubiese hecho si hubiese sido otro. Luego asesinaron a otra persona, una mujer joven que tan solo era un testigo. Hice cuanto pude por defenderlo porque ese era mi deber ante la ley, al margen de cuáles fueran mis sentimientos. Fracasé. Fue hallado culpable y sentenciado a morir en la horca.

Brancaster no se movió ni habló. En todo el tribunal parecía que nadie hiciera otra cosa que respirar.

—Me pidió que fuera a verlo —prosiguió Rathbone. De pronto su voz sonaba fuerte en sus propios oídos—. Así lo hice. Me habló de la existencia de muchas más fotografías y me dijo que si no hallaba la forma de librarlo de la soga, caerían en manos de alguien en quien confiaba y que los chantajes continuarían. Yo no tendría manera de impedirlo y los cimientos de todo lo que valoramos quedarían socavados. Me dijo que había implicados jueces, ministros del Gobierno, obispos, prohombres de la industria, la ciencia, el Ejército y la Armada, incluso parientes lejanos de la familia real.

Rathbone sintió de nuevo la desesperación con que él, Hester y Monk habían registrado cuantos lugares se les ocurrieron sin encontrar nada.

—¿Y las encontró? —preguntó Brancaster en el silencio absoluto que siguió.

—No —contestó Rathbone—. Fui a suplicarle y lo encontré asesinado en la cárcel. —El horror de aquella escena le reptó por la piel como una plaga de piojos—. Hizo... hizo que me diera cuenta del alcance de aquel poder. La policía jamás halló al asesino.

—¿Y usted no encontró las fotografías? —preguntó Brancaster con la voz quebrada.

—No —contestó Rathbone—. Esa fue la amarga ironía. Se las dejó a su abogado para que me las entregara como castigo final por no haberlo salvado.

Brancaster sonrió con tristeza.

—¿Estamos hablando de su suegro, el señor Arthur Ballinger?

—Sí —dijo Rathbone con voz ronca—. En efecto.

En su asiento de la segunda fila, Margaret se quedó como una estatua de piedra, como si nunca fuera a moverse otra vez.

Rathbone habría preferido ahorrarle aquello. La verdad ya no serviría de nada. Pero nada podía hacer al respecto. La realidad estaba allí, en la sala del tribunal, como algo vivo, imparable.

—Gracias, sir Oliver —dijo Brancaster con un suspiro. Se volvió hacia Wystan.

Wystan se puso de pie rígidamente.

—Se nos ha presentado una imagen muy clara, señoría. Me figuro que el señor Brancaster llamará a otros testigos para que la corroboren. Por el bien de muchas personas que podrían estar implicadas, preferiría reservar mis preguntas hasta que lo haya hecho.

York, sumamente enojado, levantó la sesión.

17

El siguiente testigo fue Monk. Cruzó el entarimado y subió los peldaños del estrado, procurando mostrarse serio e indiferente. Desde luego, no era así como se sentía. Brancaster estaba corriendo un riesgo muy alto pero no había otra salida. Rathbone era legalmente culpable aunque moralmente hubiese hecho lo que consideraba correcto y justo. Sabía que había tomado por el atajo, y al hacerlo había infringido la ley deliberadamente. Había tomado la decisión de servir a lo que él consideraba la justicia. Era una decisión por la que tendría que pagar un precio más alto del que había supuesto.

Más allá de los límites inmediatos de la amistad y la lealtad, existía el grave asunto de las fotografías en general. Solo el cielo sabía cuánta más gente estaba implicada o hasta dónde se extendía el veneno.

Monk tenía una idea bastante aproximada de lo que Brancaster iba a hacer, aunque el abogado había optado por no prepararlo. Era preciso que su declaración no pareciera ensayada, casi como si a Monk lo hubiera pillado por sorpresa.

Monk prestó juramento, dando su nombre, ocupación y rango en la Policía Fluvial del Támesis. Luego se puso de cara a Brancaster.

—Inspector Monk —comenzó Brancaster—, ¿estuvo a cargo de la investigación del asesinato de Mickey Parfitt, cuyo cadáver fue hallado en el Támesis?

—Sí, así es.

Brancaster asintió.

—Seré tan breve como pueda para establecer su relación con el caso presente, de modo que le ruego que perdone que salte buena parte de su implicación anterior. ¿Cuál era la ocupación del señor Parfitt, inspector?

—Dirigía un club para hombres ricos aficionados a la pornografía y la prostitución infantil —contestó Monk—. Estaba ubicado en una gran gabarra atracada en el río; de ahí que me viera involucrado. También hacía chantaje a varios clientes que eran vulnerables porque una denuncia supondría su ruina.

—¿Cómo lo hacía? ¿Qué pruebas tenía de su participación? Brancaster consiguió preguntarlo como si no lo supiera.

—Fotografías —contestó Monk.

—¿Por qué iba a dejarse fotografiar un hombre vulnerable en semejante situación? Perdóneme, pero ¿una fotografía no exige mantenerse inmóvil un rato para obtener un buen resultado? —preguntó Brancaster, fingiendo desconcierto.

—En efecto —respondió Monk—. Pero hacerse una foto comprometedora formaba parte de la iniciación para hacerse socio.

—Entiendo. ¿Y el señor Parfitt era el dueño de ese... club?

—No, solo lo dirigía.

—¿Descubrió usted quién era el propietario? —inquirió Brancaster.

De nuevo el tribunal parecía que ni respirara, y todos los miembros del jurado miraban fijamente a Monk.

—Sí. Arthur Ballinger —contestó Monk.

Brancaster también miraba solo a Monk.

—¿El mismo Arthur Ballinger que era suegro de Oliver Rathbone? —inquirió.

—Sí.

—¿Existe alguna duda a ese respecto? —insistió Brancaster. Monk negó con la cabeza.

—No. Dejando a un lado las pruebas presentadas, al final, cuando estaba temiendo la soga del verdugo, no lo negó. De hecho, legó la colección de fotografías a Oliver Rathbone.

—Entiendo. ¿Y cuál fue la reacción de Rathbone ante esta... herencia?

York, finalmente, perdió la compostura.

—¡Señor Wystan! ¿No desea objetar a esto? ¿Está dormido, señor? El señor Brancaster está pidiendo al testigo que dé una opinión, que declare hechos que no es posible que conozca.

Wystan se puso de pie. Estaba muy pálido.

—Mis disculpas, señoría, si parecía poco atento. He supuesto que el señor Brancaster estaba preguntando al inspector Monk si había observado alguna reacción, no cuáles imaginaba que fueran los sentimientos de sir Oliver.

Un leve rubor cubrió el rostro de York, pero la respuesta había sido perfectamente razonable.

Monk observó que Wystan se había ganado un enemigo y sintió cierto respeto por él. Estaba obedeciendo a su propio juicio, sin que le importara el favor o la aversión que se granjeara. Puesto que se trataba de un cambio radical de su postura anterior, tenía que haberle costado mucho hacerlo.

Brancaster agradeció su intervención con una ligerísima inclinación de cabeza.

Monk echó un vistazo al jurado. Todos y cada uno de sus miembros observaban a Brancaster, expectantes.

—¿Sabe de algo que sir Oliver dijera o hiciera como resultado de recibir este terrible legado? —dijo Brancaster, dejando clara la pregunta a Monk.

—Me habló de ello, y estaba horrorizado —contestó Monk—. Me consta que lo usó una vez, para obligar a alguien a actuar honorablemente, en circunstancias en que se negaba a hacerlo por voluntad propia. Me figuro que es a lo que se ha referido el profesor Athlone. Es uno de los peores dilemas a los que una persona se puede enfrentar, cuando tanto actuar como no hacerlo causará sufrimientos a alguien. —Sabía que aquella no era la respuesta a la pregunta, pero supuso que era lo que Brancaster le estaba dando ocasión de decir—. Si hubiese sido mi hermano o un amigo mío quien se hubiese unido a semejante club, habría querido protegerlo, permitiéndole guardar en secreto su espantosa equivocación. Pero si continuara practicando tales abusos de niños. Quizá me sentiría menos inclinado a protegerlo.

Un murmullo recorrió la sala, un ruido sordo al que era difícil dar un significado, pero sonó más a aprobación que a enojo.

—Aunque no tengo la menor duda —prosiguió Monk— de que si fuese mi esposa o un amigo mío quienes necesitaran una ayuda que uno de los hombres de esas fotografías se negara a dar, una injusticia contra ellos que él pudiera enmendar pero no quisiera hacerlo, aunque después me tocara pagar un precio muy alto por ello, desearía que el hombre que tuviera el poder de obligarlo a actuar lo utilizara. ¿No le ocurriría lo mismo a cualquiera?

—Sí, creo que sí —respondió Brancaster—. Desde luego, yo sí. No podría ver castigado, torturado, tal vez asesinado a alguien que amara si pudiera ejercer presión para salvarlo. Sobre todo si se hiciera dando una oportunidad a la persona en cuestión. Supongo que sir Oliver luego no desenmascaró al hombre de la fotografía para arruinarlo.

—No. Mantuvo su palabra.

Brancaster encogió un poco los hombros, con el ceño todavía fruncido.

—¿Usted no le sugirió que desenmascarase a todos los hombres de las fotos para acabar de una vez por todas con este asunto? ¿Le dijo algo que lo llevara a entender por qué prefería conservar ese poder en sus manos? Es más, ¿por qué usted, como policía, no los desenmascaró de todos modos? Los actos representados no solo son repugnantes, son delictivos.

El aire de la sala crujía. Nadie movía siquiera un miembro entumecido.

Monk esbozó una sonrisa con los labios apretados.

—Porque pienso que ya hemos establecido que los hombres involucrados son de toda clase y condición, casi todos en posiciones elevadas. No tendría sentido seducir o fotografiar a hombres sin dinero ni influencia, o sin mucho que perder si las imágenes salían a la luz. Desenmascararlos a todos traería consigo, como mínimo, una sacudida en los cimientos de nuestro Gobierno, posiblemente de la Iglesia, del sistema judicial, el Ejército y la Armada. No abrigo el menor deseo de hacer algo así. Aparte de todo lo demás, sería exponer la nación al ridículo y el desprecio. ¿Cuál de nuestros ministros sería capaz de sentarse en mesas de negociaciones internacionales sin sentir vergüenza?

Brancaster se mordió el labio.

—Tal vez no haya sabido apreciar la amplitud y profundidad de todo esto. Es... es espantoso. —Respiró profundamente—. Comienzo a captar con qué luchaba sir Oliver y, por tanto, tal vez también dio el paso irrevocable de sacarla a la luz de esta manera concreta, de modo que no supiéramos quién está involucrado; y, sin embargo, no podemos, ni moral ni legalmente, mirar hacia otro lado y fingir que no es real, peligroso y terrible.

York se inclinó hacia delante.

—Señor Brancaster, antes de que eleve al acusado a la santidad, tal vez debería recordar al jurado que Abel Taft, un hombre todavía no declarado culpable y acusado de robar dinero, no de violencia ni obscenidades, ¡está muerto! Igual que su pobre esposa y sus dos jóvenes hijas, ¡como resultado directo de ese acto de Rathbone que usted intenta pintar tan noble!

—Gracias, señoría —dijo Brancaster con una repentina actitud de humildad. Entonces se volvió de nuevo hacia Monk—. Inspector Monk, tengo entendido que ha vuelto a investigar ese trágico suceso al que alude su señoría, profundizando en el asunto de dónde fueron a parar tan grandes sumas de dinero, cosa que todavía no ha sido explicada. ¿Estoy en lo cierto?

Wystan se quedó perplejo. Hizo ademán de ir a levantarse pero volvió a arrellanarse en su asiento, aunque prestó todavía más atención.

—Sí, en efecto —contestó Monk enseguida, antes de que York pudiera intervenir o de que Wystan cambiara de parecer—. Regresé a casa de Taft. Ahora el asunto está en manos de expertos que ha llamado la policía local...

—¿Desde cuándo eso es asunto suyo? —interrumpió York enojado—. ¿No pertenece usted a la Policía Fluvial del Támesis? ¿Cómo es posible que su jurisdicción comprenda la investigación de un desfalco a millas del río, en un caso que le es ajeno y que además está cerrado?

Esa era la pregunta que Monk había esperado evitar.

—No lo es, señoría —dijo con tanta deferencia como fue capaz—. Por eso, cuando descubrí las pruebas, pasé el testigo a la policía local. Entré en la casa con su autorización —agregó. Antes de que York le preguntara a ese respecto. No quería causar problemas al agente que le había concedido el permiso—. Cooperamos unos con otros, señoría —concluyó, viendo la irritación que reflejaba el semblante de York. El juez le desagradaba, quizá por afecto a Rathbone, pero le constaba que llevaba razón.

York titubeó.

Brancaster interrumpió.

—¿Pruebas, inspector? ¿Pruebas de qué?

—De un asesinato —contestó Monk, abreviando el modo en que había previsto contar la historia, pues no se atrevía a arriesgarse a que se lo impidieran.

Se oyeron gritos ahogados en el tribunal. En la galería, murmullos de asombro. En la tribuna del jurado todos los hombres miraban fijamente a Monk como si acabara de aparecer por arte de magia o de brujería.

York estaba furioso.

—Si está intentando causar sensación adrede, inspector —le espetó York—, con la esperanza de cumplir en este juicio y hacernos olvidar que no estamos enjuiciando otro caso de la Policía Fluvial del Támesis, está profundamente equivocado. Este es el juicio contra Oliver Rathbone por corromper el curso de la justicia y abusar de su cargo de juez. Tendría que haberse inhibido y nada de lo que usted diga puede cambiar eso.

Monk titubeó. ¿Debía atreverse a desafiar a York, o quizás hacerlo solo les acarrearía más quebraderos de cabeza y empeoraría la situación de Rathbone? De pronto el asunto de las fotografías se había oscurecido y la defensa estaba perdiendo claridad. Tenía que pensar cómo responder a York

Corrió un riesgo muy osado. Era lo único que le quedaba.

—Creo posible que sir Oliver, sin querer, haya provocado que se produjera ese asesinato —dijo, casi sin aliento.

Se hizo un silencio sepulcral, casi como si la sala se hubiera detenido en el tiempo.

—¿Cómo dice? —preguntó York, finalmente. Entonces, cuando Monk tomó aire para repetir sus palabras, York levantó la mano—. No, no es necesario. Lo he oído. Solo que por un momento no he podido dar crédito a mis oídos. Si esto es una artimaña, señor Monk... —se saltó la cortesía de usar su cargo— ...lo detendré por desacato al tribunal.

Por fin, Brancaster intervino.

—Tal vez, señoría, lo mejor sería que el inspector Monk nos contara, con la mayor brevedad posible, en qué consistían esas pruebas, de modo que los miembros del jurado puedan interpretarlo por sí mismos.

York no tuvo más remedio que estar de acuerdo. Lo hizo a regañadientes.

—Proceda. Pero si se aparta del tema, interrumpiré y lo acusaré de desacato. ¿Entendido?

—Sí, señoría —contestó Monk, tragándose su aversión, y se volvió de nuevo hacia Brancaster. Debía relatar aquello siguiendo el orden exacto, pues de lo contrario York le impediría llegar al final. Por un instante se planteó dejar a Hester fuera del relato ya que no podía dar una buena razón de por qué lo había acompañado, pero sabía que probablemente le saldría hablar en plural, o que habría algún punto de la historia que solo sería creíble con más de una persona. Ser pillado en una evasiva sería peligroso—. Mi esposa fue conmigo —dijo directamente—. Sería más rápido siendo dos personas y su experiencia médica quizá resultara útil si descubríamos algo inusual. Además una mujer interpreta ciertos aspectos del orden doméstico que a un hombre pueden pasarle por alto.

—¿Y descubrieron algo? —dijo Brancaster con mucha labia, adelantándose a una posible interrupción por parte de York, o incluso de Wystan, aunque Wystan parecía tan interesado como los miembros del jurado, que estaban boquiabiertos.

—Poca cosa —contestó Monk—. Pero lo que encontramos permite descartar otras.

—¿Dinero? —preguntó Brancaster inocentemente.

—Cuadros —contestó Monk—. Algunos enmarcados de tal manera que no se viera la firma del autor. Ahora los están examinando expertos, pero según parece se trata de una muy considerable colección de buenos cuadros originales disfrazados de copias, o de obras de artistas menores. Su valor sería lo bastante elevado para vivir holgadamente treinta o cuarenta años, si se vendieran juiciosamente.

—¿El dinero que no había dejado traza? —concluyó Brancaster.

Wystan se puso de pie.

—Un robo, señoría, y muy bien investigado por el inspector Monk, pero dista mucho del asesinato. ¿A no ser que insinúe que Taft mató a su esposa por los cuadros? No veo prueba alguna que lo indique.

—Se acepta la protesta —contestó York—. Si fuera así, quizá mitigaría la culpabilidad moral de Rathbone como causante de la muerte de la familia de Taft, aunque incluso eso parece cuestionable. No está avanzando en su caso, señor Brancaster.

Esbozó una sonrisa de amarga satisfacción.

Brancaster se puso colorado de ira.

—Señoría —dijo entre dientes—. Si permitiéramos que el inspector Monk terminara el relato de lo que encontró...

—¡Pues hágalo de una vez! —le espetó York—. Está agotando la paciencia del tribunal.

Sin contestarle, Brancaster hizo un gesto con las manos, invitando a Monk a continuar.

—Uno de los cuadros más grandes, el retrato de un hombre casi a tamaño natural, se abría en la pared del estudio ubicado en una habitación del primer piso —dijo Monk una pizca demasiado deprisa—. Detrás había un panel que, al retirarse, revelaba una escalera de mano que subía al desván...

En la galería sonaron gritos ahogados, murmullos, personas que cambiaban de postura. Todos los miembros del jurado se inclinaron hacia delante. Incluso Wystan hizo girar su silla para ver mejor a Monk.

Monk se mordió el labio inferior a fin de no sonreír.

—Como es natural, subí, y mi esposa conmigo. Aparecimos en un desván espacioso con unas cuantas cosas que cabía esperar: cajas vacías, un par de baúles. Lo importante era la habitación del fondo. En cuanto abrimos la puerta vimos el artefacto.

No se oía una mosca en toda la sala.

—¿Artefacto? —repitió Brancaster con la voz ronca.

—Una lata con un agujero muy pequeño en el fondo —explicó Monk—. Atada a una pistola. Es difícil describirlo para que se vea con claridad su propósito, pero en cuanto lo vimos, lo entendimos. Era un dispositivo creado de modo que el agua que goteara hiciera perder peso a la lata, que subiría hasta un punto en el que tiraría del gatillo, disparando el arma. La lata estaba vacía y encontramos una bala en la pared de enfrente. El agua no era más que una pequeña mancha de humedad en el suelo. Una cuña mantenía la ventaba abierta.

Brancaster fingió confusión. Negó con la cabeza.

—¿Está diciendo que Taft montó esa máquina extraordinaria para pegarse un tiro?

—No, señor. Creo que el señor Taft y toda su familia ya estaban muertos, probablemente desde hacía un par de horas, cuando esa arma se disparó. Como la ventana estaba abierta, los vecinos oirían el ruido ya que sus casas distan solo unos cincuenta metros. La intención era establecer la hora de la muerte del señor Taft, erróneamente.

—¡Ahora lo entiendo! —exclamó Brancaster—. ¿Era para engañar a la policía en cuanto a la hora de la muerte de Taft, de modo que quien lo mató pudiera demostrar que estaba en otra parte en ese preciso momento?

—Exactamente —respondió Monk—. La policía considera que fue un asesinato de los cuatro miembros de la familia, incluido el propio señor Taft.

Se oyeron gritos ahogados por toda la sala.

—¿Y de quién sospechan, inspector Monk?

Monk habló si levantar la voz.

—Tras revisar de nuevo la situación económica, constatando que los cuadros en realidad están registrados en su mayoría a nombre de Robertson Drew, lo han detenido, y me figuro que presentarán cargos contra él, si no lo están haciendo ya, mientras hablamos.

—¡Vaya! —Brancaster soltó el aire en un suspiro como si ahora todo estuviera perfectamente claro—. O sea que Robertson Drew estranguló a la señora Taft y a sus dos hijas, mató a Taft de un tiro y luego montó ese dispositivo en el desván para que los vecinos oyeran el disparo un par de horas después de cuando se había efectuado en realidad. Y, por descontado, Drew debe de tener una coartada para las cinco de la madrugada.

—Exactamente —respondió Monk.

—Solo una cosa, inspector Monk. ¿Por qué no se llevó el señor Drew ese artefacto? Si usted no lo hubiese encontrado, no nos habríamos enterado de su existencia. Parece un acto extraordinariamente peligroso, incluso descuidado, fruto de una increíble arrogancia.

—Lo intentó —dijo Monk con una sonrisa triste—. Debía poner cuidado en no demostrar que tenía muchas ganas de entrar en la casa para no levantar sospechas, pero lo pidió un par de veces. Fue su inquietud lo que nos llevó a investigar.

—Entiendo. Pero sigue habiendo un elemento que me desconcierta. —Brancaster era consciente de que todos los hombres y mujeres presentes en la sala le estaban escuchando y le sacó el máximo partido. Fue una actuación espléndida—. Si tenía que pedir permiso a la policía para entrar en la casa y llevarse su artilugio, ¿cómo entró en plena noche para asesinar a toda la familia?

Monk había esperado aquella pregunta.

—La noche que los mató, entró por una ventana mal ajustada de la despensa; queda en la parte trasera de la casa y a oscuras nadie lo veía entrar. Una vez descubiertas las muertes, la policía precintó la casa por ser el escenario de un crimen aunque de entrada no se entendiera bien su naturaleza; cerraron a cal y canto puertas y ventanas. Era su responsabilidad, y dentro todavía había muchos objetos de gran valor: cuberterías, cristalerías, cuadros y demás.

—Entiendo —dijo Brancaster asintiendo—. Sí, tiene todo el sentido. Un crimen horrible. Gracias por su diligencia, inspector Monk. Sin ella, Robertson Drew habría escapado a la justicia y el pobre señor Taft hubiese pasado a la historia como un asesino y un suicida, cuando en realidad no era más que un ladrón que explotaba a los humildes y los generosos, manipulándolos para que le dieran más dinero del que se podían permitir. Al final, fue víctima de sí mismo. La justicia está en deuda con usted.

Hizo una reverencia a Monk y acto seguido, antes de que alguien interviniera, hizo otra al jurado.

—Sin embargo, caballeros, su tarea consiste en sopesar la justicia de un delito mucho menos violento pero más maligno y peligroso, un delito que ya ha penetrado en los entresijos de nuestra nación, el de la tortura y abuso de niños para el entretenimiento obsceno de hombres sin honor ni decencia. Ha sido Oliver Rathbone quien lo ha desvelado con gran grave riesgo para su persona. ¿Lo ignoramos y permitimos que siga corrompiendo el alma de nuestra nación? Es más, ¿castigamos al hombre que nos ha obligado a enfrentarnos a esta terrible verdad? ¿O le damos las gracias y empezamos a arrancar ese veneno de nuestra sociedad?

—¡Señor Brancaster! —le espetó York—. Si ha terminado de interrogar al testigo, ceda al abogado de la acusación su derecho a hacer lo mismo. Ya diré yo al jurado cuál es el momento de considerar su veredicto, ¡no usted! ¡También corregiré la interpretación un tanto libre que hace usted de la ley!

Wystan se puso de pie,

—Gracias, señoría. No creo tener más preguntas para el inspector Monk. Para mí el asunto está trágicamente claro. Ojalá hubiese habido otra manera de desvelar este terrible mal, pero me temo que de haberla habido no la habríamos aprovechado.

Brancaster estaba inmóvil, como si temiera moverse, mirando fijamente a Wystan. Wystan tragó saliva. Monk vio el movimiento de su garganta incluso desde lo alto del estrado.

Cuando Wystan volvió a hablar, lo hizo con la voz ronca.

—Señoría, la acusación es consciente de que sir Oliver cometió graves errores judiciales. Se tomó la justicia por su mano y eso no debe permitirse. Sin embargo, no pedimos pena de cárcel en este caso. Confiamos en que la disciplina profesional que ordene la Corte Suprema será la apropiada para el delito relacionado con la manera en que la prueba sobre el carácter de Robertson Drew fue presentada al tribunal.

York lo miraba fijamente.

—Gracias —dijo Brancaster jadeando—. Gracias, señor Wystan—. Se volvió lentamente hacia Monk—. Gracias, inspector. Según parece, puede retirarse.

—¡Silencio! ¡Silencio en la sala! —chilló York cuando los atónitos espectadores comenzaron a hacer ruido.

Poco a poco los murmullos se acallaron. Todos los ojos estaban puestos en York.

—Caballeros del jurado, el acusado ha presentado disculpas por su conducta pero no ha intentado negarla, por consiguiente no les corresponde dar un veredicto de inocente, el tribunal agradece sus servicios.

El portavoz del jurado lanzó una mirada a sus compañeros y luego se puso de pie lentamente.

—¿Señoría?

York lo miró ceñudo.

—¿No me he expresado con claridad, señor?

El portavoz tragó saliva.

—Sí, señoría. Deseamos saber si podemos manifestar que estamos de acuerdo con la acusación, y pedir que sir Oliver solo cumpla sentencia por el tiempo que ya ha pasado en prisión, para que luego su señoría lo sancione como tenga que hacerlo. ¿Podemos hacerlo?

York se puso pálido.

—Pueden recomendar lo que quieran —contestó York con poca cortesía—. Gracias por su consideración.

El portavoz se sentó de nuevo, aparentemente satisfecho.

En el banquillo Rathbone sintió tal alivio que faltó poco para que se mareara. Era culpable. Tal vez ese veredicto había sido inevitable. Resultaba casi gratificante reconocerlo. Si infringes la ley por la razón que sea, debes pagar por ello. De haberse tratado de cualquier otra persona habría opinado eso. Pero el precio no sería la cárcel. Sin duda le exigirían que dimitiera de la judicatura, probablemente tampoco podría volver a ejercer como abogado, al menos durante un tiempo. Pero sería un hombre libre, viviría en su propia casa y podría elegir el camino a seguir. Estaba inmensamente agradecido por tener que pagar un precio inferior al que merecía. La sala giraba a su alrededor. Vio a Monk bajar los peldaños del estrado y cruzar el entarimado para reunirse con Hester y Scuff, que lo estaban aguardando. Hester dejó a un lado el decoro y lo abrazó, gesto al que Monk correspondió, abrazando también al chico. Henry Rathbone se unió a ellos, con lágrimas de gratitud brillando por un instante en sus mejillas.

Brancaster y Wystan se dieron la mano. Los miembros del jurado se miraban unos a otros sonrientes, contentos, aliviados de haber cumplido con la ley de manera honorable.

En la tercera fila de asientos de la galería, Margaret estaba sentada como una estatua de piedra, con el semblante pálido y afligido, como si estuviera velando a un muerto.

Rathbone la compadeció. No lo alegraba en lo más mínimo verla amargamente obligada a aceptar la realidad de la debilidad de su padre. Era una tragedia, no una victoria. Su padre había cedido al mismo amor por el poder que Rathbone, exactamente el mismo. La diferencia radicaba en que él era quien había creado el monstruo y que no había tenido amigos con coraje, destreza y lealtad como los que habían rescatado a Rathbone.

Rathbone no podía regresar con ella. Esa puerta estaba cerrada por siempre para ambos. Pero podía desearle lo mejor, desear que se sobrepusiera y que un día conociera la felicidad aunque él no pudiera dársela.

Se lo estaban llevando del banquillo. Todo había terminado. Al menos en lo que al juicio atañía, era libre. Aquella noche cenaría en su propio hogar. Caminaría de acá para allá tocando objetos, contemplándolos, valorándolos hasta que un día no muy lejano vendiera la casa y se mudara a otro lugar, quizá no muy lejano. Sus amigos estaban allí.

Bajó los escalones con paso un poco tembloroso hasta la planta baja. Tendría que buscarse una ocupación a la que dedicarse mientras no pudiera ejercer la abogacía, durase el tiempo que durara la sanción.

Pero había aprendido algo que muy pocos abogados llegarían a saber alguna vez. Quizá su competencia como letrado no fuese mejor que la de ellos, pero ahora tendría otros dones. Había pagado muy caro por ellos y tener la oportunidad de usarlos de nuevo en el futuro era una gracia mayor de lo que jamás hubiera soñado.

Una semana después el alivio inicial remitió y Rathbone se enfrentó a otra clase de realidad. Le transmitieron el veredicto y la sentencia de la judicatura. La dimisión como juez y la cima de su carrera, por la que tanto había luchado, pasó a ser cosa del pasado. También le prohibieron ejercer la abogacía por un periodo indefinido. Podía apelar para que lo rehabilitaran al cabo de un año. Y cabía que se lo concedieran o no.

Consideró qué más había perdido y qué valoraba más que la posición y la carrera. La amistad de Monk no se la cuestionó. El propio Monk había recorrido los infiernos de la culpa y la duda sobre uno mismo.

Rathbone ahora lo comprendía mucho mejor que antes. Buena parte de su certidumbre sobre toda clase de cosas se había erosionado en aquellos últimos meses. Quizá no volvería a dar por sentados ciertos éxitos tal como lo hacía en el pasado. Algunos de los viejos valores del pasado habían demostrado ser mucho más frágiles de lo que creía; y más allá del consuelo estaba el reconocer sus propios y graves errores de juicio, el hecho de que también él podía enfrentarse a la censura de sus semejantes y decepcionar a quienes amaba. De repente el perdón era mucho más dulce y tierno de lo que había imaginado.

Había llegado la hora de que dejara de decirse a sí mismo que un día llevaría a su padre a Italia, que pasaría tiempo con él, compartiendo sus pensamientos y placeres, y escuchando mucho más. Ahora podría hacerlo, aquel mismo otoño, en cuanto vendiera la casa y dispusiera de los recursos necesarios. Lo convertiría en el viaje de su vida y lo saborearía en los años que quedaran por venir. Nunca se arrepentiría. Con el tiempo alejaría todos los pesares y solo dejaría las lecciones aprendidas.

La mañana siguiente amaneció sobre el Támesis derramando luz a través del agua, mientras Rathbone iba con Monk en una lancha patrullera de la policía. Estaban en un tramo solitario cuyo fondo era de barro profundo. Nada de lo que se perdía allí volvía a encontrarse.

Monk metió los remos y los apoyó. Estaba allí en calidad de testigo pero sobre todo como amigo.

Rathbone cogió la pesada caja de placas fotográficas que Arthur Ballinger le había legado. Dentro había todo lo que quedaba de ellas. Se levantó, manteniendo el equilibrio con cuidado, y la tiró por la borda. Se hundió como una piedra, sin apenas rizar el agua.

—Gracias —dijo Rathbone en voz baja. La fresca brisa matutina hacía que le escocieran los ojos arrasados en lágrimas.

Monk sonrió, con el semblante sereno iluminado por el sol.